SUSANNA MEWE

Als meine Schwestern das Blaue vom Himmel holten

atb aufbau taschenbuch

SUSANNA MEWE

Als meine Schwestern das Blaue vom Himmel holten

ROMAN

aufbau taschenbuch

MIX
Papier aus verantwortungsvollen Quellen
FSC www.fsc.org
FSC® C083411

ISBN 978-3-7466-3219-3

Aufbau Taschenbuch ist eine Marke der Aufbau Verlag GmbH & Co. KG

1. Auflage 2016

Umschlaggestaltung und Motive www.buerosued.de, München
Gesetzt in der Minion Pro durch Greiner & Reichel, Köln
Druck und Binden CPI books GmbH, Leck, Germany
Printed in Germany

www.aufbau-verlag.de

Für Isabel

Kapitel eins

In den entscheidenden Momenten meines Lebens war ich immer mit anderen Dingen beschäftigt. So auch an dem Samstagmorgen, als Lars mit mir Schluss machte. Ich saß am Küchentisch und war gerade dabei, eine Übung für meine Kaumuskeln auszuführen, die mir mein Zahnarzt empfohlen hatte: Ich presste Mittel- und Zeigefinger auf mein Kiefergelenk und machte den Mund langsam auf und zu. Chronische Kiefergelenkschmerzen, meinte mein Zahnarzt, hätten nur Frauen in der Krise. Er sei noch nie einem Mann mit Kiefergelenkschmerzen begegnet. Dann verschrieb er mir eine Beißschiene.

Während mein Leben also den Bach hinunterging, machte ich Schnappbewegungen mit dem Mund. Zu meiner Verteidigung sei gesagt, es war nicht vorauszusehen, dass Lars mit mir Schluss machen würde – zumindest nicht an diesem Morgen und nicht für mich. Es war zehn Uhr morgens, draußen nieselte es seit Stunden, und ich hatte noch nicht einmal gefrühstückt. Lars stand am Spülbecken und wusch die Teller vom letzten Abend ab, aus dem Radio kam eine rauschende Mischung aus Nachrichtenfetzen, Moderatorengeplauder und den Bee Gees. Im Prinzip hätte es ewig so weitergehen können. Tat es aber nicht.

Stattdessen nahm Lars plötzlich seine Hände aus dem Spülbecken, so schwungvoll, dass der Schaum zu allen Seiten spritzte, und sagte, er könne so nicht weitermachen. Er drehte sich nicht einmal zu mir um. Er stand einfach nur da, mit traurig herabhängenden Armen, und von seinen gelben Gummihandschuhen tropfte Wasser auf die Fliesen.

Ich schloss den Mund und starrte auf das Müslischälchen vor mir auf dem Tisch. Die Cornflakes waren schon matschig geworden und hatten begonnen, sich in der Milch zu zersetzen. Wenn ich gewusst hätte, dass Lars an diesem Morgen mit mir Schluss machen würde, hätte ich mir ein richtiges Frühstück gemacht. Rührei mit Schinken oder wenigstens ein anständiges Butterbrot. Ich nahm den Löffel in die Hand, rührte ein paarmal in den Cornflakes herum, um Zeit zu gewinnen. Denn ich war in Panik. Ich trug einen übergroßen, labbrigen Herrenbademantel, der noch nicht einmal Lars gehörte, sondern seinem Vater, und hatte mir ein lächerliches Handtuch um die Haare geschlungen. Es war allzu offensichtlich, dass ich in absehbarer Zeit nicht einfach aus der Tür stürmen konnte. Nein, ich würde in der Wohnung herumrennen, wahllos ein paar Sachen zusammensuchen, mir die Haare fönen und tausend andere banale Dinge erledigen müssen, die sich nicht mit einem würdevollen Abgang vertrugen. Ich würde kopflos von Zimmer zu Zimmer stürzen, Bücher und CDs in meinen blauen Wildlederkoffer stopfen und wieder herausholen und Lars auf diese Weise zeigen, was er ohnehin schon wusste: dass es richtig gewesen war, mit mir Schluss zu machen.

Sprühkristalle durchstäuben die Luft. Es riecht nach einer Mischung aus Schwimmbad, schrillen Blütenträumen und ewigem Vergessen. Ich sitze in der Kabine einer Großtoilette, umgeben von anderen leeren Kabinen, das Grölen der Zuschauer in der Halle prallt an den Wänden ab, und ich habe Angst, dass ich jetzt mein Leben ändern muss.

In einer glücklichen Beziehung oder in einer, die man dafür gehalten hat (denn, ganz ehrlich, wie kann man eine Beziehung glücklich nennen, wenn sie damit endet, dass man sämtliche Ersatz-, Garagen- und Kellerschlüssel herausgeben muss?), entwickelt man ein blauäugiges, völlig substanzloses Selbstwertgefühl. In seinem Wahn bildet man sich ein, dass man so, wie man ist, ganz in Ordnung ist. Man redet sich ein, man könne – ungeachtet aller Defizite – einfach so bleiben; was natürlich lächerlich ist.

Draußen wird die Tür aufgerissen, ein Siegesgrölen dröhnt herein. Vermutlich haben die Eisbären im Stadion ihren hundertsten Treffer erzielt. Klackernde Schritte nähern sich meiner Kabine, und kurz darauf ragen spitze Lederpumps durch den Spalt.

»Mia? Bist du da drin?«

Geraldine ist Supervisorin und dafür zuständig, Garderobieren von zu langen Toilettenpausen zurückzuholen.

»Würdest du rauskommen?«

Eine höfliche Frage, die alle Antworten zulässt. Ich mag Geraldine. Sie hat dünnes blondes Haar, ihre eigentlich blauen Augen sind meist rot gefärbt von geplatzten Äderchen, denn sie steht ziemlich unter Druck.

»Mia, ich weiß, dass du da drin bist.«

Vermutlich hat sie mich auf einem der Monitore gesehen. Wenn irgendwo auf der Welt ein Terroranschlag verübt wird, werden in Veranstaltungsarenen wie diesen stets die Sicherheitsmaßnahmen verschärft. Das bedeutet, dass sich die Zahl der Männer, die in Security-T-Shirts vor Türen, Treppenhäusern und Fahrstühlen herumlungern, mindestens verdoppelt, während sich die Zahl der Kameras verdreifacht. Die Bilder werden von Männern im Untergeschoss ausgewertet, die stundenlang auf grobkörnige Monitore starren und wahllos in der Gegend herumzoomen auf der Suche nach einer Hostess, die es nach ihrer Schicht so eilig hat, dass sie sich schon im Gehen die Bluse vom Leib reißt.

Geraldine räuspert sich, und ich höre auf zu atmen. Vielleicht können wir ewig hierbleiben, jeder auf seiner Seite der Trennwand wie bei einer Beichte, die niemals stattfindet. Schließlich höre ich, dass sich ihre Schritte entfernen, und noch bevor ich Luft geholt habe, ziehe ich mein Handy hervor und rufe meine Schwester an. Nach dem zweiten Klingeln nimmt sie ab.

Wind tost in meinem Ohr. Ich stelle mir meine Schwester vor, wie sie mit ihren grünen Gummistiefeln im Garten steht, die Wangen leicht gerötet in der anbrechenden Dämmerung. Auf dem kurzgeschorenen Rasen liegt ein zusammengerechter Haufen Herbstlaub, und der Geruch von Holzkohle hängt in der Luft. Paula wischt sich die erdigen Hände an der Gartenschürze ab. An schweren Tagen stelle ich mir gern das Leben meiner Schwester vor. Warum auch nicht? Das Leben meiner Schwester ist schön. Sie hat einen guten Job, ein hübsches ziegelrotes Haus, das sich perfekt wie ein Legostein in die Reihen der Nachbarhäuser einfügt, und einen Mann, der sie niemals vor dem Frühstück zum Teufel schicken würde.

»Mia.« Sie klingt erfreut. So klingt sie immer, wenn ich anrufe, überrascht und gleichzeitig erwartungsvoll, als brächte ich stets gute Neuigkeiten. Ich frage sie, wie es ihr geht, was sie macht, und Paula stöhnt und sagt: »Ach nichts, ich häng den ganzen Tag schon durch«, was vermutlich bedeutet, dass sie einen Kindergeburtstag für dreißig Personen ausgerichtet oder irgendwem eine Niere gespendet hat. Sie erzählt mir von ihrem Garten, woraufhin ich ihr das Einzige erzähle, was ich heute aus der sogenannten realen Welt gehört habe: dass in Cornflakes-Packungen von Lidl Glasscherben gefunden worden sind und dass die Pressesprecher annehmen, es müsse im Produktionsprozess passiert sein. »Das ist aber merkwürdig«, sagt sie. »Wo kommen denn nur die Glasscherben her?«

Wir haben beide keine Ahnung, und wir sind schon fast dabei, uns zu verabschieden, als ihr doch noch etwas einfällt: »Was ist eigentlich mit deinem Klassentreffen? War das nicht nächstes Wochenende?« Paula hat Sara auf dem Markt getroffen. Die hat es ihr erzählt.

»Wer ist Sara?«

»Du weißt schon – die mit dem Pferdeschwanz und dem Pony. Die Kleine mit der Reibeisenstimme. Die als Erste diese komischen Leinenschuhe hatte, die ihr damals alle haben wolltet. War die nicht in deiner Parallelklasse?«

»Ach die«, sage ich, um die Sache abzukürzen.

»Jedenfalls hat sie gesagt, dass nächstes Wochenende euer Klassentreffen stattfindet.«

»Wirklich?«

Es wäre so leicht. Ich könnte sagen, dass ich fürs Wochenende komme, und dann bleibe ich ein paar Tage länger oder am besten gleich für immer, esse und schlafe und höre auf zu denken. Das Zimmer, das ich im Moment tageweise miete, gehört einer Querflötenspielerin und riecht nach ungewaschener Wäsche und nassem Hund. Trotzdem kostet es dreißig Euro pro Nacht. Wenn man darüber nachdenkt, ist das Ganze furchtbar ungerecht. Schließlich ist es nur ein Zufall, dass die Wohnung auf Lars' Namen läuft. Ich kann mich nicht mehr genau erinnern, aber vermutlich liegt es einfach daran, dass er damals,

als wir den Mietvertrag unterzeichneten, zufällig die richtigen Papiere zur Hand hatte und ich nicht. Es war keine große Sache. Schließlich war es damals das Leichteste der Welt, eine Wohnung in Berlin zu finden. Die Vermieter inserierten in Zeitungen und wollten so gut wie nichts von einem wissen. Und nur weil ich damals zu faul war, ein paar Formulare auszufüllen, hat Lars jetzt eine Wohnung, und ich bin obdachlos.

»Gehst du hin?«, fragt Paula.

»Ich weiß nicht.«

»Könnte doch interessant sein, die Leute von damals wiederzusehen. Nach all den Jahren.«

»Ja, könnte sein.«

»Komm doch einfach nächstes Wochenende zu uns. Du könntest ja auch noch ein paar Tage dranhängen.«

»Ich weiß nicht.«

Vor fünf Jahren wäre mir der Besuch eines Klassentreffens nicht als zu hoher Preis erschienen, um mich aus der Obdachlosigkeit zu retten. Aber da wusste ich auch noch, wie man die Art Gespräche führt, um die es auf Klassentreffen geht. Wie man Karrierewege abgleicht und das eigene Leben in Diagramme und stets ansteigende Erfolgskurven übersetzt. Wenn mich jemand fragte, was ich mache, warf ich mein Haar zurück und sagte: »Ich bin Journalistin. Im Moment arbeite ich als Volontärin für *GuG*.« Kurz für *Green urban Glamour*. Woraufhin diejenigen, denen das Trendmagazin für den anspruchsvollen, umweltbewussten Lebensstil ein Begriff war, ehrfürchtig nickten, während die anderen, vermutlich ein Großteil der Zuhörerschaft, verlegen auf den Boden starrten und sich dafür schämten, dass sie offenbar den Anschluss an ihre Generation verloren hatten.

Natürlich könnte ich auf dem Klassentreffen sagen: »Ich arbeite auf Messen, aber eigentlich – EIGENTLICH – bin ich freie Journalistin.« Das wäre weder gelogen noch ehrenrührig, sofern man nicht davon ausgeht, dass man mehr oder weniger automatisch aufhört, Journalistin zu sein, wenn sich der durchschnittliche Jahres-Output auf eine Buchrezension und eine ungedruckte Stimmungsreportage reduziert. Doch ich weiß einfach nicht, ob ich das schaffe, dieses EIGENTLICH mit der richtigen Betonung zu sagen, ob ich es überhaupt über die Lippen bringe. Gut möglich, dass ich aus Versehen sage: »Ich arbeite auf Messen, aber EIGENTLICH bin ich abends so müde, dass ich mich nur noch vor dem Fernseher zusammenrollen und Leuten dabei zusehen will, wie sie mit einem mir längst abhandengekommenen Eifer Karrieren als Superköche, Supermodels und Supersänger nachgehen.«

»Ich glaube, ich komme lieber ein andermal«, sage ich.

»Na gut«, sagt Paula. »Du musst es wissen. Du musst wissen, was für dich am besten ist.«

Und diese lächerliche Vorstellung, dass ich so was wissen müsste, treibt mir die Tränen in die Augen. Glücklicherweise zieht endlich mal wieder jemand die Toilettenspülung.

»Was ist los?«, fragt Paula. »Bist du noch da?«

»Ich bin noch da.«

Dann erzähle ich Paula, was passiert ist, weil ich meiner Schwester immer alles erzähle, und sie sagt, dass es ihr leidtue, so leid. Und dann sagen wir lange nichts. Es rauscht und tost in der Leitung, das ist Paulas Atem oder der Wind, jedenfalls hört es sich so an, als würde sich ein Sturm zusammenbrauen.

»Weißt du noch, was die uralte Morla gesagt hat?«, fragt Paula.

Die uralte Morla ist die Schildkröte aus der »Unendlichen Geschichte« von Michael Ende. Sie wohnt in den Sümpfen der Traurigkeit, und natürlich weiß ich ganz genau, was sie gesagt hat. Früher haben Paula und ich in schweren Zeiten immer aus unseren Lieblingskinderbüchern zitiert.

»Es spielt alles keine Rolle?«

»Ganz genau«, sagt sie und röchelt mit asthmatischer Schildkrötenstimme: »Ähhs spiiiieeeelt aaaallähs keinäh Rolläh.«

Und auch wenn es in meiner Lage vielleicht nicht ratsam ist, auf ein Wesen zu hören, das in den Sümpfen der Traurigkeit wohnt, fühle ich mich ein bisschen besser. Paula und ich sind beide getauft und gefirmt, doch das Einzige, woran wir wirklich glauben, ist unsere Kindheit. Vor ein paar Jahren wurde unser Elternhaus verkauft, und wir mussten es leerräumen. Damals saßen Paula, Lucy, Sophie und ich zum ersten Mal seit langer Zeit wieder an einem Tisch. Auch wenn keine von uns vieren es aussprach, empfanden wir die Aufgabe, die vor uns lag, als Zumutung. Unsere Eltern hatten dieses Haus gebaut, es war einfach nicht fair, dass wir den Haushalt auflösen mussten. Wir hatten geglaubt, wir hätten den Tod unserer Eltern inzwischen verwunden. Doch was wir noch nicht begriffen hatten, war, dass er uns zu Waisen machte.

Wir wandten uns an einen Notar. Und während Paula und ich uns schluchzend gegenseitig Taschentücher über die Tischplatte zuschoben, starrten unsere beiden anderen Schwestern auf ihre Fingernägel und sagten, sie hätten nicht ewig Zeit.

Bei den wenigen Einrichtungsgegenständen, die meine Mutter behalten hatte, wurden wir uns schnell einig. Doch das Spielzeug war ein heikles Thema. Ehrlich gesagt, waren wir ziemlich überrascht, dass es überhaupt etwas aufzuteilen gab. Wir hatten geglaubt, unsere Mutter hätte unsere Sachen längst weggeworfen oder verschenkt – zusammen mit allem anderen. Stattdessen stießen wir in dem fast leeren Haus auf drei zum Bersten gefüllte Schränke mit Spielzeug.

»Was soll mit den Sachen geschehen?«, fragte der Notar und schaute jede von uns der Reihe nach an.

»Wegwerfen«, sagte Sophie.

Lucy schüttelte den Kopf. Sie schlug vor, jedes Stück einzeln zu fotografieren und auf einer »Achtziger-Neunziger-Nostalgie-Seite« zum Verkauf anzubieten. »Da gibt's ein paar Freaks, die wirklich Geld dafür zahlen.«

Von all den Dingen, die wir einander antaten und die der Grund sind, warum wir uns heute nur noch sehen, wenn es Besitz aufzuteilen und Verwandte zu beerdigen gilt, glaube ich, hat Paula ihnen das am wenigsten verziehen. Bei jedem zweiten Telefongespräch fällt es ihr wieder ein, und jedes Mal ist sie von neuem empört: »Sie wollten unser Spielzeug weggeben! All unsere Sachen. Stell dir das vor!«

Am Ende setzte Paula sich durch. Bis wir alle wieder zur Vernunft gekommen sind, bewahrt sie unsere Spielsachen auf. Sie ist fest davon überzeugt, dass der Tag kommen wird, an dem Sophie und Lucy reuevoll an ihrer Tür klingeln und sie um ihre alten Matchboxautos und Malkästen anbetteln.

Für diesen Fall stehen auf Paulas Dachboden vier wellige Pappkartons sorgfältig nebeneinander aufgereiht. Auf jedem von ihnen ist eine krakelige Wachsmalzeichnung. Da ist Paulas roter Marienkäfer, Lucys schwarze Spinne, mein gelbes Kaninchen und Sophies blaues Krokodil. Ich schließe die Augen und stelle mir vor, wie ich den Karton aufklappe und mich mit den Händen tief ins Innere wühle. Alles ist mit einer klebrigen Schicht überzogen. Es riecht süß und staubig, nach alter Zuckerwatte, Schrankmuff und Glück, und mit einem Mal weiß ich ganz genau, dass ich zu meiner Schwester fahren werde. Weil die nächsten Wochen entsetzlich werden, vermutlich noch entsetzlicher als die vergangenen. Und weil sich das Zeitfenster, in dem ich eine geringfügige Chance habe, der Realität wenigstens vorübergehend zu entfliehen, allmählich schließt.

Jemand klopft an die Klotür, und diesmal klingt es deutlich energischer. Wahrscheinlich hat Geraldine ihre Supervisorin geholt. Jeder Supervisor hat einen eigenen Supervisor, der ihm am Anfang des Monats per Losverfahren zugeteilt wird. Geraldines Supervisorin in diesem Monat heißt Birte. Wieder klopft es, die Klinke wird heruntergedrückt, und ich weiß, dass ich mich beeilen muss.

Kapitel zwei

Ich frage mich, mit wem ich als Nächstes schlafen werde.

Ich stehe auf einem verregneten Kleinstadtbahnsteig, Berufspendler und Schüler mit derben Rucksäcken drängen sich an mir vorbei, und diese Frage ist für mich sicher nicht von unmittelbarer Bedeutung. Trotzdem schaue ich mich suchend um, als könnte mein nächster Sexpartner schon ganz in der Nähe sein: der Typ, der am Fahrkartenautomaten umständlich in seiner Brieftasche herumkramt, der Junge im Trainingsanzug, der einen glitzernden Spuckefleck vor seinen Füßen betrachtet. Der Mann mit den zehn Bierflaschen auf der Bank. Mein Unterbewusstsein ist bereit, ihnen allen eine Chance zu geben. Stattdessen kommt mein Schwager auf mich zu. Er hat den Kragen hochgeschlagen, was ihm ein untypisch grimmiges Aussehen verleiht; auch seine Schritte sind nicht ganz so raumgreifend wie sonst.

»Paula konnte nicht kommen«, ruft er mir entgegen, noch bevor er mich ganz erreicht hat, als befänden wir uns in einem tragischen Liebesfilm. Wie sich herausstellt, hat Paula ihren kleinen Sohn frühzeitig von einem Kindergartenübernachtungsdingsbums abholen müssen, nachdem er sich ungefähr eine Stunde lang kreischend am Türrahmen festgekrallt hatte.

Mein Neffe Per ist, gelinde gesagt, nicht so der soziale Typ. Genau genommen ist er überhaupt ziemlich seltsam. Auch wenn Paula jedes Mal warnend die Augenbraue hochzieht, sobald ich das Thema anspreche. Pers Einschlafritual dauert geschlagene zwei Stunden. Inklusive sorgfältigen In-die-Decke-Einwickelns und Ungeheuerinspektion des Zimmers, die von beiden Elternteilen im Abstand von einer halben Stunde durchzuführen ist. An manchen Tagen kann Per die Farbe Violett nicht ertragen oder das Rascheln von Plastiktüten oder den Klang von Mädchennamen mit zu vielen s-Lauten. Mein Besuch ist für ihn ein schwarzer Tag, wie jedes Ereignis, das die normale Ordnung der Dinge durchbricht. Als Paula mich gestern anrief, um zu fragen, welchen Zug ich nehmen wolle, war ein schrilles Fiepen im Hintergrund zu hören, das während unseres gesamten Gesprächs nicht abriss. Paula behauptete, sie hätte sich im Antiquitätengeschäft einen altmodischen Wasserkessel gekauft. Aber im Grunde wusste ich, dass es mein Neffe war, der sich beim Gedanken an meinen Besuch wimmernd auf dem Boden wälzte.

Matthias sagt »hey« und »na«, um nicht fragen zu müssen: »Wie geht's?«, und tätschelt mir die Schulter, als wäre ich seine osteoporosegeplagte Großmutter. Dann umarmt er mich steif, ohne dass sich unsere Oberkörper berühren. So machen wir das immer, doch heute wirkt Matthias unzufrieden mit seiner Performance. Er schnappt sich meinen Koffer und hievt ihn über den sich allmählich leerenden Bahnsteig. Das ist eigentlich nicht nötig, denn mein Wildlederkoffer hat Rollen. Trotzdem ist es irgendwie befriedigend, dabei zuzusehen, wie sich Matthias an meinem vollgestopften Gepäckstück fast die Schulter ausrenkt. Immerhin steckt mein ganzes Leben in diesem Koffer – wenigstens der Teil, den ich nicht bei Lars zurückgelassen habe.

Während der Fahrt blickt Matthias hochkonzentriert auf die Straße, um nicht mit mir reden zu müssen, und ich drücke Zeige- und Mittelfinger fest auf die Stelle, wo die Muskeln des Kiefergelenks an einem neuralgischen Punkt zusammenlaufen. Wir fahren an langen Reihen eingerüsteter Neubauten vorbei, an der Tankstelle, dem McDonald's-Drive-in, dann über die Brücke. Der Fluss ist mal wieder über die Ufer getreten, und im reißenden Schlammbraun treiben Äste, Laub und Müll. Steil ragt der Schornstein der stillgelegten Textilfabrik in den Himmel, die in Lofts mit sauteurem Flussblick umgebaut wurde. An der Kreuzung muss Matthias bremsen. Die Ampelmasten schwingen, und Wind kräuselt die Oberflächen der Pfützen, zerrt an einem halb abgerissenen Wahlplakat. Auf einmal habe ich Angst, dass ich jetzt mein Leben ändern muss. Dass ich etwas Großes leisten oder einen anderen Menschen von mir begeistern muss. Das wird sicher nicht leicht. Schließlich war ich acht Jahre lang mit Lars zusammen, und diese Jahre zählen in der Singlewelt mal sieben: Das heißt, das letzte Mal, als ich versucht habe, Männer von mir zu überzeugen, war ungefähr 1959. Ich bin mir ziemlich sicher, dass sich die Regeln seitdem geändert haben.

»Es hat sich viel getan«, sagt Matthias, als wir in die Elstergasse einbiegen. Alle Straßen in der Wohngegend meiner Schwester sind nach Singvogelarten benannt. »Du wirst dich gar nicht mehr zurechtfinden.«

Ich nicke. In Wahrheit habe ich mich in diesem Viertel noch nie zurechtgefunden. Jedes Mal, wenn ich herkomme, sieht alles anders aus. Das liegt an der manischen Betriebsamkeit der Bewohner, die unablässig neue Häuser bauen, Gärten anlegen, Kinder zeugen und sich familienfreundliche Kombiwagen in die Garagen stellen. Mit ihren in der Sonne blinkenden Panoramafenstern und dem angriffslustigen Geheul ihrer Rasenmäher können sie einem Angst machen. Die Bürgersteige sind stets mit einer schneefrischen Schicht Bauschutt überzogen, als wollten sie zeigen, dass sie noch lange nicht fertig sind.

Paulas Haus gefällt mir am besten, obwohl es sich eigentlich kaum von den ziegelroten Backsteinbauten ihrer Nachbarn unterscheidet. Es erinnert mich an eins dieser Modellhäuser, die man in der Wüste Nevada gebaut hat, um die Auswirkung von Atomexplosionen zu testen; Häuser, die deswegen so perfekt sind, weil niemand je versucht hat, in ihnen zu leben.

Matthias besteht darauf, mir einen Kaffee zu machen. Ich habe noch immer meine Jacke an, denn ich fröstele. Ich würde mich gern unter einem Berg Decken zusammenrollen, drei Ibuprofen 600 schlucken und vierzehn Stunden lang schlafen. So geht es mir immer nach Schicksalsschlägen: Meine Körpertemperatur sinkt auf bedenkliche 34 Grad, das Blut zieht sich von der Hautoberfläche zurück, um Herz und Lunge am Laufen zu halten. Am Ende kann ich nur noch schlafen. Nach dem Tod meiner Mutter war es genauso. Meine Zehen und Fingerspitzen fühlten sich wochenlang taub an, und ich kam kaum noch aus dem Bett. Mein Zahnarzt, der mich anrief, nachdem ich ein halbes Dutzend Termine versäumt hatte, meinte, ich hätte eine Depression. Ich widersprach ihm nicht, wusste es jedoch besser. In Wahrheit fährt mein Körper in Zeiten der Not seine Vitalfunktionen einfach nur so weit herunter, dass ich die Krise überstehen kann.

Da ich nicht unhöflich sein will, versuche ich, nicht allzu auffällig zu gähnen, während Matthias rhythmisch mit Schranktüren klappert, Schubladen aufzieht und schwungvoll zuschnalzen lässt. In der Küche riecht es nach frischem Hefegebäck, und auf dem Tisch stehen endlose Reihen rot gefüllter Einweckgläser.

An der Kühlschranktür sind neue Fotos festgepinnt. Die Bilder unter den Magneten wechseln ständig. Keines bleibt länger als drei Monate. Im Moment dominiert noch der Sommerurlaub: Paula, Matthias und Per auf Fahrrädern unterwegs in der Dünenlandschaft. Paula, braungebrannt im Bikini, lacht mit verblitzten Augen in die Kamera. Ihre Zehen, für die sie sich schon seit ihrer Kindheit schämt, hat sie in den Sand gewühlt. Bilder von kreisenden Möwen und rot verbrannten Nacken. Gluthitze flirrt über dem Fischerdorf. Per hockt am Grund eines Sandlochs und starrt wütend in den blauen Himmel. Eisverpackungen wehen über den Strand. Und immer wieder Matthias. Auf Alltagsschnappschüssen hält er sich meist mit erdfarbenem Pullover und erhobenem Glas im Hintergrund. Hier aber ist er eindeutig die Hauptfigur. Er gräbt kompliziert verzweigte Abwassersysteme in den nassen Sand, stopft sich gabelweise exotische Pasta in den Mund oder posiert mit eingezogenem Bauch. Auf einem Bild hält er zwei Hummer mit zusammengebundenen Scheren in die Kamera und lacht, als hätte er einen Witz gemacht.

Weiter unten bei den Fotos, die sicher bald aussortiert werden, entdecke ich auch ein Bild von mir, in einem labbrigen T-Shirt, das nur knapp meinen Po bedeckt. Ein Stück Unterhose blitzt schwarz hervor, und mein strähniges Haar ist am Ansatz nachgedunkelt. Ich bin verwackelt und mit schlenkernden Armen auf dem Weg irgendwohin. Eine Männerhand umschließt meinen linken Oberarm. Eine Geisterhand, die mich aus dem Bild ziehen will, Lars' Hand. Es ist der Tequila-Abend im Juli. Es gibt noch mehr Bilder, von Zitronenscheiben und weißen Salzrändern, von mir mit panisch aufgerissenen Augen und schweißverklebtem Haar. Doch das Bild mit der Hand spiegelt unsere Beziehung am besten. Lars, der erfolglos versucht, mich aus dem Bild zu ziehen, um mich vor der nächsten selbstverschuldeten Peinlichkeit zu bewahren.

»Du magst Zimt, oder?«, fragt Matthias und sieht mich so ernsthaft an, als hinge unser beider Schicksal von meiner Antwort ab.

»Ja, bitte«, sage ich und trete ans Fenster.

Draußen ist die Dämmerung angebrochen, der Herbstwind zerrauft Bäume und Sträucher. Der Garten wirkt kahlrasiert, die Hecken sind gestutzt, das Laub ist zusammengerecht, der Naturteich mit einer Plastikplane verdeckt. Es ist alles bereit für den Winter. Auf dem Grundstück nebenan raucht der Kamin. Bei meinem letzten Besuch stand das Haus noch leer. Jetzt steht da ein Mann auf der Leiter und bohrt in der Regenrinne herum. Die untere Hälfte seines Körpers ist von der Ligusterhecke verdeckt, die die Nachbargrundstücke trennt. Trotz des Wetters trägt er nur ein T-Shirt. Der Wind zerwühlt ihm das Haar, und er stochert und stochert, als gäbe es keine großartigere Art, seine Freizeit zu verbringen. Mit beiden Händen greift er in die Rinne, und ein kotbrauner Batzen Blättermatsch fliegt durch die Luft.

»Das ist Daniel«, erklärt Matthias. »Er ist im Frühjahr aus Dublin hergezogen.«

Er stellt sich neben mich ans Fenster, der Kaffee köchelt leise, ab und zu zischt es. Ein scharfer Geruch nach Verbranntem breitet sich in der Küche aus. Weil wir beide keine Ahnung haben, was wir sagen sollen, starren wir Daniel an. Wäre Daniel ein sensibler Mensch, würde er jetzt unsere Blicke im Nacken spüren und sich umdrehen. Zum Glück scheint der neue Nachbar meiner Schwester nicht allzu sensibel zu sein. Wir hätten ihm womöglich Angst gemacht.

Ich kann mich noch gut an den Tag erinnern, als Paula uns das erste Mal von Matthias erzählte. Vor allem erinnere ich mich daran, wie erleichtert wir waren; so erleichtert, dass es beinahe lächerlich war. Paula hatte gerade einen Flirt mit den damals noch funkelnden Möglichkeiten des Onlinedatings hinter sich, und wir waren alle erschöpft. Unsere Mutter war kurz zuvor gestorben, und uns allen steckte das Gefühl in den Knochen, füreinander da sein zu müssen. Verdächtig oft begannen wir unsere Sätze mit »Mama hätte gewollt …«, »Mama würde jetzt …«. In Wahrheit hatte sich meine Mutter in den letzten Jahren so verändert, dass es unmöglich war, mit Sicherheit zu sagen, was sie tun würde oder gewollt hätte. Trotzdem stand für uns außer Frage, dass sie von uns erwartete, einander in Notzeiten beizustehen. Und Notzeit stand in neongrellen Buchstaben über Paulas Kopf. Wir waren die Einzigen, die ihr helfen konnten; ein belastendes und zugleich erhebendes Gefühl. Denn seit wir ausgezogen waren, hatten wir uns mit Lichtgeschwindigkeit voneinander entfernt. Vielleicht suchten wir deshalb so verzweifelt nach der einen großen Geste, die unsere Loyalität bewies, weil wir hofften, uns auf diese Weise mit einem Schlag von aller Verantwortung freikaufen zu können. Wir lauerten förmlich darauf, wer als Erstes zusammenbrechen würde. Doch nie hätten wir damit gerechnet, dass es ausgerechnet Paula sein würde.

Als ihr Freund Tom nach Jahren des Auf und Ab exakt vierzehn Tage nach der Beerdigung mit ihr Schluss machte – wahrscheinlich hatte er Kerben in seinen Bettpfosten geschnitzt –, gingen wir noch ganz selbstverständlich davon aus, dass sie schnell darüber hinwegkommen würde. Stattdessen drehte Paula vollkommen durch. Und so saßen wir Schwestern nachts in unseren Bruchbuden oder Apartments in unseren verschiedenen Großstädten, durch eine wackelige Dreierschaltung verbunden, die uns gern mitten im Satz unterbrach, lauschten, rauchten und gähnten und hielten uns über die unüberbrückbaren Distanzen unserer Landesgrenzen und Lebensentwürfe hinweg über Paulas Krise auf dem Laufenden.

– »Sie heult nur noch.«
– »Sie hat zehn Kilo abgenommen.«
– »Sie sagt, sie kann nicht mehr schlafen.«

Als dann noch ihre Wohnung abbrannte und Paula mit einer leichten Rauchvergiftung ins Krankenhaus eingeliefert wurde, schleppten wir sie zum Psychiater, einem sanften, nach Lavendel duftenden Iraner, der Paula sofort ins Herz schloss und ihr versprach, da draußen warte ein Mann auf sie, der sich danach sehne, die Wunden ihrer Seele mit seiner Zärtlichkeit zu heilen. Unserer Meinung nach überschritt er damit seine Kompetenzen, doch Paula reagierte euphorisch. Mit ihrer sirrenden, fast manischen Energie hielt sie uns fortan auf Trab: Sie meldete sich in Singlebörsen an, die Namen trugen wie »Premium-Partners«, »FlirtHeaven.de« oder »OkayCupid«, las verstörende Bücher und färbte sich ihr Haar kupferrot. Sie fotografierte sich in Dessous mit Selbstauslöser, in einer Zeit, in der man das nicht Selfie nannte, sondern egozentrisch. Sie schrieb verliebte Mails und furchtbare Gedichte und schluchzte uns stundenlang ins Telefon. Ganze Samstage lang saß sie in ihrem abgedunkelten Schlafzimmer bei Duftkerzenschein und hörte sich Nick Cave in seiner Gekreuzigter-Jesus-Phase an. So konnte das nicht weitergehen, da waren wir uns alle einig. Umso mehr fieberten wir ihren Rendezvous entgegen. Wir hofften, dass Paula Liebe finden würde und wir selbst Erlösung. Doch wie sich herausstellte, lagen ein paar Stolpersteine auf dem Weg von der virtuellen Welt in die reale. Dabei war Paula hochmotiviert. Den Kopf voller Bilder und fast schon verliebt, traf sie sich in schummrigen Cafés, ging unter Ahornbäumen spazieren oder sah sich schwedische Filme mit französischen Untertiteln an, nur um am Ende voller Entsetzen ins Telefon zu flüstern: »Er sieht aus wie ein Lolli.«

Die Männer waren im Großen und Ganzen nett, das gab sie zu. Sie hatten bei ihren Internetprofilen nur mäßig gelogen, waren sympathisch und sagten kluge Dinge. Doch schon wenn Paula sie das erste Mal sah, wie sie mit scheu erblühendem Lächeln auf der Straße auf sie zukamen, wurde ihr flau im Magen. Sie versuchte es uns zu erklären: »Wenn ich ihnen in Wirklichkeit begegne, sehen sie so anders aus. Auf dem Bildschirm haben sie breite Schultern und wirken kompakt; man möchte sie anfassen. Aber wenn sie mir dann auf der Straße entgegenkommen, sind sie so unheimlich dünn. Und je näher sie kommen, desto dünner werden sie. Es ist echt gruselig. Auf einmal haben sie Strichmännchenkörper, und ihre Köpfe sind riesig. Wirklich übergroß.«

Lollis eben. Es war jedes Mal das Gleiche. Jeder von uns über Wochen mühsam aufgebaute Traummann verwandelte sich innerhalb weniger Sekunden in einen Lolli.

Wir waren uns ziemlich sicher, dass es sich um eine Panikreaktion handelte.

»Sie kann ihre Vorstellung nicht mit der Realität in Einklang bringen«, sagte ich. »Im Grunde ist es eine projizierte Dysmorphie.«

»Hör auf, im Internet zu googeln«, sagte Lucy.

»Im Ernst«, sagte ich, »vielleicht sollte sie Tabletten nehmen.«

»Knistert es in eurer Leitung auch so?«, fragte Sophie.

»Ich esse Chips«, sagte Lucy.

»Das glaube ich jetzt nicht«, sagte Sophie.

»Vielleicht ist dieses Onlineding keine gute Idee«, sagte ich.

»Was wäre denn die Alternative?«, fragte Lucy. »Die reale Welt vielleicht?« Ein ohrenbetäubendes Krachen erklang in der Leitung wie das Bersten von tausend Knochen.

»Ich wünschte, du könntest damit aufhören«, sagte Sophie. »Das ist wirklich laut.«

»Wisst ihr eigentlich, dass ich einen Achtzehn-Stunden-Tag habe und täglich Entscheidungen treffe, die Leute ihre Existenz kosten?«, sagte Lucy. Sie klang ziemlich zufrieden mit sich.

»Vielleicht liegt es an Papa«, sagte ich. »Er hatte ja einen ziemlich großen Kopf. Ich meine, im Vergleich zu seinem Körper. Wenn ich mich richtig erinnere, war er doch eher schmächtig, oder?«

»Ich glaube, ich klinke mich aus«, sagte Sophie, sagte Lucy, sagte ich, sagte jede von uns zu verschiedenen Zeitpunkten. Aber keine tat es. Keine klinkte sich aus. Stattdessen trösteten wir Paula, flehten sie an, zur Therapie zu gehen, ermutigten sie, obwohl wir selbst längst den Mut verloren hatten. Wir baten sie, keine bewusstseinserweiternden Drogen zu nehmen, und kamen immer wieder zu Besuch. Ich glaube, unsere eigene Selbstlosigkeit überraschte uns selbst, denn wir hielten uns – zu Recht – für ziemliche Egoisten. Es war anstrengend, konstruktiv zu bleiben, während unsere jahrzehntealten Ressentiments mühsam gedeckelt vor sich hin köchelten. Die anfangs noch anregende Krisenstimmung begann an unseren Kräften zu zehren. Hinzu kam, dass wir damals alle noch wahnsinnig beschäftigt waren. Sophie kämpfte sich gerade durch ihr hundertstes Praktikum, Lucy wetzte ihre Zähne am Raubtierkapitalismus, und ich versteckte mich bei After-Hour-Partys auf der Toilette, wann immer die Diskrepanz zwischen meiner dynamischen Jungjournalisten-Persona und mir selbst zu groß wurde.

Die Dauerkrise unserer Schwester zerrte an unseren Nerven. Wir fragten uns, wie lange wir noch durchhalten würden. Und dann kam Matthias, der uns praktisch von seiner ersten Erwähnung an – schon sein Name gefiel uns – in einen wohligen Beruhigungszustand versetzte. Er war unscheinbar, aber wunderbar normal, und dieses Aber spielte bei ihm eine große Rolle. Er hatte einen kleinen Bauchansatz, aber ein männlich kantiges Kinn. Seine Augen standen ein wenig zu eng zusammen, aber er hatte ein nettes Lächeln. Er las nie Romane, nur Sachbücher, die von irgendwelchen Leuten handelten, die sich im Gebirge verirrt hatten oder hundert Tage auf dem offenen Meer getrieben waren. Dafür konnte er lange Dialogpassagen aus unseren Lieblings-Neunziger-Jahre-Sitcoms zitieren. Sein Job war nicht besonders aufregend, aber solide, irgendetwas im Verwaltungswesen – in der Buchhaltung? Ehrlich gesagt, verlor sich an dieser Stelle auch für Paula seine berufliche Spur. Kurzum, er wusste seine Minuspunkte geschickt mit Pluspunkten auszugleichen und hielt die kritische Balance, die den Unterschied zwischen einem guten Fang und einem Fehlgriff ausmacht. Wahrscheinlich wären wir bei einem eins neunzig großen Traummann ohnehin misstrauisch geworden.

Selbst die Geschichte ihres Kennenlernens klang herrlich normal. Es war die Art Geschichte, die man zwanzig Jahre später seinen mäßig interessierten Gästen beim Nachtisch erzählen kann (»Fang du an!«). Paula hatte Matthias bei einem Abendessen mit Freunden kennengelernt, zu dem sie eigentlich nicht hatte gehen wollen (»Stell dir vor!«). Sie hatten Scharade gespielt, grellbunte Cocktails aus trichterförmigen Gläsern getrunken, und Matthias hatte als Einziger den Begriff Schreckschraube erraten (»Sie hat so komisch mit den Armen gerudert.«). Danach hatte sich Paula noch von Matthias zum Taxi begleiten lassen, und beim Abschied hatte er sie erst zweimal feucht auf die Wange geküsst, dann ein drittes Mal auf den Mund. Im Nachhinein war sich Paula nicht sicher, ob der Mundkuss nicht ein Versehen gewesen war. »Vielleicht ist er nur verrutscht. Er könnte die Orientierung verloren haben«, sagte sie zweifelnd. »Es war dunkel, und wir waren ziemlich betrunken.«

»Wie findest du ihn denn?«, fragten wir und hielten kollektiv den Atem an.

»Nett«, sagte sie, um nach einem Zögern beinahe widerstrebend zuzugeben: »Ein ganz normaler, netter Kerl.«

Wir waren begeistert. Wir konnten uns gar nicht genug Geschichten anhören, die bewiesen, wie nett und normal er war. Denn, sehen wir den Tatsachen ins Auge, bei einem alleinstehenden Mann Ende dreißig ist *außergewöhnlich* nicht unbedingt ein Kompliment. Nach dem Tod unserer Mutter klammerten wir uns ohnehin wie verängstigte Kleinkinder an die Normalität. Als Teenager hätten wir Paula wegen des netten Matthias fertiggemacht – nun wurden wir zu seinen Anwältinnen. Als Paula kurz vor der Hochzeit kalte Füße bekam, waren wir fast persönlich beleidigt. »So einen wie den findest du nie wieder«, schrien wir ins Telefon. Das war natürlich gelogen, aber wir hatten ein gutes Gewissen, und am Ende gab uns die merkwürdig anrührende Hochzeit recht. Paula hüpfte in einem aufgeblähten Hochzeitskleid, das aussah wie ein Airbag, durch den Partysaal; und obwohl sie den ganzen Abend lang nur Orangensaft trank, glühten ihre Wangen, und sie umarmte uns wieder und wieder und flüsterte uns ins Ohr, wie lieb sie uns hatte. Die wenigen Gäste wirkten alle ein wenig verlegen. Einige hatten erst durch die Hochzeitseinladungen erfahren, dass meine Schwester sich von Tom getrennt hatte. Auch weil alles so schnell gegangen war, hatten sich Paula und Matthias bei ihrer Hochzeit für die dezente Variante entschieden: Standesamt statt Kirche, nur Freunde und Familie, das kleine Buffet und um Gottes willen keine Live-Band. Es war, als hätten sie bei dem Bestellzettel für Hochzeitsfeiern statt *Premium* oder *Deluxe* das Sparkästchen angekreuzt. Nur das Hochzeitskleid, den weißen Traum in Tüll, wollte Paula unbedingt. »Ein Brautkleid für eine nichtkirchliche Trauung. Ich dachte, so was machen nur die Russinnen«, lautete der Kommentar meines Vaters, als er sich ein Jahr später die Bilder ansah. »Und ihr seht alle aus wie Schlampen.« Das stimmte. Wir waren unglaublich dick geschminkt, mit dreimal getuschten, klebrig schwarzen Wimpern. Die Abdrücke unserer lipglosstriefenden Münder klebten auf Sektgläsern und Hemdkragen. Es war wohl die Erleichterung, die uns alle ein wenig ausflippen ließ. Denn dies war auch unser Fest, schließlich hatte unser Mann das Rennen gemacht. Den ganzen Abend lang warfen wir uns triumphierende Blicke zu. Paula feierte ihre Hochzeit, und wir bejubelten unsere Freiheit. Von einem Tag auf den anderen hatten wir genug voneinander. Heute weiß ich nicht einmal mehr, wie eine Dreierschaltung funktioniert. Lucy, Sophie und ich schrumpften unsere Beziehung auf E-Mail-Größe, stopften uns gegenseitig in Sammelverteiler und sahen uns nur, wenn es unvermeidbar war. Damit waren wir alle ganz zufrieden.

Nebelweicher Dampf quillt aus meinem Kaffeebecher. Und während ich mit dem Löffel Zimtpuder, Schokoladenstreusel und Milchschaum durcheinanderrühre, weiß ich, dass wir die richtige Entscheidung getroffen haben. Matthias ist ein guter Mann: Er sagt mir, ich solle meine feuchten Stiefel ausziehen, und bringt mir stattdessen ein Paar bunter Wollsocken mit Gumminoppen. Er empfiehlt mir, ein Entspannungsbad zu nehmen, und nennt Lars einen Womanizer. Anscheinend ist er stolz auf dieses Wort, denn er wiederholt es mehrmals: »Womanizer.«

»Es gibt keine andere Frau«, sage ich und kriege gleich darauf einen Schreck. Woher will ich das eigentlich wissen? Lars ist nicht der Typ für Affären, beharrt eine altkluge, besserwisserische Stimme in meinem Innern. Das ganze damit verbundene Beiwerk wäre ihm unerträglich, die schlaflosen Nächte, schmuddeligen Autorücksitze und heimlichen Telefonate. Das alles passt nicht zu Lars' Verständnis von psychischer und physischer Hygiene. Es gibt einfach keine saubere Art, eine Affäre zu haben.

Ob bei seiner Karriere oder in unserer Beziehung, Lars ging schon immer alles methodisch an. Wenn wir stritten, versuchte er, mich mit Argumenten zu überzeugen. Er redete und redete, bis wir eine Lösung gefunden hatten oder ich aus schierer Erschöpfung nachgab. Er ertrug es nicht einmal, einen benutzten Teller länger als eine Viertelstunde im Spülbecken stehen zu sehen. »Ich kann nicht verstehen, dass dich dieses Chaos nicht nervös macht«, sagte er dann und griff zum Spülschwamm. Nein, wenn Lars Interesse an einer anderen Frau hätte, dann würde er das anders angehen. Er würde vorher einen Schlussstrich ziehen, so viel steht fest, und danach würde er geduldig abwarten, bis die Kratzer, die ich in seinem perfekten Leben hinterlassen habe, endgültig verblasst wären.

Bei dem Gedanken überläuft mich ein Kälteschauer. »Ich muss mich hinlegen«, sage ich mit einer Stimme, die selbst in meinen Ohren kläglich klingt. Doch Matthias hört einfach nicht auf zu reden. Er erzählt mir von »Womanizern« und »Ehebrechern«, Geschichten von Betrug und Verrat. Er erzählt mir von Familienvätern, die ihre Ehefrauen und Kinder nach zwanzig Jahren sitzenlassen, von vorgeschobenen Geschäftsreisen und SMS-Romanzen. Er erzählt von Tangas in Couchritzen und einstweiligen Verfügungen, und ich weiß nicht, woher er das alles hat und was das mit mir zu tun hat. Ich wünschte, Paula wäre hier. Ich nicke ein paarmal und sage »gut, gut«, als wolle ich einen um einen Tisch voller Porzellangeschirr tobenden Hund beschwichtigen, aber Matthias redet einfach weiter, stammelt und stellt mir Fragen, die ich nicht beantworten kann (»Meinst du, sie hat etwas geahnt von dem, was er getrieben hat?«). Irgendwann bin ich so erschöpft, dass ich mich wortlos umdrehe und die Küche verlasse.

Auf der Wendeltreppe bohrt sich der Nackenschild eines Hartgummidinosauriers in meinen Fuß. Per muss ihn auf der Stufe liegen gelassen haben. Mein Neffe liebt Dinosaurier. Matthias ist mir gefolgt und redet immer noch. Erst als wir mein Zimmer betreten, verstummt er. Tatsächlich handelt es sich um *mein* Zimmer, kein Gäste-, Arbeits- oder Wäschezimmer. Im Haus meiner Schwester habe ich mein eigenes Zimmer, und wenn ich nicht da bin, steht es leer. Alles ist genau so, wie ich es mir vorgestellt habe. Durchs gekippte Fenster weht eine rauchige Herbstbrise, die Zweige des Kastanienbaums schlagen gegen die Scheiben, gleichzeitig bollert die Heizung auf höchster Stufe. Auf meinem mädchentraumrosa Bett liegen meine Stofftiere Mr. Mops, Wauwi, Bulli Schwein und das Strickkaninchen, eine zerrupfte kleine Armee. Paula muss sie vom Dachboden geholt und sogar in die Waschmaschine gesteckt haben. Sie wirken sehr sauber, weniger bunt und ein bisschen zusammengeschrumpft. Auf dem Nachttisch stapeln sich Monatspackungen Aspirinpulver mit Vitamin-C-Zusatz.

Tränen steigen mir in die Augen, und ich würde gern glauben, dass es Tränen der Dankbarkeit sind, nicht des Selbstmitleids. Denn ein Teil von mir ist bereit, dankbar zu sein – trotz allem. Ein anderer, armseligerer Teil von mir will mit dem Handy ein Foto schießen und es Lars schicken, um ihm zu zeigen, wie wahre Liebe aussieht.

Ich lasse mich auf die Bettkante sinken und rechne damit, dass Matthias jetzt geht. Stattdessen setzt er sich so dicht neben mich, dass unsere Oberschenkel sich fast berühren und mein Rücken starr wird wie Panzerglas.

»Meinst du, das zwischen dir und Lars kommt wieder in Ordnung?«, fragt er.

Ich zucke die Achseln. Im Grunde kann ich mich an kaum etwas erinnern, was Lars an jenem Samstagmorgen zu mir gesagt hat. So geht es mir oft in Stresssituationen. In meinen Ohren fängt es an zu rauschen, und ich kriege die wichtigen Informationen nicht mit. Bei einem Flugzeugabsturz wäre ich verloren. Ich würde nie mitkriegen, wo die Notausgänge sind oder an welcher Leine ich ziehen muss. Wenn die Maschine in den Sturzflug geht, würde ich einfach dasitzen, und während um mich herum Panikgeschrei ausbricht, elektrische Blitze die Kabinen durchzucken und die Klugen sich in Schwimmwesten zwängen – denn natürlich sind wir mitten über dem Atlantik –, würde ich mich an meinem Sitz festklammern und mit angehaltenem Atem darauf warten, dass die eisige Schwärze über mir zusammenschlägt.

»Hast du ihn betrogen?«

Ich zucke zusammen. Ich bin ehrlich schockiert, übertreibe aber in meiner Reaktion extra ein bisschen. Ich ziehe die Schultern bis zu den Ohrläppchen hoch und reiße die Augen auf, um Matthias zu verstehen zu geben, dass er eine Grenze überschritten hat. Im Ernst: Solche Gespräche führen wir nicht miteinander. Wir sagen »Hol mir ein Bier« oder »Schäl das« oder

»Kennst du schon diese brandneue Seite, auf der man diese tolle US-Serie streamen kann und die wahrscheinlich noch während wir reden gesperrt wird?«. Wir sind nicht auf der Hast-du-deinen-Partner-betrogen-Ebene. Ich warte darauf, dass Matthias rot wird und sich entschuldigt, doch das tut er nicht. Er sieht mich nur an. Sein Gesicht ist so nah, dass ich die winzige rot geplatzte Ader in seinem Augenweiß sehen kann. Anscheinend steht auch er unter Druck.

»Wie kommst du darauf?«, frage ich.

Dabei ist die eigentliche Frage natürlich: Warum sage ich nicht einfach nein? Nicht oft bietet sich eine so perfekte Gelegenheit, sich mit der eigenen Schuldlosigkeit zu brüsten. Denn folgt man der gängigen Definition von betrügen, habe ich mir in meiner Beziehung nichts zuschulden kommen lassen. Abgesehen von ein paar betrunkenen Partyknutschereien mit Männern, die ich bei einer Gegenüberstellung am nächsten Morgen nicht mehr hätte identifizieren können (angesichts einer fast zehn Jahre dauernden Beziehung ein Kavaliersdelikt), war ich schon fast zwanghaft treu. Leider dämmert mir schon seit ein paar Jahren, dass sich bei Beziehungen nicht alles um Körperflüssigkeiten dreht.

Matthias scheint meinen inneren Kampf bemerkt zu haben, deutet ihn jedoch falsch. »So was kann passieren«, sagt er und nickt mir ein paarmal ermutigend zu. »Ich würde dich nicht dafür verurteilen. Das Leben ist kompliziert.«

An dieser Stelle fällt es mir schwer, ein taktloses Auflachen zu unterdrücken. Selbstverständlich ist *mein* Leben kompliziert. Aber was, bitte, soll kompliziert sein am Leben meines Schwagers? Er hat eine wunderbare Frau, ein schönes Haus, ein nettes, wenn auch etwas eigenartiges Kind. Unglück ist kompliziert, Glück sollte einfach sein. Noch mehr als seine Worte erschreckt mich sein Blick. Er sieht mich an, als wolle er mir Dinge erzählen, die ich nicht hören will.

Ich will keine Geheimnisträgerin sein. Das sagte meine Mutter immer, wenn eine von uns ihr etwas ins Ohr flüstern wollte.

Meine Mutter bestand damals nur aus Ellbogen und Knien, und auf ihren Schoß zu klettern war wirklich kein Vergnügen. Doch noch bevor unsere nassen Lippen ihr Ohrläppchen streifen konnten, schüttelte sie den Kopf, die Augen weit aufgerissen, feine Bröckchen Tusche an den Wimpern, die Lippen geformt zu einem perfekten Stummfilm-O: »Ich will keine Geheimnisträgerin sein«, rief sie mit hoher Kleinmädchenstimme. Sie verstellte ihre Stimme, um uns zu zeigen, dass sie ihre Panik nur spielte – für uns. Und ich weiß noch, dass ich meine Mutter schon damals, als Grundschulkind, ziemlich seltsam fand.

Wovor hatte sie denn bitte so große Angst? Hätte sie uns gelassen, hätten wir ihr von den schimmelnden Pausenbroten erzählt, die Sophie in ihrer Sockenschublade versteckte, oder von Lucys Hamsterentführung (sie drohte, Wolli ein Bein zu brechen, sollten wir ihre Forderungen nicht erfüllen). Wir hätten ihr den Liebesbrief gezeigt, den Paula in einer Doppelstunde Mathe an Herrn Paul geschrieben hatte, der mit neununddreißig der jüngste Lehrer im Kollegium des Gymnasiums war und der Einzige an der ganzen Schule, der Krafttraining betrieb (dass er schwul war, erfuhren wir erst später). Vielleicht hätten Lucy, Sophie oder Paula ihr auch von mir berichtet, wie ich mit verdrehten Augen und vorgestreckten Armen nachts in ihre Zimmer stolperte. Jahrelang tat ich so, als würde ich schlafwandeln, weil ich nicht zugeben wollte, dass ich Angst vorm Alleinschlafen hatte.

Solche Geheimnisse hätten wir meiner Mutter preisgegeben. Die Sorte Geheimnisse, über die Väter und Mütter, wenn sie unter sich sind, in Verzückung geraten. Aber irgendetwas sagt mir, dass Matthias' Geständnis nicht entzückend sein wird. Und selbst wenn sich das Ganze, wovon ich ausgehe, lange vor Paulas Zeit zugetragen hat, will ich es nicht wissen. Im Grunde ist es mir nämlich egal, ob sich diese Geschichte vor dreißig Jahren oder auf dem Planeten Pluto abgespielt hat. Denn meine Schwestern und ich haben für diesen Mann gebürgt.

»Weißt du«, sagt Matthias und stockt. Sofort kalkuliere ich meine Fluchtmöglichkeiten: Ich könnte so tun, als hätte ich meine Tage, hektisch in meiner Handtasche kramen, bis meine Finger ein imaginäres Tampon umschließen, und aus dem Zimmer stürzen. Das mache ich oft so. Im Grunde verstecke ich mich schon mein ganzes Leben lang auf Toiletten. Ganze Jahrzehnte lang habe ich in Restaurants, Schulen, Clubs, Messehallen und Universitäten auf zugeklappten Toilettendeckeln gehockt, auf die Fliesen gestarrt oder meine mal mehr, mal minder ansehnlichen Schenkel.

Ich will keine Geheimnisträgerin sein.

Matthias wirft mir einen fragenden Blick zu, was verständlich ist, denn ich bin bereits aufgesprungen und habe die Hand auf die Türklinke gelegt.

In diesem Moment fällt die Haustür unten ins Schloss. Die Glasscheiben vibrieren, der Boden zittert: Paula beherrscht das fröhliche Türenschmettern wie keine andere. Und ich lache, so erleichtert bin ich, denn jetzt ergibt auch meine Hand auf der Türklinke einen Sinn. Ich gehe langsam aus dem Zimmer, ziehe die Tür hinter mir zu, behutsam und blitzschnell, wie man eine streunende Katze einsperrt.

Kapitel drei

Am siebten Tag ruft Lars an.

»Hallo«, sagt er mit einer Stimme, an der man abperlt wie Wassertropfen an einer Duschwand.

Eigentlich könnte ich gleich auflegen. Stattdessen sage ich »hey« und noch einmal »hey«. Ich hasse es, wie meine Stimme klingt, überkippend und atemlos, als wäre ich gerade zu schnell aus einem tiefen Schwimmbecken hochgetaucht. Aber immerhin besteht die Möglichkeit, dass ich in den nächsten Minuten erfahren werde, warum Lars mich verlassen hat.

Um die Antwort vorwegzunehmen: Ich erfahre absolut gar nichts. Stattdessen führen Lars und ich ein Gespräch, dem es an allem fehlt: an Rationalität, Einfühlungsvermögen und gegenseitiger Wertschätzung; es ist ein Gespräch, für das wir uns den Rest unseres Lebens schämen sollten.

Hier ein Auszug:

Lars: »Wie geht es dir?«

Ich: »Ich bin bei meiner Schwester.« (*Non sequitur.*)

Lars: »Das ist gut, wirklich.« (*Warum?*)

Ich: »Und du?« (*Kohärenz?*)

Lars: »Ich habe gerade viel zu tun.«

Er räuspert sich und schweigt. Er schweigt so lange, dass ich unruhig werde und den Kardinalfehler des nervösen Verkäufers begehe. Ich biedere mich an:

»Es ist schön, von dir zu hören. Wir sollten miteinander reden. Wir sollten uns bald treffen und miteinander reden.«

»Ja.« Pause. »Ja.« (*Schlimmer als nein.*)

»Aber wenn du keine Zeit hast …«

»Nein, nein.« (In diesem Fall heißt nein nein.) »Es ist nur … wir haben im Büro gerade einen wichtigen Auftrag reinbekommen. Es wird ziemlich knapp. Wir haben Samstag noch ein Meeting. Ich muss die ganze Woche durcharbeiten, also …«

Das Wort »Meeting« verschlägt mir die Sprache. Er sagt Meeting, als wüsste ich nicht, dass sein Büro aus vier lose gruppierten, von allen Seiten einsehbaren Schreibtischen besteht, in einer Etage, die er sich mit Werbern, Schreibern, Übersetzern und anderen Fleißiges-Bienchen-Existenzen teilt; ein Ort, der zwar über die modernsten Laserdrucker und ein lichtgeschwindes Internet verfügen mag, nicht aber über funktionierende Toiletten.

Und dann fällt mir zu allem Überfluss auch noch Cora ein, Lars' Kollegin mit dem Oxford-Abschluss und der Oberschenkellücke.

Im Sommer sind wir ihr zufällig vorm Supermarkt begegnet. Eine volle Viertelstunde standen wir im gleißenden Sonnenlicht, die Trageschlaufen der Einkaufstüten schnitten mir in die Hand, und Cora stand da mit ihrem makellosen Make-up, strich sich immer wieder eine verrutschende Strähne aus der Stirn und lachte mit blitzenden Zähnen in die Sonne (»Nein, dass wir uns hier treffen!«). Sie lachte und lachte. Und während mir der Schweiß in klebrigen Rinnsalen die Achseln herabfloss, dachte ich: Worüber lacht die denn? Über sich? Über mich? Zum Abschied streifte sie mit den Fingerspitzen noch ganz kurz Lars' Arm, flüchtig und zart wie ein Sonnenstrahl, der die Haut erwärmt und nach seinem Schwinden eine so unbehagliche Kälte zurücklässt, dass sich die Härchen an den Armen sträuben.

»Ist Cora auch da?«

»Natürlich ist Cora auch da. Sie macht das Layout.«

Cora. Das klingt wie eine Modelinie. Der Name würde zu einer Frau passen, die in spiegelnden Bürotürmen arbeitet und trotzdem niemals vergisst, sexy Unterwäsche zu tragen.

»Das ist nicht dein Ernst?«, sagt Lars. Er klingt ungehalten, zu Recht. Ich kann selbst nicht glauben, dass ich so über eine andere Frau denke, deren einziges Verbrechen darin besteht, schöner, selbstbewusster und erfolgreicher zu sein als ich. In Wahrheit geht es gar nicht so sehr um Cora oder um meine Eifersucht – darum natürlich auch –, vor allem will ich jedoch wissen, wogegen ich mich zu wappnen habe. Wenn die geringste Gefahr besteht, dass ich demnächst die verzweifelte Frau sein werde, die sich beim Anblick von Lars' neuer Freundin von Lachanfällen geschüttelt an seinen Arm krallt, muss ich das wissen. Tatsächlich würde ich unheimlich gern mit Lars reden. Ich möchte ihm ehrliche Fragen stellen und ehrliche Antworten bekommen. Leider liegt das im Moment außerhalb meiner sprachlichen Möglichkeiten. Tatsächlich fehlen mir für dieses Gespräch die Worte.

»Mir war nicht klar, wie unglücklich du bist.« Diesen Satz zum Beispiel habe ich dem blonden Surfertypen aus der Vorabendserie geklaut, die meine Schwester und ich täglich schauen. »Ich dachte, du magst unser Leben.«

»Ich hab's aber gesagt, nicht nur ein Mal«, sagt Lars.

Das ist das Problem. Lars hat immer geredet. Selbst in unseren schlimmsten Zeiten. Damit hat er mich in trügerischer Sicherheit gewiegt. Worte haben mir noch nie Angst gemacht. Meine Mutter schrie, sie würde in den Fluss springen und sich ertränken, falls wir nicht auf der Stelle unsere Zimmer aufräumten, und wir räumten unsere Zimmer trotzdem nicht auf. In unserer Familie galt die Logik des Geiseldramas: Solange noch geredet wurde, war alles in Ordnung.

»Ich kann mich nicht einmal daran erinnern, wann wir das letzte Mal miteinander geschlafen haben«, sagt Lars.

»Oh, es geht um Sex«, sage ich in einem Tonfall, als hätte mir Lars soeben sein wahres, zwielichtiges Wesen offenbart.

»Natürlich geht es auch darum«, sagt er. »Aber nicht nur. Das Problem ist, dass wir gar nichts mehr miteinander gemacht haben. Wir haben weder miteinander geredet noch etwas unternommen noch miteinander geschlafen, noch sind wir uns sonst wie nahegekommen. Du warst immer nur müde und hattest überhaupt keine Pläne mehr.«

Das ist so unglaublich unfair, dass ich keine Worte dafür finde. Früher hatte ich jede Menge Pläne. Während Lars völlig zufrieden damit war, sich mit einer Flasche Bier und einer *brand eins* auf dem Sofa meines Studentenwohnheimzimmers zu räkeln, rannte ich von Seminar zu Job, von Job zu Praktikum. Alles unter dem Leitstern meines Lebensplans, der grob skizziert so aussah: Journalistenschule – Hochglanzpraktika – Volontariat – Weltherrschaft. Am Rand meines Laptops klebten täglich ein Dutzend Post-its. Und wohin hat mich das alles gebracht? An die Seite eines Mannes, der nicht mal abwarten kann, bis ich mein Frühstücksmüsli aufgegessen habe, bevor er mich vor die Tür setzt. Trotzdem verspüre ich zum ersten Mal einen Anflug von Panik. Denn bislang habe ich meine Chancen, die Sache mit Lars wieder hinzubekommen, nicht allzu schlecht eingeschätzt. Schließlich bin ich es, die unsere Beziehung kaputtgemacht hat. Folglich müsste ich auch in der Lage sein, sie wieder in Ordnung zu bringen. Aber wenn Lars eine Frau mit Plänen sucht, dann stecke ich in ernsten Schwierigkeiten.

Meinen Plan für den heutigen Tag habe ich auf ein Blatt zerknittertes Kästchenpapier notiert, das ich aus einem alten Collegeblock gerissen und Mr. Mops zwischen die Plüschzähne geschoben habe:

Aufstehen
Duschen
Mindestens zehn Minuten an die frische Luft

Vielleicht wird mir irgendwann einmal wieder danach sein, ehrgeizigere Pläne zu entwerfen, wer weiß. Doch meine heimliche Hoffnung ist, dass das bald nicht mehr nötig sein wird. Ich träume von einem plötzlichen, die globale Ordnung umstürzenden Ereignis – einer Naturkatastrophe zum Beispiel; irgendetwas, das mich meiner quälenden Individualität entreißen und in ein Kollektivschicksal spülen wird, in dem es Wichtigeres gibt als mein persönliches Versagen. Manchmal, wenn ich die Augen schließe, sehe ich es genau vor mir. Wie ein Tom-Cruise-Stellvertreter mich am Ärmel zerrt, durch die Trümmerlandschaft einer von Rauchwolken verhangenen postapokalyptischen Stadt. Und während ich noch versuche, auf die Schnelle die Überreste meines bürgerlichen Lebens aus dem Schutt zu retten, meinen Personalausweis oder meine BahnCard 25, schreit er mich an: »Wann kapierst du endlich, dass das alles nichts mehr bedeutet? Dass jetzt nur noch das Überleben zählt?« Im Übrigen bin ich mir ziemlich sicher, dass ich nach einer angemessenen Eingewöhnungsphase in dieser neuen Epoche aufblühen werde. Wenn endlich niemand mehr von mir erwartet, das normale Leben zu meistern, wird meine große Stunde schlagen.

»Liebst du mich noch?«, frage ich.

Ich halte mich normalerweise nicht für die Liebst-du-mich-noch-Sorte Frau. Aber wer tut das schon, bis es so weit ist?

Lars schweigt eine Weile und antwortet dann: »Ich weiß nicht, was ich fühle.«

Ich kann nicht glauben, dass er das gesagt hat. Dieser Satz gehört unter Strafe gestellt und mit Elektroschocks geahndet. *Ich weiß nicht, was ich fühle* ist einfach ungerecht. Auf dieser Basis kann man keinen Kredit aufnehmen oder keinen Fremden auf einer Party küssen. *Ich weiß nicht, was ich fühle* ist die Sackgasse unter den Sätzen. Der Schock lässt mich etwas ziemlich Unsachliches, Gemeines sagen, das mir normalerweise nie über die Lippen gekommen wäre, woraufhin Lars etwas ebenso Unsachliches erwidert, und dann lege ich auf, mitten im Satz.

In Momenten wie diesen sehne ich mich nach einer gelben Telefonzelle, in der es süß und muffig riecht, nach Bierdunst, Urin und veratmeter Luft. In einer gelben Telefonzelle kann man den Hörer auf die Gabel werfen, mit einer Wucht, die die Wände um einen herum erzittern lässt, ein Knallen, das durch die Leitung donnert und dem anderen noch Stunden später in den Ohren hallt. Stattdessen streiche ich mit dem Daumen über das kühl leuchtende Display meines Handys, bis es nach einem letzten schwächlichen Aufzucken erlischt.

Wie soll man es in einer Zeit so kraftloser Gesten schaffen, zu lieben oder sich wenigstens vernünftig das Herz brechen zu lassen?

Paula räumt die Teller vom Abendessen zusammen. Auf den Tellern stapeln sich Stücke von halbrohem Fleisch, Knochen, zerknüllte Servietten und gelber Kartoffelmatsch. Mit der Gabel schiebt sie die Reste vom Teller in den Mülleimer. Der Plastikdeckel schwingt zurück. Auf Matthias' Teller ist am meisten liegen geblieben. Sein Steak hat er kaum angerührt. Er hat es unter der Serviette versteckt, die sich mit Blutsauce vollgesogen hat. In letzter Zeit isst Matthias nie seinen Teller leer. Paula macht den Kleinkinder-Schwimmkurs verantwortlich.

»Liegt der nicht schon ein paar Jahre zurück? Per ist doch schon fünf.«

»Ja, aber er ist immer noch nicht darüber hinweg. Die Väter der anderen Kinder waren alle so wahnsinnig trainiert. Ich schwöre dir, ich habe noch nie so viele Sixpacks auf einem Haufen gesehen. Für Matthias war das ein ziemlicher Schock. Seitdem hat er nie wieder mit gutem Gewissen ein Eis gegessen.« Sie schüttelt den Kopf. »Man steht heutzutage auch als Vater ganz schön unter Druck.«

Im Neonlicht des Herds wirkt ihr Gesicht blass, und mir fallen die hauchfeinen Risse um ihre Augen auf. Per sitzt eingekeilt zwischen dem Schrank für die Töpfe und der aufgeklappten Backofentür auf dem Boden und streichelt mit abwesendem Blick sein Dinosaurierbuch; dabei murmelt er scheinbar willkürliche Zahlenfolgen vor sich hin. Wahrscheinlich ruft er sich die Lebensdaten seiner Lieblingsdinosaurier ins Gedächtnis. Oder er plant ein Bombenattentat, das kann man bei einem Jungen wie ihm nie mit Gewissheit sagen.

»Na, Schätzchen?« Paula fährt ihm mit ihrer roten, spülwasserweichen Hand übers Haar.

Per dreht den Kopf hin und her, um ihre Hand abzuschütteln. Dann streicht er sich die Haare glatt, bis jede Strähne exakt wieder so liegt wie vorher.

»Ich wäre total ausgerastet an deiner Stelle«, sagt Paula. Sie dreht den Wasserhahn auf und spült Blutsauce von den weißen Tellern.

»Ich habe einfach aufgelegt«, sage ich.

»Das war richtig. Ich hätte dasselbe getan.«

»Wirklich?«

»Absolut.«

Sie lässt die Teller ins schaumgefüllte Spülbecken gleiten. Deswegen tut es so gut, mit meiner Schwester zu reden. Sie weiß, dass sie mir jetzt recht geben muss, egal, was ich sage. Und wenn ich mit tropfendem Benzinkanister und gezücktem Streichholz vor dem Haus von Lars' achtundneunzigjähriger Großmutter gestanden hätte, ihre Reaktion wäre genau dieselbe: DU HAST ABSOLUT NICHTS FALSCH GEMACHT.

Per zupft am Hosenbein seiner Mutter.

Paula seufzt. »Bitte, Per, ich kann jetzt nicht mit dir über Dinosaurier reden. Morgen wieder, okay?«

Per beißt sich so fest auf die Unterlippe, dass sie weiß wird. Meine Schwester schüttelt den Kopf, ein wenig verwundert. »Ich bin eine erwachsene Frau und stecke bis zu den Ohren in der Tundra.«

Wieder einmal fällt mir auf, dass mein Neffe ziemlich seltsam ist. Heute beim Frühstück hat er sich eine volle Minute lang mit dem Fingerknöchel gegen die Stirn geklopft. Auf meine Frage, was er da mache, antwortete Paula: »Er klopft auf Holz, um böse Geister zu vertreiben.« Sie lächelte, während sie das sagte, als sei dies eine völlig vernünftige, nachvollziehbare Geste. Als sollte das eigentlich jeder machen.

»Na, Mädels?« Matthias steckt den Kopf zur Tür herein.

Es ist merkwürdig. Mein Schwager ist der netteste Mann, den ich kenne. Trotzdem vergesse ich manchmal, dass er da ist. In Gesellschaft meiner Schwester versagt mein Kurzzeitgedächtnis, und Dinge, die sich in den letzten drei bis sechs Jahren zugetragen haben, sind wie ausgelöscht. Ich kann mich noch genau daran erinnern, wie Paula sich bei ihrer Kommunion zehn Stück Kuchen vom Buffet holte und sich hinterher auf der Restauranttoilette übergab. Ich erinnere mich, dass sie ihr Bernstein-Armband, das sie zur Kommunion geschenkt bekam, vor dem Kotzen ablegte und in eine Serviette wickelte, damit es nicht schmutzig wurde. Ich erinnere mich an den Anblick des in die Serviette eingewickelten Armbands auf den fleckigen Fliesen. Aber manchmal erinnere ich mich nicht daran, dass Paula eine eigene Familie hat.

»Matthias«, sage ich, und in meiner Stimme schwingt die ehrliche Freude darüber mit, dass es ihn gibt.

»Noch gar nicht müde?« Er stützt sich mit der Hand schwer gegen den Türrahmen. Ich habe das Gefühl, er würde gern anders an diesem Türrahmen lehnen, ein bisschen lässiger. Paula schlendert zu ihm hinüber und schmiegt den Kopf an seine Brust. Da die beiden ungefähr gleich groß sind, muss sie dazu ein bisschen in die Knie gehen. Matthias streicht ihr übers Haar, währenddessen irrt sein Blick in der Küche umher, fährt über blitzende Fliesen und weiße Silikonritzen und bleibt schließlich an mir hängen. Als ich ihn anlächle, dreht er den Kopf weg. Er löst sich von meiner Schwester und hebt Per vom Boden hoch.

»Treibt's nicht zu wild«, sagt er und zwinkert uns zu. Jetzt ist er wieder ganz der Mann von den Urlaubsfotos. Der Mann, der Hummer in die Kamera hält. Matthias legt sich Per über die Schulter.

»Ich komm gleich gute Nacht sagen«, ruft Paula ihnen hinterher, kurz bevor Matthias die Küchentür hinter sich schließt. Dann sind wir allein, und sie atmet auf. »Rauchen wir eine?«

»Ich dachte, du rauchst nicht mehr.«

Paula zuckt die Achseln und lacht. Kurz darauf stehen wir

über einen Geranienkübel gebeugt und drücken uns gegenseitig die Zigarette in die steif gefrorenen Finger. Wir zittern und klappern mit den Zähnen. Die Kälte kriecht uns in die Knochen. Ich ziehe meine Ärmel bis über beide Handgelenke. Paula fragt, ob ich mir nicht eine Jacke holen will. Aber im Moment fühlt es sich einfach gut an, hier zu sein, unter dem diesigen Vorstadtnachthimmel und ein paar schwach leuchtenden Sternen. Von der Laterne, die auf der anderen Seite des Zauns steht, fällt blasses orangenes Flutlicht in den Garten. Die Spielstraße ist leergefegt. Daniels Ligusterhecke durchschneidet rasiermesserscharf die Dunkelheit.

»Mein Gott, er hat auch noch die Hecke geschnitten«, sagt Paula kopfschüttelnd und streift glühende Asche am Rand des Blumentopfs ab. »Es ist unglaublich, was er mit diesem Grundstück angestellt hat. Er hat die Fassade neu angestrichen und sogar den morschen Apfelbaum gefällt. Ich hatte immer Angst, dass der uns bei einem Sturm irgendwann aufs Dach kracht. Seitdem schlafe ich wesentlich ruhiger.«

»Das hat er alles selbst gemacht?«, frage ich.

Paula nickt. »Dieser Mann kann alles. Falls du dich je gefragt haben solltest, was die Welt im Innersten zusammenhält – es ist Daniel. Neulich hat er mir sogar den Siphon repariert.«

»Hat Matthias nichts dagegen, dass du dir von fremden Männern den Siphon reparieren lässt?«

Meine Schwester lacht ein wenig zu laut für die nachtschlafende Nachbarschaft und schlägt sich schnell die Hand vor den Mund. Eine Weile stehen wir schweigend da und frösteln, Paulas Zigarette glimmt in der Dunkelheit. Gedankenverloren schüttelt sie den Kopf. »Eigentlich wollten wir ja nicht mehr rauchen.« Als meiner Schwester bewusst wird, dass sie das W-Wort benutzt hat, wird sie rot.

Am Ende reden wir doch wieder über unsere Schwestern. Eine von uns fängt immer damit an. Diesmal ist es Paula. Wie sich herausstellt, hat Lucy ihr letzte Woche auf die Mailbox gesprochen. Das macht Lucy gern. Sie liebt Mailboxen. Ich glaube, es verschafft ihr ein enormes Gefühl der Befriedigung, uns über mehrere Zeitzonen hinweg die Ohren vollzuquatschen. Deswegen ruft sie ausschließlich zu Uhrzeiten an, zu denen sie sicher sein kann, dass wir schlafen.

»Und?«, frage ich. »Was hat sie gesagt?« Ich finde es selbst verblüffend, wie gespannt ich auf einmal bin, begierig, alles über meine Schwester zu erfahren, und das, obwohl mein eigenes Leben gerade auseinanderfällt. Plötzlich geht die Lampe auf der Terrasse an. Paula und ich zucken zusammen und blinzeln ins grelle Licht.

»Das ist der Bewegungsmelder«, sagt Paula. »Wahrscheinlich ist eine Katze über den Zaun gesprungen.«

»Was hat sie gesagt?«, frage ich noch einmal.

»Hm«, sagt Paula, »lass mich überlegen. Sie denkt über eine Kinnstraffung nach.«

»Wohnt sie immer noch im Hotel?«

»Klar.« Sie drückt die Zigarette aus und zieht ihr Handy aus der Hosentasche. »Ich spiel dir die Nachricht einfach mal vor.«

Zuerst hört man nur ein Rauschen. Und ob ich will oder nicht, sofort sehe ich Lucy vor mir, wie sie in einem bonbonfarbenen Cabrio eine achtspurige Straße entlangfährt. Meergeruch und Orangenduft vermischen sich mit Abgasluft und zu teurem Parfum. Der Fahrtwind bläst ihr das sorgfältig gesträhnte Haar ins Gesicht.

»Hallo Schwesterherz.« Lucys Stimme klingt rauchig, wie immer, und sie lallt ein wenig. Sie ist nicht betrunken, bloß müde, weil sie seit den hysterischen Neunzigern, dem Jahrzehnt, das ihr Weltbild prägte, nicht mehr geschlafen hat.

»Wie spät ist es bei euch? Zwei Uhr nachts?« Sie lacht dröhnend. »Ja, eine kalte, matschige Winternacht. Hier scheint die Sonne. Die Hitze flirrt auf dem Asphalt. Haha. Den Satz sollte ich mir aufschreiben. Das klingt ja wie ein verdammter Roman.« Und schon wird sie von einem ihrer endlosen Redeströme mitgerissen und durch die fremden Straßen ihrer ewig aufgeputschten amerikanischen Großstadt gespült.

Lucy ist eine der wenigen glücklichen Ex-Investment-Bankerinnen ihrer Generation. Zu einer Zeit, als ihre Kollegen mit ihren dunklen Anzügen und polierten Schuhen aus den Fenstern ihrer Büros sprangen, verließ sie London bei bester Gesundheit und mit einem ansehnlichen Vermögen im Gepäck. Seitdem zieht sie alle paar Monate um.

Im Moment lebt sie in L. A. Auch das weiß ich nur aus einer ihrer Sammelmails. Was sie genau dort tut – keine Ahnung. Lucy wohnt in Hotels und trinkt schottischen Whisky. Was ich heute noch über meine Schwester weiß, reicht gerade einmal, um sie auf einer Party vorzustellen.

»Jetzt schau dir den Depp an«, brüllt sie ins Telefon. »Ja, Scheißkerl, ich fahr hier auch. Fuck you! Dich mein ich! Ganz richtig!« Sie stöhnt in den Hörer. »Jedenfalls ist es dir vielleicht auf dem Foto aufgefallen«, sagt sie. Ich werfe Paula einen fragenden Blick zu – welches Foto? –, doch Paula zuckt nur die Achseln. »Das mit dem Kinn. Miriam sagt, es merkt keiner. Aber die spinnt.«

Wer zum Teufel ist die spinnende Miriam? Eine Freundin, Geliebte, Yogalehrerin oder Drogendealerin?

»Aber ich merke es. Es sackt ab. Darunter hat sich schon ein richtiger Wulst gebildet. Ich kann ihn zwischen Daumen und

Zeigefinger fassen und dran ziehen. Ich möchte keine dieser mittelalten Frauen ohne Hals werden. Verstehst du?«

Es hat etwas Surreales, hier neben meiner Schwester Paula zu stehen, der Verwaltungsangestellten, in ihrem gepflegten Kleinstadtgarten vor einem Laubhaufen, der angestrahlt ist wie ein Museumsexponat, und sich von Lucys irren Redeströmen umtosen zu lassen.

»Gott, dieser Pisser. Hat mich einfach geschnitten. John wär jetzt ausgerastet.«

»Wer ist John?«, frage ich. Doch Paula zuckt wieder die Achseln. Wir haben uns damit abgefunden, dass das Leben unserer großen Schwester von tausend mysteriösen Seriencharakteren bevölkert ist, deren Bekanntschaft wir niemals machen werden. Lucy bewegt sich in einer Welt, die so exotisch und fern ist, dass die Vorstellung, wir könnten je auf einem abgeschabten Ledersofa nebeneinandergesessen haben oder mit wippendem Turnbeutel zusammen zur rhythmischen Sportgymnastik getrabt sein, völlig absurd erscheint.

»Reicht, oder?«, fragt Paula. Mit einem Fingertippen schneidet sie Lucy das Wort ab.

»Ich hab das Gefühl, sie wollte mir etwas sagen«, sagt sie.

Mit einem Mal erlischt das Terrassenlicht, und Dunkelheit breitet sich um uns aus.

»Was meinst du?«

»Ich weiß nicht. Sie klingt irgendwie … unglücklich.«

»Hast du versucht, sie zurückzurufen?«

Paula lächelt nur. Lucy ist kein Mensch, den man so einfach erreicht. Don't call us – we'll call you. Man weiß nie genau, was sie dazu bringt, sich bei einer von uns zu melden. Es muss etwas mit dem biochemischen Gleichgewicht ihres Körpers zu tun haben, den Pillen, die sie gerade schluckt, mit der Tageszeit, dem

Wetter und ihrem Liebesleben. Nur wenn diese Faktoren auf eine besondere Weise zusammenspielen, erwacht plötzlich das Bedürfnis in ihr, mit einer von uns zu sprechen. Oder zumindest in unsere Welt hineinzureden.

»Du hörst, dass sie nicht glücklich ist?«, frage ich, ein wenig betroffen, weil ich nichts dergleichen höre.

»Ja, klar«, sagt Paula.

»Woher weißt du das?«

Das Gesicht meiner Schwester liegt im Dunkeln, ich kann nur ahnen, dass sie den Kopf schüttelt. »Sie ist meine Schwester.«

Es ist nach ein Uhr. Paula muss nachher arbeiten, und es wäre vernünftig, jetzt ins Bett zu gehen. Stattdessen setzen wir uns an den Küchentisch und machen eine Flasche Rotwein auf, die Paula nach viel Kramen und Kichern in ihrer Vorratskammer gefunden hat. Sie ist mit einer dünnen Staubschicht überzogen, eine Grußkarte baumelt vom Flaschenhals. »Die habe ich zu meinem Firmenjubiläum bekommen.«

»War dein Firmenjubiläum nicht vorletztes Jahr?«

»Ja, und?«

Nach einem Glas Wein hat Paula eine rote Nase und feuchte Augen und greift immer wieder nach meiner Hand. Im Rückblick weiß ich nicht mehr, wie wir auf das Klassentreffen gekommen sind. Ich glaube, Paula hat etwas von einem Grillabend erzählt, auf dem sie eine unserer alten Lehrerinnen getroffen hat (»Die mit dem s-Fehler.«). Von dieser Lehrerin kommt sie auf Schulkameraden und Klassentreffen im Allgemeinen, die sie blöd findet, aber interessant.

Und auf einmal – ich weiß nicht, wieso – ist sie felsenfest davon überzeugt, dass ich unbedingt zu meinem Klassentreffen gehen sollte.

»Ich finde es wichtig, sich dieser Situation auszusetzen. Das ist ein positives Signal.«

»An wen?«

Sie trommelt vor Unruhe und Begeisterung auf die Tischplatte. »Du musst paradox intervenieren.«

»Hä?«

»Du musst tun, wovor du Angst hast.«

»Aber ich hab keine Angst, ich hab bloß keine Lust.«

»Dann musst du eben tun, worauf du keine Lust hast.«

»Und warum?« Es fängt wirklich an, mich zu interessieren.

»Weil es ein positives Signal an dein Leben ist.«

Und wir sind wieder am Anfang.

»Ich hab nichts anzuziehen.« Das stimmt sogar. Mein Koffer ist vollgestopft mit Trainingsanzügen, labbrigen Jeans mit Rissen zwischen den Schenkeln und ausgeleierten Strickpullovern, in denen ich aussehe wie ein vierzehnjähriger Junge.

»Ich weiß, was«, sagt Paula und lächelt mich an, als wollte sie mir gleich einen Zaubertrick vorführen.

Kurz darauf stehen wir in einem Zimmer, das sie jetzt als ihr Arbeitszimmer bezeichnet und das, wenn ich mich richtig erinnere, bei meinem letzten Besuch noch das Wäschezimmer war. Auf dem Schreibtisch steht eine Flasche UHU-Kleber, daneben sehe ich ein aufgeklapptes Scrapbook und eine Tupperwaredose voller Muscheln und Sand. Auf der Ausziehcouch liegt unordentlich zerwühltes Bettzeug. Ich werfe Paula einen fragenden Blick zu.

»Matthias«, sagt sie. »Er schläft so schlecht, deswegen verzieht er sich manchmal hierher.«

Mit einer seltsamen Mischung aus Verlegenheit und Feierlichkeit öffnet sie den Schrank.

Ich kann es kaum glauben. Im obersten Fach, in eine

Lavendelduftwolke gehüllt, entdecke ich meinen ultrakurzen Jeansrock, die abgeschabte Lederjacke, die knallengen Hüftjeans, den Push-up-BH und sogar mein schwarzes Glitzershirt mit dem Wasserfallausschnitt. Mit Anfang zwanzig war das meine Ausgehuniform. Ich bin in ein textiles Museum der Zweitausenderjahre hineingeraten. Sofort muss ich an lange Wodka-Nächte mit ungewissem Ausgang denken, an aufregenden, wenn auch nicht unbedingt guten Sex.

»Die sind aus deiner Schlampenphase«, sagt Paula und lächelt.

Ich fahre mit den Fingern über die glatten, seidenkühlen und trotz ihres schlechten Rufs erstaunlich haltbaren Stoffe.

»Warum hast du die Klamotten aufbewahrt?«

»Ich konnte sie schlecht dem Roten Kreuz spenden.«

»Meinst du, die passen mir noch?«

Paulas mitleidiger Blick erinnert mich daran, dass ich mich in den letzten Wochen vorwiegend von Heißgetränken ernährt habe.

Als ich mich dann vorm Spiegel drehe, sehe ich, dass sie recht hat. Zum ersten Mal in meinem Leben habe ich Hüftknochen, die aus meinem Körper in die Welt hinausragen. Ich betaste sie ehrfürchtig, und mich packt ein Gefühl der Waghalsigkeit.

Das letzte Mal ging es mir so in den Tagen vor meinem Abiball. Immer wieder nahm ich mein Kleid aus dem Schrank und fuhr mit der Hand über den grünen Samt, mich erfüllte eine ruhige und gleichzeitig erwartungsvolle Zuversicht. Damals hatte ich das Gefühl, als würden sich die Bruchstücke meines Lebens nun endlich zu einem sinnvollen Ganzen fügen.

Tatsächlich bin ich nie zu meinem Abiball gegangen. Stattdessen hockte ich – das erste Mal von vielen – auf den verdreckten Kacheln einer fremden Toilette und weinte mir die Augen aus.

Ich wünschte, mein Vater oder meine Mutter hätten mich gewarnt. Sie hätten mir sagen sollen, dass die Liebe einem alles nimmt, was man hat, vor allem die Selbstachtung, jedes Fitzelchen davon. Und dass die Liebe nicht für jeden ist. Aber meine Eltern hatten ja selbst keine Ahnung.

Kapitel vier

Mein Vater war ein Selfmademan. Ich hatte nicht die geringste Ahnung, was er tat, aber das machte ihn in meinen Augen nur interessanter. Die Väter der anderen Kinder waren Bankangestellte, Bäcker oder Fernfahrer. Ihre Berufe warfen nicht die geringsten Fragen auf. Man musste sie nur einmal ansehen und wusste alles über sie, so langweilig waren sie. Mein Vater hingegen war ein Mann mit einem Geheimnis. Er war der Erste, der mit einem backsteingroßen Handy am Ohr durch die Innenstadt lief. Oft fuhr er eine ganze Woche lang auf Geschäftsreise, ohne sich ein einziges Mal bei uns zu melden. Und seine Schreibtischschublade war immer verschlossen.

Als Kinder waren wir von ihm fasziniert. Auch wenn wir es in der Schule seinetwegen nicht gerade leicht hatten, denn wie sich herausstellte, war auch der Rest der Kleinstadt von unserem Vater fasziniert. Nur leider nicht auf die gute Art.

Auf dem von Kastanienbäumen gesäumten Pausenhof unserer Grundschule lauerten uns die Kinder in Grüppchen auf. »Was macht euer Papa?«, riefen sie uns entgegen. »Was?«

»Er ist ein Selfmademan«, sagten wir. Das stopfte ihnen für eine Weile das Maul. Doch leider gaben sich die Eltern unserer

Mitschüler mit dieser Antwort nicht zufrieden. Schon am nächsten Tag ging es wieder los: »Was macht er genau?«

Wir baten meinen Vater um Präzisierung. »Sagt ihnen, dass ich Geschäftsmann bin«, brummte er. Doch auch das war nicht die richtige Antwort.

»Was für eine Branche?«, verlangte die murmelnrollende, seilspringende, gummitwistende Menge zu wissen.

»Die Ihr-könnt-mich-mal-Branche«, sagte mein Vater.

Allmählich mussten wir der Welt da draußen und uns selbst eingestehen, dass wir keine Ahnung hatten, was unser Vater den ganzen Tag über trieb.

»Vielleicht ist er Drogendealer«, sagte Paula.

»Mädchenhändler«, sagte Lucy.

»Geheimagent«, sagte ich.

Sophie sagte nichts. Sie war die Jüngste, und wir hätten ohnehin nicht auf sie gehört.

Ob er da war oder nicht, mein Vater war ein Mann, über den man sich Gedanken machte. Wir mochten die sirrende Unruhe, die von ihm ausging, das rhythmisch ratternde Faxgerät in seinem Büro. Wir mochten es, dass er sein Geld immer lose in den Taschen mit sich herumtrug. Und seinen Atem, der nach Kaffee roch und heimlich gerauchten Zigaretten. Im Gegensatz zu meiner Mutter, die immer für uns Zeit hatte, war er stets auf dem Sprung. Morgens trank er seinen Kaffee im Stehen und aß sein Brot über der Spüle, so eilig hatte er es. »Wir wollen nicht unnötig Ressourcen verschwenden«, sagte er. Damit meinte er meine Mutter, die am Frühstückstisch saß und in ihrem Urschleimmüsli rührte.

Das Ganze war furchtbar ungerecht. Meine Mutter tat alles für uns, er so gut wie nichts. Trotzdem waren wir lieber mit ihm zusammen. Meine Mutter hatte ihr Leben für uns geopfert, das wussten wir. Aber mein Vater hatte seins noch, und das machte ihn ungleich interessanter für uns. Man spürte, wie lebendig er war. Man merkte es an der Art, wie er lachte, als hätte er gerade den Coup seines Lebens gelandet oder seine Seele dem Teufel verkauft.

Schon wenn wir unsere Mutter ansahen, bekamen wir ein schlechtes Gewissen. So mühsam wirkte alles, was sie tat. Die Einkaufstüten, die sie vom Supermarkt an der Ecke nach Hause schleppte, zogen ihr die Schultern herab. Mit gesenktem Kopf schlich sie durch die Innenstadt, zum Schulhof und durch die Zimmer unseres Vorstadthauses. Sie putzte, kaufte ein, kochte, wusch und nähte – sie führte den Haushalt allein, ohne dass ihr jemand von uns oder gar unser Vater geholfen hätte. Dennoch beklagte sie sich nie. Es war, als hätte sie akzeptiert, dass ihr Alltag mit uns eine Art mythische Strafe war, der Preis für die Sünden eines früheren, aufregenderen Lebens.

Außerdem war sie schreckhaft. Jedes Mal, wenn eine von uns die Tür knallte oder zu laut lachte, zuckte sie zusammen und griff sich an die Kehle. Auf den frühen Fotos mit uns starrt sie oft mit offenem Mund und schreckgeweiteten Augen, geblendet vom Blitzlicht, in die Kamera. Und überall an ihr haften Kinderlippen, Kinderhände. Wir waren wie ein vierköpfiges, unersättliches Monster, das niemals von ihr abließ.

Meine Mutter hatte die Schule abgebrochen, als Lucy unterwegs war, und arbeitete nun halbtags in der Verwaltung eines Altersheims. Ihre eigenen Träume hatte sie aufgegeben, jetzt hatte sie nur noch uns. Und sie glaubte an uns, mit einer Intensität, die uns unheimlich war. Einmal, als Lucy sich nach einer Fiebergrippe in eine Decke gewickelt die Treppe herunterschleppte, klatschte sie vor Begeisterung in die Hände: »Seht euch eure

Schwester an. Sie sieht aus wie ein Model!« Ob Model, Popstar, Neurochirurgin, Oberstaatsanwältin, Bischöfin oder Filmstar, meine Mutter traute uns alles zu. Jede Woche nahm sie eine von uns beiseite, drückte sie fest an sich und flüsterte ihr ins Ohr: »Du hast eine große Zukunft vor dir.«

Das hätte uns ermutigen sollen. Doch unsere Mutter war so hilflos. Sie verlief sich in Supermärkten, und wenn sie einmal von einem Brötchen abbiss, klebten ihr die Krümel noch Stunden später am Mund. Sie siezte aus Versehen unsere Schulfreunde und rammte beim Einparken ständig die Garagentür. Wir hatten allen Grund, an ihrem Urteil zu zweifeln. Und tief in unserem Innern ahnten wir schon, dass wir bestenfalls Durchschnitt waren.

Mein Vater glaubte nicht an seine Töchter, er glaubte an Vitamine. Jeden Morgen vor der Schule schüttete er uns ein Dutzend davon in die Hand.

»Vitamin A«, sagte er, »erhöht die Sehschärfe und hält jung. Vitamin B 5 steigert das Denkvermögen.«

Biotin gab uns gesunde Fingernägel und volles Haar. Folsäure sorgte dafür, dass unsere roten und weißen Blutkörperchen sich teilten, Vitamin D kräftigte unsere Knochen, und Vitamin C machte unser Immunsystem stark. Uns konnte also gar nichts mehr passieren.

Wurde eine von uns doch ernstlich krank, hockte mein Vater an ihrem Bett und maß alle paar Minuten kopfschüttelnd die Temperatur. »Das kann nicht sein«, sagte er dann. »Du hast doch deine Vitamine genommen.«

Er begriff es nicht. In seiner Welt kamen Krankheiten nicht vor, bloß Fehler. Krankheiten waren Unachtsamkeit und Vitaminmangel. Für ihn waren wir summende kleine Maschinen, bei deren Wartung offensichtlich etwas schiefgelaufen war, und er würde nicht ruhen, bis er herausgefunden hatte, was.

Irgendwann schlug er sich gewöhnlich gegen die Stirn und stöhnte. Dann sagte er etwas wie: »Du hast gestern deinen Salat ohne Olivenöl genommen. Vitamine sind fettlöslich, daran liegt es also.«

Darauf ging er, zufrieden mit sich, aus dem Zimmer und ließ uns schniefend, hustend oder kotzend allein; jetzt, wo er wusste, dass das Ganze nicht seine Schuld war, ließ er sich nicht mehr blicken, bis wir wieder gesund waren. Mein Vater hatte eine geringe Fehlertoleranz.

Wir verziehen ihm. Schließlich mochten wir selbst keine Krankheiten. Meine Mutter harrte natürlich Tag und Nacht an unserem Bett aus, flößte uns Suppe ein und Fencheltee. Doch alle anderen hielten sich fern. Nur Paula stand ab und zu mit Mundschutz in der Tür und brachte frisch gepflückte Blumen, an deren Stängeln noch Erde klebte. Mitleidig schüttelte sie den Kopf: »Jetzt kannst du gar nicht in den Garten gehen.«

Etwas Schlimmeres konnte sich Paula nicht vorstellen. Denn Paula glaubte an die Natur. Während wir uns selbst an den schönsten Sommertagen in unseren abgedunkelten Zimmern verbarrikadierten, die Jalousien heruntergezogen gegen das einströmende Sonnenlicht, war Paula immer draußen. Spätestens ab März kriegte man sie nicht mehr aus dem Garten. Sie pflanzte, säte, grub um und düngte. Sie war die Einzige von uns, die unserer Mutter bei irgendetwas half. Mein Vater hatte bei der Suche nach einem Eigenheim zwar auf einen Garten bestanden, weil er fand, dass so etwas für Kinder wichtig sei. Doch es war Paula, die sich um alles kümmerte. Sie mähte den Rasen, trimmte die Hecke, wischte mit Tempotaschentüchern und einer speziellen Tinktur die Blattläuse vom Oleander. Wenn es geregnet hatte, sammelte sie die Schnecken vom Kiesweg, legte sie in einen Brotkorb und trug sie zu den Büschen, damit die Raben sie nicht fraßen. Sie baute Gerüste aus feinen Stöcken, um die Rosen vor Stürmen zu schützen, und legte einen Komposthaufen an. Im Sommer lag sie ganze Nachmittage lang im Gras, während die Hitze über den Sträuchern flirrte und schweres Licht durchs Laubdach tropfte. Paulas Haut wurde braun wie Milkaschokolade, und abends musste man sie zwingen, zum Essen ins Haus zu kommen. Am liebsten hätte sie im Garten übernachtet. Und wenn sie dann widerwillig kam, roch sie nach Frischluft, Gras und Mückencreme, und meine Mutter vergrub die Nase in ihrem Haar und sagte: »Du riechst wie der Sommer.«

Uns Schwestern war Paula stets ein bisschen peinlich. Vor allem wenn sie auf dem Schulweg Bäume umarmte. Und wir reden nicht von einem kurzen Drücken. Verliebt rieb sie ihre Wange an der Rinde, streichelte mit den Fingern über die knorrigen Äste, bis wir sie wegzerrten.

»Gott hat die Natur geschaffen«, sagte Sophie und blickte stirnrunzelnd von ihrer Bibel auf. Sophie glaubte an Gott, aber vor allem an die Hölle. Sie war ein Nachzügler. Sie kam, kurz nachdem meine Mutter mit vierundvierzig beschlossen hatte, die Pille endgültig abzusetzen. Im Grunde fehlte meiner Mutter für ein weiteres Kind die Kraft, deswegen brachte sie Sophie an den Wochenenden regelmäßig zu unserer Großmutter. Zu uns älteren Enkelinnen hatte Omama nie ein besonders herzliches Verhältnis aufgebaut. Den Löwenanteil ihrer Sechziger und Siebziger war sie mit anderen Dingen beschäftigt gewesen und hatte mit umherwuselnden kleinen Mädchen wenig anfangen können. Doch jetzt, in ihren Achtzigern, kam sie ein wenig zur Ruhe. Nach einem verhältnismäßig unchristlichen Leben, zwei Scheidungen und einem leichten Schlaganfall hatte sie zu Gott gefunden. Und Sophie war ihre willige Jüngerin.

Stundenlang saßen sie beide nebeneinander auf dem Sofa mit dem knirschenden Plastikschonbezug und lasen sich gegenseitig aus der Bibel vor. Auf dem Tisch vor ihnen stapelten sich Fernsehzeitschriften und Berge von Medikamenten, und in der Wohnung roch es immer nach Kartoffelwasser und Filterkaffee. Manchmal gingen sie zum Friedhof, wo Omamas Verlobter beerdigt lag, der im Krieg gefallen war. Sie nahmen die fauligen Blumen aus den Vasen, tauschten die Kerzen aus und sprachen über die Wiederauferstehung des Leibes.

Oft sahen sie sich auch Videos mit schlecht synchronisierten Dokumentationen aus Amerika an, in denen Leute davon erzählten, wie der Glaube an Jesus Christus Brustkrebs heilte oder sogar Aids. Die Gottesdienste, die gezeigt wurden, waren ganz anders als unsere. Es gab mitreißende Musik und Frauen, die sich mit geschlossenen Augen in den Hüften wiegten. Beim Zusehen schlossen Omama und Sophie oft selbst die Augen und schunkelten auf dem Sofa hin und her, während das Plastik unter ihren Hintern knirschte.

Mit fünf kannte Sophie sämtliche Verse der Johannesoffenbarung. Sie war uns ein bisschen unheimlich. Sie war wie eines dieser Kinder aus Horrorfilmen, in deren Umfeld ständig Leute umkommen. Wenn sie wütend war, trommelte sie mit den Fäusten auf den Boden und schrie uns an, wir würden alle in der Hölle landen. Dann schloss sie schnell die Augen und murmelte ein Gebet, in dem sie Gott um Vergebung bat, nur zur Sicherheit. Das machte sie bei uns nicht gerade beliebter.

Ab und zu versuchte ich trotzdem, mich mit Sophie zu verbünden. Leise betrat ich ihr perfekt aufgeräumtes Zimmer, dessen Wände mit Wasserfarbbildern von der Kreuzigung beklebt waren, die sie aus ihrer Kinderbibel abgemalt hatte, und setzte mich auf den Rand ihres ordentlich gemachten Betts. Sie warf mir nur einen misstrauischen Blick zu und schwieg. Was sollten wir auch miteinander reden? Sophie träumte davon, nach Lourdes zu pilgern, und wünschte sich zum Geburtstag einen Büßergürtel.

Unsere Gemeinsamkeiten hielten sich in Grenzen.

Sophie glaubte an die Hölle, sie war also nicht zu beneiden. Trotzdem hätte ich jederzeit mit ihr getauscht. Schon damals ahnte ich, dass von uns vieren mein Glaube mir das meiste Unglück bringen sollte. Denn ich glaubte an die Liebe, ich weiß selbst nicht, wieso. Ohne dass es irgendeine rationale Grundlage oder einen Anlass dafür gegeben hätte, war ich felsenfest davon überzeugt: die Liebe würde mein Leben verändern. Sie würde über meinen Alltag hereinbrechen und alles, was langweilig und eintönig war, hinwegfegen. Was bis dahin geschehen war, würde sich im Nachhinein als Vorspann herausstellen, der bloß die Zeit überbrückt hatte, bis das echte Leben begann.

Vielleicht hatte es mit den Schwarzweißfilmen zu tun, die sich mein Vater an verregneten Sonntagnachmittagen mit uns ansah. Auch sie handelten von der Liebe, und alles, was um der Liebe willen geschah, war wahnsinnig dramatisch und kompliziert. Die Frauen zogen ihre bleistiftdünnen Augenbrauen bis zum Haaransatz in die Höhe, kratzten sich vor Verzweiflung mit den Fingernägeln über die milchweißen Kehlen und drehten beim Autofahren das Lenkrad so ungestüm hin und her, als wollten sie es abschrauben.

Mein Vater liebte diese Frauen. Seine Lieblinge waren Vivien Leigh und Lauren Bacall. »Echte Satansbraten«, sagte er anerkennend. Diese Frauen waren kess und ließen sich nichts gefallen, vor allem aber waren sie wunderschön. Dass man als Frau besser schön sein sollte, war mir schon mit zwölf klar. War man schön, lag einem die Welt zu Füßen. War man es nicht, konnte man vielleicht noch Forscherin werden oder ins Kloster gehen, aber die große Liebe konnte man vergessen. In Mädchenzeitschriften stand immer, man solle versuchen, das Beste aus seinem Typ zu machen, und das, was man an sich schön fand, betonen, um von kleineren Makeln abzulenken. Also stellte ich mich vor den Badezimmerspiegel und versuchte zu erkennen, was an mir schön war.

Ich zog meine Augenlider an den Seiten in die Höhe, so dass meine Augen zu schrägen Schlitzen wurden. Ich schürzte die Lippen und zog meinen Bauch ein. Es half nichts. Ich fand einfach nichts Besonderes an mir. Es gab keine Makel, von denen ich hätte ablenken müssen, es war viel schlimmer: Ich war absolut durchschnittlich; wenn ich morgens mit meiner schief auf den Rücken geschnallten Schultasche über den Pausenhof trabte, mit krummem Rücken und einem bereits in Auflösung begriffenen dunkelblonden Pferdeschwanz, sah ich aus wie jede andere. Hätte ich mich aus unerfindlichen Gründen dazu entschlossen, in der großen Pause den Süßigkeitenkiosk gegenüber vom Schulhof zu überfallen – ich wäre nie geschnappt worden. Schließlich wimmelte es schon ein paar Meter weiter von meinen unscheinbaren Klonen. Ein deprimierender Gedanke. Gleichzeitig fragte ich mich, ob ich nicht völlig falschlag. Vielleicht verfügte ich ja über eine seltene, exotische Schönheit, die so wenig dem Mainstreamgeschmack entsprach, dass sie allen entging, sogar mir selbst. Ich hatte unzählige Filme gesehen, in denen Mütter ihre pubertierenden Töchter entnervt vor den Spiegel zerrten: »Schau dich doch an«, herrschten sie ihre traurig auf die Schuhspitzen starrenden Teenagertöchter an. »Siehst du denn gar nicht, wie wunderschön du bist?« Und wenn die Mädchen dann den Blick hoben, in jenem atemlosen, musikuntermalten Moment, erkannten sie es endlich selbst. Nach so einem Moment der Offenbarung sehnte ich mich auch. Vielleicht war ich ja nur zu kritisch mit mir. Ich brauchte ein objektives Urteil.

»Bin ich hübsch?«, fragte ich meine Mutter. »Bitte sei ganz ehrlich.«

»Und wie«, rief sie aus. »Du bist das hübscheste Mädchen der Welt. Du bist hübsch, klug und begabt. Du hast eine große Zukunft vor dir!«

Dabei hatte ich gar nicht nach meiner Zukunft gefragt, sondern nach meiner Attraktivität, auch wenn für mich beides im Grunde untrennbar miteinander verbunden war.

Ich fragte Paula.

»Jeder ist doch irgendwie hübsch«, sagte Paula. »Ich meine, jeder hat doch etwas Besonderes.«

»Nein, vergiss es«, sagte Lucy. »Bist du nicht.«

Sophie fragte ich gar nicht erst. Sie war vier Jahre jünger als ich und hatte außer von der Apokalypse von nichts eine Ahnung.

Schließlich fragte ich meinen Vater.

»Schönheit«, sagte er, »liegt im Auge des Betrachters.« Dann erzählte er mir von den Töchtern der Mursi, denen man die Unterlippen aufschnitt und dehnte, um ihnen nach und nach immer größere Tonteller einzusetzen. »Manchen Mädchen schlägt man sogar ein paar Zähne aus. Je größer die Tellerlippe, desto größer das Ansehen der Mursi-Frau.«

Das half mir nicht weiter. Die Tellerlippen der Mursi interessierten mich nicht. Außerdem wusste ich, dass Schönheit keine Auslegungssache war. Lucy war hübsch, das war so eindeutig, wie zwei und zwei vier war. Wenn sie am Freitagabend auf dem Weg nach draußen ins Wohnzimmer schlenderte, um sich von meinem Vater den Autoschlüssel aushändigen zu lassen, stieß er stets einen Pfiff aus. »Na, wohin geht's, Herzensbrecherin?«

»In die Eisdiele«, sagte Lucy, ohne mit der Wimper zu zucken, und streckte die Hand aus. Dabei wusste jeder von uns (abgesehen von meinem Vater), dass die Eisdiele in der Innenstadt schon um sechs Uhr schloss.

»Eis essen also«, sagte er. »Und steht heiße Liebe auf der Karte?«

Lucy zuckte bloß die Achseln, nahm die Schlüssel entgegen und wandte sich ab. Ihre Gleichgültigkeit beeindruckte uns am meisten. Denn wir anderen kämpften wie verrückt um die Liebe unseres Vaters.

Lucy war anders, und sie ließ es uns fühlen. Schon damals verhielt sie sich die meiste Zeit so, als lebte sie in einem Hotel. Sie stellte sogar ihre Schuhe vor die Tür, damit meine Mutter sie putzte. Mit meinem Vater redete sie ab und zu ein bisschen über Politik oder Filme. Uns Schwestern ignorierte sie. Ich hätte alles darum gegeben, so zu sein wie sie.

Es war ganz egal, was sie anzog, sie sah immer cool aus. Sie schlüpfte in abgewetzte, hautenge Jeans, schob sich das Haar mit einer H&M-Sonnenbrille aus dem Gesicht und knotete sich ein XXL-T-Shirt über dem Bauch zusammen – einfach perfekt. Gleichzeitig wirkte es so, als kümmerte es sie gar nicht, wie sie aussah.

So würde ich niemals sein, das wusste ich. Selbst wenn es mir – nach unzähligen Stunden in Fitnessstudios und dreißig Gesichtsoperationen – gelingen sollte, endlich schön zu sein, würde man mir die Mühe immer ansehen.

Oft fragte ich mich, warum Lucy so eine Schönheit war und ich nicht. Sie hatte das kantige Kinn meines Vaters und die knochige Figur meiner Mutter, aber an ihr sah beides gut aus. Es musste an irgendeinem mysteriösen Taille-Po- oder Wangenknochen-Augenbrauen-Verhältnis liegen, vermutete ich. Außerdem hatte sie unglaublich lange, dünne Beine. Mit ihnen stakste sie an Freitagabenden über uns hinweg, während wir auf dem Wohnzimmerteppich vorm Fernseher lagen mit unseren auf den Boden quellenden Kinderbäuchen, weichen Schenkeln und runden Hintern. Ihre hohen Absätze bohrten sich in den Teppich, zwischen unsere Keramikschalen mit Chips, Schokolade und Gummibärchen. Mein Vater wies mit dem Finger auf seine stoppelige Wange, um zu zeigen, dass er einen Abschiedskuss verlangte. Wir anderen schauten weg und tauchten frustriert die ganze Hand in die Schale mit den Schokolinsen.

Noch schlimmer war es, wenn im Fernsehen *Haben und Nichthaben* lief. Wann immer Lauren Bacall dem unverfrorenen Humphrey Bogart ordentlich die Meinung sagte, zeigte mein Vater auf Lauren Bacall und sagte: »Das ist Lucy.« Uns verglich er nie mit Filmstars, und wenn ich in den Spiegel blickte, hatte ich so eine Ahnung, warum nicht.

Meine beiden Schwestern taten mir nicht leid. Sophie hatte Gott und Paula ihren Garten. Ich aber wollte die große Liebe finden, und ohne Schönheit war das einfach nicht drin.

Dass auch mein Vater Liebe wichtig fand, verstand sich von selbst. Manchmal pirschte er in seiner schief geknöpften Strickjacke und abgetragenen Pantoffeln durchs Wohnzimmer wie ein General bei der Truppenaufstellung und versuchte, unsere Chancen auf häusliches Glück abzuschätzen.

»Lucy wird sich vor Angeboten nicht retten können«, sagte er und zeigte vage nach draußen in Richtung Stadt, wo er seine älteste Tochter vermutete. »Für sie besteht die Schwierigkeit darin, den Richtigen zu finden.« Er schüttelte bedenklich den Kopf angesichts dieser großen Herausforderung.

»Du«, sagte er und zeigte auf Paula, »hast einen guten Charakter. Folglich wirst du es schwer haben auf dem Markt. Aber wenn du einen Mann findest, der es ernst meint, dann hält es für immer.«

Sophie, die mit gekreuzten Beinen und riesigen flauschigen Tigerpantoffeln auf dem Sofa saß, streichelte er über den Kopf. »Du bist beharrlich. Dein Mann wird nichts zu lachen haben, aber er tanzt dir nicht auf der Nase herum.«

»Und du«, sagte er und wandte sich an mich. Er stockte. Ich hielt den Atem an. »Du bist lustig«, sagte er schließlich und schnipste triumphierend mit den Fingern. »Und Männer lachen gern.«

Das Schlimmste war, dass er mich mit Paula verwechselt hatte, die ihm im vergangenen Jahr ständig mit einem Witzbuch in der Hand hinterhergelaufen war.

Ich wusste, dass ich etwas unternehmen musste. Schließlich war ich mit zwölf noch nicht bereit, die Sache kampflos aufzugeben.

Also beschloss ich, individuell zu werden. Eine Rebellin, ein Freigeist. Ich kaufte mir eine Brille mit Fensterglas und lieh mir einen Haufen schwieriger Bücher aus der Bibliothek, die ich morgens in meine Schultasche stopfte. In der Fünf-Minuten-Pause stieß ich die Tasche dann absichtlich um, so dass ein oder zwei Bücher herausrutschten. In Zeitlupentempo ging ich auf die Knie, um sie aufzusammeln. Ich hoffte, irgendeiner der beliebten Jungs aus der Klasse würde eines der Bücher aufheben und durch die nichtssagende Fassade hindurch in meine wahre Seele blicken. »Wow«, würde er sagen, »du liest ›Das Sein und das Nichts‹. Das ist mein Lieblingsbuch.« Für diesen Fall hatte ich mir den Klappentext genau angesehen.

Von da an würden wir eine besondere Verbindung haben. Selbst wenn wir gar nichts weiter miteinander zu tun hätten und die Pausen wie bisher getrennt verbrächten. Aber irgendwann würden wir im Biologieunterricht sitzen, und während Herr Paul über die Photosynthese sprach, würden wir uns überlegene Blicke zuwerfen und mit den Augen rollen, weil wir uns einig waren, dass das alles lächerlich war. Wir beide hatten Sartre gelesen und wussten, dass im Grunde alles sinnlos war. So zumindest hatte ich den Klappentext verstanden.

Doch ich konnte meine Schultasche umstoßen, so oft ich wollte. Und egal, wie sehr ich in langweiligen Unterrichtsstunden mit den Augen rollte, es war zwecklos. »Ich glaube, du brauchst eine neue Brille«, sagte meine Klassenlehrerin Frau Schlink. »Du guckst immer so angestrengt.«

Ein einziges Mal hob ein Junge ein Buch für mich auf. Es war Tobias Schalthölter. Statt es mir direkt zurückzugeben, blätterte er darin. Tobias Schalthölter hatte knallrote, entzündete Gesichtshaut, die mit weißen Stippchen und Fingernagelabdrücken übersät war. »Was liest du denn da?«, fragte er. »Ist es gut?«

»Gib mir das Buch«, fuhr ich ihn an und stopfte Camus' »Der Mensch in der Revolte« in meine Schultasche zurück.

Ich verstand, dass kein Weg daran vorbeiführte – ich musste hübsch werden. Manchmal gefiel ich mir sogar. Wenn ich etwa allein im Badezimmer stand und das Licht weich war, meist am späten Nachmittag. Wenn ich den Kopf in den Nacken legte und ein bisschen schräg von unten nach oben blickte, hatten meine Augenbrauen einen schönen Schwung, meine Lippen wirkten voll und meine Haut schien makellos. Warum konnte ich nicht in der Schule so aussehen, dem einzigen mir zugänglichen Umschlagplatz für die Anbahnung romantischer Beziehungen?

Es war mein Vater, der mir den entscheidenden Tipp gab.

Es war beim Mittagessen, und ich lud mir den Teller zum zweiten Mal voll. Es gab Hühnerschnitzel, Bohnen und Kartoffeln in Buttersauce. Ich fuhr mit der Kelle einmal in die Schale mit den Kartoffeln, dann noch einmal. Um die Mundwinkel meines Vaters zuckte es. Als ich mir dann noch ein dickes Stück Butter abschnitt, schüttelte er angewidert den Kopf.

Sophie und Paula stießen sich gegenseitig den Ellbogen in die Seite. Doch ich merkte nichts. Ich verteilte die Butter mit der Messerspitze. Die Kartoffeln waren noch warm genug, dass die Butter sofort zerschmolz und glänzend und golden auf den Teller troff. Ich war gerade dabei, die Kartoffeln mit meiner Gabel zu einem weichen, sämigen Brei zu zermanschen, da räusperte mein Vater sich und zog die Stirn in Falten.

»Sie wächst ja noch«, sagte meine Mutter und legte ihm die magere Hand auf den Arm.

»Also ich finde sie groß genug«, murmelte er.

Das stimmte. Ich war das größte Mädchen der 6b. Den kleinsten Jungen der Klasse, Karsten Vosskötter, überragte ich um einen ganzen Kopf. Immerhin war ich nicht dick. Da war ich mir ziemlich sicher. Die Jungs aus der Klasse hätten es mir sicher zu verstehen gegeben. Beim Sport liefen sie von ihrer Seite der Turnhalle zu unserer herüber und kniffen die dicken Mädchen in die Oberschenkel; bei mir hatten sie das noch nie gemacht.

Aber nur weil ich nicht dick war, hieß das noch lange nicht, dass ich dünn war. Vielleicht war ich ja bloß normal. Ich hörte auf zu kauen, überwältigt von einer neuen Erkenntnis. Lucy war dünn, viel dünner als wir jüngeren Schwestern. Keine von uns konnte ihre Kleider auftragen, weil wir es nicht schafften, uns in ihre Hosenbeine zu zwängen. Deswegen war Lucy hübsch und wir waren es nicht. Natürlich war mir klar gewesen, dass man nicht dick sein durfte, wenn man hoffen wollte, geliebt zu werden. Ich war schließlich kein Idiot. Aber jetzt begriff ich, dass es um mehr ging, dass man dünn sein musste, und zwar richtig.

Der Gedanke erfüllte mich mit Euphorie. Denn Dicksein war kein unabänderliches Schicksal, wie mein Vater oft sagte, wenn er eine dicke Frau keuchend und schnaufend über den Supermarktparkplatz schlurfen sah. Deswegen beschloss ich, ihn in meine Pläne einzuweihen. Natürlich würde ich ihm nicht sagen, dass ich abnehmen wollte. Egal, wie sehr mein Vater sich vor Übergewicht ekelte. In meiner Schule gab es zu dieser Zeit zahlreiche Aufklärungsabende zum Thema Magersucht und Bulimie. Wir hatten sogar einen Film darüber in der Aula gesehen. Wenn irgendein Mädchen in meinem Alter vom »Abnehmen« sprach, neigten die Eltern dazu, hysterisch zu reagieren. Also sprach ich von Fitness, Gesundheit und einem besseren Körpergefühl. Mein Vater war begeistert. »Das ist die erste vernünftige Idee, die ich von dir höre. Ja, mach Sport«, sagte er. »Gewichte sind nichts für dich«, meinte er mit Blick auf meine dünnen Arme. »Joggen ist das Beste.«

Mein Vater war ein begeisterter Jogger. Insgeheim hatte ich gehofft, dass er vorschlagen würde, wir könnten gemeinsam laufen gehen. Ich stellte mir vor, wie wir nach dem Essen zu unserer allabendlichen Runde aufbrachen. Meine Mutter und meine Schwester, die sich nach dem Essen faul und walschwer auf das Sofa fläzten, würden aufstöhnen: »Ihr und euer Sport wieder!«

Auch im Viertel würde man uns bald kennen. Die Leute würden den Kopf schütteln angesichts dieses durchtrainierten, dynamischen Vater-Tochter-Teams, während wir in einer Staubwolke an ihnen vorbeizogen.

Mein Vater fand die Idee nicht so gut. »Du bist noch nicht so weit«, sagte er und runzelte die Stirn. »Ich laufe mindestens zehn Kilometer. Da kippst du um. Später, wenn du trainierter bist, können wir zusammen laufen.«

Also fing ich allein an zu laufen. Es war Herbst, und da ich das Joggen den ganzen Tag vor mir hergeschoben hatte, war es dunkel, als ich mich zum ersten Mal aufraffte. Außerdem nieselte es, und die Bürgersteige waren glitschig von Blättermatsch, überall lagen aufgeplatzte Kastanienschalen herum. Leute auf dem Weg von der Arbeit nach Hause hasteten mit Regenschirmen und hochgeschlagenen Kragen an mir vorbei; sie machten sich keine Gedanken um ihre Figur. Entweder sie wurden auch so geliebt, oder sie hatten die Hoffnung aufgegeben. Vor der Ampel trabte ich auf der Stelle. Ich hatte schon jetzt Seitenstechen, und der Schweiß rann mir über den Rücken. Ich lief durchs Industriegebiet, bis ich das Gelände der alten Textilfabrik erreicht hatte, wo man schnaufend seine Runden drehen konnte, ohne Angst haben zu müssen, dass einen jemand beobachtete. Allerdings musste man höllisch aufpassen, weil überall Betonteile, verrostete Eisenstangen, alte Fahrradreifen und zerplatzte Glühbirnen herumlagen, über die man hinwegspringen musste. Ich hoffte, das Adrenalin würde mir helfen, noch mehr Kalorien zu verbrennen.

Die erste Woche war einfach nur schrecklich. Jeder Muskel tat mir weh. Stöhnend rollte ich mich morgens aus dem Bett, stöhnend stand ich unter der Dusche. Für alle Fälle duschte ich kalt, weil ich gehört hatte, dass das Körperfett dadurch schmolz. Meine Kondition wurde dennoch nur langsam besser. Immerhin hatte ich allmählich das Gefühl, dass mein Hosenbund mir nicht mehr ganz so tief in den Bauch einschnitt. Vielleicht wurde ich ja tatsächlich dünner. Beweisen konnte ich es nicht, da ich es mir verboten hatte, zwischendurch auf die Waage zu steigen. Ich wollte keine Gramm-Erfolge sehen, ich wollte handfeste Resultate. Ein Kilo mindestens, aber eigentlich lieber fünf, das erschien mir ein angemessenes Ergebnis meiner Bemühungen. Nachdem ich einen Monat lang joggen gegangen war, entschied ich, dass es nun so weit war. Es war der letzte Tag im November.

Ich wartete, bis alle schliefen. Dann stellte ich Kerzen im Bad auf, denn ich wollte, dass es richtig feierlich war. Der Beginn eines neuen Lebens. Ich zog meine Unterwäsche aus, legte meine Pop-Swatch ab, sogar mein Haarband. Schließlich wollte ich mein Ergebnis nicht verfälschen. Bibbernd stand ich da, die Anzeige zitterte hin und her. Ich kniff die Augen zu, mein Herz raste wie wild. Als ich sie wieder öffnete, war der Zeiger ganz ruhig: 53 Kilogramm. Mein übliches Gewicht.

Langsam zog ich meine Kleider wieder an und blies die Kerzen aus.

Ich schlich durch den Flur. Durch den Türspalt von Lucys Zimmer fiel wie immer Licht, denn Lucy schlief nie. Es war ein Zeichen, wie miserabel ich mich fühlte, dass ich tatsächlich bei ihr klopfte. Sie saß mit angezogenen Beinen und Walkman auf dem Bett, ihre schlanken, gebräunten Waden steckten in violetten Stulpen. Toby der Kater lag zusammengerollt zu ihren Füßen. Wenn eine von uns anderen ihn streicheln wollte, fauchte er und fuhr die Krallen aus. Nur Lucy liebte er.

Es war absurd, dachte ich. Alle lieben Lucy. Dabei ist sie nicht einmal nett.

»Was gibt's?«, fragte sie, ohne ihren Walkman abzunehmen.

Ich setzte mich unaufgefordert auf ihr Bett neben Toby, der die Augen aufriss und mich hasserfüllt anfunkelte. Das Bett hatte früher Paula gehört. Am Holz des Fußendes sah man noch ein paar bunte Aufkleberrückstände, denn bei Paula war es über und über mit Botschaften beklebt gewesen: *Ein Herz für Tiere, Atomkraft? Nein, danke, Think Green, One Planet.* Lucy hatte Stunden damit zugebracht, die Sticker mit dem Küchenmesser abzuschaben.

»Du musst mir helfen«, sagte ich. Lucy zog sich die Kopfhörer von den Ohren.

»Was kriege ich dafür?«

Damit hatte ich gerechnet. Von Lucy bekam man nie etwas umsonst. Lieh man sich Make-up oder auch nur eine Haarbürste von ihr, wollte sie dafür immer eine Gegenleistung. Kein Geld. Das wäre zu einfach gewesen und hätte einen zu schnell wieder in die Freiheit entlassen. Lucy glaubte nicht an Geld, sie glaubte an Macht. Sie gab einem, was man wollte, und ließ dann erst einmal Zeit verstreichen, bis man dachte, sie hätte das Ganze vergessen. Aber das tat sie nie. Viel, viel später, wenn man gar nicht mehr damit rechnete, forderte sie ihren Gefallen zurück. Entweder führte sie eine Liste, oder aber – was ich vermutete – sie verfügte über das Gedächtnis eines Psychopathen.

»Was du willst«, sagte ich.

Lucy nickte, als hätte sie sich das schon gedacht.

»Worum geht's?«

»Ich will abnehmen.« Sie sah mich fast mitleidig an, als wolle sie sagen, dass meine Figur mein geringstes Problem war. Aber sie schwieg.

»Ich hab Sport gemacht«, sagte ich.

»Sport hilft nicht.«

»Und was hilft?«

Lucy streichelte Toby mit den Zehen, der genussvoll den Rücken streckte und verliebt schnurrte.

»Du musst jeden Bissen, den du isst, neunzigmal kauen.«

Ich war skeptisch. »Das funktioniert?«

»Hundertprozentig.«

»Machst du das auch?«

Lucy lachte ihr eiswürfelklirrendes Filmstarlachen und fuhr sich mit der Hand durchs blonde Haar. »Das muss ich nicht. Ich habe einen guten Stoffwechsel.«

Von da an kaute ich jeden Bissen neunzigmal. Ich kaute, bis mein Kiefer schmerzte und das Essen in meinem Mund zu einem geschmack- und konsistenzlosen Brei wurde. Ich kaute so lange, bis ich vergaß, was ich da tat. Bis ich den Sinn von essen überhaupt vergessen hatte. Ich wusste nur noch, dass mir festkochende Kartoffeln lieber waren als die bröseligen, die schon auf der Gabel auseinanderfielen, und dass ich Wiener Schnitzel Fischfilet vorzog. Besonders für zähes Fleisch war ich dankbar. Es gab mir etwas zu tun. Natürlich brauchte ich unendlich lange, meine Mahlzeiten zu mir zu nehmen. Wenn die anderen längst beim Nachtisch waren, war mein Teller noch zu drei Vierteln voll.

»Du isst so langsam«, sagte meine Mutter. »Ist dir nicht gut?«

Ich zuckte die Achseln und versuchte, mich nicht zu verzählen. Denn in diesem Fall hätte ich noch mal von vorn anfangen müssen. Die Salatblätter hatten sich in meinem Mund zu einer süßen, ekligen Flüssigkeit aufgelöst, aber ich hatte noch vierzehnmal zu kauen. Mein Vater trommelte auf die Tischplatte. Ich war zu sehr in meine Aufgabe vertieft gewesen, um zu bemerken, dass die ganze Familie mich anstarrte. Frühstücken konnte jeder für sich, doch die Familienregel besagte, dass beim Mittagessen niemand vom Tisch aufstand, bis auch der Letzte aufgegessen hatte. Mein Vater wollte es so. »Wir sind schließlich keine Amerikaner«, sagte er. »Die Amerikaner essen allein vor dem Fernseher. Bei uns gibt es noch ein Bürgertum.« Endlich war ich fertig.

»Jetzt schluck endlich«, sagte mein Vater. Er war an den Rand seines Stuhls vorgerutscht. »Das hält man ja im Kopf nicht aus.«

Ich nickte stumm. Doch jetzt, wo es endlich so weit war, kriegte ich den Bissen nicht runter. Es war, als hätte ich über das lange Kauen vergessen, was als Nächstes kam. Als hätte ich verlernt, wie man schluckt. Tränen stiegen mir in die Augen.

»Bist du krank?«, fragte meine Mutter und legte mir die Hand auf die Stirn. Sophie und Paula rückten von mir ab. Nur Lucy blieb, wo sie war.

»Nein, nein«, sagte mein Vater. »Sie hat ihre Vitamine genommen.«

Ich gab auf. Ich konnte nicht schlucken. Vielleicht nie wieder. Ich nahm meine Serviette und spuckte alles hinein. Die anderen schwiegen betreten.

»Ich glaube, es liegt am Fett«, sagte mein Vater schließlich. »In dem Alter reagiert der Magen empfindlich. Mir ging es damals genauso.«

Ich sah verblüfft auf. Mehr Ermutigung brauchte ich nicht. Ich presste mir die Hand auf den Bauch, machte ein gequältes Gesicht und stöhnte. Meine Mutter wurde rot. »Es ist gar nicht so fett. Ich hab nur ein bisschen Butter auf die Kartoffeln getan, wie immer.«

»Manche Leute reagieren eben empfindlich auf tierische Fette. Mir willst du das ja nie glauben«, sagte mein Vater. »Manche können schweres Essen nicht vertragen. Mir bekommt es jedenfalls nicht. Und Mia anscheinend auch nicht.«

Er sah mich fragend an, und falls überhaupt, zögerte ich höchstens eine halbe Sekunde, dann nickte ich.

Kapitel fünf

Ich will nicht auf das Klassentreffen gehen, um meiner Schwester einen Gefallen zu tun, sondern um jemanden flachzulegen. Wer, das ist mir im Grunde egal. Es geht gar nicht darum, es zu tun, das ist eher eine lästige Notwendigkeit, sondern darum, es Lars zu erzählen und mir dabei selbst zu beweisen, dass ich noch immer in der Lage bin, ihm weh zu tun.

»Ist es etwas Ernstes?«, würde er fragen, nachdem ich ihm jedes haarsträubende Detail berichtet habe.

Antwort A: »Ich weiß nicht, was ich fühle.«
Antwort B: »Ich weiß auch nicht. (*seufzend*) Frag mich in ein paar Wochen noch mal.«
Antwort C: »Ich weiß nicht, was ich fühle, du Arschloch.«

Ich bin noch nicht einmal einen Monat Single, und mein moralischer Verfall hat bereits begonnen. Ich denke bloß noch an Rache, Sex und Alkohol. Sobald ich das »Déjà-vu« betrete, sehe ich mich nach der Bar um. Der Ort meines Klassentreffens ist eine verwirrende Mischung aus Kneipe, Disco, Café und Cocktailbar. Es ist, als hätte man in dem verzweifelten Versuch, jede einzelne in der Kleinstadt verfügbare Zielgruppe abzugreifen, kurzerhand vier Läden in einen gepackt. In meiner Erinnerung wabern stets dichte Rauchwolken durch das Déjà-vu, vielleicht ist das aber nur der allgemeine Nebel, der meine Erinnerung an die neunziger Jahre verhüllt. Jetzt ist die Luft klar und riecht nach Sprüh-Zitrone. Die Tische sind zur Seite geschoben, und auf der spiegelnd schwarzen Tanzfläche stehen ein paar stocknüchterne Männer und Frauen herum, die sich an ihren iPhones oder Gläsern festklammern und wirken, als wüssten sie auch nicht genau, was sie hier sollen. Man sieht ihnen an, dass sie Erwachsene mit Autos und Häusern sind, mit Kindern und soliden Berufen und ernsten Sorgen. In meinen knallengen Hüftjeans und dem tief ausgeschnittenen Glitzershirt fühle ich mich neben ihnen ungefähr so reif wie ein Spice Girl.

An den Wänden stehen auf Tischen, die mit weißen Leinentüchern verhüllt sind, silbern blitzende Behälter auf Wärmeplatten.

»Toll, was Sara hier auf die Beine gestellt hat«, sagt eine blonde Unbekannte, die unbemerkt an mich herangetreten ist. »Sie hat das alles organisiert.« Sie zeigt auf eine kleine, brennmagere Frau, die gerade dem genervten Kellner an der Bar etwas ins Ohr flüstert. Und plötzlich weiß ich wieder genau, wer Sara ist. Sara mit den tollen Schuhen, die wir später alle hatten: knallbunte Leinenschuhe ohne Schnürsenkel. Jeder wusste damals, wer sie war. Wenn jedem Menschen auf der Welt seine fünfzehn Minuten Ruhm beschieden sind, dann hat Sara ihren in der achten Klasse aufgebraucht.

Die Unbekannte tritt an den Tisch und lupft einen Deckel von einem der Behälter. In den säuberlich geteilten Fächern dampfen haufenweise Hühnerschnitzel, aber auch Tofu-Bratlinge, Reis und Rahmgemüse. Schnell drehe ich den Kopf weg, denn spätestens beim Anblick der in brauner Sauce treibenden Champignons droht mir jeder Gedanke an Sex zu vergehen. Die blonde Unbekannte verzieht das Gesicht und legt den Deckel auf den Behälter zurück.

»Du bist Mia Mersmeyer«, sagt sie. »Wir hatten Französisch-LK zusammen. Du bist doch Journalistin geworden, nicht wahr? Und lebst du noch in Berlin?«

Ich nicke, habe aber immer noch keine Ahnung, wer sie ist. Sie ist schlank, trägt einen blonden Pagenkopf und einen Esprit-Pullover mit V-Ausschnitt. Sie könnte jeder sein.

»Du weißt gar nicht mehr, wer ich bin, oder?«

»Doch. Nur der Name …« Ich schlage mir an den Kopf, um deutlich zu machen, wo die Schwachstelle liegt.

»Ich bin Ste-fa-nie«, sagt sie und lacht, als müsste bei mir jetzt der Groschen fallen. »Wie läuft es denn bei dir?«

»Meinst du«, frage ich und blicke ihr tief in die kajalumränderten Augen, »dass es irgendwo Namensschilder gibt?«

»Bist du festangestellt oder frei?«

»Bei so vielen Leuten wäre es doch sinnvoll, wenn es Namensschilder gäbe«, sage ich und flüchte zur Bar, wo ich tief durchatme. Die Wahrheit ist, ich habe das alles unterschätzt, mal wieder. Immerhin kommt mir der Mann, der neben mir an der Bar steht, vage bekannt vor. Auch wenn mir sein Name nicht einfällt. Ich glaube, er beginnt mit einem K.

K trägt ein engsitzendes T-Shirt, das nur den wenigsten Männern in diesem Raum stehen würde, hat ein kantiges, angenehm unauffälliges Gesicht und dreht sein Bier in der Hand mit der lässigen Selbstsicherheit einer Parallelklassenberühmtheit.

»Hey«, sagt er. Und als er mir zulächelt, weiß ich auf einmal genau, wer er ist und was seinen Ruhm begründet. Es war die

Kursfahrt nach Holland, ein Campingausflug, auf dem es ununterbrochen regnete. Irgendwann war das Zelt der Jungs so überschwemmt, dass sie ins Zelt der Mädchen umziehen mussten. Danach erzählten alle, die an der Kursfahrt teilgenommen hatten, dass Kevin in dieser Nacht mit drei verschiedenen Mädchen geschlafen hatte, obwohl er nur ein einziges Kondom dabeihatte, das er am nächsten Morgen an der Wäscheleine zum Trocknen aufhängte.

Ich lächele ihn an. Vielleicht ist das ja genau der Mann, den ich für heute Abend suche – jemand mit einer pragmatischen Einstellung zum Leben. Von einem Mann, der für drei Mädchen ein Kondom benutzt, sind nach einem One-Night-Stand zumindest keine Dramen zu erwarten. Ich bestelle ein Bier, und kurze Zeit später prosten wir uns zu.

»Du weißt, wer ich bin, oder?«, sagt er und lächelt breit.

»Ja, ich erinnere mich an ein paar Geschichten, die ich damals über dich gehört hab.«

Er lacht. »Das hängt mir wohl ewig nach. Heutzutage mache ich so was natürlich nicht mehr.« Doch der vorsichtig taxierende Blick, der seine Bemerkung begleitet, drückt etwas anderes aus.

»Ich finde das nicht schlimm.« Auch wenn ich den Teil mit dem Kondom doch ein bisschen schlimm finde und hoffe, dass er seine Einstellung zum Thema Sexualhygiene überdacht hat. »In dieser Zeit experimentiert man eben.« Wir klammern uns an unseren Bierflaschen fest und lachen nervös. Die Spannung zwischen uns ist ein gutes Zeichen, denke ich. Sie könnte bedeuten, dass etwas passieren wird, das diesem Abend eine Richtung geben wird, und schon der Gedanke allein macht alles ein bisschen erträglicher. Ich wage einen Vorstoß: »Manchmal muss man eben mal etwas Verrücktes tun.«

Kevin sieht mich einen Moment lang nachdenklich an. »Wie heißt du noch mal?«

»Mia.«

»Okay, Mia. Wir sind beide erwachsen. Du weißt, wer ich bin. Und ich weiß, was du willst. Wir müssen also nicht drum herumreden.«

»Du hast recht«, sage ich, ein wenig überrascht, aber auch erleichtert, dass ich nicht allein die Initiative übernehmen muss. »Wollen wir dann hier abhauen?«

Er lässt seinen Blick durch den Raum schweifen auf eine plötzlich sehr routinierte Art. »Okay. Wir treffen uns in fünf Minuten auf der Behindertentoilette, da ist im Moment nichts los. Ich gehe vor. Du wartest noch ein paar Minuten, bevor du nachkommst.«

»Auf der Toilette? Wollen wir uns nicht lieber ein Hotelzimmer nehmen oder so?«

Kevin lacht. »Ein bisschen aufwendig. Sei ehrlich, du hast das seit der Schulzeit nicht mehr gemacht, oder?«

Ich werde rot. Wofür hält er mich? »Natürlich habe ich das. Ständig.«

»Ja, ja, sicher.« Kevin schüttelt den Kopf. »Ich glaube, die Toilette reicht aus.«

Eine klare Ansage. Gut, ich habe es so gewollt. Schließlich müssen wir keinen Bund fürs Leben schließen. Trotzdem taucht vor meinem inneren Auge plötzlich das Bild eines ausgeleierten, tropfenden Kondoms auf der Wäscheleine auf.

»Weißt du«, sagt er, »ich möchte nicht unhöflich sein. Aber erzähl's bitte nicht gleich herum. Sonst wollen alle. Dann ist es wie in der Schule. Die Schlange vor der Toilette zog sich bis über den Flur.«

Ich sehe mich im Raum um, schaue auf all diese soliden Erwachsenenexistenzen und versuche, mir vorzustellen, wie sie Schlange stehen, um mit Kevin-mit-dem-Kondom-über-der-Wäscheleine Sex auf der Behindertentoilette zu haben.

Kevin bemerkt meinen Blick. »Komm schon, lass dich nicht täuschen von dem seriösen Getue. Die sind genauso scharf drauf wie du.«

Ich schlucke. Vielleicht habe ich in den letzten Jahren doch ein paar Entwicklungen verschlafen, vielleicht legt Kevin aber auch nur die Art Bravado an den Tag, die man für einen One-Night-Stand braucht. »Du meinst, alle Frauen stürzen sich auf dich?«

Kevin nickt bitter. »Alle. Frauen, Männer. Und am besten umsonst. Aus alter Freundschaft und so.«

»Du nimmst Geld dafür?«

»Natürlich. Bin ich die Wohlfahrt?«

Und dann fällt es mir ein. Er ist nicht Kevin-mit-dem-Kondom-über-der-Wäscheleine, er ist Kevin-der-Verticker. Mein miserables Gesichter-Gedächtnis hat zwei Parallelklassenberühmtheiten aus meiner Schulzeit miteinander verwechselt. Das einzig Gute ist, dass Kevin nach einem letzten verschwörerischen Nicken in Richtung Behindertentoilette verschwindet, was mir die Möglichkeit gibt zu fliehen.

Auf dem Weg zum Ausgang pralle ich mit einer schweren dunkelhaarigen Frau zusammen, die sich bei Ste-fa-nie untergehakt hat. Sie schnauft ein wenig beim Gehen. Kein Wunder, denn sie trägt einen riesigen Bauch vor sich her.

»Mia«, sagt sie. »Du willst doch nicht etwa schon abhauen?«

»Nein, natürlich nicht.« Zu meiner Erleichterung erkenne ich sie sofort. Es ist Kristina, die ehemalige Schulsprecherin. Ich starre auf ihren Bauch und frage mich unwillkürlich, was ich machen soll, wenn es so weit ist. Gibt es einen ausreichenden

Vorrat an Wasser und Handtüchern? Und wenn ja, was stelle ich damit an?

»Kristina hat zwei Kinder«, informiert mich Ste-fa-nie. »Sie gehen in die Martini-Grundschule.«

»Und das dritte ist auf dem Weg«, sage ich, um auch etwas zum Gespräch beizutragen.

Kristina lacht kurz und schrill, doch es klingt nicht fröhlich, sondern irritiert.

»Wer war es?«, fragt sie und lässt ihren Blick durch die Runde schweifen. »Wer ist das Plappermaul?«

Ich lache, und sie lacht mit. Doch gleich darauf wird sie wieder ernst.

»Nein, ehrlich, du kannst es mir ruhig sagen. Es ist ja keine große Sache. Natürlich haben wir es ein paar Leuten gesagt. Aber wir möchten selbst gern entscheiden, wer es weiß. Zumindest, bis man es mir ansieht.« Sie reibt sich über ihren riesigen Bauch.

In diesem Moment tritt ein Mann mit Tweedsakko von hinten auf Ste-fa-nie zu und gräbt ihr die Hände in die Schultern. »Hallooo.«

»Ja, ja, ich weiß«, sagt Ste-fa-nie und rollt mit den Augen. »Es ist langweilig. Micha und ich sind immer noch zusammen. Wo wir doch das Traumpaar der Stufe waren.« Micha streckt mir die Hand entgegen.

»Na, immer noch Neon-Marker an der Tasche?«

Ich starre ihn verständnislos an.

»Die Montargis-Fahrt.« Er lacht. »Du weißt schon. Die Sache mit dem Neon-Marker.«

Wer sind diese Leute?, frage ich mich. Und was habe ich in meiner Schulzeit getrieben, während all die anderen offensichtlich damit beschäftigt waren, den Grundstein für ihre befriedigenden Arbeitsverhältnisse und sinnstiftenden Beziehungen zu legen?

»Schreibst du noch?«, fragt er.

»Mia ist freie Journalistin«, sagt Ste-fa-nie, erfreut, helfen zu können.

»Weißt du, ob es Namensschilder gibt?«, frage ich Micha. »Das wäre doch gut, ich meine, bei so vielen Leuten.«

Doch anscheinend hat Micha die letzten Jahrzehnte nur auf die Gelegenheit gewartet, jemanden wegen seines unsicheren Arbeitsverhältnisses in die Zange zu nehmen. Er mustert mich stirnrunzelnd, als wäre er mein unzufriedener Berufsberater. »Das ist sicher nicht leicht. Hast du denn eine Festanstellung in Aussicht?«

Ich will ihm sagen, dass es keine Festanstellungen gibt. Dass dieser Mythos nur erfunden worden ist, um Menschen wie mich bei Anlässen wie diesen in Verlegenheit zu bringen.

»Nein. Als Freie kann ich mir meine Aufträge selbst aussuchen«, sage ich großspurig. »Im Grunde bin ich mein eigener Chef.«

»Ich dachte, nachdem so viele ehemals feste Redakteure in die Notselbständigkeit gerutscht sind, sei der Markt für freie Journalisten ziemlich hart umkämpft.«

»Na ja«, sage ich. »Man muss eben die richtigen Leute kennen.« Kristina und Ste-fa-nie nicken.

Ich kenne diese Leute nicht. Deswegen ist mein letzter Auftrag auch zwei Jahre her. Ich habe ihn von einer Redakteurin bekommen, mit der ich vor Jahren gemeinsam ein Praktikum absolviert habe. Sie ist mir bei meinem Messejob an der Garderobe begegnet. Tatsächlich hatte sie mir schon großzügige zwei Euro Trinkgeld über den Tresen zugeschoben, bevor sie mich überhaupt erkannte. Danach hat sie mir mehrfach die Hand auf den

Arm gelegt, mir von ihrer gescheiterten Ehe und ihrer an einem Lebertumor verstorbenen Katze erzählt und dann ihre Handynummer auf die Rückseite ihrer Konzertkarte gekritzelt. Sie bat mich, für sie einen Artikel zu schreiben. Der von der Redaktion vorgegebene Arbeitstitel wechselte immer wieder zwischen »Das akademische Prekariat«, »Urbane Penner« und »Generation ratlos«. Sie bat mich, die Story aus einer sehr persönlichen Perspektive zu schreiben.

»Was ist mit Kindern?«, fragt Micha. »Und einer Beziehung? Wie ist die Wohnsituation in Berlin? Kannst du von deinen Artikeln leben? Man hört ja schlimme Geschichten über die Akademiker in den Großstädten. Hast du Rücklagen? Was ist mit Immobilien? Was ist mit dem Haus deiner Eltern? Und kann man davon leben?«

Der letzte Mensch, der mich dermaßen unter Druck gesetzt hat, war mein Zahnarzt. »Kann man davon leben?«, fragte er, während er mir eine metallene Abdruckform mit einer kaugummiweichen hellblauen Masse tief in den Rachen schob.

Was soll das? Was bringt diese Leute dazu, derartig taktlose Fragen zu stellen? Schließlich komme ich auch nicht in seine Praxis und frage: Was ist mit den ganzen Gemeinschaftspraxen da draußen, den hypermodernen Tageskliniken? Lohnt sich das überhaupt, was Sie hier treiben? So eine läppische Einzelpraxis in Moabit? Aber dank der Metallform und der Abdruckmasse in meinem Mund konnte ich ohnehin nichts sagen.

Mein Zahnarzt lachte. »Es ist nie zu spät umzusatteln. Lehrer werden gesucht. Quereinsteiger sind willkommen. So schwer kann es ja nicht sein, Deutschlehrerin zu werden.«

»Ich bin keine Germanistin«, sagte ich, nachdem er mir den Schieber mit meinem gehärteten Gebissabdruck aus dem Mund gezogen hatte. »Ich war auf der Journalistenschule.«

»Oh«, sagte er und blinzelte, als sähe er in der Ferne das letzte Rettungsboot davonschippern, das mich ans sichere Ufer hätte bringen können.

Mein Zahnarzt ist ein Arschloch. Bedauerlicherweise ist er der Einzige, der weiß, wie man mit meinem Kiefer umgehen muss, was mich, anders als eine Ehe oder jedes andere gesellschaftliche Konstrukt, für den Rest meines Lebens an ihn bindet. Doch das gilt nicht für Ste-fa-nie, Micha oder Kristina.

Ich hole mir eine Rhabarbersaftschorle an der Bar und geselle mich dann zu einem Grüppchen, das, an Mischgetränken nippend, ein wenig abseits steht. Die meisten von ihnen tragen Jeans und Lederjacken, zucken oft mit den Achseln und lachen auf eine verspannt neurotische Art, die mir vertraut ist. Ich erkenne tatsächlich ein paar von ihnen. Da ist Regina Stöwer aus der Mathe-AG. Matthias Sickmann vom Bauernhof Wessling. Und Tine Streirüter, deren Mutter den ersten Bioladen am Ort eröffnet hat. Und als ich ihnen eine Weile beim Plaudern zuhöre, fühle ich mich tatsächlich besser, denn sie sind alle unglaublich nett. Ihre zweifellos vorhandenen Erfolge spielen sie bescheiden herunter:

- »Ja, ich hab jetzt ein Haus, aber es bröckelt an allen Ecken und Enden. Und nachts knarzt es so, dass wir schon einen Exorzisten bestellen wollten.«
- »Im Ernst, niemand hat mir verraten, dass Muttersein so langweilig ist.«
- »Ja, ich hab die Firma meines Vaters mittlerweile übernommen. Es ging nicht anders. Er wurde einfach zu krank. Es ist wirklich peinlich, aber im Grunde hab ich immer noch keine Ahnung, wie man eigentlich Chef ist. Wisst ihr, bei

Geschäftsessen frage ich die Sekretärin, was ich anziehen soll.«

Alle lachen. Sie sind alle so sympathisch, selbstironisch und dabei so unaufdringlich erfolgreich, dass irgendwann der Wunsch in mir erwacht, eine von ihnen zu sein. Aber was soll ich ihnen erzählen, um sie davon zu überzeugen, dass ich zu ihnen gehöre? Mit einem Mal wünsche ich mir ein unbezähmbares Interesse an Opern, einen unfertigen Roman in der Schublade oder wenigstens eine abwegige Sexvorliebe – irgendetwas, das den auseinanderdriftenden Tendenzen in mir eine Richtung geben könnte, eine Leidenschaft oder Vorliebe, die meine Persönlichkeit interessant oder einzigartig erscheinen lässt.

»Und du?«, fragt eine Frau mit Brille und fröhlich gemustertem Pullover. Neue werden hier sofort in die Gruppe integriert. Diese Leute sind so reif und vernünftig, dass sie sich tatsächlich wie wohlerzogene Erwachsene benehmen. Im Kopf probiere ich verschiedene Varianten aus.

Antwort A: »Ich bin Kulturjournalistin.« (Wirft zu viele Fragen auf, außerdem unwahr.)

Antwort B: »Ich bin eine freie Kreative.« (Ich zünde Autos an.)

Antwort C: »Ich bin grad zwischen verschiedenen Projekten.« (Ich nehme trizyklische Antidepressiva und bessere mein Einkommen durch den Verkauf von Pfandflaschen auf.)

Antwort D: »Ich habe so verschiedene Sachen am Laufen.« (Unter anderem Crystal-Meth-Handel und Prostitution.)

Am Ende sage ich: »Ich bin Journalistin. Mal projektweise angestellt, dann wieder frei.«

Alle schweigen.

»Mein Laptop ist mein Büro«, sage ich, um meiner Geschichte noch ein wenig wildromantisches Flair hinzuzufügen. »Ob ich im Zug sitze, im Café oder in der U-Bahn, ich kann immer arbeiten. Journalistin. Kulturbereich. Mal hier, mal da. Der Flickenteppich der Freiberuflichkeit.«

Ich sehe ihren Gesichtern an, dass sie bereit sind, zu träumen und sich begeistern zu lassen. Sie hängen an meinen Lippen. »Wow«, sagen sie, »das klingt interessant. Und du lebst in Berlin.«

»Wo kann man denn etwas von dir lesen?«, fragt Thomas Diekämper, das ehemalige Tennis-Ass.

Jetzt weiß ich, was sie hören wollen. Sie haben Jobs bis zur Verrentung und lieben Geschichten über Freiheit und zügelloses Draufgängertum. Zufällig habe ich genau die richtige Anekdote für sie: Sie handelt von mir, wie ich, frisch entlassen aus meinem superexklusiven Journalisten-Elite-Studium und mit einem rasiermesserscharfen Lebenslauf in der Tasche, bei einer hippen Lifestyle-Zeitschrift lande; wie ich nach einem verkürzten Volontariat direkt übernommen werde, weil man sich jemanden wie mich nicht entgehen lassen kann. Und weil ich die Erwartungen mehr als erfülle, bietet man mir im Anschluss einen Redakteursposten an.

Damals entdeckte ich die erotische, berauschende Macht des Neins – nein zu logischen nächsten Schritten zu sagen, zur Erfolgsspur und zu senkrecht in den Himmel führenden Karriereleitern. Ich beschloss, von nun an mein eigenes Unternehmen zu sein und nur noch Dinge zu tun, an die ich glaubte. Also klemmte ich mir meinen luftleichten Laptop unter den Arm und marschierte aus dem Büro.

Ich bin daran gewohnt, dass es bei diesem Teil der Geschichte still wird. Doch so eine ehrfurchtsvolle Stille, wie sie sich nun unter meinen ehemaligen Mitschülern breitmacht, habe ich noch nicht erlebt.

Als ich Lars meine Entscheidung mitteilte, schwieg er minutenlang. Wir waren gerade in eine große, sanierte Wohnung mit einer funkelnden Einbauküche und beheizbaren Badezimmerfliesen gezogen, und ich rechnete fest damit, dass er mir Vorwürfe machen würde. Denn es war völlig unmöglich, diese Wohnung von seinem Gehalt allein zu halten. Für unsere per Post-it vereinbarte *Aussprache* bestellte ich ihn in unser Lieblingscafé. Die Kaffeeröstmaschine hinter uns machte wohlig gurgelnde Babygeräusche, und ich wartete geduldig darauf, dass Lars etwas sagte oder fragte, damit ich es ihm endlich erklären konnte. Warum ich an dem Ort, an dem ich schon immer hatte sein wollen, nicht glücklich war. Dass ich einfach nicht hineinpasste, sosehr ich mich auch bemühte. Und wie enttäuscht ich von mir selbst war, weil ich so gern hineingepasst hätte in dieses Leben. Doch Lars starrte nur schweigend in die nächtliche Schwärze seines Espressos. »Wenn es das ist, was du willst«, sagte er nur. »Dann stehe ich hinter dir.« Er machte mir keine Vorwürfe und verlangte keine Erklärung von mir.

In einem mittelschweren Anfall von Beziehungshybris schickte ich daraufhin E-Mails an meine Schwestern, in denen ich Lars als den perfekten Mann beschrieb. Sensibel, großzügig, ein Mann, der mich bedingungslos unterstützte; der keine kleinlichen ökonomischen Bedenken kannte, solange ich nur glücklich war.

Im Nachhinein glaube ich eher, dass er damals im Café schwieg, weil er zu wütend auf mich war, um noch mit mir zu reden. Er gönnte mir diesen dramatischen Auftritt nicht. Doch bei jedem einzelnen Streit, den wir in den folgenden Jahren führten, kam er auf jenen Tag zurück. Damals, meinte er, als ich meine Stelle gekündigt hatte, ohne ihm ein Wort zu sagen, hätte alles begonnen zwischen uns schiefzulaufen.

Jedenfalls ist das vermutlich der Grund, warum ich diese Geschichte immer wieder erzähle. Ich warte immer noch auf meinen Applaus. Und auf das perfekte Publikum. Vielleicht habe ich es ja jetzt gefunden.

»Aber wieso hast du das gemacht?«, fragt Jan Suwelak. Er wirkt ehrlich verwirrt. Auch in den Gesichtern der anderen lese ich Betretenheit.

»Ja«, wirft Eva Blauth zögerlich ein. »Du hättest doch eine Weile dort arbeiten können, um Kontakte zu knüpfen.«

»Wenigstens für den Lebenslauf«, sagt Meike Schölzke.

Und jetzt merke ich, dass die großen Augen und offenstehenden Münder nicht Ausdruck der Bewunderung sind, sondern des Entsetzens. Natürlich habe ich mir all diese Fragen in den nächsten Jahren selbst oft gestellt. Als ich im Loop des ewigen Bewerbungsmodus steckte. Als die Honorare sanken, Unternehmen ihre Werbeetats zurückfuhren und ein hippes Magazin nach dem anderen dichtmachte. Als die Konkurrenz unter den Freien ausbrach, als die Konjunktur schwächelte und die Welt unterging. Natürlich habe ich das. Aber darum geht es nicht. Denn das ist meine Geschichte, und sie hat eine klare Pointe. Sie endet da, wo ich mit wehendem Haar aus dem verglasten, hypermodernen Büro eile, vorbei an blubbernden Wasserspendern und schnittigen Espressomaschinen der neusten Generation, und den Weg in die Freiheit wähle.

»Das war ja sehr mutig von dir«, sagt Tine Streirüter.

Mit einem Mal wird mir klar, warum sie mir gern zuhören.

Weil ihnen beim Zuhören wohlige Schauer über den Rücken laufen. Ich biete ihnen die Erwachsenenalternative zur Gruselgeschichte am Lagerfeuer. (»Bitte, erzähl mir noch einmal die Geschichte, wie du deinen festen Job mit Urlaubsgeld und Lohnfortzahlung im Krankheitsfall gekündigt hast und dein Leben ruiniert hast. Bitte.«)

Wenn mir beim letzten Klassentreffen noch der eine oder andere – und sei es aus Versehen – auf den Hintern geschaut hat, sind heutzutage alle nur noch an meinem Scheitern interessiert. Überhaupt hat die Utopie des Versagens in meiner Generation die heimliche Sexphantasie ersetzt.

Erst jetzt wird mir klar, wie hirnverbrannt die Idee war, auf diesem Klassentreffen jemanden aufreißen zu wollen. Allenfalls eine erfundene Immobilie in Südfrankreich – die Provence, ah! – hätte sich vielleicht noch positiv auf meine erotische Ausstrahlung auswirken können. Doch selbst das hätte mir nicht die atemlose, hingerissene Aufmerksamkeit gesichert, die mir diese Leute für meine Geschichte des Scheiterns entgegenbringen.

»Das muss sehr schwer sein«, sagt Jan in einem Tonfall, als hätte ich gerade einen nahestehenden Verwandten verloren.

»Nein, es ist eigentlich ziemlich super«, sage ich. »Es ist toll, kreativ zu sein. Ich stehe morgens gern auf.« Ich klinge wie ein Werbevideo der Deutschen Bahn. Trotzdem kann ich nicht aufhören zu reden. »Ich teile mir meine Zeit selbst ein. Ich arbeite, wenn mir danach ist. Oder eben nicht. Natürlich ist Risiko dabei und auch Druck. Aber ein guter Druck, wenn ihr versteht, was ich meine.«

Mein Blick schweift durch die Runde. Ein paar besitzen die Höflichkeit, ihr Mitleid zu verbergen, und lächeln mir ermutigend zu: Lauf, Forrest, lauf.

Irgendwann drehe ich mich einfach wortlos um.

Das Schlimme ist: Ich mochte meine Arbeit. Wirklich. Ich mochte es, Ideen zu haben. Ich mochte das Schreiben. Ich mochte Deadlines und das knisternd frische Wort Honorar. Arbeit war toll. Leider hatte ich kein besonderes Talent darin, sie mir zu organisieren.

Ich senke den Blick, um nicht aus Versehen Blickkontakt mit jemandem aufzunehmen. Ich bin so darauf konzentriert wegzusehen, dass ich mit Peter zusammenpralle. Ich könnte schwören, dass unter dem Superhits-der-Neunziger-und-das-Beste-von-heute-Gedudel, das aus verborgenen Lautsprechern plärrt, in diesem Moment unserer Begegnung ein leises Sirren zu hören ist, gefolgt von einem Zischen. Bunte, filigrane Schmetterlinge verbrennen sich ihre zartgemaserten Flügel am Deckenfluter und stürzen in einer Todesspirale zu Boden.

Ich murmele eine Entschuldigung und will gehen. Doch schon nach ein paar Schritten ruft Peter mich zurück.

»Mia? Bist du das? Warum rennst du denn weg?«

Antwort A: Weil du mich am Tag der Abiturabschlussfeier hast sitzenlassen und mir nie erklärt hast, warum.

Antwort B: Nein, A genügt eigentlich.

Langsam drehe ich mich zu ihm um. Immerhin besitzt er die Höflichkeit, mir den Bruchteil einer Sekunde lang zerstreut in den Ausschnitt zu starren, bevor er mir wieder in die Augen sieht. Erleichtert stelle ich fest, dass er nicht mehr der tolle Typ von damals ist. Manche Attribute der Jugend arbeiten nicht unbedingt für einen, wenn sie einem erhalten bleiben. Sein Haar zum Beispiel trägt er immer noch lang, doch es ist licht geworden und umzaust seinen Kopf wie ein Heiligenschein. Peter war schon immer sehr dünn, doch während dieses Schlaksige früher etwas Interessantes hatte, wirkt es jetzt, als litte er unter einer zehrenden Krankheit. Und das schüchterne, fast mädchenhafte Kichern, das ich an ihm als Neunzehnjährigem süß fand, wirkt einfach nur gruselig.

»Ich dachte, du hast ein Weingut in Frankreich«, sage ich.

»Ja, stimmt auch. Also genauer gesagt, gehört das Weingut meinem Schwiegervater«, sagt er und lächelt. »Wir dachten, dieses Treffen sei eine schöne Gelegenheit, mal wieder in die Stadt zu kommen.«

Wir. Natürlich.

Das Schmunzeln ist besonders schrecklich. Zumal er nicht zu der Sorte herb männlicher Schmunzler mit grauen Schläfen gehört, denen man das durchgehen lässt. In gewisser Weise ist er für dieses Schmunzeln zu jung. Es ist, als hätte sich unsere Beziehung in einer anderen Ära abgespielt, in einer Zeit vor Popmusik, der Pille oder dem Farbfernsehen.

Andererseits, was sagt es über mich aus, dass ich mehr als ein Jahrzehnt später immer noch sauer auf ihn bin? Wahrscheinlich liegt es daran, dass ich immer noch nicht weiß, was damals eigentlich passiert ist, warum er mich hat sitzenlassen. Nicht, dass ich mir damals sonderliche Mühe gegeben hätte, es herauszufinden. Am Tag der Zeugnisvergabe duckte ich mich tief in meinen Stuhl, als Peter Flasse nach vorn gerufen wurde. Es war eine eher nonkonfrontative Zeit damals. Wenn man abserviert wurde, stellte man keine weiteren Fragen.

»Und was machst du so?«, fragt er.

»Warum hast du mich sitzenlassen?«

Immerhin besitzt er den Anstand, rot zu werden. Doch dann – ich kann es nicht fassen – kichert er und fährt sich mit den Fingern über die Augen. »Gott, waren wir süß.«

Mir ist schon klar, dass das alles seeehhhr lange her ist. Aber er lacht, als hätten wir beide im Kindergarten Hochzeit gespielt und einander später auf dem Spielplatz die kalte Schulter gezeigt. Doch so war es nicht. Wir waren auch damals schon erwachsen. Volljährig immerhin. Wir konnten Auto fahren und hatten Sex. Wir erfüllten zumindest die groben Kriterien des Erwachsenseins.

Ich erinnere mich, wie ich, nachdem er mich verlassen hatte, mit ausgestreckten Armen auf dem Geländer einer Autobahnbrücke stand und in die rauschende Tiefe hinabblickte. Ich wollte mich nicht hinunterstürzen. Aber ich war mir sicher, dass ich nie wieder lieben würde.

»Warum lachst du?«

Er zuckt ein wenig zusammen. »Es ist eben schön, dich zu sehen. Und außerdem ist es lustig – wobei das vielleicht nicht das richtige Wort ist –, aufschlussreich, wie sich im Nachhinein alles entwickelt hat. Denn an dem Tag, als wir uns getrennt haben, habe ich Florence kennengelernt.«

Ich habe mich nicht getrennt. Ich habe gewartet. Ich habe seine Mutter mit Anrufen terrorisiert. Ich habe mir mit beiden Händen die Schminke vom Gesicht gerieben. Ich habe auf dem klebrigen Boden eines Imbissklos gesessen, eine Flasche Wodka zwischen die Knie geklemmt.

Wie in einem Alptraum schwebt in diesem Moment eine gazellenhaft schöne Frau auf uns zu. Und mir wird klar, dass es ihr Vater ist, der das Weingut besitzt. Warum habe ich mich nie gefragt, was Peter Flasse auf einem Weingut in Frankreich zu suchen hat? Es erschien mir so passend, als ich es hörte. Er brach mir das Herz und lebt jetzt auf einem Weingut in Frankreich.

Sie anzusehen tut weh. Mit den schneeweißen Zähnen, der zartgebräunten Haut und dem schwungvollen Gang sieht sie toll aus, wild und frei. Die Art Frau, die sich mitten im Winter, ohne zu zögern, die Kleider vom Leib reißt und nackt ins eisige Meer springt. Oder die auf dem Bahnhof spontan in irgendeinen Zug springt, einfach aus einer Laune heraus. Der Witz ist, dass es solche Frauen in Wirklichkeit gar nicht gibt. Und gäbe es sie, wären sie mit Sicherheit nicht mit Peter Flasse zusammen.

»Stell dir vor«, sagt er, wieder mit diesem Schmunzeln, das ich ihm am liebsten aus dem Gesicht schlagen möchte, »sie wollte gar nicht kommen. Ich musste sie überreden.«

Er streckt den Arm aus, und sie schmiegt sich kurz an seine Brust, löst sich dann aber und streckt mir ihre feingliedrige Hand entgegen.

»Das ist Mia«, sagt er und lächelt.

Es wundert mich, dass er nicht sagt: die kleine Mia.

»Hallo Mia«, sagt sie. »Ich bin Florence.«

»Mia hat gefragt, wie wir uns kennengelernt haben«, sagt Peter.

Das habe ich nicht.

»Ich war damals Austauschschülerin hier«, sagt Florence in melodiösem, perfektem Deutsch. »Eigentlich eine dumme Geschichte. Sehr kindisch.«

»Das ist nicht dein Ernst«, sagt er und wirkt ehrlich verstimmt. »Es war so romantisch. Sie stand an der Bushaltestelle, an der ich mit dem Auto vorbeifuhr, und wartete, doch der Bus kam nicht. Es hat in Strömen geregnet.«

Und dann geht es weiter mit der typischen Er-sagte-sie-sagte-Dramaturgie.

Und er sagte: »Ich kann Sie mitnehmen.«

Und sie: »Ich steige nicht zu fremden Männern ins Auto.«

Und er: »Dann fahre ich eben neben Ihnen her, denn ich will nicht, dass Ihnen etwas passiert.«

Peter Flasse wohnte damals ein Stück außerhalb der Stadt, hinter den Bahngleisen. Das Grundstück seiner Eltern grenzte direkt an einen düsteren Wald. Nach jeder Verabredung – wir trafen uns meistens bei ihm – musste ich mit dem Fahrrad zehn Kilometer durch die Finsternis nach Hause fahren, unter hohen dunklen Baumkronen hindurch, vorbei an dichten Sträuchern und Büschen, über verlassene Bahngleise hinweg. Eine große blonde, aufgetakelte Frau auf einem Fahrrad. Das typische Tatort-Opfer. Er wäre niemals auf die Idee gekommen, sich das Auto seiner Eltern auszuleihen, um mich sicher heimzugeleiten.

»Und danach hat er mich einfach nicht mehr allein gelassen«, sagt sie und reißt ihre großen braunen Augen auf. »Wir haben uns am nächsten Morgen zum Frühstück getroffen, waren im Park spazieren und haben dann … Wir haben den ganzen Tag zusammen verbracht. Dabei fand an diesem Abend Peters Abiball statt. Doch er sagte, das ist jetzt unwichtig. Das spielt jetzt alles keine Rolle mehr.«

Ich erinnere mich, wie ich auf den Fliesen der Imbisstoilette saß, den sauren Geschmack von Erbrochenem auf der Zunge, und mir ausmalte, wie Peters Hände zu zittern begännen, wenn er in der Zeitung läse: *Abiturientin (19) in den Tod gesprungen – Familie und Freunde rätseln.* Ich stellte mir vor, wie er sich auf meine Beerdigung schleichen würde. Denn natürlich würde ihn nach dem, was er mir angetan hatte, niemand mehr einladen. Er wäre gezwungen, im Gebüsch kauernd, dem Schluchzen meiner Freunde zu lauschen, während er gleichzeitig begriff, dass er mit mir die Liebe seines Lebens verloren hatte und dass alles, was nun noch kommen konnte, schal und grau sein würde.

»Es war einfach irre romantisch«, sagt Peter. Und Florence rollt mit den Augen, widerspricht ihm aber nicht.

»Mia kommt aus einer großen Familie«, sagt Peter plötzlich ohne erkennbaren Zusammenhang. »Sie hat vier Schwestern.«

»Es sind nur drei«, sage ich giftig, als wäre dies meine Chance, mich endlich ins richtige Licht zu rücken.

»Florence ist noch ein Jahr in Deutschland geblieben«, sagt Peter. »Sie hatte diesen Job in einem schäbigen kleinen Callcenter, und ich hab ihr immer jeden Morgen eine Zimtschnecke zur Arbeit gebracht.«

»Wirklich?«, sagt sie lächelnd. »An was du dich alles erinnerst. Das weiß ich gar nicht mehr.«

Peter schmollt. Dabei ist es kein Wunder, dass sie sich nicht daran erinnert. Denn es war nicht sie, der er täglich ein Gebäckteil gebracht hat. Sondern ich. Mir hat Peter Flasse immer eine Zimtschnecke gekauft, eineinhalb Jahre lang, in jeder großen Pause. Ich finde Peter Flasse zum Kotzen, und wahrscheinlich war er es schon damals. Trotzdem möchte man nicht aus der Geschichte gestrichen werden.

Dieses Gespräch spült mich endgültig an die Bar, neben Liliane, die auf einem knallroten Hocker an der Bar sitzt und mit ihren Fifth-Avenue-roten Fingernägeln auf ihrem Smartphone herumtippt. In der Schulzeit war sie eine begehrte Informationsquelle, heutzutage ist sie anscheinend nicht sonderlich beliebt. Im Moment sitzt sie allein da, was ihr allerdings nicht viel auszumachen scheint. Als ich mir einen Stuhl heranziehe, wirkt sie nicht einmal besonders erfreut.

»Na, Liliane, wie geht's?«, frage ich.

Sie blinzelt müde. Man kann es beinahe sehen unter ihren zuckenden Augenlidern, das müde Funken der Synapsen, Datenströme rauschen durch ihren Kopf: die Scheidung meiner

Eltern, der Tag, an dem mich Peter sitzenließ, der Tod meiner Mutter.

»Mia Mersmeyer«, sagt sie und gähnt. »Die Schwester von Paula.«

Ich nicke.

»Wie geht es Paula?« Sie fragt nicht im beiläufigen Konversationston, sondern als hätte Paula gerade den dritten Zyklus einer Chemotherapie hinter sich.

»Gut«, sage ich. »Richtig gut. Toller Job. Tolles Kind. Toller Mann.« An dieser Stelle lacht sie. Oder sie hustet oder verschluckt sich. Schwer zu sagen.

»Was meinst du?«, frage ich, wobei ich die raunende Stimme meiner Mutter im Kopf übertönen muss, die mich beschwört, keine Geheimnisträgerin zu sein.

»Nichts. Vergiss es.«

»Was soll ich vergessen?«

»Im Ernst.«

Ich glaube, sie ziert sich nicht einmal. Sie wirkt tatsächlich lustlos. Die blondierten Strähnen hängen ihr schlaff in die Stirn, eine dicke Make-up-Schicht vermauert ihr Gesicht. Früher muss es eine Funktion gehabt haben, dieses rastlose Sammeln und Weitergeben von Informationen. Heute scheint es eher ein Tick zu sein, den sie nicht ablegen kann.

»Ich habe gesagt, dass Paula einen tollen Mann hat, und du hast gelacht.«

»Ich hab mich verschluckt.«

Sie saugt an ihrem Strohhalm. Ihr Cocktailglas ist vollgestopft mit Eiswürfeln, Orangenscheiben, buntem Plastik und Ananasstückchen.

»Es ist nur ein Gerücht.«

»Geht es um Paula?«

Sie schüttelt den Kopf. »Paula ist lieb.« So, wie Liliane das sagt, klingt das nicht wie ein Kompliment. »Es geht um Matthias.«

»Was ist mit Matthias?«

Sie bohrt ihren Strohhalm in ein Stück Ananas.

»Er hat eine andere.«

Kapitel sechs

Ich habe mir schon unzählige Male geschworen, nicht mehr an der Garderobe zu arbeiten. Aus allen möglichen nachvollziehbaren Gründen: Weil ich studiert habe. Weil ich etwas Besseres finden könnte. Weil es meinem Selbstwertgefühl unermesslichen Schaden zufügen könnte, für andere Menschen nichts weiter als der kürzeste Weg zum nächsten Kleiderhaken zu sein und dabei zu wissen, dass ihnen ein Schließfach vermutlich lieber wäre. An manchen Tagen weckt das in mir einen sonderbaren Ehrgeiz. Dann ziehe ich bei jedem Mantel, den ich annehme oder zurückgebe, eine große Show ab. Nachdenklich zähle ich das Wechselgeld nach und gebe ihnen einen »Glückscent« heraus, bevor ich ihnen mit warmem Lächeln einen schönen Abend und eine sichere Heimfahrt wünsche, als Beweis, dass Menschen immer noch besser sind als Maschinen. Würde sich ein Schließfach um ihre sichere Heimreise sorgen?

Tatsächlich wurde an den meisten Veranstaltungsorten, an denen ich arbeite, die Schließfachoption bereits diskutiert. Doch am Ende kamen die Betreiber zu dem Schluss, dass die Garderobieren einfach billiger sind.

Egal, wie oft ich mir und anderen einzureden versuche, dass ich mir diese Tätigkeit bewusst ausgesucht habe, weil sie mir

Zeit zum Lesen und Nachdenken lässt und mich davor bewahrt, meine wertvollen kreativen Energien zu verschwenden, muss ich doch zugeben, dass ich in all den Jahren weder »Krieg und Frieden« noch »Ulysses« zu Ende gelesen, noch einen revolutionären Gedanken gefasst habe. Und wenn ich nur einen Funken kreativer oder sonst wie gearteter Energie besäße, würde ich die produktivsten Jahre meines Erwachsenenalters sicher nicht in einer Garderobe zubringen.

Ich rufe Ronny noch aus dem Zug an, weil ich keine Wahl habe. Ich brauche dringend Geld. Außerdem muss ich mir, sobald ich zurück in Berlin bin, wieder tageweise ein Zimmer mieten; fürs Erste, bis ich die Zeit finde, mir etwas Dauerhaftes zu suchen. Allein der Gedanke daran macht mich müde.

Ronny nimmt nach dem achten Klingeln ab. Dabei bin ich mir ziemlich sicher, dass er den ganzen Tag nichts anderes tut, als neben dem Telefon zu sitzen und zu warten.

»Du hast ja lange nichts von dir hören lassen«, sagt er und klingt vorwurfsvoll und zugleich vergnügt. Das ist das Gute an Ronny. Er trägt einem nichts nach. Selbst wenn man sich monatelang nicht bei ihm gemeldet hat, empfängt er einen stets mit der Versöhnlichkeit eines zwar getroffenen, aber unendlich vergebungsvollen Liebhabers.

»Lass mal sehen«, sagt er, während er sich bereits durch die Raumpläne und Terminlisten an seinem Bildschirm klickt. »Wen haben wir denn da.«

Im nächsten Moment schnurrt er die Namen der Frauen herunter, die für die Messetermine der nächsten Woche eingetragen sind: Nora, Christine, Sonja, Verena, Sophie, Annika, Janine, Marie und andere Namen von Modelinien und aus Judith-Hermann-Geschichten. Er lässt sich jeden einzelnen Namen auf der Zunge zergehen, und man kann sich vorstellen, wie er sich dabei über die Lippen leckt. Auch wenn er natürlich keine Bilder im Kopf hat, die er mit den Namen verknüpfen könnte.

Er hat auch nicht die geringste Ahnung, wer ich bin.

Ronny ist ebenfalls ein Selfmademan, der, wie er gern sagt, nie eine Uni von innen gesehen hat. Mit Ende dreißig ist er völlig kahl und hat einen Bauch, den er erfolglos unter dem Bund seiner Levi's-Jeans einzuschnüren versucht, ist dabei jedoch von einer geschmeidigen Wieselhaftigkeit. In dem von ihm selbst gegründeten Garderobenservice beschäftigt er ausschließlich Frauen, die er ausschließlich Mädchen nennt. Egal, ob Schülerin, Studentin, bildende Künstlerin, Soloselbständige oder Hartz-IV-Zuverdienerin: »Ihr Mädchen« sagt er, und man kann sich vorstellen, wie er dabei mit liebevoller Nachsicht den Kopf schüttelt.

Doch heute ist sein Ton geschäftsmäßiger: »Du hast letzten Monat einen Haufen Termine abgesagt, Mia. Bist du sicher, dass du wirklich arbeiten willst?«

»Ja«, sage ich und halte mich am Waschbeckenrand in der schlingernden Zugtoilette fest, eine Bierdose kullert auf dem Boden hin und her, und der Schmerz funkt von meinem Kiefergelenk in den Kopf. »Ich bin voll dabei«, sage ich und lächele. Auf einer Homepage mit Bewerbungstipps habe ich mal gelesen, dass man das Lächeln am anderen Ende der Leitung hören kann. Anscheinend sendet das Lächeln ein positives Signal durch die Drähte ins Hirn.

»Kannst du auf der CCW?«, fragt Ronny.

»Ja«, sage ich.

»Der Metall IT? Der IHIF? Der Bautec?«

»Ja.«

»Wie sieht es mit der Fruchtmesse aus? Der Internationalen Münzmesse? Der Kreativ- und Bastelmesse? Was ist mit Gartenträume Berlin? Den Esoteriktagen? World Money Fair? Was ist mit Tierzucht und Futtermittel? Kannst du bei Sportplatzbau und Außenmöblierung? Bei Footwear? Transporter? Bei Stahlbau und Saatgut? Bei der Countrymusikmesse? Bei Landschaftsbau und Blumenbedarf? Bei Lasertechnik? Und bei Intermeat?«

»Ja«, sage ich lächelnd. »Intermeat. Ich kann immer. Morgens und abends. Ganztägig. Gern auch nachts. Freitags, samstags, sonntags. An kirchlichen und staatlichen Feiertagen.«

»Du bist ja heiß begehrt«, brummt Ronny und klingt ein wenig enttäuscht.

Als ich ihm erkläre, dass mein Freund mit mir Schluss gemacht hat und ich deswegen auf der Straße stehe, bessert sich seine Laune ein wenig. Und als ich ihn dann noch in mein Vorhaben einweihe, in so kurzer Zeit wie möglich so viel Geld wie möglich zu verdienen, ist er vollständig versöhnt. »Du willst jetzt also erst mal Kohle machen«, fasst er mein Vorhaben zusammen. »Du hast Glück. Wenn du willst, kannst du jeden Tag arbeiten. Im Moment geht hier alles drunter und drüber.« Er stöhnt. »Nora hat Magendarm. Die hängt nur noch über der Toilette und kotzt. Janine hat sich bei ihrem Thailandurlaub Pfeiffersches Drüsenfieber geholt. Nennt man auch The Kissing Disease, wusstest du das? Jennifer ist schwanger und völlig mit den Nerven runter. Sonja will nicht mehr in die Mercedes-Benz-Arena, seit sie von einem dieser Eishockeytypen blöd angemacht worden ist. Und Tina fürchtet sich nachts im Gebäude.«

Der Zug hat angehalten. Ich entriegele die Tür der Toilette und trete in den Gang. Der Boden ist klebrig und schmatzt unter den Sohlen. Durch den Rahmen des Zugfensters sind ein verlassener Bahnhof zu sehen, verrostete Schilder und Unkraut, das zwischen Steinplatten wuchert. Eine Frau mit zerwühltem grauem Haar zerrt einen schrankgroßen Koffer hinter sich her durch den Regen. Am bleichen Herbsthimmel fliegt ein Schwarm schwarzer Vögel.

Ronny seufzt und stöhnt noch immer ins Telefon. Dabei ist es ganz offensichtlich, dass die Empfindlichkeiten seiner Mitarbeiterinnen ihn faszinieren, auch wenn sie für ihn ein logistisches Ärgernis darstellen. Wahrscheinlich wüsste er gern, was meine Achillesferse ist. Doch das weiß ich selbst nicht mehr so genau. Das ist das Gute am Unglücklichsein. Es gibt einem das Gefühl, unverwundbar zu sein. Ich atme tief durch und fasse gute Vorsätze. Während Nora, Christine, Sonja, Annika ihre Magendarmgrippen auskurieren, ihre Pestbeulen und Stigmata, werde ich ihre Plätze in der zugigen Messehalle einnehmen und mir ihre Fünf-bis-sieben-Euro-Stundengehälter unter den Nagel reißen.

Sobald sich die Türen am Morgen öffnen, stürmen drei junge Männer in Anzügen an die Garderobe, als hätte man sie gerade von der Kette gelassen. Ich kenne den Typ: schwarzer Anzug mit Turnschuhen und koffeinaufgeputschte Ungeduld. Später, wenn sich die Halle zu füllen beginnt, werden sich lange Schlangen vor der Garderobe bilden. Jetzt aber, am frühen Morgen, stürzen sich gleich drei Garderobieren auf jeden einzelnen Mann. Schon wenn hinten in der Halle die Tür aufgeht, springen sie auf, zupfen ihre Uniformen zurecht und gehen in Habachtstellung, obwohl das niemand von ihnen verlangt. Die Männer werfen Geld auf den Tresen, den Kopf bereits abgewandt, und schimpfen über den schlechten Kaffee im Hotel; während wir ihre Mäntel, Koffer und Taschen davontragen und in die mit Rollen versehenen Garderobenständer einräumen, strecken sie bereits die Hand nach den Marken aus.

Ronny hat herumtelefoniert und mir ein Zimmer vermittelt. Geraldine, meine ehemalige Supervisorin, lässt mich auf einer Matratze in ihrem Wohnzimmer schlafen für fünf Euro die Nacht. Wir arbeiten in unterschiedlichen Schichten und Gebäuden und sehen uns fast nie. Da ich nicht weiß, wie lange ich bleiben werde, bezahle ich tageweise. Zu diesem Zweck habe ich mir ein Bündel Fünf-Euro-Noten besorgt. Am Ende jedes Tages deponiere ich einen Schein irgendwo in der Wohnung. Anfangs wählte ich noch gut sichtbare Stellen. Ich klemmte sie unter die Topfpflanze oder drapierte sie auf den Küchentisch. Keine Ahnung, warum Geraldine mir die Unterkunft überhaupt anbietet, denn sie sammelt die Scheine nie ein. Inzwischen fliegen sie durch die blitzsaubere Küche, bleiben auf dem Boden liegen oder landen im Spülbecken.

Eigentlich sehen Geraldine und ich uns nur, wenn wir auf dem Weg vom oder ins Badezimmer mit gesenkten Köpfen und unter den Achseln festgeklemmten Badehandtüchern aneinander vorbeilaufen. Oder wenn sie mir spätabends verschlafen die Tür aufmacht. Nach einem eigenen Schlüssel wage ich nicht zu fragen.

Ich frage überhaupt nichts. Geraldine und ich sind wie Geister im Leben des anderen. Wir sprechen nicht über Kühlschrankfächer, Wohnungsschlüssel, Geld oder Putzpläne. Das würde unserem Zusammenwohnprojekt eine Stabilität geben, die wir beide nicht wollen. Ich glaube, sie will sich das Recht bewahren, mich jederzeit vor die Tür setzen zu können.

Wahrscheinlich sollte ich mir mehr Mühe geben. Ich sollte ihr Teller mit liebevoll zubereiteten, vitaminreichen Snacks auf den Küchentisch stellen, den Ofen mit Sprühschaum reinigen, frische Blumen im Supermarkt kaufen oder zumindest ab und zu die Kartons von meinen Tiefkühlpizzen wegräumen. Aber es fehlt mir im Moment einfach die Kraft, irgendwen zu umwerben.

Mein Plan B besteht darin, mich unsichtbar zu machen. Wie sich herausstellt, bin ich darin ziemlich gut. Wenn ich morgens das schlingernde Abteil der S-Bahn betrete, die Ohren mit Kopfhörern verstopft gegen das Dröhnen der Stadt, fange ich langsam an, durchsichtig zu werden. Immer wieder sehen Leute, die sich zu den zischend aufspringenden S-Bahn-Türen drängen, durch mich hindurch und rempeln mich an, was beweist, dass mein Plan aufgeht. Spätestens wenn ich mir meine XXL-Bluse übergezogen und meinen Platz hinter der Garderobe eingenommen habe, ist von mir nichts mehr zu sehen.

Abends nach der Arbeit schlüpfe ich wortlos an Geraldine vorbei durch die Tür wie ein kalter Luftzug. Dann hänge ich meine Jacke an den Haken am Eingang und lege mich, immer noch angezogen, auf die aufblasbare Matratze, die Geraldine am ersten Abend kommentarlos für mich aus dem Schrank geholt hat. Oft dauert es Stunden, bis ich es schaffe, mich aufzuraffen, ins Badezimmer zu gehen und mich umzuziehen.

Meist liege ich mit geschlossenen Augen da. Manchmal schalte ich auch das Radio an, das ich aus der Küche ins Wohnzimmer geholt habe, und schraube so lange daran herum, bis ich einen Sender gefunden habe, auf dem gerade der Wetterbericht läuft. Aus irgendeinem Grund interessiert mich nichts so sehr wie das Wetter. Tatsächlich wird es jeden Tag kälter. Die Temperaturen sinken unter null, es gibt Blitzeis, die Pfützen frieren zu, es schneit und hagelt, und Lars ruft mich einfach nicht an.

Nur Paula versucht es immer wieder. Ich nehme nicht ab. Direkt nach dem Klassentreffen bin ich abgereist, am frühen Morgen, bevor die anderen aufstanden, habe ich einen Zettel an die

Kühlschranktür gepinnt. Bei der Gelegenheit habe ich gleich das Foto vom Tequila-Abend zerknüllt und in den Müll geworfen. Ich müsse für ein paar Wochen ins Ausland, schrieb ich. Ich dachte, das würde genügen. Paula ist ziemlich naiv und glaubt mir sonst fast alles.

Auch im Ausland gibt es Handyempfang!, schreibt sie mir einen Tag später per SMS.

Zwei Tage später ist ihr Zorn verflogen.

Brauchst du Geld?, steht in der Betreffzeile einer E-Mail, die sie mir um 11:35 Uhr schickt.

Offensichtlich kann sie auch während der Arbeit nicht aufhören zu grübeln. Und offensichtlich kennt sie sich besser in meinem Leben aus, als ich dachte. Zumindest scheint sie einen guten Draht zu Ronny zu haben. Denn drei Tage später überreicht mir Geraldine kommentarlos eine Postkarte, die ein halbgefülltes Wasserglas zeigt, das auf einem Fenstersims steht:

Was ist los? Du kannst mit mir reden. Ich bin deine Schwester.

An den Garderoben wird jeder Mantel, Koffer, Motorradhelm oder Regenschirm einzeln abgerechnet. Manche Besucher ärgern sich darüber, dass sie neben dem Eintritt, dem Hotelzimmer und den überteuerten Snacks auch noch für die Garderobe zahlen müssen. Wir erklären ihnen, dass sie ihren Mantel natürlich auch in einen Rucksack oder den Motorradhelm in eine Tüte stecken können. Die Kombinationsmöglichkeiten sind schier unbegrenzt, und wir denken uns eifrig neue aus:

»Vielleicht kriegen Sie den Laptop in den Koffer«, sagt die arbeitslose Innenarchitektin.

»Den Schirm können Sie doch zusammenklappen und in die Manteltasche stecken«, sagt die Literaturwissenschaftlerin, die sich bei ihrer Doktorarbeit über Annette von Droste-Hülshoff verfranst hat.

»Oder Sie falten den Mantel zusammen und legen ihn mit dem Schirm in den Koffer. Wir können Ihnen eine Plastiktüte geben«, sagt die aufstockende Logopädin.

Aber keiner hört auf uns. Den meisten Leuten geht es nicht ums Geld, sondern darum, ihren Unmut auszudrücken, und das können sie bei uns tun. An unseren kreativen Lösungsvorschlägen sind sie nicht interessiert.

Zu Beginn jeder neuen Messe bilden sich unter den Garderobieren schnell Funktionsgruppen – Raucher, Teetrinker, Zeitungstauscher, Plauderer. Manche Frauen sind von Tag eins an dick befreundet. Seite an Seite schleppen sie die Koffer nach draußen über den Hof in den Containerraum, wo sich das Reisegepäck zu riesigen Bergen türmt.

Nur ich falle aus allen Kategorien: Ich studiere nicht, ich male, musiziere und schreibe nicht, ich gehe nicht zur Schule und stocke nicht auf.

Eine Weile geselle ich mich zu den Seniorinnen. Weil ich mich von ihrer Behaglichkeit einlullen lasse, von ihren in Tupperdosen verstauten, mit Gurkenscheiben dekorierten Butterbroten, von der Art, wie sie sich ächzend auf ihre Stühle sinken lassen und schwarzen Tee aus den abgeschraubten Deckeln ihrer Thermoskannen trinken und Scherze machen über müde Knochen und schlechtes Wetter. Ich mag die Fürsorglichkeit, mit der sie einander an einem langen Tag manchmal den Stuhl zurechtrücken, sich gegenseitig ein Mürbeteigplätzchen anbieten oder einen Schal um die Schultern legen, wenn es an der Garderobe am Eingang mal wieder durch die ewig offen stehenden Türen zieht.

Sie alle behaupten, sich zu Hause zu langweilen. Nur deswegen seien sie hier. Sie alle malen identische Bilder von hübschen Erdgeschosswohnungen mit wuchernden Vorgärten und herzensguten, leider etwas faulen Ehemännern, die lieber die Beine hochlegen, statt sich um den Garten zu kümmern, und die ihnen statt eines Morgengrußes gern eine sarkastische, aber letztlich liebevoll gemeinte Bemerkung hinterherrufen. Sie alle sind dreißig, vierzig oder fünfzig Jahre verheiratet, und doch klingt das Konzept Ehe bei ihnen wie die Pointe in einem Heinz-Erhardt-Witz.

Sie rollen mit den Augen. »Jeden Tag mit diesem Griesgram. Das hält man ja im Kopp nich aus.« Außerdem könnten sie es sich ohnehin nicht vorstellen, einfach den lieben langen Tag die Beine hochzulegen und gar nichts mehr zu tun. Einfach nur herumzusitzen, im Fernsehsessel, auf der Couch, der Gartenliege, diese Vorstellung ist ihnen unerträglich. Die Aussicht, überhaupt auf irgendeinem Möbelstück längere Zeit auszuharren, scheint Urängste in ihnen auszulösen.

Alle sind sich einig: Hier langweilt man sich wenigstens nicht. Außerdem ist es doch gut, mal unter die Leute/in Bewegung/ins Schwitzen zu kommen. Und so behaupte auch ich aus purer Gefallsucht, mich zu langweilen. Unendlich gelangweilt sei ich von meinem Leben als Erfolgsjournalistin, deren Telefon niemals stillsteht. Von meinem Penthouse-Loft mit Dachgartenterrasse. Und von meinem gutaussehenden, einfühlsamen Freund, der mit seiner selbstgegründeten Werbeagentur ein Vermögen verdient. Die Seniorinnen lachen und sagen, ja genau. »Diese Öde«, sage ich, »die es bedeutet, jeden Tag im perfekten Leben aufzuwachen.« Ich kneife die Augen zu und gähne herzhaft. Das Bewusstsein, so unendlich geliebt zu werden vom perfekten Mann: »Und ich sag ihm noch, du musst mir nicht jeden Tag Blumen von der Arbeit schicken. Und dann dieser ständige SMS-Terror. Wer liebt wen mehr. *Ich dich! – Nein, ich dich!*« Gerade als mir die Sache Spaß zu machen beginnt, drehen mir die Seniorinnen wie auf ein stummes Zeichen hin geschlossen den Rücken zu.

Ab und zu kommt Ronny zu Besuch. Billardköpfig und katzenhaft schlendert er vorbei an den Reihen seiner sich straffenden Mitarbeiterinnen und strahlt. »Ich kann euch nur loben«, sagt er. »Das macht ihr wirklich toll.« Außer den Seniorinnen flirtet keine mit ihm oder erwidert auch nur sein Lächeln, doch das macht ihm nichts aus. Er ist glücklich mit seinem mürrischen, aber optimal organisierten Bienenschwarm.

Ich stehe stundenlang auf der Transportermesse, während sich hinter mir schwarz glänzende Motorradhelme reihen wie die abgetrennten Häupter meiner Feinde. Im Kopf versuche ich auszurechnen, wie viel ich verdiene, und zwar nicht nur pro Stunde, sondern ganz genau. Wie viel verdiene ich in fünf Minuten, wie viel in einer Sekunde? Ich rechne Centbeträge bis auf die dritte Stelle hinterm Komma aus. Wenn ich die Augen schließe, höre ich das Geld hinter den Wänden rauschen.

Nach der dritten Messewoche kann ich nicht mehr schlafen. Auch in der Wohnung reißt das Rauschen der Geldströme nicht ab. Ich verstopfe mir die Ohren mit Wachsstöpseln, aber es hilft nichts. Außerdem denke ich über Geraldine nach. Dass sie mit mir nicht spricht, stört mich nicht. Aber dass sie mein Geld nicht nimmt, macht mich wütend. Mittlerweile verstecke ich Fünf-Euro-Scheine in ihrer Tamponschachtel und zwischen den Zwiebeln. Doch nicht einmal das lockt sie aus der Reserve.

»Wir müssen über Ihre Zähne sprechen«, sagt mein Zahnarzt, in seinem Rücken die Leuchtwand mit den Aufnahmen meines monströs vergrößerten Kiefers. Er hat mir immer wieder auf die Mailbox gesprochen, und schließlich habe ich nachgegeben und bin in seine Praxis gekommen. Aber ich bin so erschöpft, dass ich kaum begreife, was er mir über Fehlstellungen, Behandlungsfehler in der Kindheit und einen zwar eingegrenzten, aber möglicherweise meine Herzgesundheit bedrohenden Abszess erzählt. »Die Lage ist ernster, als ich angenommen hatte«, sagt er stirnrunzelnd.

»Kriege ich ein neues Schmerzmittel? Ibuprofen wirkt bei mir nicht mehr.«

»Sie tragen ja nicht mal Ihre Beißschiene. Solange Sie Ihre Beißschiene nicht tragen, kann ich Ihnen nicht helfen.«

»Ich glaube, ich habe eine Depression.«

»So ein Quatsch«, sagt er und schnaubt. »Ihr Leben ist das Problem.« Dann fängt er wieder mit dem Germanistikstudium an.

Ein paarmal versuche ich halbherzig, ihn zu unterbrechen. »Das geht Sie doch alles nichts an«, werfe ich hin und wieder müde ein, doch irgendwann gebe ich auf. Am liebsten würde ich meinen Kopf auf die Arme legen und unter dem riesigen Plakat einer entzündeten Zahnwurzel einschlafen. Er hört ja ohnehin nicht auf mich.

»Sie sind noch eine junge Frau«, sagt er mit besonderer Betonung auf noch. »Aber was haben Sie vorzuweisen? Eine abgebrochene Karriere, eine gescheiterte Beziehung, keine Wohnung. Haben Sie inzwischen wenigstens Ihre Sachen abgeholt? Von Ihrem Exfreund, meine ich.«

»Ich konnte nicht. Ich arbeite auf der Transportermesse.«

»Ich wette, Sie haben noch nicht einmal Ihre Dokumente. Wo zum Beispiel ist Ihre Geburtsurkunde?«

Er schimpft noch ein bisschen weiter, stößt ein paar apokalyptische Voraussagen über meine Zukunft aus. »Wie lange halten Sie das noch durch?« Dann unterbricht er sich selbst bitter: Es sei ja glasklar, wer hinterher die Zeche zahlen müsse – der Steuerzahler. »Mit anderen Worten: ich.«

»Er ruft mich nicht an«, sage ich. »Er ruft mich einfach nicht an.« Es ist das erste Mal seit meiner Ankunft, dass mein Zahnarzt mich direkt ansieht. Wie er da leicht gebeugt vor der Leuchtwand steht, in seinem nicht mehr blütenreinen Kittel, die grau wuchernden Augenbrauen zusammengezogen, hat er etwas Gramgebeugtes. Er schweigt eine Weile, dann räuspert er sich.

»Ich schreibe Ihnen Tramalat auf«, sagt er und kritzelt etwas auf seinen Rezeptblock. »Das ist gleichzeitig ein Schlafmittel. Aber nehmen Sie es erst, wenn Sie im Bett liegen. Innerhalb von zehn Minuten haut es Sie um. Im Grunde sind das K.-o.-Tropfen.«

»Meinen Sie, ich sollte ihn anrufen?«, frage ich.

»Woher soll ich das wissen?« Mit einem Ruck reißt er das Rezept ab und drückt es mir in die Hand. »Ich bin kein Psychiater.«

Bei der Prognose für die Transportermesse haben sich die Organisatoren verschätzt. Die erwarteten Besuchermassen sind ausgeblieben und die Garderoben halbleer.

»Halbvoll«, sagt die Doktorandin und lacht.

Am Anfang und Ende des Messetages gibt es noch genug zu tun. Man muss rennen und rechnen und Geld sortieren. Da funktioniere ich gut. Doch sobald ich nicht meine Dosis von vierundzwanzig Bildern pro Sekunde bekomme, die ich brauche, um meine kreisenden Gedanken zum Stillstand zu bringen, komme ich ins Straucheln. Ich verwechsele Garderobennummern, stürze über Koffer und finde nicht wieder, was ich irgendwo aufgehängt oder abgestellt habe. Irgendwann stolpere ich nur noch hilflos umher. Als es gegen Ende des Tages ganz schlimm wird, gehe ich vor die Tür.

Im Hof vor dem begehbaren Container stehen ein paar Frauen, tippen auf ihren Handys herum und rauchen. Es hat geschneit, doch der Schnee bleibt nicht liegen. Auf dem Boden vermischen sich zertretene Kippen mit Schneematsch. Ich stehe da, die Hände unter die Achseln geklemmt, jeder Atemzug brennt in der Lunge. Ich lege meinen Kopf in den Nacken und starre in den weißen, verwischten Himmel. Da klingelt mein Handy. Die Nummer ist unterdrückt.

Lars würde niemals seine Nummer unterdrücken, denke ich. Das ist nicht seine Art. Und plötzlich wird mir klar, dass ich schon die ganze Zeit warte. Ich stehe an Garderoben, lausche dem Wetterbericht, verstecke Geldscheine in der Wohnung, aber in Wahrheit warte ich nur. Vorher habe ich nie begriffen, dass man warten kann, wie Agnostiker in Notlagen beten, ohne Hoffnung.

Ich starre auf das Handy. Das Klingeln verstummt kurz, als sich die Mailbox einschaltet. Doch nach ein paar Sekunden fängt es wieder an. Ich drücke den Anruf weg und rufe Lars an. Er nimmt nach dem ersten Klingeln ab.

»Ja«, sagt er. An meinem Ohr klingt es wie eine Explosion.

»Ich bin es«, sage ich, als würde das alles ändern. Lars atmet langsam ein und aus. Wahrscheinlich erwartet er, dass ich etwas erkläre oder hinzufüge, aber mehr habe ich eigentlich nicht zu sagen. »Ich brauche meine Geburtsurkunde.«

In diesem Moment fliegen die Türen zur Messehalle auf. Anscheinend ist die verspätete Busgruppe doch noch eingetroffen.

»Warum brauchst du gerade jetzt deine Geburtsurkunde?«, fragt Lars.

»Was ist denn das für eine Frage? Jeder braucht seine Geburtsurkunde.« Auch wenn mir im Moment schleierhaft ist, wofür.

»Wofür?«

Dass er die Gelegenheit nicht verstreichen lässt, mich vorzuführen, nehme ich als gutes Zeichen. »Die Behörden wollen sie sehen.«

»Was für Behörden?« Doch er klingt eher erschöpft als gereizt. »Lebst du in einer Kafka-Geschichte? Standen plötzlich irgendwelche Leute vor deiner Tür und wollten dich verhaften? Und was ist das für ein verdammter Lärm bei dir im Hintergrund?«

Tatsächlich ist im Hof die Hölle los. In den Garderoben muss Platz geschaffen werden. Koffer werden durch den Schneematsch gezerrt und in den Containerraum verladen. Die Frauen laufen gebückt und Rollkoffer hinter sich herzerrend über den Hof, zwei, drei oder vier auf einmal. Sie drängeln sich an mir vorbei.

»Nichts«, sage ich. »Gar nichts. Ich kann sprechen.«

»Wenn du schon nicht hilfst, dann steh wenigstens nicht im Weg rum«, zischt mir die Logopädin zu.

»Ich leider nicht«, sagt er. »Hör mal … Ich bin hier ziemlich im Stress.« Am anderen Ende der Leitung ist ganz schwach ein Gewirr aus spanischer Gitarre, Stimmen, Gelächter zu hören. »Warum sagst du mir nicht einfach, wo deine Geburtsurkunde liegt, und ich schicke sie dir gleich morgen?«

»Ich weiß aber nicht, wo sie ist.«

Sein Seufzen weckt wehmütige Erinnerungen. Denn so ist das nun einmal bei uns. Ich verliere Dinge, er findet sie. Und wenn das auch vermutlich mehr über seine Liebe zur Ordnung aussagt als zu mir, kann man sich eine schlechtere Basis für eine Beziehung vorstellen. Warum sieht er das nicht?

»Ich könnte vorbeikommen und sie suchen«, sage ich.

»Nein, das ist keine gute Idee. Komm nicht vorbei. Hör mal, ich ruf dich in fünf Minuten wieder an.«

Ich warte eine halbe Stunde. Es fängt wieder an zu schneien, doch erst als der Schnee meine Haare und Schultern ganz bedeckt hat, gehe ich wieder hinein. Ohne auf die bösen Blicke der anderen Frauen zu achten, stelle ich mich wieder an die Garderobe.

Ein schwarzer Mantel landet mit Schwung auf dem Tresen, Parfumschwaden schweben durch die Luft; im hauchfeinen Wollstoff funkeln Eiskristalle. Daneben liegt ein zerknitterter grüner Hundert-Euro-Schein.

»Haben Sie es nicht kleiner?«, frage ich, ohne aufzublicken.

»Nein.« Die Frau stößt ein eiswürfelklirrendes Lachen aus und streicht sich das kinnlange honigblonde Haar aus dem Gesicht. »Hallo Schwesterherz«, sagt Lucy.

Kapitel sieben

»Meine Schwester, die Garderobiere«, sagt Lucy und lacht.

Wir laufen über schneematschverklebte Bürgersteige, vorbei an grauen Häusern, von deren Fensterläden der Lack in groben Schnipseln bröselt. Kaum eins der Fenster hat Vorhänge. Es ist wie ein Daumenkino, bei dem jedes Bild dem nächsten bis auf geringfügige Abweichungen gleicht: Erst ist der Bezug der Couch beige, dann bräunlich, braun, rotbraun, schwarz. Die schmal geschnittenen Gesichter werden voller. Mal steht eine Flasche Mineralwasser auf dem Tisch, dann Bier oder Korn. Erst ist da ein Mensch, dann zwei oder drei, und plötzlich hat man eine Familie, die sich vor der IKEA-Schrankwand zusammendrängt.

»Das ist ein Nebenjob«, sage ich, während ich vergeblich versuche, mit meiner Schwester Schritt zu halten.

»Was ist denn dein Hauptberuf?«

Ich werde mich nicht vor meiner Schwester rechtfertigen. Sie ist Investmentbankerin. Sie sollte sich auf Knien bei mir und der ganzen Welt für ihre Berufswahl entschuldigen. Überhaupt läuft nichts bei diesem Wiedersehen so, wie es sollte. Immerhin sind wir uns in den letzten Jahren, so gut wir konnten, aus dem

Weg gegangen. Ich finde, nach all der Zeit sollte unser Umgang etwas zögerlich Tastendes haben. Stockende Gespräche mit vielen Pausen, scheuen Blicken und bedeutungsvoller Betonung aufs Du. (»Aber nein, sag du. Ich will wissen, was du denkst.«)

»Mit einem Beruf verdient man Geld«, sagt Lucy und läuft, ohne nach links und rechts zu blicken, über die Straße. »Alles andere ist ein Hobby.« Ein weißer VW hält schlitternd und quietschend vor ihr an. Die Fahrerin hat einen riesigen Berg Einkaufstüten auf dem Beifahrersitz und brüllt Lucy stumm durch die Scheibe an.

»Fick dich.« Ich sage es nur einmal und so leise, dass Lucy es nicht hören kann. Aber im Kopf wiederhole ich es unaufhörlich: Fick dich, fick dich, fick dich, fick dich, fick dich, fick dich, fick dich, fick dich, fick dich.

»Das muss dich nicht deprimieren«, sagt Lucy. »Es ist nie zu spät, sich noch einen ordentlichen Job zu suchen. Du könntest zum Beispiel meine Assistentin werden. Sprichst du Spanisch?«

Fick dich, fick dich, fick dich, fick dich, fick dich, fick dich, fick dich, fick dich, fick dich, fick dich, fick dich.

»Wohin wollen wir eigentlich?«, fragt Lucy, als wir den Taxistand erreicht haben. »Ins Rien ne va plus oder ins Passepartout? Ich wär fürs Rien ne va plus, aber da kann man nichts essen.«

»Ich weiß nicht, wohin du gehst. Ich gehe nach Hause.«

Und in dem Augenblick, wo ich es ausspreche, überfällt mich eine riesengroße Erleichterung, denn auf einmal wird mir klar, dass mich niemand zwingen kann, mit dieser Frau zusammen zu Abend zu essen, ganz egal, ob sie nun meine Schwester ist oder nicht. Es liegt so offenkundig auf der Hand, dass ich mich frage, warum ich so lange gebraucht habe, es zu erkennen.

»Ach, komm schon, Mia. Wir sehen uns so selten.« Lucy blinzelt in die Scheinwerferlichter eines heranfahrenden Taxis. »Wir haben doch nur noch einander. Weißt du nicht mehr, wie Mama damals – das muss an einem ihrer letzten Tage gewesen sein – zu uns sagte, wir sollten immer füreinander da sein? Was immer ihr tut, sagte sie, lasst einander niemals allein.«

Ich bin mir ziemlich sicher, dass meine Mutter nichts dergleichen gesagt hat. Weil sie zu sehr mit anderen Dingen beschäftigt war, um sich über unseren geschwisterlichen Zusammenhalt den Kopf zu zerbrechen. In erster Linie damit, an Krebs zu sterben. Und auch wenn sie es gesagt hätte, hätte das vermutlich nicht bedeutet, dass wir in Zukunft jede Kontrolle über unser Sozialleben aufgeben sollten. Doch darum geht es gar nicht. Lucy will nur erreichen, dass ich mich erinnere. Weil sie weiß, dass die Erinnerung mich schwach machen wird. Sie muss gar nichts weiter tun, nur schweigen und warten. Und auch wenn ich den Gedanken absolut ekelerregend finde, dass sie den Tod meiner Mutter dazu benutzt, mal wieder ihren Kopf durchzusetzen, kann ich nicht leugnen, dass es funktioniert. Ich erinnere mich.

Ich erinnere mich an das Frösteln im Wartezimmer und das Fiepen der Geräte, an schlechten Kaffee in geriffelten Plastikbechern und an diesen warmen, süßlichen Geruch, der die Gänge durchwabert, bei dem einem automatisch die Magensäure in die Kehle steigt und der den angeblichen Desinfektionsmittelgeruch des Krankenhauses wie eine nostalgische Romanerfindung erscheinen lässt. Ich erinnere mich an das leise Quietschen der Gummisohlen auf den Gängen und an Unmengen abgezapftes Blut. Ich erinnere mich an graues Morgenlicht, das durch die Fenster tropft, und an das russische Roulette der Laborwerte. An Metallbetten, die lautlos unter Neonröhren hinweggleiten, an geschrumpfte Körper und das drohende Leuchten der Röntgenaufnahmen. Ich erinnere mich an die strohig blonde Perücke, über die meine Mutter so glücklich war, dass sie lachend mit der Hand darüberstrich, als wären nun all ihre Probleme gelöst. Ich erinnere mich, wie die Zimmernachbarin meiner Mutter erzählte, vor der Beerdigung müssten die Körper von Chemotherapiepatienten verbrannt und die Asche in spezielle Behälter verschlossen werden, damit die Giftstoffe nicht ins Grundwasser gerieten. Ich erinnere mich an alles, ob ich will oder nicht, und nur damit das endlich aufhört, sage ich schließlich: »Okay. Wie du willst. Wohin du willst. Ist mir egal.«

Lucy senkt den Blick. »Ich weiß«, sagt sie. »Es tut immer noch weh.« Mit einer energischen Geste winkt sie das Taxi herbei. »Was hältst du denn von Cocktails? Ich habe da von einer tollen neuen Bar gelesen.«

Unser Taxifahrer ist ein gebeugter Mann mit grimmig grauem Gesicht und bedrohlich wuchernden Augenbrauen, der aussieht, als hätte er das ganze letzte Jahrzehnt nicht gelächelt.

»Wir hätten uns auch morgen zum Frühstück treffen können«, sage ich.

Lucy lacht. »Ich frühstücke nie. Ich mache Yoga. Leute, die zu Kaffee, Kohlenhydraten und Gott weiß was greifen, rauchen auch Crack. Ich brauche dieses künstliche Aufputschzeug nicht.«

»Was machst du überhaupt hier?«, frage ich, und mir wird bewusst, dass ich diese Frage schon längst hätte stellen sollen.

»Ach«, sie winkt ab und schaut durchs Fenster auf die verschwimmenden Lichter der Stadt. »Bloß ein paar Leute treffen. Ich denke darüber nach, meine Autobiographie zu schreiben.«

Das ist typisch Lucy. Sie kann nicht einfach nach Berlin kommen, um shoppen zu gehen oder sich die Museen anzuschauen. Nein, sie muss mindestens die Rechte an ihrer Autobiographie verkaufen. Ich sehe sie fragend an. Doch sie lächelt unbefangen zurück, was mich zwingt, das Offensichtliche auszusprechen. »Aber du bist nicht berühmt.«

»Wen kümmert das?« Sie winkt ab. »Die Leute lieben Erfolgsgeschichten.«

Das Schlimmste ist, wie gut ich mir das alles vorstellen kann. Meine Schwester mit toupiertem honigblondem Haar, die vom Cover eines Bestsellers lächelt, der einen Titel trägt wie *Die Geschichte einer Insiderin aus einem größenwahnsinnigen Jahrzehnt* oder *Megadeals* oder einfach nur *Mega*. Ich kann mir vorstellen, wie sie mit gezücktem Montblanc-Füller in einer Buchhandlung sitzt und ihr Buch signiert.

»Ist dir schlecht?«, fragt Lucy. »Du bist irgendwie grün im Gesicht.« Sie zieht ein Päckchen R1 aus ihrer Gucci-Handtasche. »Sie haben doch nichts dagegen?«, sagt sie und funkt dem Fahrer durch den Rückspiegel ein strahlendes Lächeln zu, das in seine Gehirnwindungen eindringen und sein Stammhirn lahmlegen soll. Sie klopft eine Zigarette aus dem Päckchen.

Das Gesicht des Mannes bleibt reglos. Nur wenn man genau hinschaut wie ich, kann man sehen, wie seine Kiefermuskeln zucken, ein Krampf, der langsam bis zu seinen Augenbrauen ausstrahlt.

»Entschuldigung«, sage ich, »meine Schwester ist nicht von hier.«

»Ach, das stört Sie nicht, oder?«, fragt Lucy im Tonfall einer Filmdiva, die dem männlichen Helden den weißen Handschuh kokett gegen die Brust schnalzt.

Im Blick des Taxifahrers sieht man Jahrzehnte aufgestauten

Hasses, die sich in aschegrauen Lavamassen durch sein Hirn wälzen, um sich im nächsten Moment auf diese Frau im absurd teuren Mantel mit der zweireihigen Perlenkette zu entladen. Ich höre das leise, harte Schnalzen, als sich seine Zunge vom Gaumen löst, und sehe einen gelblich verfärbten Zahn. »Sie«, sagt er. Doch dann geht plötzlich ein Ruck durch seinen Körper, als hätte er einen elektrischen Zaun angefasst. »Machen Sie nur«, sagt er. Und dann – und das ist wirklich gruselig – lächelt er. Er zieht die Mundwinkel praktisch bis zu den Ohrläppchen hoch. Diese Miene behält er für den Rest der Fahrt, bis wir vor einem mehrstöckigen Hotelgebäude mit spiegelnder Fassade anhalten.

»Wohnst du hier?«, frage ich. »Sollen wir in der Hotelbar etwas trinken?«

»Nein. Wir holen bloß Sophie ab. Sie ist auch in der Stadt wegen irgendeines Filmdings. Sie kommt ziemlich oft nach Berlin. Hast du das nicht gewusst?«

Kurz darauf stehen wir in einem schummrigen Hotelzimmerflur, mit breitem, verheißungsvollem Lächeln, als wollten wir beide gleich aus einer Torte springen. Sophie macht die Tür kein Stück weiter auf als nötig und starrt uns aus riesengroßen pechschwarzen Pupillen an. Ihrem misstrauischen Blick merkt man an, dass sie unangenehme Überraschungen gewöhnt ist. Sie sieht schlecht aus, kränklich, wie jemand, der schon so lange unter üblen Umweltbedingungen lebt, dass er es selbst gar nicht mehr merkt. Sie trägt einen weißen Hotelbademantel über einem roten Wollpullover und riecht aus allen Poren nach Stressschweiß.

»Wer ist tot?«, fragt sie.

Lucy lacht affektiert. Aber Sophie meint es ernst. Ihre nackten Zehen bohren sich in den Teppich. Es ist merkwürdig, dass ausgerechnet Paula an einer Fußphobie leidet, denn Sophie hat zweifellos die hässlichsten Füße der ganzen Familie. Sie hat kinderkleine Fußsohlen, dafür überlange, krallenartige Zehen. Ihr großer Zeh ist kürzer als der zweite, und ein paar schwarze Härchen sprenkeln den Spann. Ihre Zehennägel sind so grob und rillig, dass nicht einmal die dicke Schicht abgeplatzten roten Lacks es verbergen kann.

»Willst du uns nicht reinlassen?«, fragt Lucy.

»Ist grad schlecht«, sagt Sophie und starrt auf den Boden.

»Sophie, wo bist du?«, tönt eine Männerstimme hinter ihr aus dem Zimmer. »Sophie?«

»Ihr müsst jetzt gehen.« Sophie will die Tür schließen, doch Lucy schiebt blitzschnell die Spitze ihres Chanel-Schuhs dazwischen.

»Komm schon«, sage ich. Die Graupelkörner in meiner Kapuze fangen an zu schmelzen und tropfen mir in den Nacken. »Lass uns wenigstens kurz rein. Biete uns ein Getränk an oder so was.«

»Wir sind deine Schwestern«, sagt Lucy.

Sophies Gesicht bleibt neutral. Mit daguerreotypischer Langsamkeit heben sich ihre Augenlider.

Der Witz ist, dass ich eigentlich gar nicht scharf drauf war, Sophie zu sehen. Es muss etwas mit unserer Erziehung zu tun haben, aber das Wort nein macht uns alle immer ein bisschen hysterisch. Auf einmal will ich unbedingt in dieses Zimmer. Außerdem ist es eine Frage des Prinzips. Wer immer der Typ sein mag, der sich in ihrem Hotelzimmer zwischen sexschwülen Laken räkelt, die Familie kommt zuerst.

Sophie nickt langsam.

Das Erste, was mir auffällt, sind die Bildschirme. Am Fernseher ist der Videotext eingeschaltet. Auf einem Sessel steht ein aufgeklappter Laptop, dessen Skype-Kamera auf einen mit Papieren und Kaffeetassen übersäten Schreibtisch gerichtet ist. Und dann ist da noch das iPad auf ihrem Kissen. In dem Rechteck tobt ein kraushaariger Mann mit blau blitzenden Augen. »Sophie! Sophie!«, brüllt er. »Wo bist du? Ich kann dich nicht sehen.«

Sophie klaubt das iPad auf und drückt es an ihre Brust wie ein Baby. »Entschuldigt«, flüstert sie. »Christian hat letzte Nacht einfach grauenhaft geschlafen. Er braucht jetzt ... Deswegen könnt ihr ...«

Das ungeduldige Zucken ihrer Augenbrauen verrät, dass wir offensichtlich selbst erraten sollen, was wir jetzt zu tun haben. Uns unsichtbar machen wahrscheinlich.

Erst jetzt fallen mir die Kopfhörer um Sophies Hals auf. Der Anstecker baumelt ins Leere. »Hallo Christian, ich bin wieder voll da.«

Ihr Zimmer ist ein Chaos. Ein Koffer steht unausgepackt neben dem zerwühlten Bett. Ein schlappes Hotelhandtuch hängt über der Lehne. Auf dem Boden neben dem Bett liegt ein umgestülpter Kulturbeutel, daneben Lippenstifte, Eyeliner, Parfumproben und Tablettenschachteln.

»Funktioniert dein Internet nicht richtig?«, fragt der Mann im Rechteck. »Bitte, bring das in Ordnung. Was ist los?«

»Nichts«, sagt sie und tritt ans Fenster. Die Scheibe ist mit einer milchig trüben Folie überzogen. Nur am Rand ist ein Stück frei, durch das man auf einen leeren Parkplatz blickt.

»Du lügst. Du lügst mich an. Du weißt, ich kann es nicht leiden, wenn du mich anlügst. Wir sind doch ein Team.«

Überall liegen Handys herum, auf dem Fernseher, auf dem Bett, auf dem Fensterbrett. Sie wirken altmodisch, schwer und klobig. Doch das mit Abstand Seltsamste ist die Babycam auf dem Nachttisch. Auf dem Bildschirm sieht man einen Käfig voller durcheinanderwuselnder, scharrender Nagetiere. Sie haben ein hellbraunes Fell, rosa Pfötchen und Schnäuzchen, und ich habe keine Ahnung, was es für Tiere sind. Hamster? Ratten?

»Wir sind ein Team«, brüllt der Mann, gefangen im Rechteck. »Wir müssen ehrlich zueinander sein. Ha, was war das?«

Gerade ist Lucy hinter Sophie vorbeigehuscht. Anscheinend hat er den Silberverschluss ihrer Handtasche im Hintergrund aufblitzen sehen.

»Meine Schwestern sind hier«, sagt Sophie. »Sie sind zu Besuch.«

»Schwestern.« Er sagt das, als wäre das ein faszinierendes, aber letztlich abwegiges Konzept, und schweigt. »Ich will sie sehen«, sagt er schließlich. »Zeig sie mir bitte.«

Sophie dreht das iPad um. Lucy und ich rücken näher zusammen und winken dem Mann im Rechteck zu.

»Das sind Lucy und Mia«, sagt Sophie.

»Wie lange bleiben sie?«, fragt er.

»Nicht lange«, sagt Sophie. »Ich muss jetzt Schluss machen.«

Der Mann protestiert, doch sie legt auf. Auf ihrem Gesicht hat sich, wahrscheinlich rein vorsorglich, ein trotziger Ausdruck ausgebreitet, der sie durch die Jahre ihrer Gothic-Jugend begleitet hat: Mir doch egal, was ihr denkt.

»Ist das dein Boss?«, fragt Lucy nach einer angemessen scheinenden Pause. Sophie bietet uns weder etwas zu trinken an noch einen Sitzplatz. Stattdessen steckt sie die Hände unter die Achselhöhlen und läuft im Zimmer auf und ab.

»Das ist mal wieder typisch. Christian ist nicht mein Boss. In unserer Firma herrschen flache Hierarchien. Er hat jederzeit ein offenes Ohr für meine Ideen. Immerhin bin ich Junior Producerin. Christian und ich sind auf Augenhöhe. Wir arbeiten zusammen, nicht füreinander. Sonst kann so eine kreative Zusammenarbeit nicht funktionieren.«

»Was ist das?«, frage ich und zeige auf die Babycam auf dem Nachttisch. Eins der Nagetiere hat den Kopf gereckt und nuckelt an einem silbernen Trinkröhrchen.

»Wüstenrennmäuse«, sagt Sophie. »Ich soll auf sie aufpassen. Das heißt, es ist ein Experiment. Er hat sie seinem Sohn gegeben, und der hat versprochen, auf sie aufzupassen. Christian ist geschieden, das soll die Vater-Sohn-Bindung vertiefen. Sozusagen ein Vertrauensbeweis. Aber der Junge ist erst zehn. Die Tiere sind nachtaktiv. Und, na ja, Kinder haben andere Sachen im Kopf. Es reicht, wenn ich ab und zu einen Blick daraufwerfe, ob alles in Ordnung ist. Ich schlafe eh nicht besonders. Und wenn ich sowieso wach bin …« Sie bricht ab und starrt zu Boden.

Und es stimmt, als ich ein bisschen näher an den Bildschirm trete, sehe ich auf dem dunkelblauen Tapetenhintergrund eine loszischende pinke Rakete. Eine Kinderzimmertapete.

»Ich weiß, dass das streng genommen nicht in meinen Aufgabenbereich fällt«, sagt sie. »Es ist nur … Christian braucht seinen kreativen Raum. Solche Dinge lenken ihn ab. Er hat zur Zeit eine Menge mindload.«

Lucy und ich nicken, lächeln und schweigen. Wir können ewig so weitermachen, gar kein Problem.

»Ja«, sagt Lucy, »und deswegen ist deine Aufgabe so wichtig.« Sie spricht langsam und betont, wie ein Cop in einem Geiselfilm. »Aber es geht ihnen gut. Den Wüstenrennmäusen geht es gut. Du siehst ja, sie essen und trinken und tun, was Wüstenrennmäuse so tun.« Lucys Stimme klingt so samtig warm und liebevoll, dass mir ein Schauer über den Rücken läuft. »Nun, jedenfalls fände ich es gut, wenn du jetzt mit uns etwas trinken gehst.«

Sophie schüttelt den Kopf. »Christian hängt an den Mäusen. Ich kann hier nicht einfach weg.«

»Vertrauen«, sagt Lucy, »heißt auch loslassen können.«

Wenig später sitzen wir in einer Bar, von der ich noch nie gehört habe, in einem hypermodernen Glasbau mit bodentiefen Fenstern, unter uns hört man ganz schwach das Rauschen der Stadt. Um uns herum dunkles poliertes Holz und gedämpftes Licht. Elfenhafte Kellner, deren Füße kaum den Boden zu berühren scheinen, huschen mit melancholischen Mienen von Tisch zu Tisch.

Sophie hat sich eine frische weiße Bluse angezogen, eine dünne Schicht bräunlichen Puder aufgetragen und saugt an ihrem sonnengelben Cocktail, während Lucy seit dreißig Minuten ununterbrochen von sich redet. (»Da sagte die Frau in der Bäckerei, ich würde alles dafür geben, so zu sein wie Sie – Stell dir vor, ich kann essen, was ich will, ich nehme trotzdem nicht zu … Und dann hat Julio geweint, weil er wusste, dass er nie wieder eine Frau finden würde wie mich … Und die Verkäuferin sagte: ›Wow, diese Kleidergröße habe ich seit Jahren nicht mehr verkauft. Sind Sie ein professionelles Model?‹«)

»Bin ich die Einzige mit nur einem Strich auf ihrem Handy?«, fragt Sophie.

»Natürlich bin ich nicht perfekt«, sagt Lucy.

»Wusstest du, dass das auch eine Phobie ist?«, sage ich. »Nomophobie. Die Furcht, ohne Mobilfunkkontakt zu sein.« Ich tauche meine Hand tief in das Schälchen mit glasierten Erdnüssen, das auf dem Tisch steht.

»Wie viel Striche habt ihr denn?«, fragt Sophie.

»Du hast versprochen, deine Handys im Hotel zu lassen«, sage ich.

»Ja, mein Diensthandy und mein Notfallhandy«, sagt Sophie. »Mein Privathandy habe ich natürlich dabei.«

Ich nehme noch einen Schluck von meinem Cocktail. Er schmeckt, wie er aussieht: durchdringend zitronigsüß, ein bisschen wie aufgelöstes Brausepulver. Trotzdem fühle ich mich zum ersten Mal an diesem Tag halbwegs gut. Denn jetzt bekomme ich endlich die Gelegenheit, Lucy in Verlegenheit zu versetzen, und so eine Chance ergibt sich so schnell nicht wieder. »Du bist also ausgestiegen aus der schönen neuen Finanzwelt?«

Natürlich rechne ich nicht mit einem Schuldeingeständnis. Kleine Zugeständnisse, wie etwa, dass das, was gut für die Wall Street ist, nicht unbedingt gut ist für den Rest der Welt, würden mir schon reichen. Ein paar kritische Worte zur Vormachtstellung der Finanzmärkte. Nachdenkliches zu den Vorteilen eines Systems wechselseitiger Kontrollen und Machtbeschränkungen.

»Ach ja«, sagt Lucy und gähnt. »Das ist doch schon alles ewig her.«

Ich kann es nicht fassen, wie Lucy ihren einstigen Traumberuf abtut. Wie andere Mädchen davon träumen, Schauspielerin zu werden oder Popstar, wollte Lucy Investmentbankerin werden. Sie war die einzige Dreizehnjährige, die ein Gordon-Gekko-Poster über dem Bett hängen hatte. Ich bin mir bis heute nicht sicher, ob sie begriffen hat, dass er der Bösewicht des Films ist.

»Wenn die Party vorbei ist, soll man gehen«, sagt sie. »Ich habe rechtzeitig den Absprung gefunden. Das ist eins meiner Talente.«

»Soll ich das für deine Autobiographie notieren?«, frage ich.

»Würdest du?« Lucy klingt ehrlich erfreut. »Ich hab nie was zu schreiben dabei. Mein Angebot steht übrigens noch. Du warst doch auf der Journalistenschule. Ich könnte deine Hilfe gebrauchen. Fürs eigentliche Schreiben würde ich natürlich einen Profi engagieren. Aber du könntest mir bei der Recherche helfen.«

»Fick dich.« Es tut gut, es zur Abwechslung mal laut auszusprechen.

Lucy schnipst einen der melancholischen Kellner herbei, der sich auf der Stelle in sie verliebt. Er macht ihr Komplimente für ihre Figur und ihr Haar und erlaubt ihr, seine Bauchmuskeln zu befühlen. Als er erfährt, dass sie in L. A. wohnt, ist er ganz aus dem Häuschen. Denn – Überraschung, Überraschung – er LIEBT L. A. Nach fünf Minuten haben sie ihre gegenseitigen Freundschaftsanfragen bestätigt.

Wenn ich die Augen schließe, habe ich eine Vision von Lucy, wie sie an ihrem glitzernden Pool sitzt, unter einem immerblauen Himmel, während die Sonne klebrig über die Hügel tropft.

Der Kellner bringt uns eine neue Runde sonnengelber Cocktails.

»Warum die?«, fragt Sophie und verzieht das Gesicht.

»Weil ich bezahle«, sagt Lucy. »Du bist geizig. Und Mia denkt wahrscheinlich jetzt schon drüber nach, wie sie es schafft, sich aus dem Toilettenfenster zu quetschen, wenn die Rechnung kommt.«

Ich werde rot. In Wahrheit habe ich überlegt, so zu tun, als hätte ich mein Portemonnaie zu Hause vergessen.

»Jetzt sag schon«, sagt Sophie und schüttelt sich nach dem zweiten Schluck. »Wer ist gestorben? Tante Gerda?«

»Sie machte doch einen rüstigen Eindruck«, sage ich.

Dann schweigen wir, während wir zerknirscht an Tante Gerda denken, die in einem anthroposophisch geführten Altersheim im Odenwald lebt, das leider wahnsinnig schlecht über die Autobahn zu erreichen ist.

»Arme Tante Gerda«, sage ich und fange an zu träumen. Von ihrem kleinen Häuschen am Waldrand mit dem Hexenhäuschenzaun. Von Nussbäumen in ihrem Garten. Als Kinder haben wir die Haselnüsse gesammelt und im Ofen geröstet. Ich könnte dort leben. Völlig autark. Dostojewski lesen und mich von selbstgezogenem Salat, Zucchini und Blattspinat aus meinem eigenen Gemüsebeet ernähren. Und plötzlich – es ist wie eine Eingebung – sehe ich mich selbst vor einer endlosen Reihe von Gläsern mit rot leuchtender Erdbeermarmelade stehen.

»Hört auf, ihr Leichenfledderer«, sagt Lucy. »Das ist ja widerlich. Tante Gerda geht's gut – soviel ich weiß. Außerdem wird sie dir nie etwas vererben. Sie kann dich nicht leiden.«

»Aber warum nicht?«, fragt Sophie.

»Du hast ihre Katze auf dem Gewissen.«

»Das ist nicht wahr. Ein Jäger hat sie erschossen.«

»Nachdem du sie vom Grundstück gejagt hast.«

»Sie ist weggelaufen.«

»Du hast einen Knallkörper gezündet.«

»Sie hatte mich gekratzt!«

Der Streit zwischen Lucy und Sophie geht weiter, doch ich höre nicht richtig zu. In meiner Phantasie lebe ich schon seit dreißig Jahren ein beschauliches Leben auf dem Land. Als ich die ersten grauen Strähnen in meinem Haar entdecke, beschließe ich, sie nicht zu färben. Dafür lasse ich eine Solaranlage auf dem Dach anbringen, um endlich vom Stromnetz unabhängig zu sein.

»Finde dich damit ab«, sagt Lucy. »Sie hat mich als Alleinerbin bestimmt.«

»Aber du bist reich«, sagt Sophie. »Was willst du mit Tante Gerdas mickrigem Vermögen?«

»Es geht nicht darum, was ich will. Sondern darum, was Tante Gerda will. Und sie liebt mich. Wir telefonieren ständig.«

Ich bin mir ziemlich sicher, dass Lucy das erfunden hat. Zu neunundneunzig Prozent bin ich mir sicher. Doch dieses eine Prozent Restunsicherheit war schon immer Lucys Spielfeld.

Sophies Handy auf dem Tisch vibriert.

»O Gott«, sagt sie nach einem schnellen Blick aufs Display. »Er ruft auf meinem Privathandy an. Dabei weiß er, dass er nicht auf meinem Privathandy anrufen soll. Dafür hat er das Dienst- oder das Notfallhandy.« Sie sieht uns flehend an. »Es muss dringend sein.«

»Geh nicht ran«, sage ich.

»Und wenn es ein Notfall ist?«, fragt Sophie.

»Dafür ist doch das Notfallhandy da«, sagt Lucy.

»Ja, aber das durfte ich ja nicht mitnehmen«, faucht Sophie.

Und bevor einer von uns sie aufhalten kann, greift sie nach dem Handy. Dann dreht sie sich ein wenig zur Seite, um die Illusion von Privatsphäre zu erzeugen: »Nein, nein … – Entschuldige … – Nein … – Beruhig dich erst mal … – Wo denn genau …? – Nur, wenn du kratzt. – Nein, ich glaub nicht, dass … – Ich glaub nicht … – Wenn der Ausschlag … – Es ist ein Mittel zur Kragenstärkung. – Wir können eine andere Reinigung … – Nein, du musst nicht in die Notaufnahme, wenn … – Kortisonsalbe … – Ich geb sie dir morgen … – Ja, das reicht.«

Sie legt auf und dreht sich wieder zu uns und lächelt breit und verlogen: »Es ging um einen Film«, sagt sie fest und steckt das Handy in die Tasche zurück.

»Für den kauf ich mir keine Karte«, sagt Lucy und gähnt.

»Bitte, sag mir, dass du mit ihm schläfst«, sage ich.

Ich will sie nicht ärgern. Es würde mich nur ehrlich beruhigen. Doch Sophie reißt die Augen auf. Schwarze Bröckchen Tusche an ihren bebenden Wimpern. »Nur weil du mit deinem Chef ins Bett gegangen bist, machen das noch lange nicht alle.«

Einmal. Ich war einundzwanzig, und Chef zu sein hieß damals etwas anderes. Man konnte die Anführungszeichen praktisch mitdenken. Mein »Chef« war vier Jahre älter als ich und bezog das Anrecht auf diesen Titel daraus, dass er sich die Zeitschrift selbst ausgedacht hatte, für die ich arbeitete, und wusste, wie die Kaffeemaschine funktionierte.

»Ich dachte, Christian ist nicht dein Chef?«

»Du bist ja bloß neidisch«, sagt Sophie. Sie blickt sich hektisch um, die Nüstern gebläht: »Weil ich mich durchgekämpft habe. Wir beide. Lucy und ich haben uns durchgekämpft. Und ja, es war nicht immer leicht. Aber jetzt leben wir beide unseren Traum. Und du bewachst unsere Mäntel.«

Du kleine Fotze, denke ich. Die Sache mit den Mänteln könnte ich ihr noch verzeihen, aber dass sie sich mit Lucy verbündet, ist das Letzte. Sophie hasst Lucy. Als sie neun war, hat sie Lucys Zierpalme mit Frostschutzmittel gegossen in der Hoffnung, dass die giftigen Dämpfe sie im Schlaf ersticken würden, ohne nachweisbare Spuren zu hinterlassen.

»Du bleibst eben nicht dran«, sagt Sophie.

Ich weiß, dass es ein Klischee ist und dass ich damit keinen Originalitätswettbewerb gewinnen werde, aber ich denke ernsthaft darüber nach, ihr meinen leider nur halbgefüllten Cocktail ins Gesicht zu kippen. Ich weiß, man darf solche Gesten nicht überstrapazieren, wenn sie ihre Wirkung behalten sollen. Einmal im Leben muss genügen. Der Gedanke, meine große Geste ausgerechnet an Sophie zu verschwenden, ärgert mich zwar. Doch die Vorstellung von halbzerschmolzenen Eiswürfeln, Zitronenscheiben und Sirupresten auf dem glatten dunkelblonden Haar meiner Schwester entschädigt mich mehr als genug. Dann werde ich meine Lederjacke von der Stuhllehne nehmen und verschwinden. Ein würdevoller Schlussakkord für unsere Beziehung.

Derweil plappert Sophie unbefangen weiter: »Christian muss eben den Kopf frei haben. Er wird unruhig, wenn er mich nicht erreicht. Er muss wissen, dass ich da bin. Dass er mich erreichen kann, zumindest theoretisch … Es geht gar nicht um das Konkrete, es geht um …«

Lucys Pupillen irren wie unruhige Goldfische durch die weißen Gewässer ihres Auges.

»Wir führen eine kreative Beziehung auf Augenhöhe«, sagt Sophie gerade.

»Also würdest du auch seine Ratten hüten?«, frage ich.

»Es – sind – Wüstenrennmäuse.«

Sophie zittert vor Wut am ganzen Körper. Ich schließe die Hand um den schmalen Stiel meines Cocktailglases.

»Wupp«, sagt Lucy.

»Was?« Wir starren sie an.

»Wupp«, sagt Lucy noch einmal. »Wisst ihr nicht mehr, was das heißt? Wenn wir früher Fangen gespielt haben, gab es immer eine bestimmte Stelle am Zaun oder an der Laterne, und wenn man die berührt hatte, dann konnte man nicht gefangen werden. Man hatte eine Atempause. Klar, man konnte da nicht für immer bleiben, aber wenn man es wirklich brauchte, hatte man eine Zuflucht. Hier und jetzt ist Wupp«, sagt sie und zeigt auf den Tisch.

Ich kann nicht leugnen, dass mir dieses Konzept gefällt. Ich wünschte, ich besäße ein Wupp in meinem Leben. Sophie nickt langsam, ohne mich anzusehen.

»Okay«, sagt Lucy. »Dann möchte ich jetzt mit euch über Weihnachten reden. Habt ihr schon Pläne?«

»Wieso willst du das wissen?«, frage ich.

»Jetzt sagt einfach.«

»Christian feiert mit seiner Exfrau und seinem Sohn«, sagt Sophie.

»Wunderbar«, sagt Lucy und wendet sich an mich. »Was ist mit dir?«

Ich weiß, dass es nicht viel in meinem Leben gibt, mit dem ich punkten kann. Vielleicht möchte ich deshalb den beiden auf einmal unbedingt erzählen, dass Lars und ich zu Weihnachten in die schnuckelige kleine Hütte im Wald fahren, wo wir jedes Jahr feiern, zusammen mit Lars' Eltern und seinen zahllosen Brüdern. Ich möchte ihnen ganz genau beschreiben, wie Lars und sein Vater den Baum gemeinsam schlagen, während seine Mutter und ich zu Hause den Glühwein aufsetzen. Und dass es einfach perfekt wird, wie jedes Jahr.

In Wahrheit haben mich die Weihnachtsfeste mit Lars' Familie immer ein wenig verwirrt. Er hatte einfach zu viele Brüder, und sie sahen sich alle zu ähnlich. Es war, als hätte man aus derselben Schablone immer wieder dasselbe Erfolgsmodell gegossen: groß, durchsetzungsfreudig, sportlich, charismatisch. Sobald wir ankamen, ließ Lars seine Koffer zu Boden fallen und wurde einer der Jungs, ununterscheidbar von seinen Brüdern. Und während *die Jungs* schon am Nachmittag in der Dorfkneipe Billard spielten, fand ich mich plötzlich mit *den Mädels*, seiner Mutter und einer schlechtgelaunten Cousine, in der Küche wieder, entgrätete Forellen und entblätterte Rosenkohl. Ich wusste, dass Lars glücklich war. Wenn er abends ins Bett fiel, eingehüllt in eine selige Mischung aus Zimt- und Glühweindünsten, schlang er beide Arme um mich. »Ich liebe dich«, flüsterte er mir ins Ohr mit einem gefühlvollen Vibrato in der Stimme, das ich nicht an ihm kannte, und schlief innerhalb von Sekunden ein.

»Nein«, sage ich, »ich habe Weihnachten nichts vor.« Zu meiner eigenen Überraschung bin ich erleichtert.

Lucy nickt, als hätte sie sich das schon gedacht. »Na fein. Dann würde ich vorschlagen, dass wir alle zusammen bei Paula feiern.«

»Bist du irre?«, fragt Sophie. »Warum?«

»Weil ich einen Knoten in der Brust habe.«

»O Gott.« Was soll ich tun, wenn Lucy als Nächstes eine Röntgenaufnahme auf den Tisch legt, mit ihrem Montblanc-Füller die Stellen einkreist, die schon befallen sind, und uns erklärt, wie man Tumorwachstum von gesundem Gewebe unterscheidet? »Du hast Krebs?«

Lucy lacht. »Nein, natürlich nicht. Mir geht's gut.«

»Warum willst du dann mit uns Weihnachten feiern?«

Lucy dreht ihr Cocktailglas in der Hand und starrt hinein wie in eine Kristallkugel. »Weil Matthias eine Affäre hat.« Sie seufzt. »Ja, schon klar – schwer zu glauben. Aber ich weiß es von Liliane.«

Ich verstehe, was sie meint. Hätte mir auf jenem Klassentreffen irgendeine andere Frau an der Bar erzählt, dass mein Schwager eine Affäre hat, hätte ich vermutlich nur die Achseln gezuckt. Doch es war nicht irgendeine Frau, sondern Liliane. Damit ist es amtlich. »Ich wusste gar nicht, dass du Kontakt zu Liliane hast.«

»Aber ja. Wir telefonieren ständig. Sie hält mich über den Immobilienmarkt dort in der Gegend auf dem Laufenden. Es ist ja heutzutage so schwer, solide Kapitalanlagen zu finden. Da wird man erschreckend konservativ. Wenn sich jemand scheiden lässt oder im Sterben liegt, weiß Liliane es als Erste. Sobald eine hochwertige Immobilie frei wird, gibt sie mir Bescheid. Dafür kriegt sie von mir Prozente.«

Sophie nickt. »Und jetzt, wo Paula und Matthias sich scheiden lassen, willst du ihr Haus kaufen.« Das ist keinesfalls sarkastisch gemeint, sondern für sie die einzig schlüssige Erklärung für Lucys Interesse an Paulas Ehe.

»Natürlich nicht! Wofür haltet ihr mich?« Lucy sieht uns an, als hätten wir den Verstand verloren. »Ich will Paula helfen. *Wir* müssen ihr helfen.«

Sophie wirft mir einen fragenden Blick zu. Diese Lucy kennen wir nicht. Die Lucy, die Sachen in Ordnung bringt und sich für die Probleme anderer Menschen interessiert. Vielleicht hat sie ja doch Krebs, denke ich, und die Metastasen sind bereits in ihr Gehirn eingedrungen. »Was hat dir Liliane denn erzählt?«

»Die Frau heißt Nina Werning. Sie treffen sich immer in ihrer Wohnung, selten für mehr als zwei Stunden. Matthias besucht sie heimlich, wenn Paula nicht da ist. Parkt sein Auto um die Ecke. Benutzt die Hintertür. Und wenn sie sich in der Stadt begegnen, grüßt er sie nicht.«

Mir läuft es kalt den Rücken herunter. Das ist genau die Art, wie Matthias eine Affäre führen würde. So auffällig, dass es jeder merkt. Lucys Cocktailglas glitzert im trüben Licht. Im Hintergrund schweben schöne stumme Kellner vorbei wie Halluzinationen.

»Ich verstehe immer noch nicht, was uns Paulas Ehe angeht«, sagt Sophie.

Lucy zuckt die Achseln. »Sie ist unsere Schwester.«

Das sagen wir immer. Aber was heißt das eigentlich? Heißt es, dass wir über Weihnachten zu Paula fahren müssen, um sie wegen ihrer Ehe ins Gebet zu nehmen? Heißt es, dass ich hier in dieser Bar sitzen bleiben muss, deren Drinks ich mir nicht leisten kann, mit zwei Frauen, die ich kaum kenne und die, wenn ich sie heute auf einer Party kennenlernen würde, mir nicht unbedingt sympathisch wären?

»Paula arbeitet nur Teilzeit«, sagt Lucy. »Wenn die beiden sich trennen, verliert sie das Haus, den Garten. Die Familie bricht auseinander.«

»So was passiert nun einmal«, sage ich. »Das ist das ganz normale Leben. So was kann man nicht ändern.«

Lucy schnaubt. »Mit dieser Einstellung sicher nicht.«

»Was hat uns eigentlich zu Experten für das Thema Glück gemacht? Habe ich irgendwas verpasst?«, sagt Sophie.

»Immerhin haben wir nicht versucht, uns umzubringen«, sagt Lucy.

Paula hat niemals versucht, sich umzubringen. Das weiß Lucy genau. Die Geschichte war völlig harmlos. Paula kam nach der Arbeit nach Hause und zündete die Kerzen an ihrem Adventskranz an. Danach schaltete sie den Fernseher an und sah sich eine Doku über eine besondere Art von fleischfressenden Pflanzen an, die ihre Beute anlockt, indem sie ein klebriges Sekret über die Blätter ausscheidet. Dabei trank sie eine große Tasse Fertig-Glühwein aus dem Supermarkt und nahm ein paar der Schlaftabletten, die sie sich nach ihrer Trennung von Tom hatte verschreiben lassen. Und ja, wenn ihre Nachbarin den Rauch nicht gesehen hätte, der in dichten Schwaden aus den Fenstern quoll, dann hätte das leicht übel ausgehen können.

»Sie ist eben schusselig«, sage ich.

»Ach wirklich.« Lucy lacht. »Was würdest du denken, wenn dir jemand anders diese Geschichte erzählte: Trennung – Weihnachten – Alkohol – Schlaftabletten – Feuer? Paula hat versucht, sich umzubringen, nachdem sie erfahren hat, dass Tom sie betrogen hat. Dass er sie verlassen hat, konnte sie gerade noch verkraften. Aber die Affäre war einfach zu viel.«

»Damals war alles anders«, sage ich und hoffe, dass es stimmt.

»Ja«, sagt Lucy. »Tom war ein Arschloch. Das war anders. Und in ihren lichten Momenten wusste Paula das wohl selbst. Sie hat ihm nie getraut. Aber Matthias ist ein guter Kerl. Deswegen haben wir ihn schließlich für sie ausgesucht.«

»Und wenn wir ihr erklären, dass wir uns geirrt haben?«, sagt Sophie.

»Nein.« Lucy setzt abrupt ihr Glas ab. »Wir haben uns nicht geirrt. Matthias ist okay. Er ist ein normaler, netter Kerl, der einen Fehler gemacht hat. Diese Ehe funktioniert, der Alltag hat sie bloß etwas beschädigt. Wir müssen sie reparieren.«

Ich frage mich, ob ihr bewusst ist, dass sie im Moment genau wie unser Vater klingt.

Kapitel acht

Paula fängt sofort an zu weinen, als sie uns sieht. Sie presst die Hand vor den Mund und schluchzt, während Matthias hinter ihr in der Tür steht und ihr rhythmisch und ein wenig hilflos über den Rücken streicht.

Wieder einmal fällt mir auf, wie hässlich meine Schwestern und ich sind, wenn wir weinen. Fangen wir erst einmal damit an, geht es bei uns nicht nur um ein paar dekorative Tränchen; irgendwie gerät sofort alles außer Kontrolle, Rotz, rot gefleckte Gesichter, Bansheegeheul, Schnappatmung – eine einzige Katastrophe. Ich erinnere mich noch gut, wie Lars reagierte, als er mich das erste Mal weinen sah; warum ich weinte, weiß ich nicht mehr, nur noch, wie entsetzt er war, obwohl er sein Bestes tat, es zu verbergen. Eigentlich machte er alles richtig: Er nahm mich in den Arm, strich mir übers Haar und redete beruhigend auf mich ein. Trotzdem wurde ich die ganze Zeit das Gefühl nicht los, dass er verzweifelt nach dem Knopf suchte, mit dem er dieses Chaos abstellen konnte.

»Tut mir leid«, sage ich zu Paula und meine es ernst. Lucy, Sophie und ich stehen vor der Haustür, Schulter an Schulter, während unsere Schuhspitzen an den Rand der *Welcome-home-for-Christmas*-Matte stoßen. Ein scheußliches Teil mit Weihnachtsengeln und durch die Lüfte fliegenden Rentierschlitten, bei dem ich mir nur allzu gut vorstellen kann, dass Paula es extra für diesen Anlass gekauft hat.

Auch wir haben es, wie immer, wenn wir nervös sind, ziemlich übertrieben: zu dick geschminkt, die festlichen Kleider zu eng, zu grell. Zum Glück fallen wir in dieser hysterischen Jahreszeit kaum auf.

In der verkehrsberuhigten Zone herrscht Ausnahmezustand. Kreischende Kinder schlittern wie Geschosse über die eisglatten Straßen, und ganze Wälder verkabelter Tannenbäume blinken aus den Panoramafenstern in die Dunkelheit. Ein einziges Zucken und Flackern, Funkeln und Glitzern.

»Hey«, sagt Matthias. »Willst du deine Schwestern nicht reinlassen? Wo sie doch schon einmal hier sind.« Sein Lächeln ist anders als sonst. Maßvoll und eindeutig missvergnügt. Ein Dreiviertellächeln, wie ein über Stunden mühevoll ausgehandelter Kompromiss.

»O mein Gott«, sagt Lucy, als wir das Wohnzimmer betreten. »O mein Gott.« Sie klingt wie die aufgedrehte Moderatorin einer schlecht synchronisierten Verkaufssendung.

Räuchermännchen speien dichten Qualm ins Zimmer. Aus verborgenen Lautsprechern dröhnen Weihnachtschöre, überall flackern Kerzen und bunte Lichterketten. Eine riesige Nordmanntanne reckt ihre Zweige zu allen Seiten, und die Fenster sind so dicht mit Sternen beklebt, dass man kaum in den schneebedeckten Garten hinausblicken kann.

»Ich bin so glücklich«, sagt Paula immer wieder und umarmt uns nacheinander, während ihr die Tränen übers Gesicht laufen und Schlieren in ihrem Make-up hinterlassen. Sie zieht die Nase hoch und wischt sich mit dem Ärmel übers Gesicht.

Sophie räuspert sich. Sie sieht blass aus und hat dunkle Ränder unter den Augen. Dieser Ausflug in die reale Welt scheint ihre schlimmsten Befürchtungen zu bestätigen. »Sag mal, ihr habt WLAN, oder?«, fragt sie. »Ich meine, ich hab hier nur einen Strich, aber …« Sie wartet auf eine plausible Erklärung.

»Aber ja«, sagt Paula. »Nur hier im Wohnzimmer ist es ein bisschen schwach. In den oberen Etagen ist es besser.«

Sie zuckt die Achseln, ein wenig verlegen. Und ich fürchte, es könnte ewig so weitergehen, dieses unbehagliche Herumstehen, Schweigen und Zu-Boden-Starren.

Doch dann nimmt Lucy die Dinge in die Hand. Und eins muss man ihr lassen, sie macht ihre Sache gut. Zuerst beruhigt sie Paula und Matthias (»Länger als drei Tage können wir leider nicht bleiben.«), stärkt ihr Selbstwertgefühl (»Es ist egal, was die Leute über die Immobilienpreise außerhalb von Großstädten sagen. Ihr habt genau im richtigen Moment zugegriffen.«) und beauftragt Paula, Tee zu kochen (»Earl Grey und um Himmels willen keinen Zimt.«).

Auch später, als wir in Paulas backofenwarmer, nach Braten duftenden Küche sitzen, die Hände um die dampfenden Keramikteeschalen gelegt, hört Lucy nicht auf, alles, was sie sieht, zu loben: das Haus, Matthias' Espressomaschine, Paulas Frisur. Vermutlich versucht sie damit vor allem, ihr eigenes Entsetzen zu überspielen. Eigentlich, glaube ich, überfordert sie das alles: der überquellende Wäschekorb in der Ecke, aus dem ein sandfarbener Schlüpfer hervorlugt, die blendend weißen Silikonfugen und die Geburtstagseinladungen an der Kühlschranktür (*Mitzubringen: gute Laune und festes Schuhwerk*).

Wie hast du dir das denn vorgestellt?, möchte ich sie am liebsten fragen. Hast du gedacht, das wird wie in einer dieser urkomischen Schwarzweißkomödien, die Papa so liebte? Dass wir hier einfach reinstürmen und den Laden aufmischen? So läuft das in der Realität nun einmal nicht.

»Wo ist eigentlich mein Neffe?«, fragt Lucy und sieht sich suchend um.

»Oh, er kommt gleich runter«, sagt Paula und senkt den Blick. Weihnachten ist wie alle Festtage eine schwierige Zeit für Per – zu viel soziale Interaktion, zu viele Beteiligte, zu viel Abweichung von der Norm. Nach den Erfahrungen der Vergangenheit haben Paula und Matthias immer wieder Kompromisse geschlossen. So ist Ostern mittlerweile zum Wir-essen-heute-einfach-ein-paar-mehr-Eier-als-sonst-und-laufen-um-die-Kirche-herum-Fest reduziert worden. Und nachdem Matthias und Paula bei Pers letztem Geburtstag stundenlang mit Papierhüten auf dem Kopf über den Boden gekrochen waren, um mit einem halben Dutzend fremder Fünfjähriger Topfschlagen zu spielen, während sich das Geburtstagskind mit seiner Gummidinosaurierarmee im Badezimmer verbarrikadiert hatte, feiern sie auch keine Kinderpartys mehr. Aber bei Weihnachten zieht Paula ihre persönliche Grenze. Lange haben sie und Matthias überlegt, wie sie Per das Fest am besten verkaufen sollen. Das Christkind wollten sie ihm von vornherein nicht zumuten, stattdessen haben sie sich auf den Weihnachtsmann geeinigt.

Per hörte schweigend zu, während sie ihm erklärten, dass ein weißbärtiger, betagter Mann jedes Jahr den Weg vom Nordpol auf sich nimmt, um sich durch die Kamine sämtlicher Privathaushalte des Landes zu quetschen und aus reiner Herzensgüte Geschenke in die Häuser zu schmuggeln. Per äußerte sich nicht weiter dazu. Dennoch muss die Erkenntnis, dass seine Eltern zu jener Personengruppe gehören, die sich vermutlich auch von bärtigen Fremden mit Bonbons in Lieferwagen oder abgelegene Waldstücke locken lassen, ihn verstört haben. Sein Einschlafritual dauert seitdem noch eine halbe Stunde länger. Und er vergewissert sich nun abends persönlich, dass die Haustür zweimal abgeschlossen ist. Ich glaube, er traut seinen Eltern einfach nicht mehr zu, seine Sicherheit zu gewährleisten.

Irgendwann führt Matthias seinen Sohn dann doch in die Küche. Per trägt ein hellblaues Hemd und blonden Seitenscheitel, und alles an ihm schreit: Fotomoment.

»Na, willst du nicht deine Tanten begrüßen?«, sagt Matthias.

Per steht schockstarr da und umklammert sein Dinobuch.

Lucy springt vom Stuhl auf und kniet sich vor ihn hin. »Komm, lass dich in den Arm nehmen, mein Liebling.«

Per sieht einen riesigen grellroten Mund mit blitzenden Haifischzähnen auf sich zukommen. In dem Moment, als Lucys Hände seine Schultern berühren, stößt er einen gellenden Schrei aus und –

Jedenfalls dauert es ewig, bis es Paula und Matthias gelungen ist, ihren strampelnden, um sich tretenden Sohn so weit zu beruhigen, dass er sich von Paula auf sein Zimmer tragen lässt (»Entschuldigt. Er ist normalerweise nicht so. Wahrscheinlich brütet er etwas aus. Er hat sich soooo auf euch alle gefreut!«).

Hastig bietet Matthias an, uns durchs Haus zu führen. Überhaupt ist Matthias jetzt wieder nett und herzlich. Uns zuliebe spielt er den liebenswerten, etwas tölpelhaften norddeutschen Jungen. Mit übertriebener Feierlichkeit reißt er Türen auf und ruft mit dröhnender Stimme: »Hier das Ankleidezimmer, der Salon, das Boudoir.« Lucy nimmt es huldvoll entgegen. Sie ist es gewohnt, dass sich Männer für sie zum Affen machen.

»Ich hoffe, es macht euch nichts aus«, sagt Matthias. »Zwei von euch müssen sich leider ein Zimmer teilen. Wir würden euch Pers Zimmer geben, aber …«

Er weist mit dem Kopf auf die geschlossene Tür, hinter der Paula ihren Sohn zu überreden versucht, wieder Kontakt mit der Außenwelt aufzunehmen. Falls es ihr gelingen sollte, ihn vor der Pubertät aus seinem Zimmer zu locken, hat sie Glück.

»Aber keine Sorge«, sagt Matthias. »Wir haben unsere Camping-Schlafsäcke für euch herausgelegt.«

»Na Gott sei Dank«, sagt Lucy.

Überhaupt legt sie eine Selbstbeherrschung an den Tag, die ich ihr nicht zugetraut hätte. Brav läuft sie Matthias hinterher, lächelt über seine Scherze, und ab und zu hört man ihre Ausrufe durchs Haus hallen: »Wirklich entzückend!« (ich glaube, sie meint die klobige Kommode im Flur), »Wie niedlich!« (die Laura-Ashley-Bettwäsche), oder: »Was ihr euch hier aufgebaut habt, ist mit Sicherheit irgendwann eine ganze Menge wert.« (Keine Ahnung, was sie meint.) Sie klingt wie eine Immobilienmaklerin, der allmählich die Argumente ausgehen.

Vielleicht spürt sie, dass sie einen Fehler gemacht hat. Im Grunde hat Lucy, wie wir alle, ein eher angespanntes Verhältnis zur Realität. Vermutlich der Grund dafür, dass sie Investmentbankerin geworden ist. Ich glaube, dass jeder in unserer Familie dieses Problem hat. Keiner von uns hat es gelernt, Maß zu halten, weder im Kopf noch in seinen Taten. Wir haben nie gelernt, ein Nein zu akzeptieren oder Grenzen, unsere eigenen genauso wenig wie die der anderen.

Trotzdem wundere ich mich, dass ich mich auf diese Aktion eingelassen habe. Man müsste meinen, dass ich es besser wüsste, als mir eine Statistenrolle in dem Drama zuweisen zu lassen, das sich in Lucys Kopf abspielt. Herrgott, man muss sich Matthias nur einmal ansehen, mit seinem beigen Pullover im Zopfmuster und der sich lichtenden Stelle am Hinterkopf, um zu wissen, dass er nicht fähig ist, Paula zu betrügen.

Das ist keinesfalls abfällig gemeint. Wie jeder Mann verfügt auch Matthias über das minimale Maß an Abgründigkeit, das nötig ist, um seine Frau zu betrügen. Darüber hinaus ist er intelligent, gutaussehend, warmherzig, und ich kann mir sehr wohl vorstellen, dass sich andere Frauen in ihn verlieben. Vielleicht nicht reihenweise, aber dafür rettungslos.

Matthias dürfte es nicht an Möglichkeiten fehlen, wohl aber an Motivation. Der Umgang zwischen Paula und ihm ist liebevoll, beinahe zärtlich. Wenn sie in die Nähe des anderen kommen, berühren sie sich kurz oder wechseln zumindest einen verschwörerischen bis ironischen Blick. Will man überhaupt einen Anlass zum Misstrauen suchen, dann dass sie fast schon zu innig wirken. Und ja, sie lächeln ein bisschen viel. Aber das ist der Gästeeffekt. Nichts, worüber man sich Sorgen machen muss.

Natürlich hatten wir gerade am Anfang durchaus unsere Zweifel an Matthias. Doch dabei ging es immer nur um Kleinigkeiten.

Da war die Sache mit den Frauen. Paula bemerkte es schon zu Beginn ihrer Beziehung: Matthias hatte eigentlich nur Freundinnen, keine Freunde; die paar Kumpels, die er aus der Schulzeit mitgeschleppt hatte, allesamt gutmütige, ein wenig grobschlächtige Typen, die ab und zu zum Fußballgucken vorbeikamen, zählten im Grunde nicht. Paula machte das keine Sorgen, sie fand es sogar interessant. Sie befand sich in jener euphorischen Anfangsphase, in der man bereit ist, buchstäblich alles am anderen wunderbar und faszinierend zu finden. Auch uns beunruhigte das Ganze nicht übermäßig.

Matthias ging zu Weinproben, spielte Scharade, belegte Sprachkurse und besuchte Vorträge über gefährdete Tierarten.

Ab und zu half er bei der Tafel aus. Gemäß dem Charakter dieser Aktivitäten war er dabei natürlich von Frauen umgeben, manchmal war er sogar der einzige Mann. Und sie mochten ihn. Besonders Frauen in der Lebenskrise waren ganz wild auf Matthias. In gewisser Hinsicht verkörperte er die heterosexuelle Variante eines schwulen besten Freundes, so nah man an diese Rolle in einer Kleinstadt eben kommen kann.

Dass Matthias ab und zu Zeit mit einer geschiedenen Frau verbringt, beweist jedenfalls rein gar nichts. Paula und Matthias führen eine gute Ehe, dessen bin ich mir sicher. Umso mehr ist es mir ein Rätsel, wie Lucy es geschafft hat, mich zu diesem Besuch zu überreden. Bei Sophie ist es kein Wunder. Tatsächlich habe ich wohl das Maß ihrer Verstörung unterschätzt. Man muss sie nur ansehen, wie sie mit angstvoll aufgerissenen Augen durch den Flur läuft, das Handy vor sich gestreckt wie eine Wünschelrute.

»Sophie?«, frage ich. »Ist alles okay?«

Sie schaut mich mit leeren Augen an. »Hier ist ein Strich. Und da drüben«, sie zeigt auf das Ende des Flurs, »ist nichts.«

Im Nachhinein ist schwer zu sagen, wie es angefangen hat. Jedenfalls bricht irgendwann zwischen Tomatencremesuppe und Rehbraten die Hölle los. Ein paar Minuten lang unterhalten wir uns alle noch wie Erwachsene. Paula fragt uns nach unseren Berufen, Beziehungen und Lebenskonzepten, woraufhin wir lächelnd an unseren Rotweingläsern nippen und ausweichende Antworten geben. Und plötzlich geht das Sticheln los. Vielleicht liegt es auch daran, dass Per nicht dazu zu bewegen gewesen ist, zum Abendessen aus seinem Zimmer zu kommen. Seine Abwesenheit hat offensichtlich ein Problemvakuum erzeugt.

»Ihm ist ein bisschen schlecht«, sagt Paula.

Matthias lächelt ironisch. »Ja, sicher«, sagt er, als hätte sich Paula nicht nur Pers Krankheit ausgedacht, sondern auch ihren gemeinsamen Sohn.

»Was soll denn das bedeuten?«

»Das soll bedeuten, dass dein Sohn einen an der Waffel hat.«

»Mein Sohn?« Es blitzt in Paulas Augen. »Wollen wir anfangen, über Gene zu reden?«

Matthias schnaubt, und ich bin froh, dass er weder meinen Vater noch meine Mutter je kennengelernt hat, sonst hätte er jetzt wirklich etwas gegen meine Schwester in der Hand. »Von meiner Seite hat er das jedenfalls nicht. Die Mitglieder meiner Familie sind alle fröhliche, gesellige Menschen.«

»Wenn das eine Umschreibung für Säufer sein soll, stimme ich dir zu.«

Und dann springen sie beide auf und laufen in die Küche. Als sie wenig später dampfende Schüsseln ins Wohnzimmer tragen, sind Paulas Wangen gerötet, ihre Augen glänzen, und ein gefährlich zitterndes Lächeln umspielt ihre Lippen. Matthias fragt mich nach den Immobilienpreisen in Berlin und wie ich den neuen Bürgermeister finde. Doch bevor ein Gespräch in Gang kommen kann, macht Paula eine spöttische Bemerkung über Matthias' politische Ahnungslosigkeit, und die beiden rennen wieder in die Küche zurück, während Lucy, Sophie und ich vor Bergen von dampfendem Rotkohl, Rehrücken und selbstgemachten Klößen sitzen bleiben.

»Das ist furchtbar«, sagt Sophie. »So hab ich mir das aber nicht vorgestellt.«

»Ich weiß, was du meinst«, sagt Lucy und verzieht das Gesicht, während sie in ihrem Rehbraten herumstochert. »Das ist meine vierte Schrotkugel. Haben sie diesem armen Tier ein Erschießungskommando auf den Hals gehetzt?«

»Im Ernst, ich bin mir nicht sicher, dass ich das aushalte«, sagt Sophie. »Ich weiß es wirklich nicht.« Sie starrt das Handy auf ihrem Schoß an.

Schweigend lauschen wir dem Auf- und Abwallen der Stimmen. Ab und zu versteht man Satzfetzen: »Du kannst mich mal am Arsch …« – »Und wenn du mich endlich einmal ausreden lassen …« – »Und du kannst dir deine beschissene …«

Insgesamt viel beschissen und ziemlich viel Arsch.

Und dann schleichen sie wieder ins Zimmer, ziehen die Stühle zurück und streichen sich die Servietten auf dem Schoß glatt, als hätte den Streit eben ihr böses Zwillingspaar geführt.

»Wollen wir uns heute Abend einen Weihnachtsfilm ansehen?«, fragt Paula. »Ich glaube, im Zweiten läuft diese Komödie mit dem sprechenden Rentier. Mit der Synchronstimme von diesem … ihr wisst schon. Diesem Komiker.«

»Den Film hat Christian produziert«, sagt Sophie.

»Sophie ist nämlich Filmproduzentin«, sagt Paula an Matthias gewandt, und ihre Stimme klingt angriffslustig.

»Aha«, sagt Matthias im selben Tonfall. »Klingt interessant.«

Der in ihren Worten mitschwingende Subtext lässt sich im Kopf ergänzen: Sophie ist nämlich Produzentin, du Arschloch. – Klingt interessant, du blöde Kuh.

Und dann treten Paula wieder Tränen in die Augen. Als sie aufspringt, stößt sie mit Wucht gegen die Tischkante, Gläser geraten ins Wanken. »Ich muss nach dem Nachtisch sehen«, sagt sie und läuft aus dem Zimmer. Matthias bleibt schweigend sitzen.

Nebenan knallt eine Tür. Wenig später können wir durchs sternenbeklebte Fenster zusehen, wie Paula durch den Garten marschiert. Sie trägt keine Jacke und hält eine Zigarette in der abgespreizten Hand.

Bevor sie mit Per schwanger wurde, haben Matthias und sie beide geraucht wie die Schlote. Der Boden ihrer ersten Wohnung war stets mit einer feinen Ascheschicht bestäubt. Irgendwann beschlossen sie, gemeinsam aufzuhören. Eine Erfahrung, die sie vermutlich mehr zusammengeschweißt hat als die gesamte Schwangerschaft.

Paula raucht, als wäre ihr alles egal. Sie ascht sogar auf die Terrassenfliesen. Ihr Blick ist entweder in die Ferne gerichtet oder aufs Nachbarhaus. Daniels Haus ist vom Dach bis zur Tür mit Lichterketten umschlungen und strahlt herausfordernd in die Dunkelheit.

Endlich springt Matthias auf. Doch es hat etwas Gekünsteltes, man merkt, dass keine echte Empörung dahintersteckt. Dieser Moment ist schon verflogen. Trotzdem scheinen die beiden zu glauben, dass sie es uns und ihrer Ehe schuldig sind, einander um den Naturteich herumzujagen, immer im Kreis, an den verkrümmten, mickrigen Buchsbäumen vorbei. Zwischendurch bleiben sie stehen und schreien sich an.

»Eine perfekte Ehe, was?«, sagt Lucy.

»Das war sie«, sage ich. »Bevor wir kamen.«

Die beiden wirken von Runde zu Runde erschöpfter. Zwischendurch bleiben sie stehen, stützen die Hände in die Seiten und keuchen. Auf einmal verstehe ich, warum es bei einem Beziehungsstreit so guttut, einen Garten zu haben. Wie viele Runden müssten Lars und ich in unserer Siebzig-Quadratmeter-Wohnung zurücklegen, bevor einem unserer Streits die Luft ausginge? Langsam trotten sie auf die Terrassentür zu und verschwinden aus dem Blickfeld. In der Küche ist es ruhig. Lucy macht eine energische Kinnbewegung Richtung Tür.

»Willst du mir irgendetwas sagen?«, frage ich.

»Hör, was sie sagen. Du bist doch Journalistin.«

»Du kannst mich mal.« Doch aus irgendeinem Grund bin ich schon aufgesprungen und presse mein Ohr an die Tür. In der Küche geht der Streit weiter, im Flüsterton zwar, aber mit frischer Energie.

»Was hast du gegen meine Schwestern?«

»Ich hab gar nichts gegen …«

»Aber warum bist du dann …«

»Was ist denn mit meiner …«

»Die sehen wir jedes Jahr.«

»Jedes Jahr? Dass ich nicht lache. Was ist mit letztem Jahr? Da waren wir nicht … Und dabei hatte meine Mutter …«

»Du musstest ja unbedingt …«

»Wir hätten ja auch …«

»Hätten wir. Aber haben wir nicht …«

»Aber meine Mutter …«

Wer kennt ihn nicht, diesen Streit, der irgendwann Ende September mit der ersten Erwähnung der Weihnachtstage beginnt und den Titel trägt: Was hast du eigentlich gegen meine beschissene Familie?

Wenn man darüber nachdenkt, ist es tatsächlich ziemlich absurd, dass so viel Aufhebens um ein paar Tage im Dezember gemacht wird, und das ausgerechnet von Leuten, die einen Großteil des Jahres wunderbar ohne einen auskommen, nur um dann, sobald die ersten Lebkuchenherzen in den Supermarktregalen stehen, aus familiärer Sehnsucht völlig durchzudrehen.

Lars' Vater zum Beispiel, ganz das kernige Familienoberhaupt, weinte eigentlich nie. Doch je näher Weihnachten rückte, desto brüchiger wurde seine Stimme am Telefon, wenn es um die Planung der Feiertage ging. Aber nur so lange, wie wir noch nicht ganz sicher waren, ob wir kommen würden. Sobald wir zugesagt hatten, wurde er wieder sachlich und empfahl uns den Frühbucherrabatt der Deutschen Bahn.

Es mag Paare geben, die die Frage, wer wen zu Weihnachten besucht, in ruhigem Tonfall miteinander klären, die sich gelassen durch ihre jeweiligen Terminkalender klicken, bis sie am Ende eine faire Regelung gefunden haben, die alle Seiten zufriedenstellt. Aber ganz ehrlich, das sind Psychopathen, mit deren Familien man sicher nicht Weihnachten verbringen möchte. In jedem Fall dürfte ein Streit über dieses Thema nicht Ausdruck einer Krise, sondern eher ein Zeichen ausgesprochener Beziehungsgesundheit sein. Aber woher sollen Lucy, deren stabilste Beziehung die zu ihrer American-Express-Karte ist, und Sophie, die Stalking für eine normale Form menschlichen Umgangs hält, das wissen?

So plötzlich, wie der Streit angefangen hat, ist er auch wieder vorbei. Als die beiden sich kurze Zeit später mit erhitzten Gesichtern wieder an den Tisch setzen, wirken sie ernüchtert, aber auch entspannt.

»Wir wollten die Feiertage eigentlich im Ferienhaus meiner Eltern auf Sylt verbringen«, sagt Matthias schließlich. »Aber ich freu mich natürlich auch, dass ihr da seid.«

Paula blitzt ihn an. Dann lacht Lucy. Wie Dominosteine kippt nun einer nach dem anderen um. Und am Ende lacht Paula mit.

Wenig später nehmen wir unseren Nachtisch, den Paula beharrlich als Weihnachtspudding bezeichnet, auch wenn es sich nur um ein Gemisch aus Rum, Vanillecreme und zerkrümelten Spekulatius handelt, und setzen uns damit vor den Kamin, direkt neben den Weihnachtsbaum. An den Zweigen hängen Lametta, selbstgebastelte Strohsterne und die klobigen Tonanhänger, die wir in der Schule jedes Jahr im Werkunterricht töpferten.

»Du bewahrst wirklich alles auf, oder?«, sagt Sophie.

»Natürlich«, sagt Paula und lächelt. Auf eine seltsame Weise hat der Streit der Stimmung gutgetan. Wir sind jetzt alle entspannter.

Irgendwann kommt sogar Per im flauschigen Teddybär-Pyjama mit bebender Unterlippe zum Gute-Nacht-Sagen herunter. Lucy, berauscht von Rotwein und unerwiderter Liebe, stürzt auf ihn zu und –

Es wird jedenfalls ziemlich unschön. Als Per sich endlich ein wenig beruhigt hat, bringt Matthias ihn ins Bett. Und auf einmal sind wir vier allein vor dem Kamin. Wir haben uns auf den Teppich gesetzt, den Rücken an die Sessel und Sofas der Sitzgarnitur gelehnt, als wäre uns das alles eine Nummer zu groß. Die Holzscheite im Kamin sind noch feucht und qualmen.

»Ich hab was für euch«, sagt Paula plötzlich. Sie steht auf und holt eine DVD. »Als ihr anrieft, habe ich nach den alten Videokassetten auf dem Dachboden gesucht. Ich hab sie auf DVD überspielt.« Sie lächelt, und mir wird übel, weil ich weiß, was jetzt kommt.

Und dann starren wir auch schon auf das Wackelbild des Fernsehers. Die Kamera dreht sich um dreihundertsechzig Grad und verharrt danach minutenlang auf einer Scheibe Toastbrot.

Anfang der Neunziger hatte mein Vater sich eine Videokamera gekauft. Wie alles, was er anfing, wurde es für eine Zeitlang zu seinem bestimmenden Lebensinhalt. Man konnte ihn praktisch beobachten, wie er eine Laienkarriere als Kameramann im Schnelldurchlauf absolvierte. Mit tapsiger Begeisterung fing es an, mit torkelnden Wechseln zwischen Frames, Weitwinkeln, Zooms. Eine Zeit, in der die Form tatsächlich den Inhalt dominierte. Das Ergebnis sind endlose Aufnahmen von einer Schale voller Weintrauben auf einer Resopaltischplatte, von allen Seiten gefilmt. Ausführliche Dokumentationen von Schaum, der wirbelnd in den Abfluss rinnt. Unerbittliche Zooms auf Pubertätspickel und alte Socken. Schließlich sehen wir, wie sich mein Vater ans lebende Objekt herantastet. Er nähert sich Sophies roten Kinderzehen, die über den Rand der Badewanne baumeln. Mein Vater schnappt sich einen großen Zeh und versteckt ihn in seiner Hand.

»Dieser Zeh hat Keuchhusten«, sagt er. »Und stirbt. Der Zeigezeh hat ihn aufopferungsvoll gepflegt und sich angesteckt.«

Die kleine Sophie quietscht, als er den zweiten Zeh packt.

»Was ist das?«, fragt Matthias, der wieder im Türrahmen steht, die Arme vor der Brust verschränkt. Wir starren auf den Bildschirm und antworten nicht.

»Zehenmoritaten«, sagt Lucy schließlich knapp.

»Der mittlere Zeh will Bühnenluft schnuppern, flieht zum Zirkus und stürzt vom Hochseil«, sagt mein Vater. »Der vierte Zeh bringt sich aus unerwiderter Liebe um. Und der kleine Zeh geht vor Trauer darüber ins Wasser.« Mit einer ruckartigen Bewegung packt er sich den ganzen Fuß. Der Rest geht unter in Sophies Kreischen und herumwirbelndem Schaum.

In der nächsten Aufnahme rutschen wir auf roten Plastikschlitten einen schneebedeckten Berghang herunter. Als kompakte, kleine Pakete sausen wir an der Kamera vorbei. Unmöglich auseinanderzuhalten, in unseren hellblauen Ganzkörperskianzügen und den roten Wollmasken, die nur einen schmalen Schlitz für die Augenpartie frei lassen, der meistens bis zur Stirn hochgerutscht ist.

Kurz darauf merkt man, wie bei meinem Vater die Langeweile einsetzt. Die Kamera wird immer seltener herausgeholt, nur dann, wenn ihm nichts Besseres einfällt. Wenn Freizeit in Überdruss umschlägt. Man sieht eine Menge Autobahnraststätten. Butterbrotpapiere, die über verlassene Parkplätze flattern. Dreckige Strände und regennasse Wälder. Der Blick vom Hotelzimmer in einen grauen Hinterhof.

Dann ist da ein klebrig zäher Sommertag im Schwimmbad. Die Schlange zum Pommes-rot-weiß-Kiosk zieht sich über die ganze Wiese. Lucy liegt missmutig im schwarzen Badeanzug und mit spiegelnder Sonnenbrille auf einer Liege im Schatten. »Na, Miss Sonnenfinsternis«, sagt mein Vater in dem typisch neckenden, werbenden Tonfall, den er immer bei Lucy anschlägt und der mich auch jetzt noch, Jahrzehnte später, zusammenzucken lässt.

»Gebräunte Haut ist geschädigte Haut«, sagt sie und hält mit der Hand die Linse zu. Die Kamera gleitet weiter über einen Berg weißer Frotteehandtücher, aus dem ein paar Haarsträhnen hervorluken. »Der Mount Mia«, raunt mein Vater, »mächtig und gewaltig ragt er in die Ebene.« Und dann kommt ein Horror-Zoom auf den Haufen Silberpapier mit geschmolzenen Schokoladenresten, der neben mir im Gras liegt. Von mir sieht man nicht viel, eine rote Stirn, eine Sonnenbrille, eine weiß gecremte Nase. In einem Gnadenakt ruckt die Kamera weiter auf meine Mutter, reglos auf einem Handtuch. Sie hat sich Fünf-Mark-Stücke auf die Augen gelegt. Sie liegt ganz still da, nur die Härchen an ihren Armen richten sich auf.

In der nächsten Aufnahme steht Sophie auf dem Zehnmeterbrett. Unter ihr, in endloser Tiefe, glitzert es hellblau. Sophie tastet sich mit den Zehen voran, dann wippt sie leicht auf und ab, wie um die Stabilität des Brettes zu testen. Zoom auf ihr zitterndes Kinn. Dann Schwenk zur Leiter, wo bereits andere Kinder nachdrängen. Mein Vater beherrscht mittlerweile kleine Spannungsbögen. Sophie schaut sich um, dann späht sie über den Rand.

Spring nicht, denke ich.

Die Neunziger-Jahre-Sophie holt tief Luft und schließt die Augen.

Die Zweitausendzehner-Sophie im Wohnzimmer zieht die Schultern hoch, als würde sie frösteln, während sich die Neunziger-Jahre-Sophie vom Zehnmeterbrett fallen lässt. Mutlos und gleichzeitig ergeben stürzt sie sich in die Tiefe.

»Sollen wir ausmachen?«, fragt Paula.

Sophie lacht. Es klingt ein bisschen zittrig. »Aber wieso? Das ist doch süß.«

Nach und nach wächst bei meinem Vater die Katastrophenlust. Egal, ob Urlaube, Kindergeburtstage, Wandertouren, alles endet mit Wutgeschrei und Drohungen. Mein Vater hält direkt drauf, zoomt auf Rotzschlieren und verquollene Augen und zornrote Gesichter. Irgendetwas muss ihm daran gefallen. Meine Mutter ist inmitten unserer Pubertätsstürme völlig hilflos. Sie hält sich an Argumenten fest, zitternde kleine Fähnchen in einem reißenden Hurrikan.

Da ist die Hochzeit unserer Cousine, bei der wir alle das gleiche Kleid tragen sollen – in Alptraumpink mit Schulterpolstern. Und obwohl es meine Cousine ist, die uns das antut, lassen wir unsere Mutter dafür büßen. Wir sind Teenager und haben gerade unsere eigene Überlegenheit entdeckt, was unsere Bosheit umso perfider macht. Wir wissen, dass meine Mutter zu alt ist, zu ahnungslos, zu weltfremd, um uns irgendetwas entgegenzusetzen. Und darum werden wir sie bald verlassen.

Vielleicht gehen wir uns deswegen heutzutage lieber aus dem Weg. Wir wissen, dass wir nie einfach mit einem Glas Chardonnay in der Hand und einem Louis-Vuitton-Taschen-Imitat über der Schulter in einen Raum schlendern werden, um unsere Schwestern mit unseren tollen Projekten, Kontoständen und aufregenden Liebhabern zu beeindrucken. Es wäre zwecklos, weil wir alle schon unsere bösartigste Fratze gesehen haben und wissen, wozu wir fähig sind.

Meine Mutter auf dem Bildschirm ist inzwischen den Tränen nahe und ringt die Hände. Ihr schwarzes, formloses Kleid schlackert an ihr. »Ich wünsche euch auch mal Kinder«, sagt sie mit einer quieksigen Stimme, die drollig klingen soll – keine Ahnung, wen sie da imitiert. Sie will uns damit beschwichtigen, doch auf unseren Zorn wirken ihre Worte wie Brandbeschleuniger. »Wartet ab, bis ihr selbst mal Kinder habt.« Sie sagt es wieder und wieder, als gäbe es sonst nichts mehr zwischen uns zu sagen. Und jedes Mal klingt es ein bisschen anders – eine Prophezeiung, eine Drohung, ein Fluch.

An diesem Punkt würden wir alle gern ausstellen. Doch mit diesem Vorschlag würden wir uns eingestehen, wie erschüttert wir sind.

Also schauen wir uns die Aufnahmen bis zum Ende an, bis zu unserem letzten gemeinsamen Weihnachtsfest. Im Wohnzimmer steht ein Baum, der unter dem Gewicht von Lametta, Weihnachtskugeln und selbstgebasteltem Schmuck fast zusammenbricht. Die Kamera fährt über die zerklüftete Landschaft aus Geschenkpapier. Lucy posiert in einem neuen Kleid. Sophie und Paula spielen »Therapy«. Und ich klaube irgendetwas vom Boden auf und stecke es mir in den Mund.

»Was isst du denn da?«, fragt Paula.

»Ich glaube, die Dekoration«, sagt Lucy und lacht.

Ich bin vierzehn und gerade wieder in einer fetten Phase. Zu diesem Zeitpunkt hatte ich bereits vollkommen die Kontrolle über mein Gewicht verloren. Mal aß ich tagelang nichts, dann wieder für zwei, mal war ich dünn, dann wieder dick. In den rappeldünnen Phasen konnte ich nicht stillsitzen, redete unaufhörlich und ging allen auf die Nerven. In meinen fetten Phasen war ich apathisch und ohne jeden Lebensmut, aber wenigstens still.

Das bin ich auf diesem Band: ein Kind ohne jeden Charme, das vor einem Berg teurer Geschenke hockt und vor sich hin starrt. Ein Kind, dem man links und rechts eine scheuern will oder es in die Arme nehmen, am besten beides. Mein auberginefarbenes Samtkleid ist mindestens drei Nummern zu klein und kneift unter den Achseln. Ich sehe unmöglich aus, und das ist meine eigene Schuld. War ich in einer manischen, rappeldürren Phase, liebte ich große Gesten wie in amerikanischen Hollywoodfilmen. Wenn man mich gelassen hätte, hätte ich ein großes Feuer im Garten angezündet und meine weiten Klamotten darin verbrannt. Stattdessen stopfte ich sie in den Container der Kleidersammlung. Und wenn meine Mutter mir deswegen Vorhaltungen machte, brüllte ich sie an, dass sie nicht an mich glaube. Und ein paar Wochen später hockte ich in einem viel zu engen Kleid da und stopfte runtergefallene Dinge in meinen Mund.

»Ich finde, ich habe mich gar nicht verändert«, sagt Lucy. »Eigentlich sehe ich sogar besser aus als früher.«

»Dieser Baum«, sagt meine Mutter im Fernseher. »Paula, wie du das gemacht hast. Dir ist mal wieder ein echtes Weihnachtswunder gelungen. Du könntest Designerin werden.«

Sie redet weiter und weiter, und irgendwie schafft es die Stimme meiner Mutter, uns alle zu besänftigen. Matthias lächelt. Paula legt den Kopf an seine Schulter. Und ich möchte weinen, weil meine Mutter nicht mehr da ist, um uns allen zu sagen, dass wir eine große Zukunft vor uns haben. Und gleichzeitig bin ich froh, dass sie nicht hier ist und sehen muss, was aus unserer großen Zukunft geworden ist. Verstohlen blicke ich mich um. Sophie nagt an ihren Fingernägeln. Lucy zupft sich ein unsichtbares Haar von ihrer Bluse. Und Paula vergräbt das Gesicht an Matthias' Brust, um uns nicht ansehen zu müssen. Auf einmal weiß ich mit vollkommener Sicherheit, dass wir in diesem Moment alle dasselbe denken.

Ein Handy schrillt, und Sophie springt auf.

»Herrgott«, sagt Lucy.

»Hallo Christian. Beruhige dich. – Beruhige dich doch erst … – Ich bin ja da. – Bist du sicher … – Bist du denn sicher, dass es Chlamydien sind? – Und wenn es Chlamydien sind … – Das ist doch keine große … – Jetzt wein doch nicht.«

»Das ist ihr Boss«, sage ich zu Matthias, als würde ich Sophie damit in Schutz nehmen.

»Er ist ein Filmproduzent«, sagt Lucy. »Wirklich sehr berühmt.«

Paula nickt. »Es geht sicher um einen Blockbuster.«

»Chlamydien«, sagt Sophie. »Das verstehe ich ja, aber willst du wirklich … – Willst du wirklich … – Was machen denn eigentlich Chlamydien? – Ich meine … – Meinst du, dass Marion das … – Und die Entschleunigung … – Wie ich an ihrer Stelle …? – Du … – Da kann ich mich schlecht rein… – Also, wenn's jetzt meine ... – Nein, das würde ich auch nicht wollen. Das würde keiner wollen. – Du, ich muss ...«

Sie legt auf, wendet sich jedoch nicht uns zu, sondern starrt weiter auf den Bildschirm, wo meine Mutter gerade durchs Wohnzimmer tanzt. Irgendetwas funkelt in ihrem fusseligen, dünnen Haar. Eine silberne Haarspange oder ein Faden Lametta.

»Was war denn das?«, fragt Matthias.

»Wollen wir es überhaupt wissen?«, fragt Lucy.

»Na ja«, sagt Sophie. »Christian ist auf diese Berghütte gefahren, um zu entschleunigen. Ziemlich karg und spartanisch, mit Außenklo und so weiter. Aber Marion – das ist seine Frau – sagt, sie kann sich da nicht entspannen. Das sei für sie ein Setting wie im Horrorfilm. Und da ist sie lieber im Tal im Hotel geblieben. Zum Skifahren. Aber Christian kann so schlecht allein sein, vor allem nachts. Das hat mit seiner Kindheit zu tun. Im Grunde hat er Nachtangst. Und da hat er sich eben eine Freundin auf die Berghütte eingeladen. Nur für die Nacht. Rein platonisch. Treue ist Christian nämlich sehr wichtig. Aber, na ja, es war eben sehr kalt in dieser Berghütte. Es ist, wie gesagt, alles sehr einfach, und der Ofen funktionierte nicht richtig. Und da haben sie sich im Bett eben aneinandergekuschelt, und eins kam zum anderen. Gleichzeitig hat er seine Frau täglich im Hotel besucht und ist natürlich auch mal über Nacht geblieben, während seine Freundin in der Skihütte wartete. Und jetzt hat sie ihm gebeichtet, dass sie Chlamydien hat. Da steckt er natürlich in einem moralischen Dilemma.«

»Klingt eher wie ein medizinischer Thriller«, murmelt Lucy.

Sophie schüttelt den Kopf, als hätte sie von Anfang an gewusst, dass wir es nicht verstehen werden. Matthias nimmt Paula die Fernbedienung aus der Hand und schaltet den Fernseher aus. »Das ist die schlimmste Geschichte, die ich je gehört habe.« Er klingt ehrlich entrüstet, und falls es nicht allein an den Chlamydien liegen sollte, ist das ein Anlass zur Freude. Welcher Mann, der selbst eine Affäre verheimlicht, würde das hinkriegen, dieses Stirnrunzeln und diese moralische Empörung?

Lächelnd klaubt Paula einen Lamettafaden vom Boden auf und wirft ihn ins Feuer. »Wenn Matthias mich betrügen würde, würde ich erst ihn umbringen und dann mich.«

Im nächsten Moment kuschelt sie sich an ihren Mann wie ein verspielter Welpe, beißt ihn ins Ohrläppchen und legt den Kopf auf seinen Bauch. Matthias streichelt ihr übers Haar.

Die Wärme des Föns hängt noch im Badezimmer. Lucy steht vor dem Waschbecken, tunkt einen Wattebausch in einen riesigen Tiegel mit Gesichtscreme. Sophie balanciert auf dem Badewannenrand, ihr Handy gen Badezimmerkippfenster gestreckt.

»Was machst du da?«, fragt Lucy und mustert sie mit gerunzelter Stirn durch den Badezimmerspiegel. »Wartest du, dass deine Alienfamilie kommt und dich auf deinen Heimatplaneten zurückholt?«

Sophie stellt sich auf die Zehenspitzen. »Ich kann hier nicht leben. Mein entschleunigender Boss hat schnelleres WLAN als ich.«

Ich frage mich, ob ihr bewusst ist, dass sie gerade offiziell die Existenz beruflicher Hierarchien anerkannt hat.

Lucy fährt sich mit dem Wattebausch übers Gesicht. »Irgendwie habe ich das Gefühl, dass dieses Kind mich nicht leiden kann. Es muss gestört sein. Aber was denkt ihr?«

»Als Kind habe ich dich auch gehasst«, sage ich.

»Über ihre Ehe, meine ich.«

»Dass wir morgen abreisen.«

Lucy streicht sich ihr Haar aus dem Gesicht und zieht es zu einem Pferdeschwanz zusammen. »Und was ist mit dem Streit? Und damit, was sie danach gesagt hat: Wenn er fremdgeht, bringt sie zuerst ihn um und dann sich selbst?«

»Das ist nur eine Redensart.«

»Ach wirklich? Die muss ich mir in meinem Kalender notieren.«

»Ich würde auch ausrasten, wenn ihr plötzlich alle vor meiner Tür ständet«, sagt Sophie.

»Im Ernst«, sage ich. »Mir ist egal, was ihr macht. Aber morgen bin ich hier weg. Wenn ihr wollt, können wir uns ein Taxi zum Bahnhof teilen.«

Sophie nickt. Lucy schüttelt den Kopf. So ist es immer bei uns.

»Dann teilen wir uns eben kein Taxi zum Bahnhof.«

Lucy seufzt. »Wie ihr wollt. Wir reisen ab. Aber unter einer Bedingung: Erst checken wir seine E-Mails. Wenn wir nichts finden, teilen wir uns ein Taxi.«

Jeder Winkel des Dachbodens ist vollgestellt. Der Kegel von Lucys Taschenlampe fährt über Kofferberge, ein verrostetes Bettgestell, einen Stapel in Plastik eingeschweißter Wintermäntel und Terrassenmöbel. Es ist wie ein Ausflug in das Unterbewusstsein meiner Schwester – kein Wunder, dass man bei jedem Schritt stolpert. Dabei sind es noch nicht einmal ihre Sachen, der Großteil stammt aus Matthias' Elternhaus. Dinge, die niemand mehr braucht und die er trotzdem nicht wegwerfen kann.

Auf einem Wackeltischchen steht ein altes dunkelgrünes Telefon. Es ist noch ein richtiges Telefon mit gewundener Schnur und Anschlusskabel, bei dem man sofort Lust bekommt, jemanden anzuschreien und danach lustvoll den Hörer auf die Gabel zu knallen. Als ich abhebe, rechne ich halb damit, ein Schnurren und Puckern in der Leitung zu hören, doch alles bleibt still. Ich halte mir die Sprechmuschel ganz dicht an den Mund.

»Scheiße.« Sophie hat die vier Pappkartons mit den krakeligen Wachsmalzeichnungen entdeckt: Paulas roter Marienkäfer, Lucys schwarze Spinne, mein gelbes Kaninchen und Sophies blaues Krokodil. »Sie hat unsere Spielsachen aufbewahrt?« Sophie wirkt, als wollte sie gleich in Tränen ausbrechen; und es ist wirklich eine Schande, dass Paula das jetzt nicht sieht.

Einen Moment später hocken wir nebeneinander auf dem Boden und wühlen uns durch unsere Spielsachen. Da sind die Monchhichis mit dem verfilzten Fell. Meine Lieblingsscherzartikelzigarette mit der angeklebten Glut. Die neonfarbenen Plastikstelzen, das Mini-Keyboard, eine Palette mit vertrockneter Fingerfarbe, die kahlrasierte Schminkpuppe und der Zauberkasten. Alles von einer verheißungsvollen, klebrigen Schicht überzogen. Sophie kauert neben mir in ihrem gestreiften Kinderpyjama und stößt ab und zu Quieklaute aus; es ist rührend zu sehen, dass ihre Kindheit für meine kleine Schwester offenbar doch mehr war als ein lästiges Übergangsstadium, das es möglichst schnell hinter sich zu lassen galt.

»Seid ihr endlich fertig?« Lucy sitzt an einem wackligen Schreibtisch, der neben einer nicht angeschlossenen Stehlampe steht, vor Matthias' aufgeklapptem Laptop. »Wer bitte hat sein Arbeitszimmer auf dem Dachboden?«

Plötzlich halte ich Sophies Kinderbibel in der Hand. Das Buch ist vollkommen zerlesen, der Einband fühlt sich klebrig an. »Arbeitszimmer ist nur die Familienvaterumschreibung für World of Warcraft und YouPorn«, sage ich, während ich durch die Seiten blättere. Überall stehen in säuberlicher Kinderschrift Sophies Anmerkungen: *In der Hölle brennen tausend Feuer – Gott sieht alles – Wer auf dem Sterbebett bereut, wird gerettet.*

»Wann hat das eigentlich aufgehört? Mit Gott und dir?«

Sophie blickt von ihrem Stickeralbum auf, nimmt mir das Buch wortlos aus der Hand und stopft es ganz unten in ihren Karton.

»Wir brauchen das Passwort«, sagt Lucy.

Wie hypnotisiert starren wir ins bläuliche Licht des summenden Bildschirms. Ich muss an Lars denken. Wenn er noch mit mir reden würde, würde er mir jetzt sagen, dass ich mich nicht in diesen Quatsch hineinziehen lassen soll. Weil man Lucy nicht trauen kann und weil nie etwas Gutes dabei herauskommt, wenn wir Schwestern ausnahmsweise einmal an einem Strang ziehen. Aber würde er das wirklich sagen? Und gehört diese liebevolle und furchtbar vernünftige Stimme, die ich höre, wirklich Lars? Oder fange ich schon an, ihn neu zu erfinden?

»Ich werde sicher nicht in die Privatsphäre meines Schwagers eindringen, nur weil du paranoid bist, Lucy. Die beiden führen eine vollkommen intakte Ehe.«

»Okay«, sagt Lucy. »Ein Angebot: Du gibst mir das Passwort. Und wenn wir nichts Verdächtiges finden, hauen wir morgen wieder ab.« Sie zögert. Anscheinend hat sie das Gefühl, noch eine Schippe drauflegen zu müssen: »Danach müssen wir uns auch nie mehr wiedersehen.«

»Woher weißt du, dass ich sein Passwort kenne?« Gleich darauf könnte ich mich ohrfeigen. »Warum sollte ich es dir geben? Nenn mir einen Grund.«

»Weil du mir noch einen Gefallen schuldest.«

Ich habe diesen Tonfall eine Weile nicht gehört, trotzdem bekomme ich sofort eine Gänsehaut. »Wieso schulde ich dir was?«

»Neunzehnhundertneunundneunzig. Du warst in der Disco, obwohl du am nächsten Morgen eine Klassenarbeit hattest. Als

Mama Verdacht geschöpft hat, habe ich gesagt, du hättest den ganzen Abend in deinem Zimmer gesessen und gelernt.«

»Neunzehnhundertneunundneunzig? Ist das dein Ernst?«

»Selbstverständlich.«

Spätestens jetzt ist mir klar, dass ich abhauen muss. Auf der Stelle. Sonst werde ich es für immer bereuen. »Ich will deine Kette«, sage ich.

»Welche Kette?«

»Die du jetzt trägst.« Es ist eine schwere, zweireihige Perlenkette, und ich kann mir keinen Anlass vorstellen, zu dem ich sie tragen würde. Aber das ist mir egal. Lucy verdreht die Augen, nickt jedoch.

»Okay. Ich weiß nicht, ob es funktioniert. Paula hat mir erzählt, alle Mütter und Väter, die sie kennt, hätten bei ihren Bankkarten, Bestellkonten und E-Mail-Zugangsdaten dasselbe Passwort. Der Vorname ihres ersten Kindes und das Geburtsdatum.«

Ich kann mich noch an Paulas Lachen erinnern, als sie sagte: Wenn man wollte, könnte man die ganze Kleinstadt hacken. »Wann hat Per Geburtstag?«

»Du weißt nicht, wann dein eigener Neffe Geburtstag hat?«, fragt Lucy.

»Wenigstens kriegt er keinen Nervenzusammenbruch, wenn er mich sieht.«

»Warte«, sagt Sophie und beginnt auf ihrem Handy herumzutippen. »Ich hab's gleich. Achtzehnter März zweitausendzehn. Der Empfang ist hier wirklich besser als unten. In seinem Profil im Kinder-Schachclub steht's.«

Ich hoffe, dass es nicht klappt. Ich wünsche es mir von Herzen. Andererseits hat sich das, was ich mir von Herzen gewünscht habe, noch nie erfüllt. Und so ergießt sich im nächsten Moment giftgrünes Meer über den Desktophintergrund. Ein Urlaubsfoto wahrscheinlich. Und zwischen den eitrigen Schaumkronen treiben Dateien, die Namen tragen wie: *Finanzen*, *Korrespondenz* oder *PowerPoint-Präsentationen*. Ein ganz normaler, langweiliger Arbeitsdesktop.

Dann klickt Lucy auf seine E-Mails. Sein Postfach ist voller Frauennamen. Das hat natürlich nichts zu bedeuten. Denn Matthias hat viele Freundinnen. Die letzte ist an Nina_XBombe81 gerichtet. Sie ist leer.

»Mach den Anhang auf«, sagt Lucy.

Lustige Kätzchen, denke ich, lass es lustige Kätzchen sein.

Und dann sehe ich rosig schimmernde Brustwarzen. Eine Frau räkelt sich auf einem mit Rosenblättern bestreuten Laken. Ihre Schenkel klaffen leicht auseinander. Mir fällt gerade noch auf, dass Nina Schlupfwarzen hat, dann knallt Sophie den Laptop zu.

Kapitel neun

»Scheiße«, sagt Lucy. »So eine verfickte Scheiße.«

Wahrscheinlich ist es wieder der leidige Realitätsfaktor, der sie aus dem Konzept bringt. Da sie ihn nie einkalkuliert, kann er sie stets von neuem überrumpeln. Mir geht es genauso. Allein beim Gedanken an die rot leuchtenden Rosenblätter und den wie eine Erektion ins Bild ragenden Champagnerflaschenhals dreht sich mir der Magen um. Wer, abgesehen von einem Serienkiller oder einem Softpornoregisseur, macht so etwas?

»Ich gehe jetzt nach unten und bringe den Scheißkerl um«, sagt Sophie und springt auf.

Ich muss an den Hochzeitsempfang denken. Endlose Reihen beschlagener Sektflöten auf dem Buffettisch. Ich erinnere mich, wie Matthias' Vater, ein ehemaliger Oberst, betrunken durch den Festsaal taumelte und in fröhlicher Unschuld jeder von uns die Hand auf den Po legte, wenn er uns umarmte, triumphierend, als hätte er gerade vier Schwiegertöchter zum Preis von einer bekommen.

»Komm«, sagt Lucy und zerrt mich vom Boden hoch. »Jetzt komm endlich.«

Sophie ist bereits die steile Dachbodentreppe heruntergehuscht. Und schon hallt ein wütendes Klopfen durchs Haus.

Paula hat die Schlafzimmertür einen Spaltbreit geöffnet. Ihr Haar hängt ihr wirr ins Gesicht. Statt eines Nachthemds trägt sie eins von Matthias' XXL-T-Shirts, dazu handgestrickte regenbogenfarbene Wollsocken. Ich frage mich, ob Matthias in all den Jahren ihrer Ehe wohl je ihre Füße zu sehen bekommen hat.

»Ich muss mit dir reden«, sagt Sophie gerade, als wir sie eingeholt haben. »Es wird dir nicht gefallen.«

»Es liegt an den Federkissen«, sage ich. »Sophie reagiert allergisch auf die Federn.«

Sophie schüttelt den Kopf. »Das ist es nicht.«

Ich packe den Oberarm meiner kleinen Schwester. Er ist schmal, fast muskellos. Durch die weiche, nachgiebige Fettschicht fühlt man direkt bis auf den Knochen. Ich drücke so fest zu, wie ich kann, doch sie zuckt nicht einmal zusammen. »Sie muss die Wahrheit erfahren«, sagt sie nur, ganz die kleine schwarzäugige Fanatikerin, die sie schon immer war.

Und wie immer weiß ich nicht, wie ich sie aufhalten soll. Da stürzt sich Lucy auf sie, als wolle sie Sophie tröstend umarmen, und schlingt die Arme um sie. Sophie wehrt sich nach Kräften, das muss man ihr lassen. Doch gegen Lucy – ein Vorzeigeexemplar südkalifornischer Fitnesskultur: stahlharte Arme, unendliche Kraftreserven – hat sie keine Chance.

»Arme Kleine«, schnurrt sie ihr ins Ohr, während sie sie weiter fest im Würgegriff hält. »Diese Chlamydien-Geschichte setzt dir zu. Du hast recht. Marion sollte die Wahrheit erfahren. Und letztlich ist es ja auch egal, von wem sie sie hört. Von Christian, von dir oder … irgendwem.«

»Dazu müsste man erst mal ihre Telefonnummer haben«, sagt Sophie, als es ihr endlich gelingt, Luft zu schnappen.

»Oh, ich glaube, die Nummer ihres Hotels würde völlig genügen«, sagt Lucy. »Das Schlösschen am Bergsee. Die Telefonnummer steht in deiner Buchungsbestätigung. Schau doch noch einmal in deine E-Mails.«

Ich frage mich, ob sie für uns alle Druckmittel gesammelt hat, nur für alle Fälle. Lucy Zugriff aufs Internet zu geben ist, als würde man einem Pyromanen einen Benzinkanister in die Hand drücken.

Paula schaut von mir zu Lucy und wieder zu Sophie. »Diese Sache mit deinem Chef nimmt dich sehr mit, nicht wahr?«, sagt sie. Das scheint für sie die schlüssigste Erklärung für diese seltsame Szene zu sein. Und wenn wir aus den Augen bluten würden, ihre These bliebe wahrscheinlich dieselbe – eine unglückliche Liebesgeschichte, was sonst. »Es ist wirklich unfair, dich in so einen Gewissenskonflikt zu bringen.«

Die kleine Schocksekunde, in der Sophie überlegt, ob Lucy wirklich so weit gehen würde, und zu dem Schluss kommt, dass sie es würde, genügt uns (»Wir bringen sie jetzt ins Bett.«). Wie eine Stoffpuppe zerren wir Sophie hinter uns her.

In der Küche drücken wir sie erst mal auf einen Stuhl und machen sie betrunken. Glücklicherweise hat Matthias zu Weihnachten die »Bar« aufgestockt. Damit ist ein Fach über der Küchenabzugshaube gemeint, das ansonsten mit verstaubten Flaschen Walnussöl und Himbeer-Balsamico-Essig vollgestopft ist. Lucy kramt fluchend darin herum, bis sie zwischen den gelben zähflüssigen Likören und Kräuterschnäpsen endlich eine Flasche Wodka gefunden hat. Bevor wir auch nur ein Wort sagen können, gießt sie uns drei Wassergläser voll und stellt sie wortlos vor uns hin. Das ist eine der Sachen, die ich an meinen beiden Schwestern immer gemocht habe. Wir halten uns, wenn wir trinken, nicht mit reden auf.

Ich glaube, in diesem Moment hat keine von uns große Lust, diese Scheißehe zu retten. Tatsächlich verspüren wir wohl eher den Impuls, uns schleunigst in Sicherheit zu bringen. Lucy würde sich jetzt wahrscheinlich gern unter den Daunendecken in einem Hotelzimmer verkriechen, das so luxuriös ist, dass es sich überall auf der Welt befinden könnte. Sophie wünscht sich in ihr virtuelles Gefängnis zurück. Und selbst ich muss mit einer gewissen Wehmut an das ewige Gluckern und Rauschen hinter den Wänden von Geraldines Wohnung denken.

»Sie sollte ihn umbringen«, sagt Sophie, während sie sich zum zweiten Mal das Glas vollschenkt.

»Gut«, sagt Lucy und lächelt aufmunternd, als säßen wir gerade in einem Kreativmeeting und als wäre dies der erste vernünftige Vorschlag. »Guter Punkt: Rache. Außer Mord – was fällt uns sonst noch ein?«

»Sollen wir clustern?«, frage ich. »Früher in der Redaktion haben wir immer geclustert.«

Sophie nimmt einen riesigen Schluck von ihrem Wodka. »Sie muss irgendwen ficken. Dann sind sie quitt.«

Wieder denke ich an Paulas Hochzeit, an jenen Moment in den frühen Morgenstunden, als die Glastüren im stickigen Festsaal aufgerissen wurden. Eine Brise wehte hinein und ließ die weißen Vorhänge flattern. Im Biergarten hatte man die Tische und Bänke zur Seite geräumt, damit wir die Leuchtballons steigen lassen konnten. Ich erinnere mich, wie wir herumstanden und froren, während die weißen Papierschirme mit dem flackernden Kerzenlicht hin und her trudelnd in den Nachthimmel stiegen. Und ich weiß noch, wie ich den Kopf in den Nacken legte und hoffte, dass niemand merken würde, dass ich weinte. Lars stand so dicht hinter mir, dass ich seinen Atem warm im Nacken spürte, während ich auf die schwebenden Leuchtfeuer im Himmel starrte.

Und vielleicht ist das ja der grundlegende Fehler, dass man

schon so anfängt – mit weißen, bauschigen Kleidern, Goldringen, Rosen und Leuchtballons. Damit setzt man einen Standard, den man in seinem gesamten Eheleben nie wieder erreichen kann. Natürlich wird Paula, selbst als sie mit tränenglänzenden Augen in den Nachthimmel blickte, geahnt haben, dass nicht jeder Tag an Matthias' Seite ein Märchen sein würde. Andererseits hätte sie sich vermutlich auch nicht träumen lassen, dass Rachesex mit einem Fremden in wenigen Jahren das Konstruktivste sein würde, was sie für den Erhalt ihrer Ehe tun kann. Vielleicht sollte man Hochzeitszeremonien grundsätzlich verbieten. In jedem Fall wäre es ratsam, weiße Papierballons nach einer Trauung nur dann in den Himmel steigen zu lassen, wenn man ganz sicher ist, dass das Brautpaar und die gesamte Hochzeitsgesellschaft danach tot umfallen.

Das Frühstück am nächsten Morgen ist eine Herausforderung, in mehr als einer Hinsicht. Lucy, Sophie und ich hocken da mit dunkelgeränderten Augen und dröhnendem Schädel, halten die Kaffeebecher dicht vor unsere Gesichter und murmeln einsilbige Antworten, während Matthias versucht, wie ein höflicher Gastgeber Konversation zu machen. Das Problem ist, dass nach der letzten Nacht jedes, absolut jedes Wort aus seinem Mund wie eine Lüge klingt (»Oh, du trinkst deinen Kaffee also am liebsten mit zwei Stück Zucker? Aha.«). Selbst die Art, wie er die Splitter der Schale von seinem gekochten Frühstücksei klaubt, hat etwas Verschlagenes. Und als ich sehe, wie er Per und Paula einen verschlafenen, etwas zu feuchten Guten-Morgen-Kuss auf die Wange drückt, möchte ich ihm am liebsten ins Gesicht schlagen.

Schließlich rücken wir mit unserem Vorschlag heraus:

Ich: (*mit künstlich aufgepumpter Begeisterung*) »Warum machen wir heute nicht einen Mädchenabend?«

Lucy: »Eine tolle Idee!«

Sophie: (*tonlos*) »Au ja. Wäre das nicht nett?«

Matthias ist sofort aufgeschlossen: »Das ist doch eine gute Idee.« Paulas Zweifel bezüglich Pers Versorgung zerstreut er: »Mein Bruder schimpft immer, dass er seinen Neffen viel zu selten sieht.«

Im Grunde müssen wir gar nichts tun. Wir müssen einfach nur dasitzen und zusehen, wie Paulas verkrampfte Gesichtszüge sich langsam entspannen, Matthias' Lächeln breiter wird und Pers Blick finster. Ab und zu nicken wir, aber vor allem lächeln wir. Wir lächeln, lächeln, lächeln, während unser Schwager seinen Status als Mann der Stunde sichtlich genießt. »Das ist doch eine super Idee. Ihr macht einen Mädchenabend. Und wir fahren aufs Land, Per und ich, und machen uns mit meinem Bruder einen Männerabend.« Er knufft Per in die Seite, woraufhin der aufsteht und sein Schälchen mit Honigflakes sorgfältig zur Seite rückt.

Was ist mit der Frau seines Bruders?, möchte ich fragen. Was ist mit seinen drei Kindern? Und warum sagen wir Mädchenabend und er Männerabend?

Flüchtig frage ich mich, ob sein Bruder wirklich auf dem Land wohnt, ob er drei Kinder hat und ob er überhaupt existiert. Auf der Hochzeit ist er jedenfalls nicht gewesen. Angeblich hat er damals als Ingenieur in Kanada gearbeitet. Aber wer weiß. Vielleicht verfrachtet Matthias seinen Sohn auch zu einem Babysitter und fährt schnurstracks zu seiner Geliebten. Alles ist möglich.

Und das, finde ich, ist der entscheidende Grund, warum Paula niemals die Wahrheit erfahren sollte. Denn auch wenn alles nach Plan läuft, wenn sie einander am Ende unter Tränen versichern, dass ihre jeweiligen Seitensprünge nichts zu bedeuten haben angesichts der immerwährenden, glühenden Liebe, die sie füreinander empfinden, würde das etwas ändern? Würde sich Paula nicht trotzdem jedes Mal, wenn Matthias lächelnd die Autoschlüssel von der Kommode nimmt, fragen, wen er wohl als Nächstes vögelt: Nina mit den Schlupfwarzen, Tatjana mit dem Intimpiercing, Yvonne mit der Wander-Vagina? Irgendeine gehetzte Kleinstadtmutter zwischen Kindergartenadventsfeier und Großeinkauf?

»Es ist schön, dass ihr da seid«, sagt Matthias. »Es ist schön, Weihnachten mit der Familie zu verbringen.«

Ich wünschte, wir hätten bessere Argumente dafür, dass unsere Wahl ausgerechnet auf Daniel fällt. Es ist wahr, er arbeitet gern im Garten, und Paula liebt den Garten. Doch reicht das aus als Basis für eine Affäre?

Ich bin, was Paulas Phantasiesexpartner angeht, zumindest grob orientiert, und dass Daniel in den Top ten landet, ist unschwer zu erraten. Allerdings steht er keinesfalls an der Spitze. Diesen Platz behauptet – oder behauptete zumindest einen Sommer lang – Michi, der muskulöse, braungebrannte Trainer der Kinderfußballmannschaft. Paula wollte unbedingt, dass ich ihn kennenlernte. Das Erste, was ich dachte, war: Das ist definitiv der braunste Mensch, dem ich je begegnet bin. Viel Frischluft plus Sonnenstudio zur Sicherheit. Bei der Begrüßung riss er Per vom Boden hoch, als entwurzele er einen Baum. »Du hältst mich sicher für bescheuert«, flüsterte mir Paula damals ins Ohr. Aber das stimmt nicht. Dieser Typ Mann hat seinen Reiz. Leider quatscht er zu viel.

Dann gibt es da noch den Mann einer Freundin, mit dem sie sich per WhatsApp über das Kulturprogramm am Ort auf dem Laufenden hält. Aber der kommt definitiv nicht in Frage. Wir haben schon genug Probleme.

Der mit Abstand seltsamste Mann, mit dem Paula sich Sex vorgestellt hat, ist ein kahlköpfiger Ratsvorsitzender, den sie zufällig bei der Eröffnung eines Schwimmbads kennengelernt hat. In der Kommunalpolitik ist er nur ein kleines Licht, man kann also kaum von der Erotik der Macht sprechen. Paula hat selbst keine Erklärung dafür (»Ich weiß auch nicht. Ich glaube, er erinnert mich an jemanden.«).

Ich weiß, dass all diese Männer vor Daniel kommen. Ich bin mir nicht einmal sicher, ob er überhaupt in den Top five ihrer Phantasiesexpartner rangiert. Doch das spielt keine Rolle. Daniel ist zugezogen, er wohnt erst seit einem Jahr in der Stadt. Und das gibt den Ausschlag. Noch hat er keinen besten Freund, dem er erzählen kann, dass er seine hübsche Nachbarin flachgelegt hat. Außerdem wohnt er, wie gesagt, nebenan, und Paula ist eine vielbeschäftigte Frau. So ist das eben. Sein halbes Leben lang redet man sich ein, dass alles möglich ist und Liebe alle Grenzen überwindet, doch am Ende triumphiert immer die Logistik.

Im Nachhinein ist es ziemlich merkwürdig, dass ich bisher nicht zur Kenntnis genommen habe, wie gutaussehend Daniel ist. Selbst in meinem jetzigen Zustand, von einer Lebens- und Liebeskrise geschüttelt, hätte es mir eigentlich auf den ersten Blick auffallen müssen. Doch jetzt, wo Sophie, Lucy und ich ihn durchs Panoramafenster beobachten, ist die Sache eindeutig. Daniel schippt gerade seine Einfahrt frei. Und bei ihm sieht das aus wie der Inbegriff von Lebensfreude. Ungefähr so lustvoll wie ein Hund, der sich im Schnee wälzt.

»Findest du nicht, dass er zu gut aussieht?«, fragt Sophie.

»Zu gut wofür?« Aber ich weiß, was sie meint. Paula ist sehr hübsch. Doch die Regeln des Datings besagen, dass ein extrem gutaussehender Mann sich gern eine noch besser aussehende Frau sucht und so weiter. Eine Teufelsspirale.

»Meinst du, sie kriegt ihn ins Bett?«, sagt Sophie, die sich offensichtlich genötigt fühlt, ihre Frage zu präzisieren.

»Aber klar«, sage ich. Ich weiß selbst nicht, woher ich meine Zuversicht nehme. »Auf jeden Fall.«

Stirnrunzelnd betrachtet Lucy ihre Fingernägel. »Was macht er überhaupt beruflich?«

Und irgendwie ist es rührend, wie Miss-Freier-Markt sich ausgerechnet diesen Moment dafür aussucht, konservativ zu werden: Rachesex – kein Problem. Aber hat er wenigstens einen akademischen Abschluss?

Wir diskutieren verschiedene Möglichkeiten, wie wir Daniel zu unserem Mädchenabend locken könnten.

Möglichkeit A (Lucys Idee):

Wir schicken Paula unter einem Vorwand fort. In der Zwischenzeit verwüsten wir das Haus und täuschen einen Einbruch vor. Eine von uns rennt nackt und hysterisch schreiend zu Daniel. (Lucy hat zu lange in Amerika gelebt.)

Möglichkeit B (Sophie):

Wir lösen einen Wasserrohrbruch aus. Der muss schnellstens repariert werden. Auftritt Daniel. (Wie löst man einen Wasserrohrbruch aus?)

Möglichkeit C (ich):

Wir laden ihn ein.

Am Ende stehe ich auf der Terrasse herum und stecke mir eine Zigarette an. Es ist ein gutes Gefühl, endlich mal wieder mit gutem Gewissen rauchen zu können. Es ist ja Teil meiner Rolle, auch wenn mein Drehbuch zugegebenermaßen ziemlich dürftig ist. Ich werde mit der Zigarette in der Hand zur Hecke schlendern und mit ihm einen Plausch über den Gartenzaun beginnen.

Daniel schippt noch immer die Einfahrt frei. Seine gefütterte Jacke liegt neben ihm im Schnee. Gerade beugt er sich hinunter und kratzt mit der Schippe über eine vereiste Fläche. Das Hemd an seinem Rücken spannt. Er sieht absurd gut aus, Calvin-Klein-Werbung-gut. Warum muss ich immer, wenn mir etwas besonders bemerkenswert erscheint, an einen Film denken, einen Werbespot oder eine Songzeile? Habe ich kein eigenes Gedächtnis, das mir als Referenzsystem dienen könnte? Da muss doch – irgendwo in mir – noch ein Primärtext existieren.

Doch ich kann es nicht ändern, als ich zu ihm hinüberschlendere, fühlt sich das an wie ein popkulturelles Zitat. Allein das »Hey Nachbar«, das ich ihm zurufe, habe ich sicher schon in tausend Filmen gesehen. Allerdings muss ich wirklich brüllen, bis er endlich aufblickt und sich mit schiefem Lächeln die Stöpsel seines iPods aus den Ohren zerrt.

»Hey«, sagt er und kratzt sich am Kinn. »Du bist Paulas Schwester, stimmt's?«

Ich nicke.

»Macht der Abfluss wieder Probleme?«

»Keine Ahnung.«

»Ich war letzte Woche dreimal da.«

Das ist interessant. Ein Mann wie Daniel, der mit dem Werkzeugkoffer in der Hand im Haus meiner Schwester ein und aus geht. Klingt fast wie ein angestaubtes Pornoklischee. Und was macht Matthias eigentlich?, frage ich mich. Überfordert ihn das, ein verstopfter Abfluss? Oder ist es ihm egal?

»Ich hoffe, meine Schwester hat Sie nicht überbeansprucht.«

»Daniel«, sagt er und streckt mir seine braune, kräftige Hand über die Ligusterhecke entgegen. »Mia, nicht wahr? Ich glaube, wir kennen uns von früher.«

Das halte ich für eher unwahrscheinlich. Ich würde mich an ihn erinnern. In dieser Stadt wimmelt es nicht gerade von eins neunzig großen Traummännern.

»Im Ernst«, sagt er. »Ich glaube, wir waren in derselben Kindergartengruppe. Das gelbe Kaninchen? Warst du nicht das Mädchen, das so viel Knete gegessen hat, dass der Notarzt kommen musste?«

»Ja«, sage ich, »das war ich.« Langsam, wenn auch stotternd läuft der Erinnerungsmotor an: Ich erinnere mich an einen Jungen mit Mädchenpony und ungenießbaren, nur aus Körnern bestehenden Frühstücksbroten. Und das zu einer Zeit, als keinem von uns zugemutet wurde, unsere Weißbrote mit Rinde zu essen. Außerdem erinnere ich mich an eine Frau mit langem roten Haar, die fröstelnd am Eingang des Kindergartens stand und die sich, anders als die anderen wartenden Mütter, nicht die geringste Mühe gab, ihre Langeweile zu überspielen.

»Ich erinnere mich an deine Mutter«, sage ich.

Daniel erzählt mir, dass seine Mutter Irin ist. Nach dem Tod seines Vaters sind sie wieder nach Dublin gezogen. Bis vor einem Jahr hat er selbst dort gelebt, doch dann … Er zuckt die Achseln auf die Art, die einen zwingt, den trostlosen Rest zu ergänzen – den Todesfall, die Kündigung, die Trennung.

»Bist du geschieden?«, frage ich.

»Trennung auf Zeit. Vielleicht ist es nicht für immer. Keine Ahnung.«

Und jetzt verstehe ich endlich, warum er sich dieses Haus gekauft hat. Ein riesiges, sperriges Einfamilienhaus mit wucherndem Garten, das einen vierundzwanzig Stunden am Tag beschäftigt hält, wenn man es zulässt. Ich hätte nicht erwartet, dass Daniel es mir so leicht machen würde. »Ich bin auch gerade verlassen worden«, sage ich. »Deswegen feiere ich Weihnachten bei meiner Schwester.«

»Paula ist toll.«

Ich nicke und mache ein trauriges Gesicht, während mich ein überwältigendes Triumphgefühl durchströmt, weil es mir endlich einmal gelungen ist, mein persönliches Unglück zu meinem Vorteil zu nutzen. »Ich weiß ja nicht, ob du heute Abend schon etwas vorhast«, sage ich und tue so, als würde ich überlegen.

Nie im Leben hätte ich damit gerechnet, dass Paula so viel Widerstand leisten würde. Für ihre Verhältnisse ist sie richtig sauer.

»Warum hast du mich nicht vorher gefragt, bevor du ihn einlädst?«, sagt sie, während sie quadratische Käsestücke auf Zahnstocher spießt. Im Hintergrund dröhnt die Mikrowelle, in der die tiefgefrorenen Garnelen auftauen. »Das ist immerhin mein Haus.«

Ihr Verhalten ist wirklich merkwürdig. Paula lädt alle möglichen Leute spontan zum Essen ein. Leute, die sie kaum kennt. Leute, die sie nicht einmal leiden kann. Manchmal lädt sie jemanden zum Essen ein, nur um eine peinliche Gesprächspause zu überbrücken.

»Das war so nicht geplant«, sage ich. »Es hat sich ergeben. Er sagte, er sei einsam, und ich …«

»Das hat er zu dir gesagt?« Paula wirft mir einen Blick zu, als könnte man mir kein Wort glauben.

»Nicht mit diesen Worten.«

»Ich würde ihn auch gern kennenlernen«, sagt Sophie, die mit angezogenen Knien am Küchentisch sitzt.

»Seit wann interessierst du dich für meine Nachbarn?«, fragt Paula und lässt eine Schublade zuschnalzen. »Du hast dich in den letzten Jahren nur bei mir gemeldet, wenn du etwas wolltest, und jetzt brennst du auf einmal darauf zu erfahren, wer meinen Siphon repariert. Reicht es dir nicht, dass wir auf Facebook befreundet sind?«

»Ich bin gar nicht auf Facebook«, sagt Sophie. »Da wird man zu gläsern.«

»Ich bitte dich, Paula«, sage ich. »Es ist Weihnachten. Seine Eltern sind tot. Seine Exfrau lebt in Dublin.«

»Sheila«, sagt sie.

Und an der hochkonzentrierten Art, wie sie die Lebkuchen auf dem Weihnachtsteller verteilt, merke ich, dass sie weiß, dass sie gerade einen Fehler gemacht hat.

Kapitel zehn

Das Problem an diesem Abend ist von Anfang an Daniel. Denn Daniel ist absolut zum Verlieben. Und ein wenig verlieben wir uns an diesem Abend alle in ihn.

Allein die Art, wie er vor der Tür steht, mit schiefem Lächeln, die Hände tief in den Taschen vergraben. Er hat eine Tupperwaredose mit selbstgebackenen Brownies dabei und fällt jeder von uns bei der Begrüßung um den Hals. Es ist natürlich eine Masche. Er tut so, als sei er restlos von uns hingerissen, und folglich sind wir hingerissen von ihm. Als Daniel auch noch darauf besteht, in den Keller zu gehen, um nach dem Heizkessel zu sehen, stupsen Sophie, Lucy und ich einander in die Seite, so aufgeregt sind wir.

Paula hat eine Stunde im Bad zugebracht. Doch obwohl sie letztlich in einer ihrer üblichen Jeans-und-Pullover-Kombinationen herauskommt, ist sie mit Abstand die Hübscheste von uns. Sie duftet nach Vanille und Kokos und trägt einen flauschigen rosa Pullover, über den man unwillkürlich mit der Hand streicheln will, wie in der Waschmittelwerbung, um zu überprüfen, wie weich er ist.

Und dann geschieht, was immer geschieht, wenn wir alle zusammen sind. Im Rückblick erscheint es mir eher erstaunlich, dass es nicht schon früher passiert ist. Wir versuchen, einander zu übertrumpfen. Es ist ein genetischer Defekt oder irgendetwas anderes, das uns in die Wiege gelegt worden ist – wir können nicht anders. In Kürze hocken wir im Halbkreis um Daniel herum und lauschen verwickelten Kindheitsgeschichten, die von verirrten Schafen und Gewittern im Gebirge handeln und eindeutig davon profitieren, dass sie sich in »Kilkenny« und in den »Wicklow Mountains« zugetragen haben. Zwischendurch springen wir immer wieder abwechselnd auf und verschwinden im Bad, um kurz darauf mit einer schimmernden Schicht Make-up zurückzukehren und leuchtendem Lippenstift, der bereits auf unsere dauergebleckten Zähne abfärbt.

Es ist ziemlich interessant, nach all den Jahren wieder unseren verschiedenen Flirt-Ichs zu begegnen. Da ist Paula mit dem lieben Lächeln und den kindergroß aufgerissenen Augen – die Frau, die man irgendwann heiraten will, nachdem man genügend üble Erfahrungen mit uns anderen gesammelt hat. Sophie, die die Ärmel ihres schwarzen Rollkragenpullovers bis über die Handgelenke gezogen hat und bei jedem Witz das Gesicht verzieht, als hätte sie auf etwas sehr Bitteres gebissen. Die größte Überraschung jedoch ist Lucy. Es war mir vorher nie bewusst, doch tatsächlich hat Lucy gar keine Aufreißtaktik. Vermutlich hatte sie die noch nie. Ich erinnere mich, wie sie auf Schulpartys am Tresen lehnte, mit bleischweren Lidern, umschwärmt von einer Horde schwitzender Jungs, und absolut nichts tat.

Doch statt sich wie üblich auf ihre eigene Unwiderstehlichkeit zu verlassen, beginnt Lucy ausgerechnet in diesem Augenblick zu kämpfen. Sie buhlt um Daniels Gunst. Schon ihr Kleid ist einfach lächerlich, ein spinnwebenfeines silbriges Gespinst – die Art Kleid, die dafür gemacht ist, auf einer Gala einen Preis für sein Lebenswerk entgegenzunehmen, nicht in einem Wohnzimmer herumzusitzen und lauwarmen Glühwein aus IKEA-Bechern zu schlürfen. Und sie schwitzt. Schon nach einer Stunde klebt ihr Kleid an ihr. Ab und zu fährt sie sich mit der Serviette unter die klatschnassen Achseln. Immer wieder stupst sie Daniel in die Seite und lacht. Das ist also der Grund, warum Lucy nie kämpft, denke ich. Sie ist einfach nicht gut darin.

Natürlich merkt sie, dass sie an Boden verliert. Deswegen fängt sie an, über Sex zu reden. Immer ein Warnzeichen bei Lucy. Sex in L. A. bestehe vornehmlich aus Hygienevorschriften, behauptet sie und streckt sich auf dem Teppich aus (wir anderen sitzen auf dem Sofa). Die Amerikaner hätten die Eigenart, ihre Prüderie hinter Reinlichkeit zu verbergen. »Am liebsten würden sie dich desinfizieren, bevor sie mit dir ins Bett gehen.« Dann mokiert sie sich über die Haarlosigkeit der Zweitausendzehner (»Wenn die Amerikaner nur ein einziges Haar sehen, denken sie, jetzt wird es richtig wild.«). Mitten in einer Anal-Bleaching-Brazilian-Waxing-Schamlippen-Lifting-Tirade packe ich sie am Arm und zerre sie in die Küche.

»Was ist mit dir los?«, frage ich, als wir vor dem Herd stehen, auf dem der Glühwein köchelt.

»Ich habe ab-so-lut keine Ahnung, was du meinst«, sagt Lucy und beginnt in der »Bar« zu kramen. Ganz hinten findet sie schließlich eine angestaubte Flasche Kräuterschnaps.

»Willst du mit ihm schlafen, oder wollen wir das Paula überlassen?«

Lucy schraubt die Flasche auf, in der sich nur noch ein kümmerlicher Rest befindet, und kippt ihn in den Topf.

Am Anfang haben wir alle noch einen riesigen Wirbel um unseren selbstgekochten Glühwein gemacht. Immer wieder haben wir mit großer Geste den Deckel gelupft, um sicherzugehen, dass das störanfällige Verhältnis zwischen Nelken, Apfelsaft und Rotwein nicht aus dem Gleichgewicht gerät. Mittlerweile kippen wir alles hinein, was wir finden. Vielleicht betrinken wir uns, weil wir uns selbst peinlich sind. Denn selbst uns ist klar, dass die Welt so nicht funktioniert; dass sich Affären nicht anbahnen und wildfremde Menschen nicht miteinander verkuppeln lassen.

»Ich mache das alles für Paula«, sagt Lucy. Vermutlich glaubt sie sich in diesem Augenblick sogar selbst.

»Ich finde, im Laufe einer Beziehung wird der Sex immer besser«, sagt Daniel gerade, als wir das Zimmer wieder betreten. Ein höflicher Allgemeinplatz. Die Art unverfängliche Bemerkung, mit der man eine Gesprächspause überbrückt. Ich öffne den Mund, um etwas Geistreiches einzuwenden. Dann schließe ich ihn wieder. Mit einem Mal begreife ich, dass ich keine Ahnung von Sex habe. Ich habe Ahnung von Sex mit Lars, das ist auch schon alles. Vielleicht hätte ich mehr zu erzählen, wenn unser Sexleben problematischer gewesen wäre. Aber bis auf die letzten sechs Monate, wo es ganz aussetzte, war es gut. Und alles andere liegt zu lange zurück, als dass ich jetzt noch einen substantiellen Gesprächsbeitrag zu Sex im Allgemeinen leisten könnte.

Ich nehme einen großen Schluck von meinem Glühwein, an dem ich mir den Gaumen verbrenne. Und während ich noch zusammenzucke, wird mir klar, dass die nächste Person, mit der ich schlafen werde, aller Wahrscheinlichkeit nach nicht Lars sein wird. Ein verstörender Gedanke.

»Musst du kotzen?«, fragt Daniel. Er lächelt freundlich und wirkt nicht übermäßig besorgt, als wollte er sagen, dass beide Optionen für ihn vollkommen in Ordnung wären.

Nach kurzem Überlegen schüttele ich den Kopf. »Noch nicht.«

Das letzte Mal, als ich versucht habe, mit Männern zu schlafen, die nicht Lars waren, ist fast ein Jahrzehnt her. Damals, mit Anfang zwanzig, waren die Übergänge von platonischen Beziehungen zu Liebesbeziehungen eindeutig fließender; im Nachhinein konnte niemand so genau sagen, wann eine Beziehung anfing und eine Freundschaft aufhörte. Es gab die beliebte Sicherheitstaktik, sich aktiv mit dem Objekt seiner Begierde anzufreunden. Man trank Dosenbier miteinander, sah sich Fußballspiele im Fernsehen an und brachte sich morgens Kaffee ins Seminar mit. Viele durchschnittlich attraktive und überdurchschnittlich komplexbeladene Frauen und Männer meiner Generation fuhren dieselbe Taktik. Man freundete sich irrsinnig gut an, und weil man so irrsinnig gut befreundet war, war auch nichts dabei, wenn man nach dem Kino/gemeinsamen Kochen/Referatvorbereiten einfach dablieb, weil die S-Bahn nicht mehr fuhr oder man zu viel von dem billigen spanischen Tetrapak-Rotwein getrunken hatte. Und weil gar nichts dabei war, konnte man ebenso gut im selben Bett schlafen. Und dann ergab sich eben, was sich ergab. Es war ein Beziehungseinstieg mit doppeltem Sicherheitsnetz – eine Art Beziehungs-Win-Win. Es war praktisch unmöglich, sich einen Korb zu holen.

Meine Schwestern sahen das kritischer.

- »Ich weiß nicht. Was ist, wenn du dich verliebst? In einem Bett zu schlafen ist doch ziemlich intim.« (Paula)
- »Tut mir leid, ich finde das einfach nur unhygienisch. Yuck!« (Lucy)
- »Sag nicht immer Yuck.« (Sophie) »Du bist keine Engländerin. Außerdem sehe ich nicht ein, warum wir mitten in der

Nacht eine Telefonkonferenz abhalten müssen, nur weil Mia ständig irgendwelche Typen zu sich ins Bett holt.«

– »Ich mache das nicht ständig!«

– »Ist es, weil du dich nachts allein im Dunkeln fürchtest?« (Paula) »Du könntest dir wieder ein Nachtlicht besorgen, wie früher als Kind.«

– »Erstens wechsele ich regelmäßig die Laken. Zweitens habe ich keine Angst im Dunkeln.«

Tatsächlich war meine Nachtangst seit meiner Kindheit schlimmer geworden, und auch die penibelste Bettwäschehygiene half mir nicht, da ich jedem Mann, mit dem ich ein Bett teilte, meine Zahnbürste aufdrängte, die ich wiederum aus Nostalgie viel zu selten austauschte. Trotzdem käme mir angesichts meines angekratzten Selbstwertgefühls diese Taktik nach wie vor ziemlich gelegen. Aber, frage ich mich, würde sie heute noch funktionieren? Die ernüchternde Wahrheit ist, dass ich keine Ahnung habe, was sich in den Betten der Ü-dreißig-Generation abspielt. Wenigstens bin ich mittlerweile betrunken genug, um mir einzureden, dass es völlig okay ist, auf beiläufige Weise Recherchen zu betreiben.

Ich wende mich an Daniel. »Würdest du eine fremde Frau in deinem Bett übernachten lassen?«

Paula schlägt die Hände vors Gesicht. »Geht das wieder los, Mia.«

»Nein! Es ist bloß eine theoretische Frage. Ich recherchiere.« Mich beschleicht das ungute Gefühl, zu viele sch-Laute in diesem Wort untergebracht zu haben.

Daniel runzelt die Stirn. »Kenne ich die Frau gar nicht?«

»Flüchtig.«

»Ist sie obdachlos?«

»Würde das eine Rolle spielen?«

»Nein, vermutlich nicht«, sagt er nach kurzem Zögern, nimmt einen großen Schluck Glühwein und schüttelt sich.

Lucy knufft Sophie in die Seite, die wortlos von ihr abrückt. Die letzte halbe Stunde lang hat sie schweigend auf ihrem Handy herumgetippt.

»Wem schreibst du da eigentlich?«, fragte Lucy.

»Ich bewirtschafte einen Steinzeitbauernhof.«

»Kannst du den nicht mal kurz sich selbst überlassen? Ich bin mir sicher, die Kühe schlafen um diese Zeit schon.«

»Das Spiel kenne ich«, sagt Daniel. »Es geht darum, sich mit seinen Nachbarn zu vernetzen. Man hilft sich beim Bewirtschaften der Felder, tauscht Güter aus und leiht sich gegenseitig Traktoren.«

»Wieso Traktoren?«, frage ich. »Ich dachte, es ist ein Steinzeitbauernhof.«

»In der Steinzeit gab es überhaupt keine Bauernhöfe«, sagt Paula. »Oder?« Sie blinzelt verunsichert.

»Man lernt auf jeden Fall eine Menge Leute kennen«, sagt Daniel. »Je höher du aufrücken willst, desto mehr Nachbarn brauchst du.«

»Treiben sich da nicht alle möglichen komischen Typen herum?«, fragt Paula. »Bei solchen Spielen im Netz, meine ich.«

»Ich habe meine Verlobte dort kennengelernt«, sagt Daniel.

Sheila, denken wir alle und schweigen.

»Jetzt schalt das endlich aus«, sagt Lucy.

»Mein Weizen wächst«, sagt Sophie, ohne aufzublicken.

Lucy reißt ihr das Handy aus der Hand. »Das kann er auch ohne dich.«

»Sieben Online-Stunden«, sagt Daniel. »So lange dauert es, bis er reif ist.«

»Ich fasse es nicht«, sagt Lucy mehr zu sich selbst.

Daniel nickt. »Man braucht eine Menge Geduld.«

Als Paula vorschlägt, auf den Weihnachtsmarkt zu gehen, sind wir alle erleichtert. Der Abend hat seinen Zenit längst überschritten; danach werden wir einfach auseinandergehen können, ohne uns eingestehen zu müssen, dass wir gescheitert sind. Vielleicht hoffen wir auch, eine Dosis Weihnachtsharmlosigkeit könnte das Gift aus unseren Adern spülen, das jeder Herzschlag durch unsere Körper pumpt.

Im Moment kann ich meine Schwestern nicht einmal ansehen. Ich spüre ihre Nähe wie ein Jucken auf der Haut, und beim Klang ihrer Stimmen schießt mir der Schmerz vom Kiefergelenk bis ins Hirn. Doch der Weihnachtsmarkt steigert meine Gereiztheit nur. Überall hysterisch blinkende Lichter, vollgestopfte Parkplätze, Lebkuchenherzen, Zuckerwatte und Zigarettenqualm. Um das Einkaufszentrum hat man eine manisch strahlende Lichtergirlande geschlungen, und die Spitze der Weihnachtstanne, die man vor dem Rathaus aufgestellt hatte, ragt drohend in den Himmel.

Zuerst steuern wir auf den Glühweinstand zu, der von einer rotgesichtigen Frau um die fünfzig gehütet wird. Dampf quillt in dichten Schwaden um sie empor. In kürzester Zeit hat Daniel sich mit ihr angefreundet, und sie liegen sich in den Armen und singen plattdeutsche Lieder. Ab dann wird meine Erinnerung lückenhaft.

Ich erinnere mich noch, wie Lucy Daniel befiehlt, für Paula an einem Stand eine Rose zu schießen, und an Paulas schwer zu deutendes Lächeln, als Daniel tatsächlich das Gewehr anlegt.

Und natürlich erinnere ich mich an den Kuss, ehrlich gesagt wohl in erster Linie ein Resultat Lucys wachsender Verzweiflung. Sie schubst Daniel und Paula praktisch unters Vordach der Pommesbude, wo ein dürrer, nur von einer roten Schleife zusammengehaltener Mistelzweig baumelt.

»Oh, oh«, gurrt Lucy. »Ein Mistelzweig.«

Schweigend stehen Paula und Daniel voreinander.

»Jetzt küsst euch endlich«, sagt Sophie. Es klingt lustlos. Als könnten wir dann endlich alle nach Hause gehen. Daniel lacht. Es ist, als hätte er schon immer zu uns gehört. Ich wette, er würde mit jeder von uns ins Bett gehen, wenn wir ihn darum bitten würden. Mit derselben achselzuckenden Nonchalance, mit der er sich jetzt vorbeugt, um meine Schwester zu küssen.

Zu meiner Verblüffung schüttelt Paula den Kopf und wird rot. »Nein, nein, nein, das geht nicht. Wenn uns jemand sieht.«

Und ich denke, mein Gott, am Ende ist sie wirklich in ihn verliebt. Was für ein Zufall.

Aber vermutlich liegt es eher am Alkohol, der langsam in unseren Körpern abflaut. Was sich eigentlich genauso anfühlt wie Liebeskummer. Ich ertappe mich selbst dabei, wie ich nach dem Handy in meiner Tasche taste. Ich will Lars anrufen. Umso mehr, als ich es mir verboten habe.

»Feigling«, sagt Lucy.

Daniel lacht. »Jetzt müssen wir.«

Paula schüttelt den Kopf. »Ich weiß nicht.«

In diesem Augenblick sehe ich Michi am Lebkuchenstand. Im dämmrigen Licht schimmert sein gebräuntes Gesicht beinahe violett. Mit offenem Mund sieht er zu, wie Paulas und Daniels Gesichter sich langsam nähern. Der Milchatem vor ihren Lippen vermischt sich; und einen schwindelerregenden Moment lang scheint das blecherne Scheppern der Weihnachtsmusik lauter zu werden, die Körper der sich an uns vorbeidrängenden Menschen schwerer und das Zischen der Bratwürste auf dem Grill ohrenbetäubend. Am liebsten würde ich mich zwischen sie werfen.

Das ist natürlich lächerlich. Wie lächerlich, das beweist der Kuss. Er ist zart und schüchtern. Kaum haben sich ihre Lippen berührt, zucken sie auch schon voreinander zurück; es fehlt nur noch, dass sie sich die Lippen mit dem Handrücken abwischen. Lucy schüttelt den Kopf, und Sophie starrt zu Boden. Ich selbst möchte am liebsten laut loslachen vor Erleichterung. Doch etwas lässt mich stutzen. Zuerst weiß ich nicht, was es ist. Es hat etwas mit der Art zu tun, wie Paula beim Kuss ihre Hände auf Daniels Schultern gelegt hat. Zart, fast ein wenig geziert, als wollten sie gleich einen Walzer tanzen. Auf ihren Fingernägeln schimmert ein elfenbeinerner Glanz. Paula trägt sonst nie Nagellack. Wegen der Gartenarbeit. Was, wenn Daniel doch der Richtige ist?, denke ich plötzlich. Vielleicht haben wir uns beim ersten Mal ja geirrt, und Matthias war der Falsche.

Auf dem Heimweg reden wir ununterbrochen. Wir fallen einander ins Wort und lachen noch vor der Pointe, während wir am Krankenhaus vorbeilaufen; an dem kleinen Besucherpark, der in Wahrheit nichts weiter ist als eine graffitibeschmierte Bank vor einem dunkelgrünen Tümpel. Seit Jahrzehnten vor sich hin moderndes Laub bedeckt den Boden mit einer braunen, glitschigen Schicht. Als meine Mutter im Sterben lag, kamen meine Schwestern und ich oft zum Weinen hierher. Natürlich nur allein. Dennoch zeigten wir in dieser Zeit das erste und vielleicht einzige Mal so etwas wie Zartgefühl im Umgang miteinander. Wir wussten immer genau, wer hier war, und achteten streng darauf, einander nicht zu begegnen.

Als Nächstes kommt der Spielplatz – Jugendexponat Nummer 1 –, eine Ansammlung verrosteter Schaukelgestelle, samt quietschendem Karussell, Wippe und Nilpferdhaus. Als der Spielplatz Ende der Neunziger erbaut wurde, war er für uns schon nicht mehr interessant. Manchmal versteckten wir uns zum Rauchen im Nilpferdhaus, das jetzt im Winter in erster Linie als Abort für die Hunde dient.

Plötzlich rennt Paula auf die Schaukel zu. »Mutprobe«, ruft sie. »Mutprobe.«

Das orangene Licht der Straßenlaterne flirrt in ihrem Haar. Wir wissen sofort, was sie meint, und rennen ihr nach. Paula wischt den Schnee von der Schaukel, doch Lucy stößt sie beiseite.

»Ich zuerst.«

Sie reißt sich die hohen Schuhe von den Füßen und schleudert sie in den Schnee, bevor sie auf die Schaukel springt. Als sie sich vorbeugt, um Schwung zu holen, sieht man unter den Strickmaschen ihres Kleides ihre braunen, muskulösen Oberarme. Wie ein Revuegirl schwingt Lucy mit flatterndem Mantel durch die Nacht. Und als sie in vollem Schwung abspringt, scheint sie eine Ewigkeit durch die Luft zu fliegen. Mit einem Stock ziehen wir eine Markierung in den Schnee. Jetzt sind wir wieder in unserem Element.

Paula landet dicht hinter ihr. Lucy stößt die Arme in die Luft und grölt. Mein Sprung wird nicht gezählt, weil ich auf dem Po gelandet bin. Ich tue so, als mache es mir nichts aus. In Wahrheit ärgere ich mich zu Tode. Sophie will nicht mitspielen. »Ich hab zu viel Glühwein getrunken«, sagt sie. Dabei wissen wir ganz genau, dass sie Höhenangst hat. Als Kind hat sie sich regelmäßig auf Karussells übergeben.

»Hab dich nicht so«, sagen wir. »Sei keine Spielverderberin.«

»Aber nicht zu hoch.«

Wir wechseln uns mit dem Anschubsen ab, und eine Weile ist nichts zu hören als der dumpfe Aufschlag unserer Hände auf ihrem Rücken, das Quietschen der Schaukel und unser eigener Atem. Schon nach wenigen Sekunden ist Sophie weiß im Gesicht und klammert sich an den Seilen fest.

Daniel lässt sich lachend in den Schnee fallen.

»Spring«, rufen wir, als es aussieht, als könne sich die Schaukel jederzeit überschlagen. »Jetzt spring doch.« Wir sehen einander nicht an, und ich weiß, dass wir ihn wieder verpasst haben, den Moment, wo man aufhören muss.

Der Kuss wäre ein guter Moment gewesen.

Paula hätte sich an ihn erinnert. Plötzlich wären da eine Million Möglichkeiten gewesen, die vorher nicht da waren. In jedem Blick, den sie Daniel über den Gartenzaun zugeworfen hätte, wären sie kurz aufgeblitzt. Und vielleicht wäre Monate oder Jahre später, an einem verregneten Nachmittag – Matthias länger im Büro, Per im Schachclub – wirklich etwas geschehen. Oder auch nicht. Meiner Erfahrung nach kommt es in einer Kleinstadt oft gar nicht darauf an, was wirklich geschieht.

Das hat mir das Beispiel von Paulas bester Freundin gezeigt. Janna ist Mutter zweier stiernackiger kleiner Söhne, die ihre Nachmittage am liebsten damit verbringen, sich ineinanderverkeilt auf dem Teppich zu wälzen. (Per schließt sich sofort im Badezimmer ein, wenn er ihr Wutgebrüll in der Einfahrt hört.) Janna selbst ist eine patente Einzelhandelskauffrau mit stacheliger Kurzhaarfrisur und selbstgegründeter Nordic-Walking-Gruppe. Sie war mir nie besonders aufgefallen, bis Paula eines Tages ins Telefon flüsterte: »Sie hat ihren Mann betrogen.«

Und meine Reaktion – ich gebe es zu – lautete: »Wow.« Das hätte ich ihr nicht zugetraut. Ich kannte ihren Mann. Auf Partys erzählte er zu später Stunde gern derbe Witze, die von sprechenden Hämorrhoiden und dummen Blondinen handelten, um sich danach mit herausfordernd vorgeschobener Unterlippe in seinem Stuhl zurückzulehnen und den Rest des Abends zu schweigen.

»Wer ist es denn?«, fragte ich.

»Vier verschiedene Männer«, antwortete Paula.

Spätestens da wurde ich misstrauisch.

Wie sich herausstellte, war Janna an ihrem kinderfreien Dienstagabend mit ihren Freundinnen in die Kneipe gegangen. Herrengedecke kippend, hatte sie am Tresen gesessen und mit einem Familienvater geflirtet. Es folgte eine stürmische SMS-Phase à la: *Liege die ganze Nacht wach und denke an dich.* Oder: *Ich will dich spüren, jetzt gleich.* Eins musste man Janna lassen, sie zog das volle Programm durch: Sie schloss sich im Badezimmer ein und ließ das Wasser laufen, während die Nachrichten hektisch über die wenigen Straßenzüge, Einfamilienhäuser und quadratischen Rasenstücke hinweg hin- und hersausten. Sie blieb mit den tütenbeladenen Wagen auf dem Supermarktparkplatz sitzen, um zu telefonieren, oder ging nur eben Milch kaufen (das sozial akzeptierte weibliche Pendant zum Zigarettenholen) und schrieb einem Mann, den sie nur von einem Abend in der Kneipe und vielleicht noch von dem ein oder anderen Kindergeburtstag kannte, dass sie davon träumte, seine Hände auf ihrer Haut zu spüren. Am nächsten kinderfreien Dienstag saß sie dann wieder an der Bar, abgeschirmt von ihren mürrischen Anstandsfreundinnen, und wechselte übers Bierglas hinweg melodramatische Blicke mit ihrem Liebhaber in spe.

Irgendwann machte er mit ihr Schluss. *Ich kann nicht länger eine Lüge leben*, schrieb Familienvater 1 und löschte sie aus seiner Kontaktliste. Eine Woche lang war Janna untröstlich. Doch dann lernte sie am darauffolgenden Dienstag Peter vom Sterngrill kennen, und am darauffolgenden Tobias mit dem ständig zuckenden Oberlid und schließlich Karsten, der fünfmal die Woche ins Fitnessstudio ging.

»Stell dir vor«, sagte Paula, »vier Männer.«

»Aber es ist nichts passiert«, sagte ich.

Das empörte Paula. »Natürlich ist etwas passiert.«

»Sie hatten keinen Sex, meine ich.«

Doch Paula ließ sich nicht beschwichtigen. »Sie haben es sich vorgestellt. Hätten sie die Gelegenheit gehabt, hätten sie es getan. Wo ist da der Unterschied?«

Meiner Meinung nach bestand da ein gewaltiger Unterschied, ich beschloss jedoch, das Thema ruhen zu lassen.

Monate später kam Paula von selbst darauf zurück: »Janna hat ihrem Mann alles gestanden.«

»Was gab es denn zu gestehen?«, fragte ich, obwohl ich wusste, dass ich mich auf dünnem Eis bewegte.

»Kai hat ihre SMS gelesen. Sie musste beim Leben ihrer Kinder schwören, dass sie nicht mit diesen Männern geschlafen hat.«

Paulas Tonfall klang so dramatisch, dass ich nicht zu lachen wagte. Im Übrigen wäre Überheblichkeit auch fehl am Platz gewesen. Ich glaube, dass wir alle in unseren Beziehungen Vorabendserien nachspielen.

»Jetzt spring endlich«, schreit Lucy, schreit Paula, schreie ich. »Spring!«

Daniel hebt den Kopf und blinzelt, als wäre er gerade eben erst aufgewacht. »Warte«, sagt er, als Sophie die Seile loslässt und im Zeitlupentempo von der Schaukel rutscht. Kurz vorm

Aufprall schließe ich die Augen. Als ich sie wieder öffne, ist Daniel schon bei ihr. Wahrscheinlich will er sie wie ein Feuerwehrmann vom Boden reißen und auf seinen starken Armen zum Krankenhaus tragen.

Doch Sophie schüttelt seine Hand ab. »Nein«, schreit sie, »nein.« Als wäre dies das letzte Wort, das sie von sich zu geben vermag.

»Sie hat sich vielleicht den Knöchel verstaucht«, sagt Daniel und wendet sich uns zu. Doch wir meiden seinen Blick.

Sophie krallt ihre Finger in den Boden, eine Mischung aus Sand, Schneematsch und gefrorenem Hundekot. »Das habt ihr mit Absicht gemacht. Weil ihr es mir heimzahlen wollt. Immer noch.« Ihr Haarreifen ist ihr in die Stirn gerutscht. Sie zerrt ihn sich vom Kopf. »Und der ist kaputt. Da – ein Riss.« Sie fährt mit dem Finger über das Plastik. »So einen finde ich nie wieder«, sagt sie und bricht ihn in der Mitte durch.

Paula kniet sich neben sie. »Komm, Sophie«, sagt sie und legt ihr die Hand auf den Arm. »Lass uns nach Hause gehen.«

»Ja, lass uns gehen«, sage ich.

»Nein!«, schreit Sophie.

Lucy verdreht die Augen und schnaubt. Im Grunde ist es heilsam, meine große Schwester auf diesem Kleinstadtspielplatz zu sehen. Das Galakleid verrutscht, die Schuhe irgendwo im Schneematsch verloren. Ihr goldblondes Haar hängt ihr in wirren Strähnen in die Stirn. Und – natürlich – sie steht vor einem Nilpferdhaus. Das wäre ein gutes Cover für ihre Autobiographie, schießt es mir durch den Kopf. Eine Frau, die so verrückt und überheblich ist wie das Jahrzehnt, das sie an die Spitze katapultiert hat. Manchmal braucht man erst den richtigen Kontext, um Wahnsinn zu erkennen.

Dann übernimmt Paula das Kommando. Es ist, als hätte sie

mit einem Mal beschlossen, dass wir alle Kinder sind – schwierige, unglückliche, schwererziehbare Kinder. Vielleicht ist das auch nur die einzige Voraussetzung, unter der sie uns lieben kann. Sophie zieht die Knie an die Brust und macht sich steif, als Paula ihr übers Haar streicht. Es dauert lange, bis sie sich von ihr in den Arm nehmen lässt. Lucy, Daniel und ich stehen herum und starren zu Boden, während Sophie an Paulas Schulter zu schluchzen beginnt. Schließlich humpelt sie, auf Daniel und Paula gestützt, nach Hause. Lucy und ich bleiben zurück. Und als ich den anderen dreien nachblicke, empfinde ich einen Anflug von Neid.

Lucy setzt sich auf die Wippe. »Hast du eine Zigarette?«

»Nein.« Dabei habe ich mir auf dem Weihnachtsmarkt eine ganze Packung gekauft. Seit ich wieder hier bin, rauche ich wie ein Schlot. Aber ich will nicht mit Lucy allein sein. Sie erinnert mich einfach zu sehr daran, wie angeekelt ich von mir selbst bin.

»Sie ist verrückt«, sagt Lucy und macht eine große Geste in Richtung Nilpferdhaus. Ihre Stimme klingt laut und autoritär, und es ist klar, dass sie ihren Fall einer unsichtbaren Jury vorträgt. »Vollkommen verrückt. Burnout. Vielleicht nimmt sie Drogen, was meinst du?« Sie wartet keine Antwort ab. »Und was hat sie damit gemeint, wir wollten es ihr heimzahlen? Das ist doch völlig irre.«

Mit einem Mal muss ich an die langen Samstagabende denken im Jahr nach der Scheidung, wenn wir unseren Vater besuchten. Ich erinnere mich, dass wir uns nicht trauten, auf die Toilette zu gehen. Keine von uns verließ gern den Raum. Sobald man ihm den Rücken zugewandt hatte, hörte man ihn schon raunen: »Ganz schön fetter Arsch.« Und eine von uns kicherte immer. So waren wir. Immer bereit, einander in den Rücken zu fallen, einem Vater zuliebe, der sich weder unsere Geburtstage merkte noch unsere Hobbys oder Lieblingsgerichte. Es war immer dasselbe. Als wir noch klein waren, vergaß er ständig, uns von Schulfeiern, Kindergärten und Landschulheimen abzuholen. Stets musste er angerufen werden: »Sie haben sicher die Uhrzeit verwechselt. Das Fest/der Spielenachmittag/das Camp ist schon seit einer halben Stunde vorbei. Also die kleine Lucy/Sophie/Mia/Paula ist ganz untröstlich.«

Das waren wir. Bis zu dem Moment, wo unser Vater mit quietschenden Reifen vorgefahren kam. Eine Show, die er, da bin ich mir sicher, ausschließlich für die Frauen abzog, die sich nun schon über ihre Dienstzeit hinaus um uns kümmern mussten. Er ließ den Motor laufen, stieß die Tür auf und stürmte auf uns zu. Dann riss er uns an seine Brust, und vor Demütigung und Erleichterung fingen wir an zu weinen. »Schlechtester Vater aller Zeiten«, rief er in die Runde und stach sich den Zeigefinger in die Brust. »Vor Ihnen steht der schlechteste Vater aller Zeiten.« Und die Lehrerinnen/Erzieherinnen/Betreuerinnen, die eben noch bereit gewesen waren, ihn zu steinigen oder beim Jugendamt anzuzeigen, scharten sich kichernd um ihn und versicherten ihm, dass er, ganz im Gegenteil, ein toller Vater sei. Jeder könne sehen, wie vernarrt seine Töchter in ihn seien. Und tatsächlich war bei uns die Erleichterung immer ein kleines, aber entscheidendes bisschen größer als die Wut. Auch wenn wir uns noch so fest vorgenommen hatten, diesmal die ganze Fahrt über zu schweigen – wir schafften es nie. Dazu legte er sich zu sehr ins Zeug (»Schmoll ab, du Schmollerin. Schmoll schon nicht mehr.«). Spätestens nach fünfzehn Minuten hatte er uns weichgekocht. Dann lachten wir wieder, plapperten und fragten nach unseren Schwestern und Haustieren, bis mein Vater unweigerlich das Radio aufdrehte – ein sicheres Zeichen, dass sein Interesse wieder erloschen war.

»Was machst du hier überhaupt?«, frage ich.

Lucy geht in die Hocke und hebt einen Chanel-Pumps auf, der unter der Wippe gelandet ist. »Auf dem Spielplatz?«, fragt sie, während sie mit der Hand den Dreck von der Schuhspitze wischt.

»Hier, auf dem Spielplatz, in dieser Stadt, auf diesem Kontinent. Jahrelang bist du verschwunden, und plötzlich tauchst du wieder auf. Was soll das? Ist das ein Ablenkungsmanöver? Ist irgendeine reiche Verwandte gestorben, von der wir nichts wissen?«

»So denkst du über mich?« Sie klingt nicht einmal sonderlich gekränkt.

»Ich habe keine Ahnung, was ich über dich denke. Ich weiß verdammt noch mal nicht, wer du bist.«

»Was willst du wissen?«

»Wer ist John?«, frage ich. »Wer ist Miriam?«

»Ich hätte nicht gedacht, dass dich das interessiert.« Sie wirkt jetzt kühl und gefasst, geradezu nobel. Wenn Lucy angegriffen wird, ist sie die beste Version von sich selbst. Überlegt, taktvoll, höflich.

»Natürlich interessiert es mich«, sage ich, obwohl ich mir gar nicht so sicher bin, ob das stimmt. »Du redest auf der Mailbox ständig von ihnen.«

Lucy seufzt. »John ist bildender Künstler, leider nicht sehr erfolgreich. Er hat mich nackt gemalt. Jetzt joggen wir zusammen.«

»Und Miriam?«

»Meine lesbische Nachbarin. Stammt aus einer streng religiösen Familie im Süden. Sehr erfolgreich. Hat ein Keksgeschäft gegründet. Cookies ohne Zucker, Fett und Kohlenhydrate – in L. A. ein Renner. Leider ist sie unglücklich in mich verliebt.

Bringt mir immer ihre selbstgemachten Aufläufe vorbei. Scheußlich. Nichts als Käse. Ich muss sie jedes Mal wegwerfen.«

»Kennst du auch irgendwelche Leute, die nicht unsterblich in dich verliebt sind?«

Lucy besitzt tatsächlich die Frechheit, mit den Achseln zu zucken. »Wie die Motten das Licht.«

»Du bist nicht Lauren Bacall.«

Prompt setzt Lucy ihr strahlendes Filmstarlächeln auf und streicht sich die Haare über die Schulter. »Wenn du allein sein willst, musst du es nur sagen.«

»Ich will allein sein.«

»Okay.« Sie lacht. »Wenn du mich brauchst, pfeif einfach. Du weißt ja, wie man pfeift.«

Ich sitze auf der Schaukel, rauche drei Zigaretten hintereinander und versuche, mir dabei einzureden, dass ich mich nur beruhigen will, bevor ich mich auf den Heimweg mache. Doch ich weiß von Anfang an, dass das nicht stimmt. Weil ich in Wahrheit schon den ganzen Abend lang heimlich meine Flucht plane.

Lars muss mir dabei helfen. Er ist der einzige Mensch, der dafür in Frage kommt. Das wird mir jetzt klar. Und vielleicht ist das ja die beste Definition von Liebe, wenn um zwei Uhr nachts die ganze Welt auf eine einzige Person zusammenschrumpft. Vielleicht habe ich diese Erfahrung gebraucht. Es ist wie im Film: Statt mich meinen eigenen Problemen zu stellen, bin ich gekommen, um das völlig intakte Leben meiner Schwester in Ordnung zu bringen. Am Beispiel von Paula habe ich meine Lektion gelernt. Vielleicht war es wichtig für mich, diesen Punkt zu erreichen. Ich ziehe das Handy aus meiner Tasche.

Falls Lars nicht bereit ist, die Nacht durchzufahren, um mich abzuholen, werde ich mir ein Hotelzimmer nehmen. Wenn ich den Stand meines Girokontos nicht überschätze, kann ich eine Woche lang auf ihn warten. Selbst wenn Lars beschließen sollte, mich schmoren zu lassen, und ich die Feiertage allein verbringen muss, werde ich auf keinen Fall zu meinen Schwestern zurückkehren.

Nach dem vierten Läuten wird abgehoben.

»Ja?«, sagt eine heisere Frauenstimme. Sie klingt verschlafen, aber freundlich.

»Cora?«

»Genau.« Sie hört sich ehrlich erfreut an. Wie eine Lehrerin, wenn die langsamste Schülerin der Klasse endlich einmal die richtige Antwort gegeben hat. »Mia? Willst du mit Lars sprechen? Er schläft zwar schon. Aber ich kann ihn wecken.«

Vielleicht haben sie zu Hause gearbeitet, und es ist spät geworden. Sicher ist Lars einfach zu nett gewesen, sie noch so spät nach Hause fahren zu lassen. Und aus reiner Nettigkeit hat er ihr statt der unbequemen Couch gleich das Bett überlassen.

»Ist Lars nebenan?«, frage ich.

»Nein, er liegt direkt neben mir.«

Sie sind eben gute Freunde, denke ich. Es ist nichts dabei, wenn sich gute Freunde ein Bett teilen. »Ist schon in Ordnung. Du musst ihn nicht aufwecken. Es ist nicht so wichtig.«

»Quatsch. Es muss doch wichtig sein, wenn du mitten in der Nacht anrufst, Mia. Ich kann ihm was ausrichten.«

»Nein, nein. Das ist wirklich nicht nötig. Tut mir leid, dass ich dich geweckt habe.«

»Ich war sowieso wach.«

Wahrscheinlich liegt es an der neuen Matratze. Wir haben ein Vermögen für sie ausgegeben. Die Verkäuferin im Bettengeschäft versprach uns, es würde sich lohnen. Für den Rücken sei diese Matratze die beste Wahl. Tatsächlich fühlte es sich jede Nacht so an, als würde man auf Scherben schlafen.

An Daniels Tür hängt ein Lorbeerkranz. Mir fällt auf, wie schön er ist, wie perfekt. Die dunkelgrünen, schimmernden Blätter und die glänzend roten Beeren. Als Daniel die Tür öffnet, springen plötzlich überall Lichter an. Der Bewegungsmelder reagiert mit Verzögerung, dafür umso heftiger: Blitze zucken über meine Netzhaut.

»Mia«, sagt Daniel und blinzelt ins Grell. »Schön, dich zu sehen.«

Kapitel elf

Es war, als hätte eine Explosion stattgefunden. Hinterher lag kein Stein mehr auf dem anderen. Die Freundinnen meiner Mutter (ja, sie hatte plötzlich Freundinnen, wo waren sie nur die letzten Jahre über gewesen?) sagten immer wieder, wie schön es sei, endlich die alte Caro wiederzuhaben, als hätte meine Mutter keine Scheidung hinter sich, sondern ein jahrzehntelanges Koma. Und auf einmal hatte meine Mutter wieder einen Vornamen.

Als Erstes fing sie an, das Haus umzubauen. Sie renovierte die Küche, brach die alten mintgrünen Kacheln aus dem Bad, und als sei das nicht genug, riss sie auch noch die Wand zwischen Wohn- und Esszimmer ein. Es war wie im Krisengebiet. Wenn wir aus der Schule nach Hause kamen, hing Mörtelstaub in der Luft und meine Mutter zerrte sich die Atemschutzmaske vom Gesicht und strahlte uns an: »Jetzt ist es besser, findet ihr nicht auch?«

Unsere gesamte Kindheit hindurch hatten wir uns blind durch die Zimmer bewegt. Jetzt stießen wir uns ständig an Möbelstücken, die an unerwarteten Stellen auftauchten. Wo jahrelang Teppiche gelegen hatten, kamen polierte Holzböden zum Vorschein. An den Wänden blitzten helle Rechtecke auf – wie

Fenster zu einem neuen, besseren Leben. Doch obwohl meine Mutter die Möbel alle paar Wochen umstellte, schien sie mit dem Ergebnis nie zufrieden. Vielleicht ging es an diesem Punkt auch gar nicht mehr um Ergebnisse. Nicht einmal vor Paulas Garten machte sie halt. Eines Tages, als wir nach Hause kamen, hörten wir Paulas Geschrei schon von der anderen Straßenseite aus. Meine Mutter hatte den Kirschbaum abgeholzt. »Du bist verrückt geworden«, schrie Paula. »Völlig verrückt.«

»Schätzchen«, sagte meine Mutter, »er war morsch. Beim nächsten Sturm wäre er uns aufs Dach gekracht.«

Das Haus unserer Kindheit hatte sich über Nacht in einen Transitbereich verwandelt. Was nicht hieß, dass wir in unseren letzten Schuljahren nicht unseren Spaß gehabt hätten. Unsere Freunde durften zum Beispiel bei uns übernachten, wann immer wir wollten; mein Vater hätte das nie erlaubt. Oft quetschten sich zwanzig Leute zum Abendessen um den Küchentisch, und unser Gras bewahrten wir im Obstfach des Kühlschranks auf.

Eines Tages bat meine Mutter uns, sie Caro zu nennen. Wir lachten, um unsere Panik zu überspielen. Hätte sie einen offiziellen Antrag auf Auflösung der Mutterschaft gestellt, hätte sie uns keinen größeren Schrecken einjagen können. Bei jeder Gelegenheit riefen wir sie nun Caro oder Caroline, in der Hoffnung, dass sie das genauso lächerlich finden würde wie wir. Tatsächlich bemerkte sie unseren Spott gar nicht. Noch schlimmer, nach einer Weile fühlte es sich ganz natürlich an, sie so zu nennen. Schleunigst hörten wir damit wieder auf. Wie sich herausstellte, waren Geheimnisse der Kitt gewesen, der unsere Familie zusammengehalten hatte. Nun, wo wir alle ehrlich miteinander waren, gab es nichts mehr, was uns davon abhielt auseinanderzudriften.

Wir zogen aus, so schnell wir konnten. Doch selbst dann rissen die Verluste nicht ab. Im Gegenteil, sobald wir fort waren, verlor meine Mutter jedes Maß. Jetzt räumte sie auch noch unsere Zimmer aus. Auf unsere rasenden Verzweiflungsattacken reagierte sie mit Ratlosigkeit: »Ich verstehe ja, dass ihr an euren Sachen hängt, aber das ist ein Zuhause, kein Museum.«

Das sagte sie ständig.

»Den Satz hat sie sicher in einem ihrer Selbsthilferatgeber gelesen«, sagte Lucy. Dabei war es schmerzlich offensichtlich, dass meine Mutter keine Selbsthilferatgeber benötigte. Zum vielleicht ersten Mal in ihrem Leben wusste sie ganz genau, was zu tun war.

In der ersten Zeit nach meinem Auszug rief sie mich ständig an. Anfangs freute ich mich. Ich nahm an, sie wolle einfach nicht zugeben, wie sehr sie mich vermisste. Bis mir klarwurde, dass es nur ein Vorwand war, all das Geplauder über nette Bekannte, alte Lehrerinnen und Veränderungen am Ort, ein bloßes Ablenkungsmanöver, bis sie sich gestattete, zum Kern ihres Anrufs vorzustoßen. Denn tatsächlich wollte sie nur meine Erlaubnis einholen, einen weiteren Teil meiner Kindheit zu entsorgen.

»Nur noch eine Kleinigkeit«, sagte sie, als wir schon kurz vorm Auflegen waren. »Es geht um deine Schulhefte. Könntest du sie aussortieren, wenn du das nächste Mal da bist? Ich schicke sie dir auch gern per Post, wenn dir das lieber ist.«

Da saß ich auf der Matratze meines Acht-Quadratmeter-Wohnheimzimmers, Stapel von Büchern um mich herum, die nicht in mein Mini-Regal gepasst hatten. »Du wohnst in einem Haus. In einem Haus mit einem Keller und einem Dachboden.«

»Wie gesagt, es ist nicht dringend«, sagte sie. »Wenn du das nächste Mal da bist, kannst du sie ja kurz durchsortieren.«

Empört rief ich danach meine Schwestern an: »Sie wirft alles weg. Es ist nicht einmal ein System dahinter.«

Jeder hatte Verluste zu beklagen: Paulas Sportabzeichen von den Bundesjugendspielen, Lucys Ballettschuhe, Sophies Kreuzigungsbilder. Meine Mutter machte vor nichts halt.

»Sie hat mich sogar gefragt, ob sie meine Playmo-Ski-Schule wegwerfen kann«, sagte Paula. »Wer macht denn so was? Das ist doch krank.«

Wir baten Sophie zu vermitteln, die nach einem Jahr dauerkiffenden Missmuts eine Klasse wiederholen musste und noch zu Hause wohnte. »Du musst sie zur Vernunft bringen«, sagten wir. »Das ist doch auch in deinem Interesse.«

Sie schnaubte ins Telefon. »Mir ist völlig egal, was mit eurem Kram passiert. Meine Sachen habe ich längst unterm Bett versteckt.«

»Warum muss das denn unbedingt jetzt sein?«, fragte ich meine Mutter. »Warum jetzt?«

»Es tut mir leid.« Sie klang hilflos. »Ich brauche Ordnung. Ich brauche Platz.« Besser konnte sie es uns nicht erklären.

Wenn du meine Glanzbildersammlung wegwirfst, schrieb Paula ihr per SMS, *dann werde ich dir das nie verzeihen. Du wirst immer noch meine Mutter sein. Aber es wird nie mehr so sein wie vorher.*

»Das ist die Midlife-Crisis«, sagte ich zu Paula, um sie zu trösten. »Das geht vorbei.«

»Wohl eher End-of-Life-Crisis«, murmelte sie.

Sie sollte recht behalten.

Meine Mutter war im Aufbruch, und das verstörte uns. Wir hätten uns mit Feuereifer in unser eigenes Leben stürzen sollen. Stattdessen sehnten wir uns zu etwas zurück, das vermutlich nie existiert hatte. Und diese stets unerfüllte Sehnsucht machte jeden unserer Besuche zur Qual.

Ich erinnere mich, wie ich nach dem ersten Semester nach Hause kam. Es war ein warmer Sommerabend. Ich stand im Flur und ließ den Rucksack zu Boden gleiten. Aus der Küche duftete es nach Tomaten, Pilzen und Käse. Meine Mutter kam mir entgegen, die Wangen gerötet und etwas fülliger, als ich sie in Erinnerung gehabt hatte. Sie nahm meinen Arm und zog mich nach draußen. »Das Essen ist noch nicht fertig, komm, wir setzen uns auf die Terrasse und plaudern ein wenig.«

Der Tisch war für zwei gedeckt. Obwohl Sophie zu Hause war, würde sie nicht auftauchen. Es war so selbstverständlich, dass keiner von uns ein Wort darüber verlor. Außerdem war ich froh, meine Mutter für mich allein zu haben. Es war schön, einfach perfekt: das weiße, flatternde Tischtuch, das geröstete Weißbrot, die glitzernde Weißweinkaraffe, der lichtdurchflutete, nach Lavendel duftende Garten.

»Jetzt erzähl mal, wie ist es dir ergangen?«, sagte meine Mutter und goss mir ein Glas Wein ein. Und ich, glücklich wie schon lange nicht mehr, erzählte ihr von meinen Plänen. Ich wollte eine eigene Zeitschrift gründen – eine Phase, die damals alle Jungjournalisten in meinem Jahrgang durchmachten. Es dauerte eine Weile, bis ich den Karton unter dem Tisch bemerkte. Wahrscheinlich streifte ich ihn, als ich die Beine übereinanderschlug.

»Was ist das?«, fragte ich.

»Ach das?« Sie zog den Karton hervor und musterte ihn scheinbar überrascht. Es war ein Schuhkarton mit alten Kassetten: Drei Fragezeichen, TKKG, Alf, Bibi Blocksberg. »Wenn du nur schnell einen Blick darauf werfen würdest, was du nicht mehr brauchst? Aber das kann bis nach dem Abendessen warten.«

Im Nachhinein war mir mein Wutausbruch peinlich. Aber es kam mir vor wie Verrat: »Mama, hast du eine Ahnung, wie viel Arbeit ich habe? Ich will mich jetzt nicht damit beschäftigen müssen.«

Sofort lenkte sie ein. »Das verstehe ich ja. Ich will doch nur ein wenig Platz schaffen.«

Platz? Wozu brauchte sie Platz?

»Also, wenn du die Kassetten nicht mehr unbedingt brauchst«, sagte sie mit einem Lächeln, das ins Zittern geriet.

»Ich brauche sie.« Mir war egal, wie lächerlich das klang.

»Du brauchst deine Alf-Kassetten?«

»Ja.«

»Hast du überhaupt noch einen Kassettenrekorder?«

Ich starrte auf den Tisch. Und die ganze Szenerie, das flatternde Tischtuch, das Olivenschälchen und die Weißweinkaraffe, sogar der lavendelduftende Garten – all das kam mir plötzlich verlogen vor, wie die Kulisse für eine über Jahre ausgeheckte Verschwörung.

»Ich mein es doch nicht böse«, sagte meine Mutter schließlich. »Deine Schwestern und du, ihr klammert euch zu sehr an Dinge. Schon als Kinder. Euch von irgendetwas zu entwöhnen war eine Qual. Ob Schnuller oder Windeln, immer hattet ihr das Gefühl, dass man euch beraubt. Aber manchmal ist es wichtig, einen Schnitt zu machen.«

»Ja, darin bist du gut«, sagte ich.

Doch sie hörte mir gar nicht zu; sie hatte schon wieder diesen gedankenverlorenen Ausdruck in den Augen, den ich hasste: »Das ist ein Zuhause«, sagte sie, »kein Museum.«

»Es ist weder ein Zuhause noch ein Museum.«

Natürlich wusste ich, dass ich unfair war. Schließlich hatte sich meine Mutter dieses Leben nicht ausgesucht, als alleinerziehende Mutter von vier mehr oder weniger erwachsenen und mehr oder weniger auf sie wütenden Töchtern mit einem Mann, der sich verzogen hatte und keine große Bereitschaft an den Tag legte, zur Finanzierung seiner Exfamilie beizutragen. Ihr gelang, was sie nicht einer einzigen ihrer Töchter hatte beibringen können: Sie machte das Beste aus einer üblen Situation. Wir hätten ihr helfen sollen. Wenn wir gewusst hätten, dass sie im nächsten Jahr sterben würde, hätten wir es vielleicht getan. Doch sie war so überzeugt von dem, was sie uns nahezubringen versuchte, so durchdrungen von ihrer Mission. Sie machte uns wahnsinnig.

»Du brauchst weniger, als du denkst«, sagte sie und ergriff meine Hand.

Und auf sie traf das ohne Zweifel zu. Sie brauchte nicht viel. Keinen Mann, kaum Geld, fast kein Essen. Sie brauchte nicht einmal uns. Abends saß sie nicht neben dem Telefon und wartete auf unsere Anrufe. Meine Mutter, die ihr Leben lang zwischen Supermarkt und Haus hin- und hergependelt war, ging plötzlich ins Theater, zu Ausstellungen, unternahm Reisen. Wir konnten nur staunen über all die Dinge, für die sie sich plötzlich interessierte: »Seit wann interessierst du dich für die napoleonischen Kriege/Akupunktur/französische Literatur?«, fragten wir.

»Schon immer«, sagte sie mit mildem Tadel in der Stimme. »Hast du das nicht gewusst?«

»Ihr solltet euch freuen, dass sie wieder die Alte ist«, sagte ihre beste Freundin Brigitte. Doch wir begriffen nicht, wieso dies ein Anlass zur Freude sein sollte. Denn wenn dies die alte, echte Caro war, wer war dann die Frau, die uns aufgezogen hatte? Und wenn sich das wahre Leben meiner Mutter vor unserer Zeit abgespielt hatte, was sagte das über uns aus?

Uns zuliebe machte sie sich die Mühe, die Veränderungen

herunterzuspielen. »Ich hatte eben nicht viel Zeit, als ihr klein wart. Jetzt, wo ihr eigene Wege geht, kann ich mich wieder mehr meinen Interessen widmen. Das ist ganz normal.«

Brigitte hatte recht. Wir hätten uns für sie freuen sollen. Vielleicht ist es aber auch zu viel verlangt, wenn man von Kindern erwartet, vor dem vierzigsten Lebensjahr altruistische Empfindungen für die eigenen Eltern zu hegen. In unseren späten Teenagerjahren und frühen Zwanzigern waren wir mit anderen Dingen beschäftigt. Grollend und schmollend kreisten wir um unsere tödlich getroffenen Egos.

Als wir noch Kinder waren, wusste meine Mutter alles über uns. Sie wusste, welche Lehrerin streng war und welche immer zu viel Hausaufgaben aufgab. Sie kannte nicht nur unsere Schulfreunde und -feinde, sondern den Namen jedes einzelnen Kindes in der Klasse (»War Frederick wieder nicht eingeladen?«). Das lag vor allem daran, dass wir uns bei ihr nie die Mühe machten, Informationen auf ihre Bedeutsamkeit hin zu filtern. Sobald wir die Haustür aufzogen, fingen wir an zu plappern. Wir redeten und redeten, bis in unseren vollgestopften Gehirnen wieder Leere herrschte. Es kam uns gar nicht in den Sinn, dass wir sie langweilten.

Doch später war alles anders. Die Telefonate führten es uns schmerzlich vor Augen. Dabei stellte meine Mutter weiterhin treffende, wohlinformierte Fragen: »Wie geht es Rita?«, erkundigte sie sich nach einer brandneuen Freundin, die ich bei unserem letzten Gespräch beiläufig erwähnt hatte. Oder: »Ist dieser Test auch Multiple-Choice?«, nachdem ich vor Ewigkeiten zugegeben hatte, mich damit schwerzutun.

Doch gerade ihre übermäßige Konzentriertheit stimmte mich misstrauisch. Es war, als hätte sie bei jedem Telefonat ein aufgeschlagenes Notizbuch neben sich liegen, in dem sie die Eckdaten unserer letzten Gespräche vermerkt hatte. Sie kompensierte ihre zunehmende Zerstreutheit mit Fleiß. Und dieses pflichtschuldige Interesse tat am meisten weh. Ich vermisste die bedingungslose Hingabe meiner Mutter, ihren Glauben an mich. Aber vor allem vermisste ich es, sie sagen zu hören, dass ich eine große Zukunft vor mir hätte.

Leider interessierte sie auch das Konzept Zukunft nicht mehr. Im Nachhinein betrachtet, war das ziemlich unfair. In den entscheidenden, charakterbildenden Jahren unseres Lebens hatte sie uns beigebracht, dass es das war, worauf es im Leben ankäme: die Glitzerempfänge, die glänzenden Hochhausbüros, die Diplome an den Wänden, all die sichtbaren Erfolge und nachweisbaren Karriereschritte. Und plötzlich, als wir schon in den Startlöchern standen, um ihre Träume zu erfüllen, sollte das plötzlich alles nicht mehr zählen. Hatten wir sie so falsch verstehen können?

Meinem Vater war sowieso gleichgültig, was wir taten. Er hatte sich schmollend in ein kleines Dorf in Brandenburg zurückgezogen in ein Haus, in dem es immer nach nassem Hund roch, und züchtete Hühner. Gespräche mit ihm drehten sich um Eier, Futterzusätze und Produktionssteigerung und dauerten selten länger als fünf Minuten. Einzig für unseren Familienstand brachte er ein vages Interesse auf. Formulierungen wie »Ich habe Neuigkeiten« oder »Ich muss dir was Tolles erzählen« verkniff man sich besser. Sonst lautete die Reaktion unweigerlich: »Bist du schwanger?« Wahrscheinlich träumte er von einer Horde Enkelkinder, die er mit Vitamintabletten füttern konnte. Mit Sicherheit hatte er inzwischen neue, bessere Präparate an der Hand und hoffte, dass das Ergebnis in der nächsten Generation überzeugender ausfallen würde.

In meinem ganzen Leben war ich noch nie so frei gewesen. Es gab keine Erwartungen mehr. Ich konnte tun und sein, was ich wollte. Doch wie sich herausstellte, zeigte Freiheit eine toxische Wirkung bei mir. Doch das kam später. Zunächst befeuerte das Desinteresse meiner Eltern meinen Ehrgeiz: Im Abiturjahr drehte ich richtig auf, ich schrieb Einsen, bekam ein Stipendium und bestand die Aufnahmeprüfung einer der renommiertesten Journalistenschulen des Landes.

Es war wie mit dem Abnehmen. Meine beste Figur hatte ich, nachdem ich mir geschworen hatte, nie mehr zu lieben. Und die strahlendsten Zukunftsaussichten hatte ich, als sich niemand mehr für meine Zukunft interessierte.

»Woran denkst du?«, fragt Daniel. Er hat seinen Kopf auf den Ellbogen gestützt und sieht mich an. Alle Fenster sind aufgerissen, und durchs Schlafzimmer strömt eiskalte Luft. Unser Atem bildet Milchschwaden vor unseren Lippen. Obwohl er mit nacktem Oberkörper daliegt, hat er nicht einmal eine Gänsehaut.

»An meine Mutter.«

Falls es nicht die Art Antwort ist, die er hat hören wollen, lässt er es sich nicht anmerken. Er nickt bloß. »Ich denke auch oft an meine Mutter. Seit sie tot ist, noch mehr. Ich wünschte, sie wäre hier.«

»Jetzt im Moment?«

»Okay, vielleicht nicht im Moment.«

Mit dem Zeh angele ich meine Unterhose vom Ende des Bettes. Kein Tanga, keine Spitze, nichts Durchsichtiges, bloß ein ausgeleierter Blümchenschlüpfer, den ich aus Paulas Schublade geklaut habe, weil ich mal wieder vergessen habe, genug Unterwäsche einzupacken. Den würde sie nicht vermissen, hatte ich gedacht. Zitternd ziehe ich mir die Decke bis zum Kinn hoch.

»Soll ich dir noch eine Decke holen?«

»Es geht schon.«

In Wahrheit spüre ich meine Zehen nicht mehr. Aber ich bin mir nicht sicher, ob es an der Kälte liegt. Möglicherweise ist es auch ein erstes Warnzeichen meines Körpers, der dabei ist, seinen Stoffwechsel herunterzufahren, um sich gegen die anbrechende Notzeit zu wappnen. Daniel nimmt eine Thermoskanne vom Nachttisch, schraubt sie auf und gießt mir dampfende Flüssigkeit ein.

»Was ist das?«

»Kamillentee.«

»Im Ernst?« Ich nehme ihm die Tasse aus der Hand. Vor dem Fenster schwingen bedrohlich die schwarzen Äste einer Eiche. Daniels Schlafzimmer ist eine ziemliche Überraschung. Während in seinem Wohnzimmer die erwartbare IKEA-Gemütlichkeit herrscht – vollgestopfte Bücherregale, Familienfotos und tonnenweise Weihnachtsschmuck –, ist sein Schlafzimmer vollkommen leer, bis auf einen wuchtigen Schrank, der aussieht, als sei er jahrhundertealt, und ein riesiges Bett mit zwei Matratzen, die ständig auseinandertreiben. Reichlich Platz für Sheila, denke ich.

»Wärst du auch mit meinen Schwestern ins Bett gegangen? Mit einer von ihnen?« Gleichzeitig frage ich mich, ob es für mich einen Unterschied machen würde. Wahrscheinlich nicht, lautet die ehrliche Antwort.

»Nein«, sagt er und streicht mir eine Strähne aus dem Gesicht. Ich glaube ihm nicht. Ein Mann wie Daniel würde es nie über sich bringen, irgendeine verstörte Frau abzuweisen, die mitten in der Nacht vor seiner Tür steht. Dies in Kombination mit seinem Aussehen muss ihm in seinem Leben schon einige Probleme bereitet haben.

Der Sex war eine weitere positive Überraschung. Unaufgeregt, im besten Sinne routiniert. Keine Spur von dem aufgesetzten Enthusiasmus, den manche Männer bei einem One-Night-Stand meinen, an den Tag legen zu müssen, um ihr Unwohlsein zu überspielen. Die leichte Koketterie, die mich noch am Abend ein bisschen an ihm gestört hat, hat er im Bett abgestreift. Und was übrig bleibt, gefällt mir.

»Ich habe zwei Brüder«, sagt er, vermutlich, um das Thema in sichere Gefilde zu steuern.

»Wirklich?« Ich kann mich nicht an sie erinnern.

»Ja, viel jünger als ich. Meine Mutter hat in Irland zum zweiten Mal geheiratet. Aber wir haben nicht viel miteinander zu tun.«

»Ich habe auch nicht viel mit meinen Schwestern zu tun.«

»Das ist nicht dasselbe. Du bist mit deinen Schwestern aufgewachsen. Meine Mutter war sehr jung, als sie mich bekam. Mit meinen Brüdern ging sie ganz anders um als mit mir damals, viel gelassener. Wenn ich mit meinen Brüdern über unsere Mutter rede, sprechen wir nicht von derselben Person. Das habe ich das erste Mal auf ihrer Beerdigung gemerkt.«

Ich will nicht über tote Mütter und entfremdete Geschwister reden, deswegen schließe ich die Augen und sage nichts. Ich habe ein Schleifen und Rauschen in den Ohren, wie eine Kassette im Leerlauf. Als Sophie ein Baby war, schliefen Lucy, Paula und ich eine Weile in einem Zimmer. Wenn das Licht aus war, durften wir noch eine Kassette hören. Die allerdings, so oft wir wollten. Zumindest einigten wir uns darauf, die Anweisung unserer Eltern so auszulegen. Es war immer dasselbe. Jedes Mal, wenn ich kurz vorm Einschlafen war, schreckte mich eine von ihnen auf: »Dreh die Kassette um.«

»Was hast du gesagt?«, fragt Daniel. Ich spüre seine Hand warm im Nacken. Ich nehme sie und lege sie auf meinen kalten Bauch.

»Kann ich hierbleiben?«

»Klar.« Er zieht mich näher zu sich heran. »Du wolltest doch nicht gleich abhauen.«

»Nein, ich meine, ein paar Tage.«

»Morgen ist Weihnachten«, sagt er.

»Ist das ein Ja oder Nein?«

»Du willst mit mir Weihnachten feiern? Findest du nicht, dass wir die Dinge etwas überstürzen?«

Er lächelt, aber ich spüre, wie Irritation in mir aufsteigt. Wir kennen uns nicht, und ich will nichts von ihm, folglich gibt es keinen Grund, mich abblitzen zu lassen. »Ich habe nichts von feiern gesagt. Ich würde nur gern bleiben.« Am besten in diesem Bett, unter einem Dutzend Decken.

»Was ist mit deinen Schwestern?«

»Was immer geschieht, schlaf nicht mit Paula.«

Daniel runzelt die Stirn. »Danke für den Rat.«

Ich weiß, dass ich gehen muss. Dass ich diesen winzigen Rest Stolz oder was immer es ist in mir mobilisieren muss, um hier wegzukommen, doch inzwischen hat eine eiskalte Lähmung auch den Rest meiner Glieder erfasst. Warum können wir nicht gemeinsam hierbleiben und schlafen? Schlafen, bis an den Bäumen die ersten Knospen aufspringen und diejenigen, die uns zurückgewiesen haben, ihren Fehler einsehen und uns wieder lieben. Stattdessen schwinge ich meine Beine über den Bettrand.

»Hey.« Seine Hand umschließt warm meinen Arm. »Du kannst bleiben.«

»Du kannst mich mal.«

»Sagt die Frau, die eben noch mit mir Weihnachten feiern wollte.«

Noch nie hat es mich so wenig gekümmert, wie ich nackt aussehe. Als ich in die Hocke gehe, um meinen BH aufzuheben – grau und verwaschen, aber wenigstens mein eigener –, ziehe ich nicht einmal den Bauch ein. Ich sammele einfach meine Sachen vom Boden auf, während er mir schweigend zusieht.

»Warte«, sagt er, als ich die Hand schon auf die Türklinke gelegt habe. Er zieht die Schublade seines Nachttischs auf und holt einen Haarreifen hervor. »Nimm ihn deiner kleinen Schwester mit.«

Als ich mit dem Finger über den Reifen fahre, spüre ich die kleine Bruchstelle. »Du hast den Haarreifen meiner Schwester repariert?«

»Es war nicht so schwer. Ich habe einen besonderen Kleber.«

Ich kann es mir vorstellen: eine saubere, aufgeräumte Garage. Mit ordentlichen Regalen und einer guten, aber nicht zu grellen Beleuchtung. Silbern glänzende, nützliche Werkzeuge überall und säuberlich übereinandergestapelte Werkzeugkoffer.

»Warum hast du das gemacht?«

Er zuckt die Achseln.

»Willst du mit ihr schlafen?«

Er schüttelt den Kopf.

»Bist du ein Serienkiller? Du reparierst den Haarreifen meiner Schwester, lässt fremde Frauen in dein Bett und hast heißen Kamillentee auf deinem Nachttisch. Betreibst du eine Art Auffangstation für notleidende Frauen? Was soll das?«

»Wenn ich etwas in Ordnung bringen kann, warum sollte ich es nicht tun?«

Dieser Ansatz ist meiner Familie so fremd, dass ich nur die Achseln zucke und mich wortlos abwende.

Kapitel zwölf

Zum ersten Mal fällt mir auf, wie schön dieses Viertel ist. Die vereisten Straßen mit den Singvogelnamen glitzern im Licht der Straßenlaternen. Alles ist so perfekt, so durchdacht. Die glatt asphaltierten Wege und schnurgeraden roten Fahrradstreifen in der Morgendämmerung. Die vollkommene Harmonie, mit der sich all diese schneefrischen, wärmegedämmten Häuser in die Straßenzüge einfügen, so verheißungsvoll, als hätte man sie gerade aus knisterndem Geschenkpapier ausgepackt.

Auf einmal werden mir zwei Dinge klar. Erstens: dass ich frei bin. Zum ersten Mal in meinem Erwachsenenleben gibt es nichts, das mich in die eine oder andere Richtung ziehen würde. Kein Mann, kein Ehrgeiz, keine Gewohnheit. Nicht einmal mein Unglück, sonst ein verlässlicher Kompass meines Selbst, vermag mir Orientierung zu geben. Statt meinen Herzschmerz ins Unermessliche zu steigern, hat mir mein Anruf bei Cora nur eines gebracht: Klarheit – und Leere.

Denn die zweite Erkenntnis lautet, dass ich nichts mit dieser Freiheit anzufangen weiß. Dabei ist mir wohl bewusst, dass es Menschen gibt, die unter ähnlichen Bedingungen aufblühen würden. Wir alle kennen diese Geschichten, die am absoluten

Nullpunkt beginnen, und dann – ja, dann werden unüberwindbare Berge erklommen, unheilbare Krankheiten geheilt und revolutionäre Unternehmensideen in die Tat umgesetzt. Einen Augenblick bleibe ich vorm Gartentor stehen und lausche, ob ich den Ruf des Abenteuers vernehme, aber da ist nichts, nur Stille und das ferne Rauschen der Autobahn.

Eigentlich will ich direkt die Treppe hochschleichen, doch im Wohnzimmer brennt noch Licht.

»Na, wieder da?« Sophie liegt auf der Couch, der Laptop auf ihren Knien taucht ihr Gesicht in einen bläulichen Schimmer. Ihr Knöchel ruht ein wenig erhöht auf der Lehne. Er ist mit übertriebener Sorgfalt bandagiert. Blaue Kühlpads, Schmerztablettenpackungen und Salbentuben sind auf dem Boden verstreut. Und dann steht da auch noch ein großes Glas Milch. Die Milch schimmert bläulich und giftig.

»Was macht dein Weizen?« Es wäre besser gewesen, etwas Nettes, Mitfühlendes zu sagen, und eigentlich hatte ich das auch vor.

Sophie blickt schräg von unten zu mir auf. Das dunkelblonde, strähnige Haar fällt ihr in die Augen. Sie lächelt und nickt, als hätte sie genau das von mir erwartet: einen blöden Spruch.

»Er wächst.« Ihre Finger huschen über die Tasten.

»Und hast du irgendwelche neuen Nachbarn kennengelernt?« Ich weiß selbst nicht, woran es liegt, dass jedes Wort, das aus meinem Mund kommt, höhnisch klingt.

»Ja, einen ziemlich scharfen Nachbarn.« Sie wirft mir einen eigenartigen Blick zu.

»Ist er nett?«

Sie klappt den Laptop zu. »Er ist zwei Stufen über mir. Er hat zehn aneinander angrenzende Weizenfelder und eine Forellenzucht.«

»Klingt nach einer guten Partie.«

»Er spielt schon länger als ich.«

Ich frage mich, wie lange wir diese Konversation aufrechterhalten können, einander umschleichend und belauernd, ohne das Geringste von uns preiszugeben. Wie ich meine Schwester kenne, für immer.

»Ich glaube, er ist auf der Suche nach einem kleinen Fick.«

»Okay.« Ich kann es nicht ändern, aber dieses Wort aus dem Mund meiner kleinen Schwester – und mir ist bewusst, dass wir alle erwachsen sind – gefällt mir nicht. »Es ist sicher eine schöne Möglichkeit, Menschen in aller Welt kennenzulernen und sich auszutauschen.« Ich klinge wie meine Mutter, die versucht, ihren Kindern das Konzept eines Bordells zu erklären.

Sophie verzieht das Gesicht. Das Kühlpad ist ihr vom Fuß gerutscht, und sie schiebt es auf ihren Knöchel zurück. Ihr Handy leuchtet auf.

»Hast du ihm etwa deine Nummer gegeben«, höre ich die schrille, ängstliche Stimme meiner Mutter fragen, und mir ist klar, dass ich mich bremsen muss. »Ich meine, es ist natürlich deine Entscheidung. Aber man sollte vorsichtig sein.«

»Er macht nicht den Eindruck eines Frauenmörders«, sagt Sophie und klingt beinahe ein wenig enttäuscht. »Eher wie ein gelangweilter Familienvater, der gern fremde Frauen vögelt, die er im Internet kennengelernt hat.«

Ich lasse mich auf die Sofakante sinken. Der Weihnachtsbaum hinter uns glitzert und funkelt beinahe spöttisch in seiner bunt überladenen Harmlosigkeit. »Läuft man da nicht jeder Menge Psychopathen über den Weg?«

»Nicht mehr als in der realen Welt.«

Eine Weile sitzen wir schweigend nebeneinander, während Sophie mich ignoriert. Im Sekundentakt schwirren neue Nachrichten auf ihr Handy, und ungefähr in derselben Geschwindigkeit rasen die Horrorszenarien durch meinen Kopf: Sophie im knappen Jeansrock an der Autobahnraststelle. Der Tresen einer zwielichtigen Bar mit einer barbusigen, sich um die Stange windenden Frau. Eine düstere Holzhütte am Waldrand.

»Bitte, triff dich nicht allein mit ihm«, sage ich. »Wähl einen öffentlichen Ort.« Es ist eher ein Stoßgebet als ein ernstgemeinter Rat, und ich kann verstehen, dass sie nicht reagiert. »Tut mir leid, was heute passiert ist«, sage ich. Sie zuckt nur die Achseln.

Es ist klar, dass wir so nicht weiterkommen. Ich erinnere mich, wie ich früher, in einem meiner seltenen Verschwesterungsversuche, in ihr Zimmer kam. Vermutlich weil Lucy mich mal wieder bis aufs Blut gequält und Paula entschieden hatte, neutral zu bleiben. Im ständigen Frontenwechsel hielt ich es für klug, Sophie auf meine Seite zu ziehen. Auch wenn sie zu klein war, um wirklich zu zählen. Aber ich investierte eben in die Zukunft; eine ferne Zukunft, in der ihre Stimme Gewicht haben würde.

Doch schon wenn ich mich auf ihre Bettkante hockte, wusste ich, dass es vergeblich war. Sophie blickte nicht auf, sondern kritzelte weiter in einer ihrer düsteren Zeichnungen herum und summte tonlos vor sich hin. Um meine Verlegenheit zu überspielen, begann ich mich demonstrativ im Zimmer umzuschauen. Ich betrachtete das schwere Holzkreuz über ihrem Bett, die selbstgemalten Kreuzigungsbilder an den Wänden, zwischen denen – sehr irritierend – ein grellbuntes Madonna-Poster hing, und machte Konversation. Zumindest das, was in diesem Alter als Konversation durchging. Ich sprach über eine Serienfigur in Melrose Place, die wir alle hassten, über die furchtbare Frisur unserer Turnlehrerin und zählte die Minuten, bis ich mich wieder verziehen konnte, ohne dass es zu sehr nach Flucht aussah.

»Was macht man eigentlich als Junior Producerin?«

»Kannst du nicht einfach abhauen?« Sophie klingt nicht einmal sonderlich verärgert.

»Aber es interessiert mich.« Wenn man schon lügt, ist es wichtig, die Lüge emphatisch zu wiederholen, um sie glaubwürdiger zu machen.

»Du weißt doch schon alles über mich.«

»Wenn das so wäre, würde ich wohl kaum fragen.«

Zum ersten Mal blickt Sophie von ihrem Handy auf. »Ich lebe in einer großen unmöblierten Wohnung mit kahlen Wänden, zusammen mit den dreizehn abonnierten YouTube-Kanälen und meiner virtuellen Katze, und öffne nicht einmal dem Postboten die Tür.«

»So denke ich nicht über dich.« Tatsächlich hat sie den Nagel so ziemlich auf den Kopf getroffen.

Sophie spricht weiter, als hätte sie meinen Einwand gar nicht gehört. »Weil für dich unvorstellbar ist, dass ich klarkomme. Mit Christian. Mit seiner Frau. Mit den Chlamydien. Und mit der Scheiße, die ich Tag für Tag irgendwem erzählen muss, weil Christian nicht den Mumm hat, es selbst zu tun. Das macht mir nichts aus. Hätte ich einen Mann und Kinder, würde ich auch jeden Tag irgendwem Scheiße erzählen müssen. Ich würde den Lehrern erzählen, dass mein Kind eigentlich hochbegabt ist, aber ADHS hat. Und dass mein Mann nicht befördert wird, weil der Chef etwas gegen ihn hat. Mir reicht es, wenn ich das in meinem Job machen muss.«

Ich sehe diese bittere junge Frau vor mir, und ich könnte schwören, dass ich sie noch nie in meinem Leben getroffen habe.

»Tatsache ist, ich mag meinen Job, meine Wohnung. Ich habe sogar Freunde. Ich bin nicht der glücklichste Mensch der Welt und ganz sicher nicht der unglücklichste. Wahrscheinlich ist es reiner Zufall, dass ihr nicht vor meiner Tür standet, um mein Leben in Ordnung zu bringen. Sonst wäre ich jetzt richtig im Arsch.« Sie lacht. »Das wäre schon ein Witz. Dabei konntet ihr mich doch schon als Kind nicht leiden.«

»Das ist nicht wahr.«

»Ich bitte dich, ich musste fast meine ganze Freizeit bei Omama verbringen, weil ihr gejammert habt, ich wäre euch unheimlich.«

Aus den schlammigen Untiefen meines Gedächtnisses treibt ein Bild nach oben. Es ist Sommer. Lucy, ich und Paula sitzen unterm Kirschbaum auf der Wiese um Sophie herum. Wir schmeicheln ihr, knüpfen Gänseblümchenketten und hängen sie ihr um den Hals. Und das sonst so mausgraue Kind saugt alle Zuwendung gierig in sich auf. Ihre Wangen glühen, so berauscht ist sie von ein bisschen Aufmerksamkeit:

– Jetzt erzähl es uns schon, Sophie.
– Was hast du gesehen?
– Wir sind doch Schwestern.
– Vor seinen großen Schwestern hat man keine Geheimnisse.

Ich habe ihn noch heute im Ohr, unseren verschlagenen Singsang. Kichernd presste Sophie die Lippen zusammen und schüttelte den Kopf, während wir sie unter ihrem weichen Doppelkinn kitzelten und aufgerollte Lakritzschnecken vor ihrem Gesicht hin und her pendeln ließen.

– »Jetzt sag schon, was hast du gesehen?«
– »Papa.«
– »Was ist mit Papa?«

– »Was hat er gemacht?«
– »Etwas Verbotenes?«
– »Hat er dir gesagt, dass du es nicht weitererzählen darfst?«
– »Nicht einmal Mama?«
– »Hat er etwas gestohlen?«
– »Jemanden geschlagen?«

Es war ein Spiel. Wenn wir zusammenarbeiteten, waren wir ziemlich gut darin, Leuten Geheimnisse zu entlocken. Auch unsere Freundinnen nahmen wir gern in die Zange: Wer hatte wen auf der Party abgeschleppt? Hatten sie in einem Bett geschlafen? Wie weit waren sie gegangen? Das war die verblüffende Erkenntnis dieses Sommers. Wenn wir uns mal nicht mit Kleinkriegen gegeneinander aufhielten, sondern uns zusammentaten und verbündeten, konnten wir fast alles erreichen.

Um fair zu sein: Sophie hielt länger aus als die meisten anderen. Wäre sie nur ein wenig älter gewesen und nicht ganz so einsam, hätte sie ihr Geheimnis bewahrt. Aber am Ende knickte sie ein.

»Hier«, sage ich und halte Sophie den Haarreifen hin. »Den hat Daniel für dich repariert.«

»Daniel?« Sophie streckt die Hand aus. »Warum repariert er meinen Haarreifen?«

Warum müssen wir alle so sein?, denke ich. Warum können wir das Gute, das uns im Leben wiederfährt, nicht einfach akzeptieren? »Er hat einen guten Kleber.«

»Hast du mit ihm geschlafen?«

Die Kälte in ihrer Stimme erschreckt mich so, dass ich zu heftig reagiere: »Meine Güte, nein!«

»Also doch.«

Mein Versuch, das Ganze mit einem Lachen abzutun, bleibt eher symbolisch, wie das Hi-hi-hi in einer Comicblase. »Warum sollte ich mit dem Mann schlafen, den ich mit meiner Schwester verkuppeln will?«

»Keine Ahnung.« Sie wirft mir einen kurzen, ziemlich gnadenlosen Blick zu. »Ich schätze, du weißt selbst die Hälfte der Zeit nicht, warum du irgendetwas tust.«

»Was macht ihr denn noch hier?« Lucy bleibt im Türrahmen stehen, um uns die Gelegenheit zu geben, sie zu bewundern. Sie hat die Zeit genutzt, sich wieder »frisch zu machen«, wie sie es ausdrücken würde. Was immer sie angestellt hat – ich tippe auf eine Kombination aus Schaumbad, Crememaske und Eiswürfeln auf den Augenlidern –, es hat funktioniert. Sie trägt einen luftigen seidenen Morgenmantel und strahlt von neuem jene Art unangestrengter Makellosigkeit aus, für die ich sie umbringen könnte. Nicht einmal die Weinflasche, die sie in der Hand schlenkert, ändert etwas daran. »Es ist sechs Uhr«, sagt Lucy.

Sophie liest eine Nachricht auf ihrem Handy. »Oh, ist das nicht süß? Er hätte gern ein Nacktbild von mir. Wenn es mir nichts ausmacht. Höfliche Männer sind so selten.«

»Wer ist das?« Lucy schwankt ein wenig, als sie den Raum durchquert.

»Ihr Großgrundbesitzer und Fickfreund aus dem Internet«, sage ich.

Sophie runzelt die Stirn. »Red nicht so über deinen Schwager.«

Am erschreckendsten ist, wie sehr sie das Ganze genießt. Ihr Lächeln ist reines Gift, und ich weiß, woher sie es hat. Sie ist die böse Vivien Leigh. Die Augenlider halb geschlossen. Mein Vater wäre stolz auf sie.

»Das ist Matthias, der dir die ganze Zeit geschrieben hat?« Ich hasse es, dass ich ihr diese Pointe nicht vermassele, aber ich brauche Gewissheit.

»Ja, anscheinend kann er auch nicht schlafen. Ich glaube, er hat Eheprobleme. Bei Beziehungsstatus hat er geschrieben, es sei kompliziert.«

»Was ist hier eigentlich los?« Lucys Tonfall klingt streng und autoritär. Sie hasst nichts so sehr, wie überrumpelt zu werden.

Wie zum Hohn sirrt und plingt Sophies Handy. Und es ist das erste Mal, dass ich Matthias wirklich hasse. Vorher war ich wütend auf ihn, in diesem Moment jedoch könnte ich ihn erwürgen. Nicht einmal wegen irgendwelcher moralischer Erwägungen, sondern einfach weil er so verdammt blöd ist. »Du hast ihn in die Falle gelockt.«

Sophie lächelt. »Das war nicht so schwer.« Sie weist auf ihr Handy. »Ich wette, so lernt er Frauen kennen. Nur ein harmloses Internetspiel. Nicht schlimm, wenn man dabei erwischt wird. Man hat ja nur einen Steinzeitbauernhof bewirtschaftet. Wie niedlich.«

Lucy und ich wechseln einen Blick, und auch wenn wir uns nicht besonders nahestehen, glaube ich, dass wir im Moment dasselbe empfinden – die überwältigende Hoffnungslosigkeit des Ganzen. Wir haben uns verschätzt. Eine Affäre ist eben kein Unfall. Eine einmalige Kombination ungünstiger Umstände, die einen eigentlich guten Kerl dazu bringt, einen Fehler zu begehen. Die Gleichung ist viel ernüchternder: Matthias ist ein Fremdgeher, und die Welt ist voller Frauen.

»Wirklich süß«, sagt Sophie. »Ich habe gerade mein Intimpiercing erwähnt, und er hat mir einen Smiley geschickt. Ich nehme das als gutes Zeichen.«

»Was hast du jetzt vor?«, fragt Lucy.

»Es Paula erzählen natürlich.« Sie klingt beinahe überrascht.

»Was?«, frage ich. »Von den nackten Frauen, den Bildern, den SMS? Das wird ihre Ehe zerstören.«

»Das ist sie doch schon. Ich überbringe nur die Nachricht. Irgendwann erfährt sie es sowieso. Dann doch besser von ihrer Schwester.«

Ein Zittern durchläuft Lucys Körper, und ihr Oberlid zuckt. Ich brauche einen Moment, um zu begreifen, dass es kein epileptischer Anfall ist, der sie erbeben lässt, sondern rechtschaffener Zorn. »Erzähl doch keinen Scheiß. Es geht dir nicht um die Wahrheit. Du willst dich bloß rächen.«

»An Paula? Wieso gerade Paula?« Ich verstehe die Welt nicht mehr.

»Du kapierst es nicht.« Lucy führt die Weißweinflasche an ihre Lippen, lässt sie dann aber sinken. »Es ist ihr völlig egal, wer von uns es ist. Es ist Paula, weil sie etwas gegen Paula in der Hand hat. Deswegen ist sie überhaupt mitgekommen.«

Das letzte Mal, als ich Lucy so ehrlich empört erlebt habe, hatte meine Mutter gerade ihre Designerjeans mit den kunstvoll eingelassenen Rissen der Caritas gespendet. »Vergiss nicht, ich habe immer noch die Nummer eines gewissen Hotels.«

Es wäre zu schön, wenn sich diese Sache mit einer von Lucys altmodischen Erpressungen einfach aus der Welt schaffen ließe. Einen Moment lang erfüllt mich der Gedanke mit Nostalgie, doch tief in meinem Herzen weiß ich, dass die alte Ordnung nicht mehr gilt. Sophie zuckt die Achseln.

»Mach doch. Ist mir egal.«

Und wieder einmal wird mir bewusst, wie gefährlich unglückliche Menschen sind.

»Du willst eine Familie zerstören? Zu Weihnachten?« Ich spreche Weihnachten normalerweise nie so aus, mit Schmalz in der Stimme und bedeutungsschwerer Betonung auf der ersten Silbe, aber Sophie zwingt mich dazu. »Wann willst du es ihnen sagen, vor der Bescherung oder danach?«

Sophie zuckt die Achseln. »Ich dachte später. Wenn wir alle am Kamin sitzen und uns gegenseitig dazu gratulieren, was für eine tolle Familie wir sind. Aber wenn euch das lieber ist, kann ich die Sache schon jetzt aufklären.«

Sie hat noch nicht mal einen Finger gerührt, da sind Lucy und ich schon neben und auf ihr. Da Sophie schon auf dem Sofa sitzt, müssen wir sie glücklicherweise nicht zu Boden ringen. Ich nehme sie in den Schwitzkasten, während Lucy versucht, ihr das Handy aus der Faust zu winden. Sophie wehrt sich nach Kräften. Ich spüre ihren heißen Atem an meinem Unterarm, dann plötzlich einen scharfen Schmerz.

»Du hast mich gebissen!«

»Was macht ihr denn da?« Paula steht im Nachthemd in der Tür und lächelt verwirrt.

»Wir hatten nur einen kleinen Streit«, sagt Lucy.

»Worüber?«

Es ist ein seltsames Gefühl, mit über dreißig von seiner ebenfalls ziemlich ausgewachsenen Schwester gebissen zu werden. Gleichzeitig erinnere ich mich, dass Sophies Gebiss schon immer ihre beste Waffe war. Kleine spitze Zähne, gepaart mit völliger Skrupellosigkeit. »Es ging um die Weihnachtsdekoration.« Die Idee kommt mir, weil mein Blick, während ich mir den Handrücken reibe, auf den Weihnachtsbaum fällt. Wäre er ein wenig nach rechts zum angrenzenden CD-Regal geglitten, hätte ich vermutlich Maximilian Hecker gesagt. »Ich finde, da sind nicht genug Lichterketten dran.«

»Das sehe ich genauso«, sagt Lucy.

Paula tritt prüfend einen Schritt zurück. »Findet ihr?«

»Eigentlich ging es um etwas anderes«, sagt Sophie. Doch schon beugt sich Lucy über sie und legt ihr ihre feingliedrige, manikürte Hand auf den Knöchel. »Sophie vertritt da einen eher nostalgischen Standpunkt. Sie hätte lieber echte Kerzen. Aus Wachs.«

»Das verstehe ich.« Paula seufzt. »Natürlich ist das schöner. Wie früher.« Der Gedanke an einen mit Wachskerzen geschmückten Weihnachtsbaum treibt ihr tatsächlich die Tränen in die Augen. Man möchte sie am liebsten bei den Schultern packen und schütteln. Diese Frau steht am Rande eines Abgrunds und macht sich Sorgen um die Beleuchtung. »Aber dann muss man den ganzen Abend mit dem Wassereimer danebenstehen.«

»Das haben wir auch gesagt.« Lucys Hand schraubt sich fester um Sophies Knöchel. »Und Sophie hat es eingesehen.«

Sophie macht den Mund auf, da beginnt Paula plötzlich zu schluchzen, so sehr, dass sie kaum noch reden kann. »Es ist nur so schön«, bringt sie schließlich hervor. »Euch alle wieder im Haus zu haben. Es ist so lange her. Ich wünschte, Mama und Papa wären hier.«

Ein großartiger Gedanke. Wäre ich nicht ziemlich sicher, dass mein Vater in einer feuerfesten Urne irgendwo auf einem brandenburgischen Dorffriedhof begraben liegt, hielte ich das für eine durchaus denkbare Entwicklung des Tages. Mein Vater, der mit einer Familienpackung Vitamintabletten vor der Tür steht und uns fragt, warum wir uns noch nicht fortgepflanzt haben.

»Das ist das schönste Weihnachtsfest überhaupt«, sagt Paula. Dann umarmt sie uns nacheinander. Und als ich ihre Arme um meinen Hals spüre, zuckt in meinem Kopf unaufhörlich ein grellroter Panikbutton auf: *Ich muss hier weg, ich muss hier weg.*

»Tut mir leid, ich muss los. Ich … Ich muss jetzt diese Lichterkette besorgen. Es lässt mir einfach keine Ruhe.«

Paula nickt, als hätte ich gerade eine tiefere Wahrheit verstanden. »Manchmal will man eben, dass alles perfekt ist.«

Ich nehme mir vor, mir diesen verständnisvollen Blick einzuprägen. Er wird vorhalten müssen für die Wochen, Monate oder möglicherweise Jahre, in denen meine Schwester nicht mit mir sprechen wird, weil ich sie am schlimmsten Tag ihres Lebens im Stich gelassen habe. Es tut mir leid, und sosehr ich mich dafür verachte, kann ich dennoch nicht dableiben und zusehen, wie die Bombe explodiert und alles zusammenbricht. Nicht zum zweiten Mal.

Kapitel dreizehn

Ich habe schon immer geglaubt, dass die Orte, an denen wir uns aufhalten, mehr über uns aussagen als die Menschen, mit denen wir uns umgeben. Und wer um acht Uhr morgens am Heiligabend in einer Bahnhofskneipe sitzt, hat einiges zu erklären. Was wohl der Grund ist, warum die meisten Gäste hier entweder in ihr Bierglas starren oder auf einen unsichtbaren Punkt an der Wand.

Da ist eine alte Frau, die einen fleckigen Topflappen häkelt, und ein paar graugesichtige, Skat kloppende Junggesellen hocken auch in der Ecke. Eine andere Frau ist ständig damit beschäftigt, die Träger ihrer verschiedenen Unterhemden zu sortieren. Und direkt neben mir sitzt ein Mann, vor dem ein in Zeitungspapier eingewickelter Fisch liegt. Das Blut suppt langsam durchs Papier auf den Tresen. Zu seinen Füßen liegt ein weißhaariger Hund mit wehmütig verschwimmendem Blick, die Schnauze auf die Pfoten gelegt. Ab und zu hebt er lauschend den Kopf, als hätte er den Ruf aus einer besseren Ferne vernommen.

Ich muss keine Angst haben, dass man mich mit diesen Leuten verwechseln könnte. Denn es ist offensichtlich, dass ich nicht zu ihnen gehöre. Ich bin nur hier, weil es draußen hagelt und die Kneipe der einzige Ort am Bahnhof ist, der rund um die Uhr geöffnet hat. Mein Zug nach Berlin geht in einer Stunde. Gut, genau genommen geht der Zug nicht direkt nach Berlin, sondern in die nächstgrößere Stadt, von der aus die geringfügige Chance besteht, nach Berlin zu gelangen, aber das kommt auf dasselbe raus. Ich bin auf der Durchreise, und mir ist wichtig, dass die einzige Person in dieser Kneipe, auf deren Meinung ich Wert lege – eine ungefähr zwanzigjährige Tresenkraft namens Mieke –, das auch weiß.

Ich bestelle einen Milchkaffee, und falls es eine ironische Art gibt, einen Milchkaffee zu bestellen, dann tue ich das.

Ich weiß nicht, warum mich dieser Ort so nervös macht. Als ich noch für Zeitungen schrieb, hätte ich ihn toll gefunden: atmosphärisch, nostalgisch, authentisch – und all die anderen Vokabeln, die man benutzt, um seine krankhafte Gefühlskälte zu verbergen. Ich hätte meinen Notizblock hervorgezogen und festgehalten, dass noch immer ein schaler Geruch nach Zigarettenrauch in der Luft hängt, obwohl auch hier seit Jahren nicht mehr geraucht wird. Ich hätte beschrieben, dass sich der Linoleumboden unter den Sohlen klebrig anfühlt und dass die schwarzweißen Stadtbilder an den Wänden von der glorreichen Ära der Textilfabrikanten zeugen.

Das einzige Zugeständnis an die Jahreszeit sind eine blinkende, verstaubte Lichterkette, die alle paar Sekunden erlischt, um dann wieder hektisch aufzuleuchten, und ein mechanischer Weihnachtsmann. Jedes Mal, wenn eine Tür zuschlägt oder ein Glas zu heftig auf den Tresen geknallt wird, bricht er in irres Gelächter aus und fängt an, die Hüften zu schwingen: »Ho, ho, ho! Merry Christmas!« Vielleicht wäre aus diesem Stimmungsbild eine Reportage entstanden, für die ich natürlich nie einen Abnehmer gefunden hätte und der ich einen Titel gegeben hätte wie »Endstation Weihnacht« oder »Einsame Nacht«. Keine

Ahnung, warum ich heute ständig ans Schreiben denken muss. Ich schreibe schon so lange nicht mehr, dass ich sogar aufgehört habe, es zu vermissen.

»Frohe Weihnachten«, sagt Mieke mit einem warmen, leider völlig unironischen Lächeln und stellt einen Milchkaffee vor mich hin.

Das Handy summt in meiner Tasche. Es ist Lars. Seit ungefähr sechs Uhr versucht er, mich zu erreichen. Alle zwanzig Minuten ruft er an, und ich klicke seine Anrufe weg. So viel Kommunikation hat es im gesamten letzten Monat nicht zwischen uns gegeben. Auf einmal erscheint es mir sehr verführerisch abzuheben.

Was wäre, wenn er mich deswegen so verzweifelt zu erreichen versucht, weil er ein großes Missverständnis aufklären will? Vielleicht gibt es ja eine ganz harmlose Erklärung für Coras Anwesenheit in meinem Bett (»Eine irre Geschichte, du wirst sie mir kaum glauben.«). Und natürlich würde ich sie ihm zunächst nicht glauben, bis Cora anriefe, um sie mir unter Tränen zu bestätigen (»Es ist wirklich wahr. Ich schwöre es! Und überhaupt: Ihr seid ein tolles Paar. Nie würde ich euch auseinanderbringen wollen.«).

Was, wenn alles, was gerade noch mein Leben zu ruinieren drohte, sich im Nachhinein als absurdes, aber letztlich herzerfrischendes Missverständnis herausstellen würde, über das wir uns eines Tages kaputtlachen werden und von dem wir rückblickend feststellen, dass es unsere Beziehung nur inniger hat werden lassen? Ich fürchte, man merkt mir an, dass ich einen Großteil meiner Vorstellungen vom Leben aus Screwball-Komödien der fünfziger Jahre bezogen habe, aber sei's drum. Vielleicht gibt es sogar ein Happy End: »Und jetzt«, wird Lars zu mir sagen, während ich mich lächelnd an ihn kuschle, »wo wir das alles miteinander durchgestanden haben, diesen ganzen Wahnsinn« – an dieser Stelle brechen wir beide in herzhaftes Lachen aus –, »sind wir bereit für ein Baby. Was denkst du?« Und ich jauchze, denn in dieser Version der Geschichte bin ich die Art Frau, die der Gedanke an eigene Kinder nicht in Panik versetzt, sondern vor Glück aufjauchzen lässt, und hänge mich direkt ans Telefon, um die frohe Nachricht meiner neuen besten Freundin Cora zu verkünden, die sich wahnsinnig für mich freut und, wie es der Zufall will, auch gerade im Bett liegt mit ihrem neuen Freund – denn wir haben sie mit Karl verkuppelt, Lars' ewigem Singlefreund vom Handball. Und Jahre später gehen unsere Töchter in denselben Kindergarten und werden ebenfalls beste Freundinnen.

Ich schalte mein Handy aus. Mein Handrücken brennt. Die Haut um die Zahnabdrücke ist feuerrot geworden. Ob sich die Wunde entzündet hat? Irgendwo habe ich mal gelesen, dass nichts so gefährlich ist wie ein Menschenbiss.

»Kann ich ein Bier haben?«

Mieke nickt, als hätte sie sich das schon gedacht. Ein Zug donnert durch den Bahnhof. Der Tresen vibriert, der kleine Löffel klirrt auf der Untertasse, und einen Moment lang fühlt es sich an, als würde der Sog alles mitreißen, all die Jammergestalten am Tresen. Der Mann mit dem Fisch dreht sich zu mir um. Sein Gesicht ist von wütenden Adern durchzogen. Das verfilzte Haar wuchert ihm über die Augen, und er riecht nicht besonders gut. Aber das tue ich auch nicht: Ich habe seit gestern nicht geduscht, mein Haar ist fettig, Glühweinspritzer sprenkeln meine Bluse, und vermutlich verströme ich einen durchdringenden Geruch nach Schweiß und Sex.

»Hey«, sagt er. »Frohe Weihnachten.« Er verzieht das Gesicht zu etwas, das wie ein Lächeln aussieht und dann plötzlich erstirbt. »Wo sind deine Kinder?« Er sieht sich suchend um, als wären sie nur eben unter den Tresen gekrabbelt.

»Ich hab keine Kinder.«

»Wie meinst du das, du hast keine Kinder?«

Mieke stellt sanft das Bier vor mir ab. Wahrscheinlich achtet sie darauf, nicht den Mechanismus des tanzenden Weihnachtsmanns auszulösen. Trotzdem läuft Schaum über den Rand. »Das geht dich doch gar nichts an, Jürgen.«

Sofort richtet er seinen Blick auf sie. »Und was ist mit dir?«

»Ich bin erst achtzehn«, sagt Mieke. »Ich gehe noch zur Schule.«

»Und?«, herrscht er sie an.

Lächelnd verdrehe ich die Augen. Darauf muss sie einfach einsteigen. Sie lächelt mich an, aber ihr Lächeln ist taktvoll, mitfühlend und warm, und plötzlich weiß ich, woran das liegt: Ich habe keinen Koffer dabei und habe offensichtlich seit einer Weile nicht mehr geduscht. Ich sehe nicht aus wie jemand, der auf der Durchreise ist, sondern wie jemand, der genau hierhin gehört.

»Warum habt ihr alle keine Kinder?« Jürgens Stimme ist lauter geworden. Der Hund zu seinen Füßen hebt den Kopf, ein sanfter Tadel in seinen braunen Augen. »Das ist ein beschissenes Problem. Wusch-wusch durch die Weltgeschichte. Und auf einmal ist der Ofen aus, und dann geht das große Gejammer los.« Er mustert mich unter finster zusammengezogenen Augenbrauen. »Und nur damit ihr alle mit euren schicken kleinen« – sein Blick gleitet auf der Suche nach irgendwelchen stylischen Accessoires ergebnislos an mir ab – »Handys in euren überteuerten Bruchbuden sitzen und eure Eier einfrieren lassen könnt.«

»Mieke, bringst du mir meine Eier?«, ruft eine raue, müde Frauenstimme vom anderen Ende des Tresens. »Sie müssen irgendwo bei euch im Tiefkühlfach liegen. Schau mal neben den Fischstäbchen nach.« Sie lacht röhrend. »Hey Mia.« Liliane tätschelt den Hocker neben sich. »Setz dich zu mir und trink was mit mir.« Vor ihr steht ein Glas mit einer schaumig weißen Flüssigkeit, die an Schneematsch erinnert.

»Hey Liliane.« Man muss eine Frau einfach mögen, die am Morgen des Heiligen Abends in einer Bahnhofskneipe Alkoholmischgetränke in sich hineinkippt. Sie trägt über ihren Leggins einen knappen Jeansrock und kniehohe Stiefel. Man merkt ihr an, dass ihr das Rauchen fehlt. Neben ihr auf dem Tresen liegt eine in eine Million winzige Fetzen gerissene Serviette.

»Da bist du also«, sagt sie und klingt ein wenig gekränkt, als wäre ich ihre chronisch unzuverlässige beste Freundin, die sie mal wieder eine Stunde hat warten lassen.

»Ich wollte eben nur kurz … Lichterketten holen.«

Unwillkürlich blicken wir beide auf die blinkende Lichterkette auf dem Tresen, die wie aufs Stichwort gerade wieder aufleuchtet. »Schnapp sie dir«, sagt Liliane. »Ich lenke Mieke ab, damit du Zeit hast abzuhauen.«

Mieke kichert. »Lilianc, du bist wirklich unmöglich.« Sie stopft ein Geschirrtuch in ein Wasserglas und wendet uns kopfschüttelnd den Rücken zu.

Liliane starrt in ihr Glas: »Meike Köhler, Spitzname Mieke. Die Kneipe hat ihrem Großvater gehört. Der hat sich allerdings vor sieben Jahren zu Tode gesoffen. Sie wird jetzt von ihrem Vater geführt. Aber der liegt mit Blinddarmentzündung im Krankenhaus. Deswegen springt sie über die Feiertage ein.« Sie rattert das alles mit tonloser Stimme herunter, als würde irgendwo in ihrem Innern ein Tonband abgespult.

Ich nicke, und zum ersten Mal wird mir bewusst, dass ich nichts von ihr weiß: keinen Beruf, keine Geschichte, keinen

Skandal. An einen einzigen Vorfall aus der Schulzeit erinnere ich mich. Damals löste sie einen riesigen Wirbel aus, als sie als frühpubertierende Elfjährige plötzlich anfing, nur noch in schwarzen Leder-Hotpants herumzulaufen. Es wurde sogar eine Konferenz einberufen. Die Eltern regten sich auf – bei all den Kinderschändern da draußen. Beim Elternsprechtag tauchte ihre Mutter mit vier heulenden, schniefnasigen Kleinkindern auf, die sie den Lehrern abwechselnd in den Arm drückte. Am Ende wurde im Kollegium beschlossen, das Thema ruhen zu lassen. Und das war's. In einer Zeit gläserner Lebensläufe hat Liliane irgendwie das Kunststück vollbracht, unsichtbar zu bleiben.

Mit dem Strohhalm zerhackt Liliane die Eistrümmer in ihrem Glas. »Wie geht's deiner Schwester?«

Ich könnte schwören, dass es widerwillig zuckt um ihre Mundwinkel. Ich glaube, es gibt zwei Lilianes. Die eine Frau, die ungestört ihren Cocktail schlürfen und ihre Ruhe haben will. Und die andere, die Süchtige, die ihre Großmutter töten würde, um an Informationen zu kommen.

»Ganz gut«, sage ich.

Der Mann mit dem Hund am anderen Ende hat sein Bierglas in einem Zug geleert und knallt es auf den Tresen. Sofort fängt der Weihnachtsmann an zu lärmen und sich in der Hüfte zu wiegen: »Ho, ho, ho! Merry Christmas!«

Aus irgendeinem Grund hat das eine ernüchternde Wirkung auf mich. »Kannst du mir etwas über die Frau erzählen, mit der mein Schwager geschlafen hat?«

»Es ist also wahr?«

»Ich fürchte, ja.« In meinem leeren Magen rumort es, und ich nehme einen Schluck von meinem lauwarmen Bier. »Weißt du irgendetwas über sie? Wie ist sie so?«

Liliane seufzt. »Die Frau heißt Nina Werning. Ist vor kurzem von ihrem Mann verlassen worden. Zwei kleine Kinder. Im Moment ist sie damit beschäftigt, sich neu zu erfinden. Belegt Erwachsenenbildungskurse, trifft sich mit verschiedenen Männern. Ihre Stelle in der Bank hat sie gekündigt und macht einen Fernlehrgang als Landschaftsgärtnerin.«

Ich muss an die Zeit denken, nachdem Tom sich von Paula getrennt hatte, und daran, wie durcheinander sie war. Ich weiß noch, dass wir uns fragten, wie irgendein fremder Mann das aushalten sollte, wenn selbst wir, ihre Schwestern, es kaum ertrugen. Doch Matthias nahm uns Stück für Stück die Sorgen. Wie Paula uns später hingerissen am Telefon erzählte: »Er sagt mir, dass er mich liebt, manchmal zehnmal am Tag, und wenn ich ihn immer wieder danach frage, ist er überhaupt nicht sauer. Er sagt es mir einfach noch mal.«

Damals hielt ich Matthias für einen Heiligen. Oder für jemanden, der seine letzte Freundin so mies behandelt hatte, dass er nun dringend darauf angewiesen war, sein Beziehungs-Karma aufzubessern. In Wahrheit hätte ich misstrauisch werden sollen: Was, wenn ihm gerade das gefiel? Wenn eine durchgedrehte, verunsicherte Frau genau das war, was er suchte? Ich hätte überlegen sollen, was das für die Zukunftsperspektive ihrer Ehe bedeutete. Denn diese Frau war Paula heute nicht mehr. Sophie hatte mehr Ähnlichkeit mit dieser Frau als die heutige Paula. Kein Wunder, dass er ständig mit ihr chattete. War das etwas typisch Männliches, dieses unstillbare Interesse am Dysfunktionalen? Reparierten sie gern kaputte Dinge und verloren das Interesse, sobald sie wieder funktionierten?

»Meinst du, es ist etwas Ernstes, oder geht es nur um Sex?«

Liliane schnaubt. »Das könnte man auch bei einer Ehe fragen: Ist es was Ernstes, oder geht es nur um Steuervorteile?«

Eine Weile trinken wir schweigend. Ich sollte ein Zugticket lösen. Außerdem sollte ich Geraldine anrufen und sie vorwarnen. Sie würde am Heiligabend sicher ungern von mir vorm Fernseher mit einer Tiefkühlpizza erwischt werden.

»Wie sieht es denn bei dir aus?«, fragt sie beinahe mürrisch. »Was macht die Liebe?«

»Über solche Sachen rede ich normalerweise nur mit meinem Zahnarzt.«

»Dann tu so, als wäre ich dein Zahnarzt. Du warst doch mal mit diesem Typen zusammen. Diesem …« Sie schnipst mit den Fingern. Doch obwohl ich keine Anstalten mache, ihr zu helfen, hält sie mir gebieterisch die Hand vor die Nase. »Nein, sag es mir nicht – Peter Flasse.« Sie lacht. »Der dich beim Abiball hat sitzenlassen.«

»Ist es nicht furchtbar, sich alles zu merken?«, frage ich.

»Du hast ja keine Ahnung.« Liliane stöhnt. »Ich hab ein …« Sie tippt sich an den Kopf. »Wie heißt das?«

»Eine Meise«, grölt der Typ mit dem Hund.

»… ein fotografisches Gedächtnis.« Sie grinst, und irgendwie, finde ich, wirkt sie im Moment überhaupt nicht wie jemand mit einem fotografischen Gedächtnis. »Ich kann nicht schlafen deswegen. Mein Hirn arbeitet ständig auf Hochtouren.« Sie seufzt, doch im nächsten Moment grinst sie wieder. »Mit dir möchte ich allerdings auch nicht tauschen. Alle Männer, in die du je verliebt warst, haben dich verlassen. Ein Trend, der vermutlich bis heute anhält, oder warum sitzt du hier?«

»Danke, jetzt fühle ich mich viel besser.«

»Hey, immerhin gibt's ja noch den hübschen Iren.«

Eine Gänsehaut kriecht über meinen Unterarm. Wenn es hoch kommt, liegt der Sex mit Daniel fünf Stunden zurück. Und das kann sie unmöglich wissen – es sei denn, Daniel hat sich direkt um drei Uhr nachts, nachdem ich mich aus den Laken gewälzt habe, ans Telefon gehängt, um Liliane, die er meines Wissens nicht kennt, alles zu berichten.

»Woher weißt du das?«

»Michi hat euch auf dem Weihnachtsmarkt gesehen. Paula und Daniel haben sich unterm Mistelzweig geküsst, meinte er, und du hast sie angeschaut, als müsstest du gleich kotzen.« Wieder einmal wird mir bewusst, wie hoffnungslos verloren die Menschheit ist. Ich wollte, dass Michi meine Schwester dabei beobachtet, wie sie Daniel küsst, während er in Wahrheit mich beobachtete, wie ich Paula beobachtete.

»Du kennst Michi?«, frage ich und rechne mit einem müden Augenrollen.

»Wir sind verheiratet.«

»Du bist mit Michi verheiratet? Dem Fußballtrainer?«

»Seit sieben Jahren.« Sie schüttelt ein wenig gekränkt den Kopf. »Wieso weiß das eigentlich kein Mensch?«

»Gibt es irgendetwas, das ich über ihn wissen müsste?«

»Über Michi?«

»Über Daniel.«

Sie runzelt die Stirn, und ich kann förmlich hören, wie die Datenströme durch ihr Gehirn rauschen. »Meine Verbindungen ins Ausland sind nicht besonders gut. Er ist der Sohn von Meera McCullers. Als Siebzehnjährige ist sie durch Europa gereist, hat sich mit Jobben über Wasser gehalten. Ihre Tante hat in der Textilfirma als Sekretärin gearbeitet und ihr hier einen Job am Band vermittelt. Dort hat sie sich in einen der leitenden Angestellten verliebt, Wieschörster. Die Ehe war nicht besonders glücklich, deswegen nur ein Sohn. Nach dem Tod ihres Mannes hat sie Daniel genommen und ist mit ihm zurück nach Irland gegangen.«

»Okay. Und was weißt du über ihn?«

»Zweiunddreißig Jahre alt, Anwalt, irgendwas mit internationalem Immobilienrecht.«

»Im Ernst?«

Sie lacht. »Was willst du eigentlich wissen? Ob du ihn magst? Ob du was mit ihm anfangen sollst?«

Ehrlich gesagt ist es exakt das, was ich wissen will.

»Wenn du meinen Rat hören willst: Lass es sein. Das ist zu kompliziert. Ich halte dich nicht für beziehungsfähig.«

Zum ersten Mal empfinde ich so etwas wie ein Triumphgefühl, denn ich kann ihr das Gegenteil beweisen: »Ich habe eine achtjährige Beziehung hinter mir.«

»Herzlichen Glückwunsch.«

In einem einzigen Blick von Liliane lösen sich acht Jahre in Schwefelsäure auf. Dabei weiß ich noch, wie stolz wir auf unsere Beziehung waren und auf das Leben, das wir führten; mittlerweile glaube ich sogar, dass dieser Stolz uns am meisten verband. Lars und ich lernten uns auf der ersten Party kennen, die wir in Berlin besuchten, und ich erkannte auf Anhieb, dass er jemand war, der ebenso gern gewinnen wollte wie ich. Das nahm mich für ihn ein. Wir stachelten uns gegenseitig an. Wir lasen, recherchierten und schrieben die Nächte durch, wir waren unsere härtesten Kritiker, spornten uns zu Bestleistungen an. Ich glaubte, es würde immer so weitergehen.

»Ich kann Ihnen nur einen Rat geben«, sagte die Chefredakteurin, nachdem sie mir zu meinem Job bei *GuG* gratuliert hatte und eine halbe Stunde bevor wir zum Du übergingen. »Bleiben Sie authentisch.«

Das Erste, was ich tat, war, mir neue Klamotten zu kaufen, hohe Schuhe und besseres Make-up. Meine Foundation begann in letzter Zeit aus mir rätselhaften Gründen von meinem Gesicht abzubröckeln. Ich wusste, dass ich meinen Kolleginnen hoffnungslos unterlegen war, aber es lag an mir, sie das nicht merken zu lassen. Nora, Christine, Sonja, Verena und ich verstanden uns super. Wir rauchten wie die Schlote, als das längst schon verboten war. Ohne mit der Wimper zu zucken, stellten wir uns die indiskretesten Fragen. Die Trennung zwischen Privatem und Beruflichem erschien uns ohnehin sinnlos.

Lachend kamen wir am Montagmorgen in die Redaktion, prallvoll mit den Geschichten unserer urbanen Abenteuer. Der Raum summte im Rhythmus unserer synergetisch funkenden Gehirne. Was wir erlebten, speisten wir sogleich ins kollektive Bewusstsein ein. Und warum sollte ein missglückter Blowjob auf einer Damentoilette nicht für das Gefühl einer Generation stehen? Kurzerhand erklärten wir unsere Ungeschicklichkeiten zu den Problemen einer Generation. Schließlich war der Sinn unseres Jobs, an vorderster Front zu stehen, nicht sich vor der Außenwelt zu verschanzen.

In vielen Punkten waren wir nicht einer Meinung, doch unsere Mütter waren unser großer gemeinsamer Nenner. Wir waren uns einig, dass sie den Schwarzen Peter und wir das große Los gezogen hatten. Wir redeten mit liebevoller Herablassung über sie. Besonders beliebt waren die Mama-und-der-Computer-Geschichten. Einmal erzählte Verena, wie ihre Mutter, der sie eine New-York-Reise zum Fünfzigsten geschenkt hatte, dem Verkäufer im Souvenir-Shop ein mit der Freiheitsstatue bedrucktes Mouse-Pad unter die Nase hielt und in ihrem besten Oberstufen-Englisch fragte: »Can you put hot plates on it?« Wir lachten darüber, dass unsere Mütter unsere Besuche am liebsten sechs Monate im Voraus in ihre Papierkalender eingetragen hätten – wo wir noch nicht einmal wussten, was wir in sechs Monaten tun, ob wir überhaupt noch im selben Land leben würden. Es schien uns absurd, dass einige unserer Mütter ihre eigenen Karrieren aufgegeben hatten, um uns zur Welt zu bringen, die wir nur auf der Welt zu sein schienen, um Karriere zu machen. Ein bisschen tragisch kam sie uns vor, die tapfere Fröhlichkeit, mit der sie in der Muffigkeit ihrer von Musterrasen begrenzten Doppelhaushälften ausharrten. In jedem Fall gaben wir uns die besseren Noten. Wir hatten die besseren Ausbildungen, Karrieren und Männer. Und wenn ich nachts, nach viel zu vielen Latte macchiatos, mit pochenden Schläfen und grummelndem Magen in meinem Bett wach lag, versicherte ich mir, dass ich die bestmögliche Version von mir selbst war. Auch ein Kind, das schwor ich mir, würde das nicht ändern. Lars und ich waren das tollste Paar, das ich kannte, und das würden wir bleiben.

Ich stellte mir vor, wie Lars mich mit liebevollen Neckereien dazu bringen würde, nach sechs Wochen wieder in meine Skinny-Jeans zu passen.

Wir würden uns alle Aufgaben im Haus teilen – und keiner von uns würde jammern und seine stagnierende Karriere aufs Kind schieben. Weil wir das einfach nicht nötig hätten. Und natürlich würden wir immer noch die Nächte durcharbeiten oder durchfeiern, wenn uns danach war. Es ging nie darum, zur Ruhe zu kommen. Es ging darum, stets ein Stück besser zu sein als die anderen. Wir würden keines dieser Paare sein, die schweigend im Restaurant voreinander saßen und auf ihre Handys starrten. Wir würden uns immer wieder neu voneinander überzeugen. Und wenn wir das nicht mehr schafften, hatte der andere jedes Recht der Welt zu gehen. Mittelmaß würden wir einander nicht durchgehen lassen.

»Ich muss jetzt los.« Liliane legt einen Geldschein auf den Tresen und greift nach den Einkaufstüten zu ihren Füßen. »Ich habe nur gewartet, bis der Markt aufmacht. Ich brauche noch die Sauce für den Nachtisch. Sonst bringen die Kinder mich um.«

»Du hast Kinder?«

»Vier.« Sie schüttelt bitter den Kopf. »Ich lebe mein ganzes Leben in dieser Stadt, und kein Mensch weiß irgendetwas über mich.«

Meine Mutter war austherapiert. Paula schluchzte ins Telefon. Ab jetzt würden die Ärzte die Morphiumdosis stetig erhöhen. Wenn ich sie noch bei klarem Verstand erleben wollte, dann war dies die letzte Chance. Lucy und Sophie hatten schon Abschied genommen.

»Soll ich mitkommen?«, fragte Lars, während ich im Schlafzimmer meinen Koffer packte. Doch ich schüttelte den Kopf. Ich wusste ganz genau, was ich zu tun hatte und dass ich es allein tun musste.

Doch als ich in dem mit Blumen und Familienfotos vollgestellten Krankenzimmer stand, vor meiner Mutter, zusammengeschrumpft und gelbhäutig in ihrem viel zu großen Nachthemd, brachte ich kein Wort heraus. Ihre blonde Perücke lag auf dem Nachttisch wie ein totes Tier.

»Warum trägst du deine Perücke nicht?«, fragte ich.

Sie zuckte entschuldigend die Achseln. »Sie ist mir zu weit geworden. Ich hatte ja keine Ahnung, dass auch ein Kopf schrumpfen kann.«

Bislang war ich immer nur mit meinen Schwestern hier gewesen, noch nie allein. Sonst waren alle hin und her gerannt. Heißgetränke wurden geholt, Müll entsorgt, Kissen aufgeschüttelt, Obst gebracht und immer neue Blumen. Jetzt war es vollkommen still. Am liebsten hätte ich den Fernseher angestellt.

»Brauchst du irgendetwas?«

Meine Mutter schüttelte den Kopf. »Nein, danke. Ich hab alles. Setz dich zu mir. Erzähl mir, wie es dir geht.«

Zwischen uns herrschte ein unausgesprochenes Einverständnis, dass dies kein Abschiedsbesuch war. Ich war hier, weil ich etwas Ominöses, aber furchtbar Wichtiges in der Gegend zu erledigen hatte. Deswegen kam ich auf einen Sprung vorbei. Ich holte tief Luft und tat, was ich mir vorgenommen hatte. Ich erzählte ihr von meiner tollen Karriere, meinem tollen Mann, den tollen Kollegen. Ich redete, bis mir der Klang meiner eigenen Stimme auf die Nerven ging. Zwischendurch schloss meine Mutter immer wieder die Augen, und ich fragte mich, ob sie eingeschlafen war. Schließlich brach ich ab. Sie öffnete die Augen.

»Mein Leben war auch toll«, sagte sie und blickte aus dem Fenster auf den grauweißen Himmel. »Ich hatte einen interessanten Mann, vier großartige, begabte Töchter, ein schönes Haus. Keine finanziellen Sorgen.«

Ich sagte nichts. Die Heizdecke, die zu ihren Füßen lag, strahlte eine unerträgliche Wärme ab. Am liebsten wäre ich mit dem Stuhl von ihrem Bett abgerückt.

»Klingt doch gut, oder nicht?«, sagte sie und sah mich an. »Das fand ich auch immer. Und weil es gut klang, dachte ich, es käme nicht so sehr drauf an, wie es sich anfühlt.«

»Was willst du damit sagen?« Ich fragte, obwohl ich die Antwort eigentlich nicht hören wollte. Ich war hier, um eine Aufgabe zu erfüllen.

»Man kann sein Leben nicht für andere führen«, sagte sie.

»Ja«, sagte ich, um sie zum Schweigen zu bringen. »Klar. Das weiß ich.« Vielleicht hätten wir diese Art Gespräch vor zwei

Jahren führen können, bevor Krebs ein Thema war, vor den Schuldgefühlen und dem Abschied; wenn sie sich damals nur ein bisschen mehr für mein Leben interessiert hätte. Jetzt war es zu spät. »Ich verstehe«, sagte ich. »Du willst nur, dass ich glücklich bin.«

Meine Mutter zuckte ein wenig zusammen, denn auf laute Stimmen reagierte sie noch immer schreckhaft. »Nein«, sagte sie, »ich will, dass du weißt, ob du glücklich bist oder nicht. Jede neue Generation läuft mit einer bestimmten Vorstellung im Kopf herum, wie Glück auszusehen hat. Und dann wacht man eines Tages auf und fragt sich, warum man sich so schrecklich fühlt.«

»Ich fühle mich aber nicht schrecklich.« Ich atmete tief durch. Ich wollte weder in Tränen ausbrechen noch sie anschreien. »Es geht mir gut«, sagte ich.

»Das ist schön.« Meine Mutter griff nach meiner Hand, und es war, als hätte sie einen Knopf gedrückt, sofort liefen mir die Tränen über die Wangen, und ich schämte mich.

»Warum musst du etwas, das funktioniert, kaputtreden?« Gleichzeitig musste ich daran denken, wie meine Mutter vor uns auf dem Stuhl unter dem Kirschbaum gesessen hatte, mit gefalteten Händen, während wir ihr erzählten, dass ihr Mann eine andere Frau traf. Jetzt verstand ich, warum sie den Baum so sehr hasste, dass sie ihn hatte abholzen lassen.

»Weil es nicht darum geht zu funktionieren. Ich will nicht, dass du dein ganzes Leben lang nur funktionierst.«

»Also soll ich alles hinschmeißen und noch einmal bei null anfangen?«

»Ich habe keine Ahnung, was du tun sollst.« Ihre Stimme zitterte. »Ich kann dir nichts raten. Ich weiß nur, dass man schnell in etwas hineinrutscht, das man eigentlich gar nicht will. Man trifft erst eine schlechte Entscheidung und dann die nächste, weil man glaubt, zu seinen Entscheidungen stehen zu müssen. Man glaubt, jetzt eh nichts mehr ändern zu können. Doch wenn man von einer falschen Prämisse ausgeht, ist alles, was man danach tut, auch falsch.«

»Du meinst dein Leben mit uns?«

Sie schüttelte den Kopf. »So habe ich das nicht gemeint. Ich liebe euch, das wisst ihr.«

Ich wartete darauf, dass sie weiterredete, doch sie schwieg, und als wir das Gespräch wiederaufnahmen, redeten wir über Belanglosigkeiten.

Kapitel vierzehn

Paulas Arm steckt bis zum Ellbogen im Innern einer öltriefenden Gans, als ich die Küche betrete. Sie blickt auf und lächelt zerstreut: »Hast du sie nicht bekommen?« Auf der Arbeitsplatte neben ihr liegen auf Zeitungspapier verstreute Kartoffelschalen und ein Berg ungeputzter Rosenkohl.

»Was?«

Draußen im Garten spielen Matthias und Per im Schnee. Wobei »spielen« ein zu harmloser Begriff für das ist, was sie tun. Man merkt sofort, dass es hier um etwas sehr viel Ernsteres geht, wenn man zusieht, wie sie hochkonzentriert und methodisch Ziegel aus Schnee formen und aufeinanderschichten. Sie bauen eine Mauer, einen Schutzwall gegen Eindringlinge. Doch so gut die Idee auch sein mag, sich gegen die feindliche Außenwelt abzuschotten, sie kommt leider zu spät. Denn wir sind schon drin.

Natürlich ist mir klar, dass es besser gewesen wäre, zurück nach Berlin zu fahren, und dass die Hoffnung, ich könne hier noch etwas Positives bewirken, an Wahnsinn grenzt. Andererseits ist diese Art Irrsinn typisch für unsere Familie. Ich weiß noch, wie mein Vater damals, umzingelt von seinen vier Töchtern, am Wohnzimmertisch saß und sich ins Kreuzverhör nehmen ließ:

»Was ist mit dieser Frau, Papa?«

»Was für eine Frau?«

»Lass das, Papa. Sophie hat dich gesehen.«

»Vielleicht hat sie mich mit jemandem verwechselt.«

»Du meinst, Sophie würde ihren eigenen Vater auf der Straße nicht erkennen?«

»Warum nicht?« Seine Stimme klang beinahe fröhlich. »Es war diesig, und Sophie sieht nicht besonders gut. Im Nebel ist die Außenwelt nur ein Spiegel unseres Unterbewusstseins. In der Wissenschaft hat man einen eigenen Begriff dafür: Man nennt es den ›Erlkönig-Effekt‹.«

Keine von uns fragte, was im Unterbewusstsein unserer kleinen Schwester los sein sollte, dass sie sich ihren eigenen Vater knutschend mit ihrer Englischlehrerin vorstellte.

»Die Lichterketten«, sagt Paula. »Du hast sie nicht bekommen?«

»Leider nicht.«

Eine warme Dampfwolke hängt in der Küche. In der Spüle steht noch das Frühstücksgeschirr vom Morgen. In den Schälchen treiben Milch, Müslireste und Eierschalen. »Komm, hilf mir«, sagt Paula und weist mit dem Kinn auf den Haufen Rosenkohl neben ihr. »Du musst die äußeren Blätter entfernen und ein Kreuz in den Strunk machen.«

Wortlos nehme ich mir ein Plastikbrett und ein Küchenmesser, dankbar, weil ich zur Abwechslung einmal weiß, was zu tun ist.

»Hast du eigentlich irgendwelche Vorsätze fürs neue Jahr?«, fragt Paula, während sie ein Gemisch aus Mandeln und Trockenpflaumen in die Gans stopft.

Ein paar Dinge würden mir schon einfallen: einen vernünftigen Job finden, eine eigene Wohnung, befriedigende soziale

Kontakte aufbauen. Aber das klingt alles zu sehr nach einem Förderprogramm der Arbeitsagentur, deswegen zucke ich bloß die Achseln. »Eigentlich nicht. Was ist mit dir?«

Paula schüttelt den Kopf: »Du findest das sicher albern. Es ist auch eher ein Traum als ein Vorsatz.«

Ich kann es nicht ändern, aber diese Worte wecken neue Hoffnung in mir. Vielleicht träumt sie davon, allein eine Weltreise zu unternehmen. Oder sie will ihren Job in der Verwaltung an den Nagel hängen und stattdessen ein Café eröffnen. Ich weiß, dass das nicht unbedingt Trennungsgedanken sind, aber sie gehen zumindest in die richtige Richtung.

»Ich wünsche mir noch ein Kind«, sagt sie.

»Noch ein Kind«, sage ich. Dann schweige ich, denn es gibt wirklich nichts mehr zu sagen.

»Was ist los? Findest du das blöd?«

»Nein, nur, du hast doch schon ein Kind.« Ich klinge wie Lucy von den Peanuts. *Wir haben ein neues Baby – was hat denn mit dem alten nicht gestimmt?*

»Du denkst, ich schaff das nicht? Ein zweites Kind.«

»Nein, überhaupt nicht. Ich dachte nur, Per ist … Ich meine, er macht im Moment eine schwierige Phase durch.« Und machen wir uns nichts vor, diese schwierige Phase wird vermutlich sein Leben lang anhalten. Ich kann mir ehrlich nicht vorstellen, wie Per je so etwas wie ein Rendezvous mit einem Mädchen durchstehen soll, inklusive Blickkontakt, exotischem Restaurantessen und einem Gespräch, das sich nicht um das Fortpflanzungsverhalten der Velociraptoren dreht, ohne dass Paula neben ihm am Tisch sitzt und ihm das Grüne aus den Nudeln klaubt.

Paula seufzt. »Ich weiß ja. Aber es gibt keinen richtigen Zeitpunkt, um ein Kind zu bekommen, oder?«

Das stimmt zwar, aber daraus zu folgern, es gäbe keinen falschen Zeitpunkt, halte ich für eine fatale Fehleinschätzung. Dieser Zeitpunkt ist falsch, aber das kann meine Schwester nicht wissen, und ich kann es ihr nicht sagen.

Stattdessen schnitze ich weiter schweigend Kreuze in den Rosenkohl, bis Paula sagt: »Du hättest dich wahrscheinlich gefreut, wenn ich gesagt hätte, ich möchte in den brasilianischen Dschungel auswandern.«

»Wieso sollte ich mich freuen, wenn du in den brasilianischen Dschungel auswanderst?«

Paula seufzt. »Du findest das doch alles blödsinnig, mein ganzes Leben hier: die Nachbarschaftsfeste, die Spieleabende und den Rasenmähdienst.«

Ich schüttele den Kopf, obwohl ich den Rasenmähdienst in der Tat ziemlich eigenartig finde. Wann immer jemand in der Nachbarschaft ernstlich erkrankt – mindestens Schlaganfall oder Krebs im fortgeschrittenen Stadium –, kommt einer der Nachbarn vorbei und übernimmt die Gartenpflege. Was, wie ich finde, von einer merkwürdigen Prioritätensetzung zeugt. Es ist, als wollte man sagen: Ich weiß, du liegst im Moment Tag und Nacht wach und denkst an deinen unkontrolliert vor sich hin wuchernden Rasen, aber keine Sorge, all deine Probleme sind gelöst.

Gedankenverloren massiert Paula der Gans das Brustbein. »Manchmal, wenn ich dich anrufe, klingst du so erwartungsvoll. Als wartest du nur auf ein Zeichen von mir, den Fluchtwagen vorzufahren und mich hier rauszuholen.«

Sie hat recht. Ein Teil von mir würde liebend gern den Fluchtwagen vorfahren, aber das kann ich natürlich nicht zugeben: »Ich bin froh, wenn du glücklich bist.«

So nichtssagend diese Antwort auch sein mag, Paula stellt sie anscheinend zufrieden. Sie klappt die Backofentür auf und schiebt die Gans hinein. »Ja, das bin ich. Deswegen habe ich auch so ein schlechtes Gewissen wegen gestern.«

»Wieso?«

»Na ja, dieser Kuss. Ich weiß, es war nur ein Scherz. Aber trotzdem. Irgendwie habe ich das Gefühl, ich habe Matthias betrogen.«

»Das ist nicht dein Ernst, oder?« Mit einem Mal fühle ich mich furchtbar müde. Vor mir türmt sich ein riesiger Berg Rosenkohl, und ich weiß, wenn der abgearbeitet ist, wartet da todsicher der nächste Haufen Probleme.

»Ich weiß auch nicht«, sagt Paula. »Der ganze Abend ist irgendwie aus dem Ruder gelaufen. Es liegt immer so viel Sprengstoff in der Luft, wenn wir uns treffen. Weißt du, ich will euch wirklich nicht zu nahe treten.« Einen Augenblick lang bin ich gekränkt, dass sie mich mit Sophie und Lucy in einen Topf wirft. »Ich habe das Gefühl, ihr seid im Moment alle in einer Umbruchphase in eurem Leben.« (Paulas euphemistische Formulierung für ›total im Arsch‹.) »Wenn ich euch ansehe, wird mir klar, wie gut ich es eigentlich habe. Ich sollte für euch da sein und euch unterstützen. Stattdessen benehme ich mich wie ein Teenager.«

»Es ist doch nichts passiert«, sage ich.

»Selbstverständlich ist etwas passiert! Ich habe meinen Nachbarn geküsst!«

»Unterm Mistelzweig.«

»Es ist doch egal, wo.«

»Vor einem Jahr hast du dir vorgestellt, wie es wäre, mit Michi Oralsex zu haben.«

»Das ist etwas vollkommen anderes«, sagt Paula. »Das war Phantasiesex. Es gab keinen Körperkontakt.«

Und ich hatte immer angenommen, sich in der Berliner Singleszene zurechtzufinden sei kompliziert. Und wenn ich eine

Million Jahre hier leben würde, ich hätte nie den Durchblick. Anscheinend fehlt mir der moralische Kompass, der mir sagt, dass phantasierter Oralsex mit einem sonnenstudiogebräunten Fußballtrainer okay ist, ein keusches Streifen der Lippen unterm Mistelzweig aber direkt in die Beziehungshölle führt.

»Ich muss es ihm sagen.«

Einen gnädigen Augenblick lang weiß ich nicht, was sie meint.

»Wem?«

»Matthias. Es wäre ehrlicher. Ich würde ja auch wollen, dass er ehrlich zu mir ist. Wer weiß, vielleicht stellt sich Matthias auch Sex mit anderen Frauen vor. Er wirkt in letzter Zeit so abgelenkt. Vielleicht ist es gut für unsere Ehe, wenn wir über solche Dinge sprechen.«

»Und als Nächstes rennt ihr gemeinsam in den Swingerclub.« Mir ist bewusst, dass zwischen einem ernsthaften Ehegespräch über sexuelle Phantasien und Swingerclub-Besuchen einige Stufen liegen, doch ich will kein Risiko eingehen. Denn dieses Gespräch kann ich mir nur zu lebhaft vorstellen.

Paula: »Also, wo wir gerade bei Phantasien sind. Ich habe neulich unseren handwerklich begabten Nachbarn unterm Mistelzweig geküsst. Wie sieht es bei dir aus?«

Matthias: »Lustig, dass wir davon sprechen. Ich habe mit der halben Stadt geschlafen und unterhalte einen Sexchat mit deiner Schwester.«

»Ich meine«, sagt Paula, »wir sind ja schließlich erwachsen. Und ganz ehrlich, wenn er der Trainerin von der Aquagymnastik auf den Busen starrt, wird mich das nicht umbringen.«

»Matthias macht Aquagymnastik?«, ist das Einzige, was mir dazu einfällt.

»Wir beide. Solltest du auch machen. Es ist gut für den Rücken.«

»Du kannst nicht mit Matthias über deine sexuellen Phantasien sprechen«, sage ich.

»Wieso nicht? Meinst du, er wäre schockiert?«

»Ja«, sage ich, »das wäre er. Es würde ihn umbringen. Matthias ist sehr konservativ in diesen Dingen. Vermutlich würde er Daniel zusammenschlagen.«

Die Vorstellung, Matthias könne irgendwen zusammenschlagen, ist lächerlich. Doch statt in schallendes Gelächter auszubrechen, runzelt Paula die Stirn. »Vielleicht hast du recht.«

Ich starre auf das Küchenmesser mit dem orangenen Plastikgriff in meiner Hand, und mit einem Mal befällt mich das üble Gefühl, dass irgendjemand sterben muss, wenn wir alle heil aus diesem Schlamassel herauskommen wollen.

Paula stützt die Arme auf die Arbeitsplatte. »Weißt du, es hat vermutlich mit Mama und Papa zu tun. In meiner Ehe wollte ich alles anders machen. Ich will, dass der Mann, mit dem ich zusammenlebe, mich kennt. Dass er alles von mir weiß, auch das Schlimmste. Und wenn er dann schreiend wegläuft, ist es eben so.« Sie zuckt die Achseln, und einen Augenblick lang wirkt sie ungerührt und unbestechlich wie eine Frau, die jederzeit bereit ist, ihr Bündel zu schnüren und irgendwo ein neues Leben anzufangen.

»Ehrlich?«, frage ich.

Paula lacht. »Quatsch. Ich könnte nie ohne Matthias leben. Eher würde ich mich umbringen.«

»Bitte, sag so etwas nicht.«

Paulas Augen werden feucht. »Es tut mir leid. Ich weiß, dass ich so viel Glück nicht verdient habe. Aber eines Tages wirst du auch den Richtigen kennenlernen. Da bin ich mir ganz sicher. Du bist so ein wunderbarer Mensch.«

In diesem Moment wird die Küchentür aufgerissen, ein Schwall frischer Schneeluft und Schweiß weht herein, und Matthias stürmt in die Küche, während Per mit kritischem Blick im Türrahmen stehen bleibt. Matthias tritt hinter seine Frau und schlingt die Arme um sie. Paula hebt die Ellbogen, um ihre ölverschmierten Hände von seinem Hemd fernzuhalten, dann neigt sie den Kopf ein wenig zur Seite, damit er sie auf den Hals küssen kann. Das Ganze ist so umständlich und linkisch, dass sie beide lachen müssen.

»Ich hoffe, du hattest einen schönen Abend«, sage ich und wünsche ihm die Pest an den Hals.

Matthias verzieht das Gesicht. »Na ja, es war wahrscheinlich keine so gute Idee, meinen Bruder und seine Frau überraschen zu wollen. Ich hätte wohl vorher anrufen sollen. Sie sind über Weihnachten zu den Schwiegereltern gefahren. Hätte ich mir auch denken können. Aber dann war es zu spät, noch zurückzufahren. Also haben Per und ich uns ein Hotelzimmer genommen.«

»Aha«, sage ich auf eine Art, die jede weitere Diskussion abwürgt, und schnitze ein wütendes Kreuz in den Rosenkohl. Ich will mir meinen Schwager nicht vorstellen. In einem Hotelzimmer. Wie er neben seinem schlafenden Sohn auf dem Bett liegt, auf seinem Handy herumtippt und meine kleine Schwester um Nacktfotos bittet.

Per steht noch immer im Türrahmen und starrt mich feindselig an. Erst pocht er mit der Faust gegen seine Stirn, mehrmals schnell hintereinander, dann reibt er mit der Handfläche über das raue Holz der Tür und dreht sich dreimal um sich selbst.

»Was ist los?«, frage ich, aber in dem Moment weiß ich es schon. Ich stehe vor dem Spalt zwischen Backofenklappe und Spüle.

»Du blockierst seinen Lieblingsplatz«, sagt Matthias. »Aber das ist kein Problem, Kumpel, oder?«

Und statt milde lächelnd ein paar Zentimeter zur Seite zu rücken, verschränke ich die Arme vor der Brust: »Jetzt bin ich aber da.« Unbehagliches Schweigen breitet sich in der Küche aus. »Ich hab ebenso das Recht, hier zu sein, wie du«, füge ich hinzu, um meinen Abschied aus der Welt der Erwachsenen offiziell zu machen.

Aus Pers Gesicht weicht alle Farbe.

»Du weißt doch, wie er ist«, sagt Paula und lacht. Es klingt ein wenig nervös.

»Du hast recht«, sage ich. »Natürlich kriegt er seinen Platz.« Ich lächele Per an. »Für eine Umarmung und ein Küsschen.«

Ich gehe in die Hocke, breite die Arme aus und lächele meinen Neffen an, als hätte ich ihn nicht gerade gebeten, sich kopfüber in glühende Lava zu stürzen, was in Pers Welt ungefähr die Entsprechung zum Austausch körperlicher Zärtlichkeiten ist.

Per funkelt mich an. Hasserfüllt. Aber auch fassungslos. Er weiß nicht, warum ich ihm das antue. Was er mir getan hat. Ich weiß es ja selbst nicht: Abgesehen von kleinen Eifersuchtsanfällen im ersten Jahr nach seiner Geburt, in denen ich die Gespräche mit meiner Schwester etwas monothematisch fand, hatte ich nie etwas gegen meinen Neffen. Im Gegenteil. Je mehr Kindergärtnerinnen um sein Sozialverhalten bangten, desto mehr war ich auf seiner Seite. Ihr Unbehagen erschien mir fast wie ein Gütesiegel: Er war eindeutig einer von uns. Und vermutlich bringt mich genau das in diesem Augenblick gegen ihn auf. Es kann nicht sein, dass schon wieder ein Mensch in unserer Mitte heranwächst, der sich standhaft weigert, sich mit den Regeln der Außenwelt zu arrangieren.

»Willst du deiner Tante nicht ein Küsschen geben?«, fragt Paula zaghaft. Per schaut fassungslos von seiner Mutter zu seinem Vater und macht die schmerzliche, längst überfällige Erfahrung, dass von dieser Seite keine Hilfe zu erwarten ist.

Daraufhin tut er, was jedes Kind in seiner Situation tun würde. Er wirft sich schreiend auf den Boden. »Sie sollen weg!«

Falls das sein Weihnachtswunsch sein sollte, hat er klug gewählt. Als Einziger hat er erkannt, dass wir das Problem sind. Es ist schon eigenartig, wenn ein sich auf dem Boden wälzender Fünfjähriger der einsame Rufer in der Wüste ist.

Doch zumindest das kann ich ihm versprechen: Wir werden zu Abend essen, wir werden lächeln, wir werden über belanglose Dinge reden. Jedes Mal, wenn Sophie droht, den Mund aufzumachen, werden Lucy und ich sie aus dem Zimmer eskortieren und sie notfalls bewusstlos schlagen. Und dann werden wir verschwinden. Vielleicht ist es das einzig Konstruktive, was ich noch für meine Schwester tun kann, möglichst unauffällig aus ihrem Leben zu verschwinden.

»Wer ist das?«, fragt Paula.

Eine schluchzende Frau klopft ans Küchenfenster. Ihr Gesicht ist rot und verquollen, trotzdem erkenne ich sie sofort.

»Das ist Nina«, sagt Matthias.

Nina mit den Schlupfwarzen.

Kapitel fünfzehn

»Das ist Nina«, sagt Matthias, als er ihr die Tür öffnet. »Nina aus dem Kleinkinder-Schwimmkurs.«

Falls Paula findet, dass ein gemeinsam besuchter Kleinkinder-Schwimmkurs vor drei Jahren kein hinreichender Grund ist, um am Heiligabend mit verheultem Gesicht in der Küche einer wildfremden Familie aufzukreuzen, lässt sie es sich nicht anmerken. »Oh, natürlich, Nina«, sagt sie. »Wie geht's?«

Das hätte sie lieber nicht fragen sollen, denn diese Frage löst bei Nina eine bis dahin heldenhaft zurückgekämpfte Tränenflut aus. »Es tut mir leid, dass ich störe.« Sie wendet sich an Matthias. »Furchtbar leid.«

»Ist schon gut«, sagt Matthias.

Glücklicherweise ist Paula zu sehr an den Umgang mit Menschen in Lebenskrisen gewöhnt, um sich übermäßig zu wundern. Sie tut einfach, was getan werden muss: Sie schiebt Nina einen Stuhl hin, holt ihr ein Handtuch, damit sie sich die Haare trockenrubbeln kann, kocht ihr einen Zimttee und nutzt das wenige, was sie an Grundlagenkenntnissen über Nina und ihre Lebensumstände besitzt, um eine beherzte, wenn auch nicht gerade funkensprühende Konversation aufrechtzuerhalten, während Matthias und ich schweigend danebenstehen.

»Wie geht es eigentlich … Tanja?«, fragt Paula.

»Wer ist Tanja?«, fragt Nina.

»Hat sie nicht … War sie nicht diejenige, die den Schwimmkurs geleitet hat?« Paula wirft ihrem Mann einen hilfesuchenden Blick zu, doch Matthias starrt zu Boden. Wahrscheinlich ist es ein gutes Zeichen, dass er sich nicht an Tanja erinnert, heißt es doch vermutlich, dass er nicht mit ihr geschlafen hat.

»Tobias hat sie sehr gemocht«, sagt Nina, deren Stimme schon wieder zittert.

»Tobias ist dein Mann.« Es ist die Kraft der Verzweiflung, die Paulas Hirnwindungen diese Information abgerungen hat, und entsprechend zufrieden wirkt sie mit sich: »Wie geht es ihm?«

»Wir sind geschieden«, sagt Nina. (Natürlich sagt sie es nicht einfach, sie stößt es unter Schluchzen hervor, doch da das für einen Großteil des Gesprächs gilt, werde ich das ab jetzt nicht mehr extra erwähnen.)

»Das tut mir leid«, sagt Paula.

Leider hat Liliane recht: Nina ist wirklich ziemlich von der Rolle. Sie trägt ein zerknittertes marineblaues Kostüm, das bei einem Bewerbungsgespräch eine sichere Wahl gewesen wäre, dazu eine rote Weihnachtsmannmütze mit blinkenden Lichtern.

»Mir tut es leid. Ich sollte gar nicht hier sein.«

»Doch, doch«, sagt Paula, und da ihr kein vernünftiger Grund einfällt, warum, fügt sie hinzu: »Heiligabend ist für viele Menschen ein sehr schwieriger Tag.«

»Ja«, sagt Nina. »Tobias hat die Kinder über die Feiertage mit zu seinen Eltern genommen. Er sagt, ich sei zu sehr … durch den Wind, um mich um sie zu kümmern. Ich solle mich erst mal selbst auf die Reihe bekommen!«

Paula, Matthias und ich geben brummende Laute von uns, die wahlweise als Mitgefühl oder Abscheu ausgelegt werden können, doch im Stillen muss ich Tobias recht geben: Nina ist eindeutig durch den Wind, und ich würde sie auch nicht mit meinen Kindern allein lassen.

»Es ist schön, dass du vorbeikommst«, sagt Paula. »Nach all den Jahren.«

Nina nippt an ihrem Tee und lächelt unter Tränen. »Ich musste Matthias heute einfach sehen.«

»Ich wusste gar nicht, dass ihr noch Kontakt habt«, sagt Paula.

Nina prustet los. »Kontakt? Das kann man wohl sagen.«

Matthias hat sich einen äußerst ungünstigen Moment ausgesucht, um den Blick von seinen Schuhen zu heben. Ich funkele ihn an, während ich gleichzeitig versuche, ihm mit den Augen verschiedene Botschaften zuzumorsen: Du blödes Arschloch. / Schaff diese Verrückte hier raus. / Merkst du eigentlich, was du getan hast?

Doch anscheinend sind das zu viele Informationen auf einmal, denn Matthias reagiert überhaupt nicht. Wie er da mit hängenden Schultern in der Küche steht, wirkt er wie ein Mann, der jede Hoffnung aufgegeben hat. Ein Anblick, der mich mehr beunruhigt als alles andere, schließlich hat der Kampf gerade erst begonnen.

»Wollt ihr die ganze Geschichte hören?«, fragt Nina, weil Menschen, die mitten in einer Scheidung stecken, immer das Bedürfnis haben, einem die ganze Geschichte zu erzählen – inklusive sämtlicher Nebenstränge. Und mit Geschichte meinen sie natürlich den Niedergang ihrer Ehe.

Ein Teil von mir ist erleichtert. Denn solange Nina über den Niedergang ihrer eigenen Ehe spricht, denkt sie vielleicht noch nicht daran, die meiner Schwester zu zerstören.

Und nebenbei, ich muss ihr recht geben: Tobias ist ein Drecksack, der kein Klischee auslässt. Es ist alles dabei: der fünfundvierzigste Geburtstag, die plötzliche Fitnesssucht, Nachbarinnensex, Sekretärinnensex, Sex im Ehebett (mit der Geliebten natürlich, nicht mit der Ehefrau), der schnelle, neue Zweisitzer, Schlüpfer in Couchritzen und dann auch noch ein Baby von einer Sechsundzwanzigjährigen, was, wie die Ironie des Schicksals es will, wohl dazu führen wird, dass er seinen Zweisitzer demnächst wieder gegen eines der ihm verhassten familienfreundlicheren Modelle wird eintauschen müssen. Ninas Monolog ist lang und bitter, und vielleicht sollte man ihn aufschreiben und in die Abläufe standesamtlicher und kirchlicher Trauungen integrieren, als Feuerprobe gewissermaßen, um sicherzugehen, dass es dem Brautpaar wirklich ernst ist.

»Und dann« – Ninas Körper bebt vor Empörung – »habe ich ihn gefragt, ob er noch etwas für mich empfindet. Und er hat gesagt: ›Ich weiß nicht, was ich fühle.‹«

»So ein Arschloch«, sage ich. Da dies mein bisher erster Beitrag zum Gespräch ist, werfen Matthias und Paula mir verdutzte Blicke zu, aber Nina redet schon weiter. Paula setzt noch einmal Teewasser auf.

Dann humpelt Sophie ins Zimmer, hört eine Weile zu und humpelt wieder hinaus.

Schließlich ertönt Lucys zwitschernde Stimme aus dem Wohnzimmer: »Matthias, würdest du mir bitte kurz helfen?«

Dann sind Paula und ich allein mit Nina. Und während Paula der Geliebten ihres Mannes Tee einflößt, frage ich mich, was meine Rolle in dieser Geschichte ist.

»Ich war blind, so blind«, sagt Nina. »Ich habe es nicht sehen wollen. Aber so geht es uns Ehefrauen immer, oder?« Sie lacht bitter. »Wir erfahren so etwas immer zuletzt.«

»Na ja«, sagt Paula und verzieht das Gesicht. Es ist das erste Mal, dass ihr so etwas wie Widerwillen anzumerken ist. »In manchen Ehen sicher. Matthias und ich kennen uns allerdings ziemlich gut, also …«

Nina lächelt säuerlich. »Das trifft wohl auf die meisten Ehepaare zu, nicht wahr? Ehe ist gewissermaßen die Definition von ›sich ziemlich gut kennen‹. Aber ich kann dir eins sagen: Du weißt einen Scheißdreck von deinem Mann.«

Die Worte wabern wie eine Schwefelwolke durch die Küche.

»Das würde ich nicht sagen«, sagt Paula. »Natürlich weiß ich nicht alles von Matthias. Ich weiß nicht, ob er heimlich auf Partys raucht oder wo er … sein Schokoladenversteck hat« – ich bin mir ziemlich sicher, dass sie an dieser Stelle eigentlich Pornoheftsammlung sagen wollte –, »aber im Großen und Ganzen würde ich sagen, ich kenne meinen Mann.«

Man sieht Nina die Genugtuung an. Geradezu lustvoll öffnet sie den Mund, um zu widersprechen, und ich weiß, dass ich jetzt etwas unternehmen oder zumindest etwas sagen sollte, doch ich weiß nicht, was, und dann sagt Nina: »Was macht denn der Kerl in deinem Garten?«

Wir starren aus dem Küchenfenster, wo Daniel eine Schubkarre mit einem Schneemann durch den Garten schiebt. Direkt vor Pers und Matthias' Schneemauer lädt er ihn ab. Der Schneemann ist schön, wenn auch ein bisschen extravagant. Seine Augen sehen verdächtig nach Karamellbonbons aus, er hat eine Lichterkette um den Hals hängen, und in seiner rechten Faust steckt eine rote Rose.

»O Gott«, flüstert Paula, »wie peinlich.«

Und aus ihrem Blick spricht die bittere Erkenntnis, dass dies der Preis für ihren unbedachten Mistelzweigkuss ist – ein bis über beide Ohren verliebter Nachbar mit einem Zweitschlüssel.

»Mia, würdest du ihn bitten, den Schneemann wieder zu entfernen. Er könnte … Per verstören.«

»Dein Sohn fürchtet sich vor Schneemännern?«, fragt Nina. »Das ist ja ungewöhnlich.«

Daniel geht mir auf die Nerven. Nicht auf die übliche Art, auf die Männer, mit denen man geschlafen hat, einem auf die Nerven gehen. Er ist mir, bei Licht betrachtet, nicht peinlich. Im Gegenteil. Er sieht frisch aus, ausgeschlafen und lächelt mich an, als wäre er froh, mich zu sehen. Leider führt das dazu, dass ich mir, bei Licht betrachtet, selbst ziemlich peinlich bin. Während er wirkt, als hätte er eine komplette Zellregeneration hinter sich, habe ich noch nicht einmal geduscht. Daniels Attraktivität ist für die Klärung unseres Verhältnisses auch nicht gerade hilfreich. Er könnte in einem Werbespot auftreten. Theoretisch könnten wir das natürlich beide. Nur dass wir für völlig unterschiedliche Produkte werben würden. Während Daniel sein Gesicht für glitzernde Espressomaschinen und schnelle und zugleich umweltschonende Edelfahrzeuge in die Kamera halten würde, ginge es bei mir wohl eher um schmerzempfindliche Zähne oder Mittel gegen Scheidenpilz. Jedenfalls ist es offensichtlich, dass uns niemand gemeinsam für einen Werbespot casten würde, und das sagt vermutlich schon alles über die Perspektive unserer Beziehung aus.

»Meine Schwester möchte, dass du das da wieder wegschaffst«, sage ich und starre in die quadratischen Karamellbonbon-Augen des Schneemanns.

»Aber das ist Frosty«, sagt Daniel.

»Ich glaube, meiner Schwester ist egal, wer das ist. Sie will bloß, dass er aus ihrem Garten verschwindet.« Daniel lächelt mich an, als wäre er mein Therapeut oder Bewährungshelfer. »Ich weiß, das ist nett gemeint. Aber … weißt du, nur weil wir miteinander geschlafen haben, heißt das nicht, heißt das noch lange nicht …«

Daniel sieht mich fragend an, doch leider kenne ich das Ende dieses Satzes selbst noch nicht. Außerdem muss ich wohl unter partieller Amnesie leiden, denn ich kann mich einfach nicht erinnern, ob wir uns letzte Nacht geküsst haben oder nicht. Natürlich spricht einiges dafür, schließlich haben wir miteinander geschlafen, aber ich habe kein Bild von diesem Kuss in meiner Erinnerung, und während ich noch darüber nachgrübele, ob wir es getan haben oder nicht, macht Daniel einen Schritt auf mich zu, und wir küssen uns tatsächlich. Dabei lehnen wir uns an Pers Schneemauer. Mir ist klar, dass dies nicht der richtige Augenblick für Konkurrenzdenken ist, dennoch schlägt unser Schneemauerkuss den Mistelzweigkuss meiner Schwester um Längen. Zum ersten Mal seit achtzehn Stunden werden meine Zehen warm.

Auf der anderen Seite der Schneemauer lacht jemand.

»Sophie?«, frage ich. Und tatsächlich hockt sie auf der anderen Seite wie ein trotziges Kind und brennt mit ihrer Zigarette Löcher in die Schneeziegel. »Spionierst du uns hinterher?«, frage ich.

Als Kind hatte Sophie eine Enid-Blyton-Krimi-Phase. Damals fing sie an, uns alle zu beschatten. Das war auch der Grund, warum sie meinen Vater beim Joggen verfolgte. Sie wollte Meisterdetektivin werden, dafür übte sie. Sie hatte ihn nicht unter Verdacht, obwohl mein Vater eindeutig der verdächtigste Mann in der Stadt war. Nach den ersten Kilometern war ihr schlecht, und sie hatte Seitenstechen. Doch gerade als sie dachte, dass sie keinen Meter mehr durchhalten würde, blieb mein Vater an einer Straßenecke stehen. Hätte meine kleine Schwester lieber in Pferde- oder Ballettbüchern geschmökert, hätte die Ehe meiner Eltern vermutlich noch Jahrzehnte überdauert.

»Hey, Sophie«, sagt Daniel.

»Hallo«, sagt Sophie, starrt aber an ihm vorbei. Und dann, weil sie trotz aller Bösartigkeit ihre gute Kinderstube nicht ganz verleugnen kann: »Danke, dass du meinen Haarreifen repariert hast.«

»Keine Ursache.«

»Was machst du hier?«, frage ich Sophie.

»Das solltest du eher Lucy fragen.«

»Das würde ich auch, wenn sie hier wäre.« Und mit einem Mal kommt mir ein beunruhigender Gedanke. »Wo ist sie eigentlich?«

»Sie ist mit Matthias im Fichtenwald.« Sophie kichert, aber es klingt nicht amüsiert, sondern ängstlich. Es muss an den Vorkommnissen der letzten Tage liegen oder an meiner überreizten Phantasie, aber sofort schießen mir Bilder durch den Kopf, die ich lieber nicht in meinem Kopf hätte. Lucy und Matthias in leidenschaftlicher Umarmung unter einem schneebeladenen Baum.

»Was machen die beiden im Fichtenwald?«

»Lucy hat Matthias gebeten, sie zu begleiten. Sie wollen Tannennadelspitzen sammeln, um damit später den Gänsebraten zu bestreuen.«

»Das ist doch absurd«, sage ich.

»Das schmeckt gut«, sagt Daniel. »Viele machen das.«

Sophie wendet den Kopf ab, damit ich ihr nicht in die Augen sehen kann.

»Was will sie wirklich?«, frage ich und knie mich vor meine Schwester in den Schnee. »Sag es mir. Wenn du etwas weißt, musst du es mir sagen.«

Jetzt sieht Sophie mich doch an. »Sie bringt ihn um.«

Es ist bezeichnend für mein Bild von Lucy, dass mir das sofort einleuchtender erscheint als die Vorstellung, dass meine

Schwester sich an der kulinarischen Gestaltung des Abends beteiligt. »Hat sie das gesagt?«

Sophie wirft ihre Zigarette in den Schnee. »Ich glaube, ihre genauen Worte waren: ›Besser ein toter Heiliger als ein lebendes Arschloch.‹«

Nina und Paula sitzen am Küchentisch, als wir hereinkommen, und blättern in Paulas Hochzeitsalbum. Ich muss die Bilder nicht sehen, um zu wissen, was sie zeigen. Eine überglückliche Paula mit geröteten Wangen, die bei jeder Gelegenheit triumphierend ihr orangensaftgefülltes Glas in die Kamera hält. Nina hat sich eine Brille aufgesetzt und studiert die Fotos mit beinahe wissenschaftlicher Ernsthaftigkeit: »Wir hatten einen größeren Kuchen. Aber im Prinzip würde ich sagen, ziemlich ähnlich.« Sie klingt befriedigt.

Paula schaut auf und lächelt. »Was ist los?«, fragt sie, als sie uns drei mit gesenkten Köpfen in der Tür stehen sieht.

»Ich glaube, wir sollten losfahren«, sagt Daniel.

»Wohin?«, fragt Paula.

»Ein Ausflug?«, fragt Nina. Sie klingt ehrlich erfreut. »Wir haben früher um diese Zeit immer unseren Weihnachtsspaziergang gemacht.«

»Warum hast du auf der Hochzeit nur Orangensaft getrunken?«, frage ich. Und ganz ehrlich, diese Frage überrascht mich selbst mindestens ebenso sehr wie meine Schwester.

»Wie bitte?«

»Auf deiner Hochzeit. Du hast die ganze Zeit Orangensaft getrunken. Warum keinen Champagner?«

Daniel räuspert sich. »Vielleicht könntet ihr diese Unterhaltung auf später verschieben.«

»Wieso ist das wichtig?«, fragt Paula.

»Warst du schwanger?«

Paula wirkt ein wenig peinlich berührt, nickt jedoch langsam. »Ich hatte danach eine Fehlgeburt. Es war noch vor dem dritten Monat. Aber das ist alles ewig her. Was soll das jetzt?«

Ich habe es gewusst. Ich weiß gar nicht, wie lange schon. Wahrscheinlich von Anfang an. »Du wolltest ihn gar nicht heiraten. Vor deiner Hochzeit hattest du kalte Füße bekommen.«

»Mag sein, dass ich ein paar Zweifel hatte«, sagt Paula.

»Ja«, sagt Nina, die offensichtlich findet, dass der Fokus der Unterhaltung sich auf ungünstige Weise verschoben hat. »Das war bei mir anders. Ich war bis über beide Ohren verliebt. Blind vor Liebe.« Sie lacht bitter.

»Du wolltest ihn nicht heiraten«, wiederhole ich. »Wir haben dich praktisch dazu überredet. Und dann warst du auch noch schwanger. Du dachtest, du hättest keine Wahl.«

»Na ja, mag sein. Ich habe eurem Urteil vertraut. Und als der Schwangerschaftstest positiv ausfiel, dachte ich, es ist eben Schicksal. Und das war es ja auch.«

Nein, war es nicht. Die Wahrheit ist viel deprimierender. In Wahrheit haben Lucy, Sophie und ich unsere suizidgefährdete Schwester so lange unter Druck gesetzt, bis sie sich widerstrebend dazu bereit erklärt hat, ihr Lebensglück in die Hände eines Fremden zu legen – und das nur, weil wir keine Lust mehr hatten, uns ihre Probleme anzuhören.

Ich hoffe, dass ich eines Tages in der Lage bin, mich bei ihr zu entschuldigen. Doch im Moment haben wir dringlichere Probleme.

Zwar sieht Paula nicht ganz ein, warum wir jetzt unbedingt in den Fichtenwald rasen müssen, um Lucy und Matthias zu überraschen; doch Nina ist Feuer und Flamme. Außerdem erklärt sich Sophie sofort bereit, zu Hause zu bleiben und auf Per und die Gans aufzupassen, und somit fehlt es Paula an Gegenargumenten.

Kurz darauf brausen wir in Daniels Mini – ja, er fährt einen rot-weiß gestreiften Mini – die vereiste Landstraße entlang; Daniel und Paula sitzen vorn, Nina und ich auf der Rückbank.

»Zwölf Jahre Ehe«, sagt Nina und betrachtet kopfschüttelnd durchs Seitenfenster das brache, schneebedeckte Feld, auf dem gerade ein Schwarm Krähen landet. »Einfach in die Tonne getreten.« Sie nimmt meine Hand und drückt sie. Entweder ist es ihr egal, dass ich Paulas Platz als Zuhörerin eingenommen habe, oder es ist ihr noch gar nicht aufgefallen.

»Weiß irgendjemand, ob Lucy ein Messer, eine Schere oder sonst irgendetwas dabeihat, das sich als Waffe verwenden lässt?«, fragt Daniel. »Sie hat doch keine Pistole oder so was?«

Paula neben ihm auf dem Beifahrersitz wirft ihm einen irritierten Blick zu. »Ich glaube, du machst dir ein falsches Bild von Lucy. Sie würde sich nie etwas antun. Außerdem ist Matthias ja bei ihr.«

Im nächsten Moment fällt ihr die ziemlich trostlose Jahresbilanz von Daniels Liebesleben ein, und sie legt ihm die Hand auf die Schulter. »Es tut mir leid, Daniel. Weihnachten muss schwer für dich sein. Du bist so ein wundervoller Mann. Irgendwann wirst du eine tolle Frau finden, die dich liebt, da bin ich mir ganz sicher. Du darfst die Hoffnung nicht aufgeben.«

Der Fichtenwald liegt jenseits der Bahngleise. Hier musste ich früher auf dem Heimweg von Peter Flasse mit dem Fahrrad durchfahren. Ein düsteres, gottverlassenes Waldstück, das vor allem zu existieren schien, um Psychopathen zu beherbergen, die blonde Frauen von Fahrrädern in Gebüsche zerren und zerstückeln. Jetzt, im Schnee, macht der Fichtenwald einen friedlicheren Eindruck. Sogar ein paar Weihnachtsspaziergänger sind unterwegs. An einer Weggabelung schlägt Daniel vor, dass wir uns trennen, damit wir eine größere Fläche absuchen können. Und während wir uns noch zu einigen versuchen, wer wen begleitet (Paula möchte auf keinen Fall mit Daniel gehen und Nina aus unerfindlichen Gründen unbedingt mit mir), sehen wir sie. Lucy und Matthias stehen ein bisschen abseits vom Weg zwischen den Bäumen, einen Eimer mit Tannennadelspitzen neben sich. Lucy setzt gerade ihr riesiges Messer an einen Zweig, um die Spitze abzuschneiden. Es ist eins von diesen absurd großen Küchenmessern, die einzig zu dem Zweck erfunden worden zu sein scheinen, liebenden Ehepartnern in die Brust gerammt zu werden.

»Hey«, sagt Matthias und dreht sich zu uns um. »Ihr auch hier.« Er wirkt nicht einmal sonderlich überrascht.

»Lucy«, sage ich und versuche, wie ein Polizist in einem Geiseldramafilm zu klingen. »Ich möchte, dass du das Messer fallen lässt.«

»Warum soll sie denn das Messer fallen lassen?«, fragt Paula.

»Du bist so blöd!« Lucy stampft tatsächlich mit dem Fuß auf. »Warum lässt du mich nicht ein einziges Mal eine Sache zu Ende bringen?« Sie funkelt mich an, als könnte alles so schön sein, unser aller Leben perfekt, wenn ich nicht ständig reinplatzen und alles verderben würde. »Was macht er überhaupt hier?«

Eigenartigerweise scheint sie Daniels Anwesenheit mehr zu ärgern als Ninas. Wahrscheinlich, weil er Teil eines gescheiterten Plans ist, und Lucy wird nicht gern an ihre Fehler erinnert.

»Wir schlafen miteinander«, sage ich, was zugegebenermaßen keine ganz akkurate Zusammenfassung unserer Beziehung ist. »Ich meine, wir haben einmal miteinander geschlafen.«

»Es war mehr als einmal«, sagt Daniel. Eine höfliche Richtigstellung, er will nicht prahlen.

»Ja«, sage ich, »aber in derselben Nacht. Im Abstand von ein paar Stunden. Also würde ich sagen …«

Nina, Matthias und Paula sehen mich schweigend an, und Lucy schüttelt den Kopf, offensichtlich moralisch empört, was ich ein ziemlich starkes Stück finde von einer Frau, die ihren Schwager am Heiligabend in den Wald lockt, um ihm ein Messer in die Brust zu jagen. Und es ist an der Zeit, Kritik an diesem Plan zu üben: »Du wolltest Matthias umbringen.«

Während Matthias verständlicherweise ein wenig vor seiner Schwägerin zurückweicht, fängt Paula an zu lachen. Ich habe gelesen, dass Lachen oft die erste Reaktion ist, wenn man eine traumatische Erfahrung erleidet. Anscheinend kommt es gar nicht so selten vor, dass Menschen lachend dabei zusehen, wie ihr Haus abbrennt.

Lucy wirkt nicht im Geringsten schuldbewusst. »Irgendjemand muss es ja tun. Und es war klar, dass keiner von euch den Mumm dazu hat.«

»Ich würde meinen Exmann sofort umbringen«, sagt Nina.

Lucy wirft ihr Messer in den Schnee, und falls es eine passivaggressive Art gibt, eine Mordwaffe fallen zu lassen, dann entspricht sie dieser Geste. Diese unerträgliche Selbstgefälligkeit treibt mich bei ihr in den Wahnsinn. Die Art, wie sie immer davon ausgeht, dass alles, was sie tut, über jeden Zweifel erhaben ist.

»Du spinnst doch«, sage ich. »Glaubst du, jemandem ein Messer in die Brust zu rammen ist so leicht?«

Lucy zuckt die Achseln, eine perfekte Imitation der eiskalten Lauren Bacall in *Haben und Nichthaben*, die meinen Vater begeistert hätte. »Ich weiß nicht. Wahrscheinlich hätte ich ihm eher die Kehle durchgeschnitten. Ich habe einen Selbstverteidigungskurs in L. A. belegt. Man lernt dort Selbstverteidigung auf die einfache Art, mit Haushaltsgegenständen. Küchenmesser, Gartenscheren, was in einem Haushalt eben so rumliegt. Ist ja auch realistischer, als davon auszugehen, dass man bei einem Raubüberfall immer eine echte Waffe zur Hand hat.«

Das ist wieder so eine Geschichte, von der ich nicht weiß, ob ich sie glauben soll oder nicht. Lucy klebt einfach ihr L. A.-Label darauf und geht davon aus, dass wir ihr alles abkaufen.

Paula hat aufgehört zu lachen und ergreift Matthias' Hand. »Kannst du mir das bitte erklären?«

Matthias starrt auf das Messer im Schnee, an dessen Klinge Tannennadeln kleben.

»Bitte«, sage ich, »sag ihr die Wahrheit. Es bringt nichts mehr. Wir haben die Nacktbilder gefunden.«

»Auch meine?«, fragt Nina. Sie klingt ehrlich erfreut.

Matthias sieht Lucy hilfesuchend an, die unglücklicherweise jedoch jedes Interesse daran verloren zu haben scheint, ihn zu töten.

»Es sollte eine Überraschung sein«, sagt er schließlich. »Ich habe einen Kurs gemacht. Einen Fotokurs an der Volkshochschule. Aktfotografie. Dabei habe ich Nina wiedergetroffen.«

»Und dann habt ihr eine Affäre angefangen«, fragt Paula.

»Nein!«

»Und das sollen wir dir glauben«, sage ich und stelle gleichzeitig fest, dass ich ihm jedes Wort glaube. Ehrlich gesagt, ist das genau die Lösung, auf die ich die ganze Zeit heimlich gehofft habe, auch wenn mir die Sache mit der Aktfotografie niemals eingefallen wäre. Volkshochschule. Allein das Wort hat etwas Beruhigendes an sich. Das klingt nach schlecht gelüfteten Räumen, Overheadprojektoren und zerkratzten Kreidetafeln; eine behagliche Welt, in der niemand Internetsex hat oder ein Messer in die Brust gejagt bekommt.

Matthias räuspert sich. »Es sollte ein Geschenk sein. Ich wollte ein Aktshooting mit Paula machen. Etwas Besonderes, nur für uns beide. Ich wollte, dass es endlich einmal wieder um uns geht. Nicht als Eltern, sondern als Paar. Aber vorher musste ich richtig gut sein. Bei Aktshootings gibt es nämlich eine Menge Tricks und Kniffe zu beachten.«

Wir nicken alle ernst, weil wir davon überzeugt sind, dass es da eine Menge Tricks und Kniffe zu beachten gibt.

»Tobias fand immer, dass ich nackt besser aussehe als angezogen«, sagt Nina und blickt unternehmungslustig in die Runde, offensichtlich bereit, wenn nötig, den Beweis zu erbringen.

Ich glaube übrigens nicht, dass es für uns spricht, dass wir von den Menschen, die wir lieben, nichts Böses glauben wollen. Es hat eher mit Faulheit zu tun. Denn müssten wir etwas Böses von ihnen glauben, wären wir vielleicht nicht nur gezwungen, die Vorstellung von einer einzelnen Person in unserem Leben zu revidieren, sondern vermutlich unser ganzes Weltbild, und dafür hat heutzutage keiner von uns die Energie. Und das ist der Grund, warum wir uns gar nicht satthören können an Matthias' vor Harmlosigkeit triefenden Erklärungen, die wir so oder so ähnlich schon auf den Ratgeberseiten verschiedener Frauenzeitschriften gelesen haben: »Ich weiß auch nicht, in letzter Zeit hatte ich das Gefühl, du langweilst dich mit mir. Oder ich hab mich gelangweilt. Es ging viel um Per. Ich hatte das Gefühl, dass wir uns gegenseitig aus den Augen verloren haben. Dagegen wollte ich etwas unternehmen. Es tut mir leid, wenn meine Idee albern war. Ich liebe dich.«

Und während die Vorstellung, dass Lucy ihren Mann umbringen wollte, sie noch zum Lachen gebracht hat, bricht Paula jetzt in Tränen aus.

Und das sollte das Ende der Geschichte sein. In einer perfekten Welt wäre es das, und wir würden es uns lachend/weinend/einander in den Armen liegend vor dem Kamin gemütlich machen oder verkohlte Weihnachtsgans in uns hineinstopfen. Stattdessen fahren wir schon ein paar Stunden später in verschiedene Richtungen davon, und das ist meine Schuld. Weil ich eine Sache, die gut aussieht, sich gut anhört und anfühlt, nicht einfach akzeptieren kann. Weil ich nicht aufhören kann, bis ich den Haken an der Sache gefunden habe: »Was ist mit Sophie?«, frage ich.

Das ist der Anfang vom Ende. Begleitet von Lucys hasserfüllten Blicken und viel Gestotter und Gestammel von Matthias, kommt die ganze Geschichte ans Licht. Sie beginnt, wie alle üblen Geschichten der Neuzeit, mit Schlaflosigkeit und Neugier, innerer Unruhe und einem Computer. Es geht um virtuelle Bauernhöfe, Internetbekanntschaften und Online-Singlebörsen. Matthias schwört, dass er sich weder mit irgendeiner der Frauen aus den Chats getroffen noch mit ihnen telefoniert hat, doch das hilft ihm auch nicht mehr.

»Das hat sich alles nur in meiner Phantasie abgespielt«, sagt er. Und er hat sich dafür geschämt. Schon seit Monaten hat er ein schlechtes Gewissen. Deswegen ist er auch so froh, dass die Karten auf dem Tisch liegen. An dieser Stelle versucht er, Paula an sich zu ziehen, doch sie stößt ihn von sich.

Daraufhin sagt Matthias noch einmal, dass er sie liebt. Doch diesmal bricht Paula nicht in Tränen aus, sondern lacht auf. »Du wolltest, dass meine Schwester dir Nacktfotos schickt.«

»Ich wusste nicht, dass es deine Schwester ist«, sagt Matthias.

»Nein, du dachtest, es sei eine Wildfremde – das ist natürlich viel besser.«

Es ist eine argumentative Falle, in die Matthias in den kommenden Stunden immer wieder tappt. Zwischendurch laufen rotnasige Weihnachtsspaziergänger vorbei, die das »Frohe Weihnachten!«, das ihnen auf den labellogefetteten Lippen liegen mag, schnell herunterschlucken, als sie näher kommen. Dann fängt es auch noch an zu schneien, und Daniel schlägt vor, die Diskussion zu Hause fortzusetzen, was für einen kurzen Waffenstillstand sorgt. Nicht weil irgendetwas geklärt wäre, sondern weil uns allen die Kraft ausgegangen ist. Entsprechend verläuft die Autofahrt im Schweigen. Nur Nina wirft ab und zu etwas ein. Insgesamt wirkt sie wesentlich fröhlicher als noch bei ihrer Ankunft vor Paulas Haus. »Tobias hat gesagt, dass ich nie wieder einen Mann in meinem Leben haben werde.«

»O bitte.« Daniel schüttelt den Kopf. »Wir alle wissen, dass man Tobias kein Wort glauben kann.«

Zu Hause geht der Streit weiter. Die Inhalte bleiben ungefähr dieselben, nur der Ort wechselt: vom Wohnzimmer in die Küche, auf die Treppe, ins Schlafzimmer. Und auch wenn er, wie jeder gute Beziehungsstreit, weder Anfang noch Ende hat, gibt es zwischendurch einige denkwürdige Momente.

Moment Nummer 1: Paula zählt auf, mit wem von ihren gemeinsamen Freunden und Bekannten sie sich bereits Sex vorgestellt hat. Und ehrlich gesagt, überrascht die Länge dieser Liste selbst mich. Auch Daniels Name fällt, der sich an dieser Stelle höflich verabschiedet und anbietet, Nina nach Hause zu fahren, die sich strahlend bei ihm unterhakt.

Moment Nummer 2: Paula und Matthias streiten darüber, ob Phantasiesex mit Freunden und Bekannten und Internetsex mit fremden Frauen gleichwertig sind. Matthias ist dieser Ansicht, weil es in beiden Fällen um das Ausleben von Phantasien geht. Paula sieht das anders. Während sie das alleinige Ausleben sexueller Phantasien für völlig gesund und normal hält, sei das gemeinschaftliche Ausleben sexueller Phantasien (zwei Personen oder mehr) eindeutig Ehebruch. Ich bin zwar nicht sicher, ob ich ihren Argumenten immer folgen würde, aber immerhin fange ich an, mich in diesem komplizierten System moralischer Codes zurechtzufinden.

Moment Nummer 3: Paula wirft Matthias an den Kopf, ihn nur geheiratet zu haben, weil sie schwanger war. Er schreit sie an, dass er nie im Leben eine Frau geheiratet hätte, die nur eine Ehe eingeht, um versorgt zu sein.

An diesem Punkt schleichen Lucy, Sophie und ich nach oben, um unsere Koffer zu holen.

Per, der einen Großteil der letzten Stunden mit seinem Dinosaurierbuch auf dem Treppenabsatz gehockt hat, reißt ungläubig die Augen auf, als wir uns die Mäntel anziehen. Zwar ist er erst fünf, hat aber wohl schon die deprimierende Erfahrung gemacht, dass Weihnachtswünsche keinesfalls immer in Erfüllung gehen. Unser Aufbruch macht ihn so dankbar, dass er vermutlich das Gefühl hat, etwas zurückgeben zu müssen. Er läuft die Treppe herunter auf Lucy zu, die sich zu ihm hinabbeugt. Bevor er es sich anders überlegen kann, drückt er ihr schnell einen Kuss auf die Wange und zuckt dann zurück, um sich mehrmals mit der Handfläche über den Mund zu reiben.

Lucys Augen glänzen verdächtig. »Ich hab dich lieb.«

Per weicht so entsetzt zurück, wie es jeder Mann in seiner Situation tun würde. »Aber ihr bleibt nicht hier«, sagt er.

»Versprochen«, sagt Lucy.

»Ihr geht weg«, sagt er, nur um sich zu vergewissern.

»Sehr weit weg«, sagt Lucy. »Bis nach Amerika.«

Irgendetwas an ihrem Tonfall kommt mir seltsam vor.

Kapitel sechzehn

Als ich erfuhr, wie mein Vater sein Geld verdiente, hatte es längst aufgehört, mich zu interessieren. Ich fragte nur der Vollständigkeit halber. Vielleicht hoffte ich, die Akte, die ich seit meiner Kindheit über meinen Vater geführt hatte, endgültig schließen zu können. Damals lebte er in einem fast vollständig entvölkerten Dorf in Brandenburg, durch das eine breite, von Schlaglöchern übersäte Straße führte.

»Immobilienmakler«, sagte er. »Aber das ist lange her.«

Ich saß in seiner kleinen Küche und sah zu, wie mein Vater einen blassen Teigfladen durchknetete. Erstaunlicherweise hatte nach der Trennung meiner Eltern keine der vielen Frauen, mit denen er geschlafen hatte, Anspruch auf ihn erhoben. Dafür kamen seine Affären ab und zu bei meiner Mutter vorbei. Um sich zu entschuldigen, wie sie behaupteten; doch in Wahrheit wollten sie nur ihre Geschichten erzählen. Meine Mutter setzte Tee für sie auf und hörte ihnen geduldig zu. Eine der Frauen hatte ihr eine selbstgemachte Brombeermarmelade als Gastgeschenk mitgebracht. Die Früchte stammten aus ihrem eigenen Garten. Meine Mutter stellte das Marmeladenglas auf die Kommode und staubte es fortan jeden Tag ab.

»Wieso fragst du?«

Ich zuckte die Achseln und pulte Holzsplitter aus der Stuhllehne. Ich wusste längst, dass es nicht so sehr darauf ankam, was mein Vater getan hatte, sondern darauf, was er nicht getan hatte. Wie zum Beispiel Joggen. Solange ich zurückdenken kann, rieb sich mein Vater nach dem Abendessen stöhnend den Bauch. »Da hast du aber mal wieder ein Kilo Butter reingeknallt«, sagte er zu meiner Mutter. »Das muss ich jetzt ablaufen.«

Dann nahm er die Joggingschuhe aus dem Regal am Eingang und verschwand aus der Tür, egal, ob es hagelte, schneite oder blitzte, und keine von uns fragte sich, warum er eigentlich immer mit vollem Magen joggen ging. Um fair zu sein: Er muss tatsächlich ein Stückchen gelaufen sein. Bis er in eine Gegend kam, wo ihm keine Nachbarinnen mehr über den Weg liefen. Bis irgendwo an einer Ecke ein Auto mit laufendem Motor auf ihn wartete, in dem die Frau saß, mit der er meine Mutter zu der Zeit gerade betrog.

Vielleicht wär ich weniger enttäuscht gewesen, wenn die Frauen, mit denen er schlief, etwas Besonderes gewesen wären. Kettenrauchende, bourbonnippende Kleinstadt-Lauren-Bacalls. Tatsächlich waren die Frauen, mit denen er schlief, weder jünger noch glamouröser als meine Mutter, sondern völlig durchschnittlich, und wir kannten sie alle. Sie waren unsere Lehrerinnen, Kinderärztinnen, Babysitter. Trotz der wildromantischen Ader, die mein Vater zu besitzen glaubte, war er im Herzen doch pragmatisch genug, um zu wissen, dass er es sich als Vater von vier Kindern nicht leisten konnte, einen bestimmten Typ zu haben.

Mein Vater ließ eine Handvoll Dinkelflocken auf den Teig rieseln. »Jeder sollte sein eigenes Brot backen. Weißt du eigentlich, wie viele Zusatzstoffe in einem Brot sind, das du in einer Bäckerei kaufst? Über zweihundert. Man sollte Totenköpfe an den Eingangstüren aufstellen statt dieser dämlichen Hundeverbotsschilder.«

Liebevoll tätschelte er Kalle, seinem stinkenden, sanftmütigen Golden Retriever, den Kopf. In den letzten Jahren war mein Vater hager geworden, die Hosenbeine schlotterten um seine dürren Knie, doch er war hochzufrieden mit sich. »Ich entscheide immer noch selbst, was in meinen Körper kommt!«

»Wolltest du deswegen nie mit mir joggen gehen?«, fragte ich. Ohne es zu merken, war ich an den äußersten Rand der Stuhlkante vorgerutscht.

»Wie bitte?«

»Du hast damals gesagt, du wolltest warten, bis ich gut genug bin. Weißt du noch?«

Als er das erste Mal abgelehnt hatte, zusammen mit mir zu laufen, hatte ich es verstanden. An seiner Stelle hätte ich mich auch nicht mit mir blicken lassen. Selbst ein wohlwollender Betrachter musste zugeben, dass ich mit zwölf, dreizehn, vierzehn ein hoffnungsloser Fall war. Mal dünn, mal dick, mal depri, dann wieder aufgeputscht von einem lächerlichen Selbstbewusstsein, das bei der geringsten Kleinigkeit in sich zusammenfiel.

Doch mit fünfzehn hatte ich endlich die Diät gefunden, die zu mir passte: eine wohldosierte Mischung aus Wodka, unglücklicher Liebe und Aspirin. Statt zu essen, trank ich literweise Kaffee, und in meinen schlaflosen Nächten lernte ich für die Schule. Zugleich wurden meine Laufstrecken länger, mein Körper wurde schmal, fast muskulös. Ich begann mit Jungen von anderen Schulen auszugehen, die nicht wussten, dass ich fett gewesen war, und färbte mir grellblonde Strähnchen ins Haar.

Im Zeitraffer lief ich meiner großen Zukunft entgegen und

fragte mich, warum ausgerechnet mein Vater das nicht mitbekam. In meinen düsteren Momenten fand ich mich damit ab, dass in seinem Kopf, wenn er mich ansah, für immer ein Homevideo aus den späten Neunzigern laufen würde, auf dem ich mich walfischschwer im Gras räkeln und halbzerschmolzene Schokolade in mich hineinstopfen würde – bis in alle Ewigkeit.

»Es war wegen der Frauen«, sagte ich. »Deswegen wolltest du nie mit mir joggen. Es hatte gar nichts mit mir zu tun.«

Mein Vater stöhnte und fasste sich an die Stirn. »Ich weiß wirklich nicht, warum ihr immer die alten Geschichten aufwärmen müsst«, sagte er und schob mit der Hand die restlichen Dinkelflocken auf der Arbeitsplatte zusammen. »Deine Mutter und ich sind geschieden, deine Schwestern und du in alle Winde verstreut. Reicht euch das nicht? Das Leben«, sagte er und breitete ein gemustertes Geschirrtuch über dem Teigfladen aus, »findet in der Gegenwart statt. Sofern es überhaupt stattfindet.«

An einem funkelnd blauen Sommermorgen hatten meine Schwestern und ich beschlossen, meiner Mutter die Wahrheit zu sagen: Mein Vater hatte Sophies Englischlehrerin auf offener Straße geküsst. Das verlangte nach einer Zäsur, fanden wir. Wir führten meine Mutter in den Garten und stellten ihr einen Stuhl unter den Kirschbaum, als müsse sie hier und jetzt über die Art ihrer Hinrichtung entscheiden. Als Sophie erzählte, was sie gesehen hatte, hörte meine Mutter schweigend zu. Dann stand sie auf, strich sich den Rock glatt und ging durch das Gartentor hinaus. Bevor sie auf den Bürgersteig unserer verkehrsberuhigten Spielstraße trat, drehte sie sich noch einmal um. Doch sie sah nicht uns an, ihre Töchter, ihr Blick glitt über unsere Köpfe hinweg ins Blau des Sommerhimmels.

Als sie nach zwei Stunden noch nicht zurück war, machten wir uns Sorgen.

»Und wenn sie sich umgebracht hat?«, sagte Lucy.

»Wir sollten die Krankenhäuser anrufen«, sagte ich.

»Vielleicht hätten wir auf Papa warten sollen«, sagte Paula.

»Und inwiefern wäre das hilfreich gewesen?«, fragte Lucy.

Sophie starrte auf den Boden und schwieg.

Meine Mutter kam am frühen Abend zurück. Sie hatte Sophies Englischlehrerin besucht, erklärte sie uns. Sie hatte beide Seiten hören wollen. Anscheinend hatte sie genug gehört, denn dann griff sie zum Telefon und vereinbarte einen Termin mit einem Scheidungsanwalt. Als mein Vater zum Abendessen nach Hause kam, war schon alles entschieden.

In den Tagen danach liefen wir auf Zehenspitzen durchs Haus. Zum ersten Mal mussten wir erleben, dass unsere Worte unumstößliche Konsequenzen hatten. Damit hatten wir nicht gerechnet. In den Serien, die wir liebten, warfen sich die Leute ständig Hiobsbotschaften an den Kopf: »Er hat mit ihr geschlafen«, »Ich werde dir nie verzeihen«, »Ich bin unheilbar krank«, »Ich habe die Spritze in seiner Sporttasche gefunden«. Doch nach ein paar Folgen bunten Aufruhrs war immer alles wieder genau wie vorher. Meine Mutter hingegen bat meinen Vater, sich eine neue Bleibe zu suchen.

Mein Vater hielt sich den Kopf, als drohte er, angesichts all dieser neuen Informationen zu platzen. »Wie soll denn das gehen? Wie stellst du dir das eigentlich vor?«

»Ich muss mir das nicht vorstellen«, sagte meine Mutter, vollkommen ruhig. »Ich muss es ja nicht machen.«

Am nächsten Tag stand mein Vater mit einem riesigen bunt zerrupften Blumenstrauß in der Küche, der aussah, als hätte er irgendein fremdes Blumenbeet geplündert. Meine Mutter sagte nichts, sondern bügelte weiter unsere T-Shirts. Dann blickte sie auf und fragte ihn, wo er den Kellerschlüssel aufbewahre.

Mein Vater warf den Strauß auf den Tisch. »Findest du nicht, dass du ein bisschen überreagierst? Wir sind eine Familie.«

Auch uns wurde langsam mulmig zumute. »Willst du dir das nicht noch einmal überlegen?«, fragten wir. »Es scheint ihm doch echt leidzutun.« Fieberhaft kramten wir in unserem Gedächtnis, wie in unseren Serien solche Situationen gewöhnlich bereinigt wurden.

»Ihr könntet eine Paartherapie machen«, schlug Sophie schließlich vor.

Unsere finsteren Blicke brachten sie zum Schweigen. Hatte sie nicht schon genug angerichtet?

Ich hatte einen Großteil der letzten Jahre damit zugebracht, darauf zu warten, dass irgendetwas geschah, das mein Leben verändern würde, und in jenem Sommer war es endlich so weit. Alles änderte sich, doch nicht so, wie ich es mir ausgemalt hatte.

Lucy bekam ein Stipendium an einer Elite-Universität.

Paula, die den Rosenstock im Garten seit ihrer Kindheit wie ihren Augapfel gehütet hatte, ließ ihn in jenem Sommer verdorren.

Ich verliebte mich unsterblich in Peter Flasse; und Sophie hängte das Kreuz über ihrem Bett ab. Dann riss sie die Wasserfarbbilder von der Wand und verwandelte sich innerhalb weniger Monate in einen ganz normalen, mürrischen Teenager.

Und meine Mutter setzte meinen Vater vor die Tür.

Das hatten wir ihr nicht zugetraut. Dieselbe Frau, die im Supermarkt stundenlang in der Obst- und Gemüseabteilung stand, unfähig, Äpfel aus einem halben Dutzend Sorten auszuwählen, traf nun Entscheidungen am laufenden Band.

Auch mein Vater war fassungslos. »Du denkst nicht richtig nach«, sagte er und tippte sich an die Schläfe. »Du hast das alles nicht richtig durchdacht, sondern lässt dich von Gefühlen leiten. Natürlich verstehe ich deine Gefühle, aber logistisch ergibt das keinen Sinn. Wir haben gemeinsam ein Haus und vier Kinder. Warum können wir nicht wenigstens zusammen wohnen bleiben?«

Zu diesem Zeitpunkt saß er bereits mit laufendem Motor in seinem Wagen. Meine Mutter lächelte nur und reichte ihm eine Thermoskanne Kaffee und ein in Plastikfolie gewickeltes Butterbrot über die heruntergekurbelte Scheibe hinweg.

»Fahr vorsichtig«, sagte sie.

Lucy, Paula, Sophie und ich standen in der Einfahrt. Paula weinte, Sophie hatte die Arme vor der Brust verschränkt, und Lucy trug eine riesige spiegelnde Sonnenbrille.

»Ich könnte damit aufhören«, sagte mein Vater, wobei er vergaß, seine Stimme am Ende des Satzes zu senken. So erstaunt war er darüber, wie weit er bereit war, für die Liebe zu gehen. »Mit den anderen Frauen. Wenn dir das wichtig ist.«

Meine Mutter lachte. Es war ein kurzes, befreites Lachen aufrichtiger Heiterkeit. Dann drückte sie den Knopf an der Fernbedienung, die das elektrische Gartentor steuerte. Quietschend schoben sich die Eisentüren auseinander.

Kapitel siebzehn

Es ist wieder so weit. Mein Leben muss sich ändern. Das ist mir mehr oder weniger in der Sekunde klar, als mir Geraldine im rot-weiß gepunkteten Flanellschlafanzug die Wohnungstür öffnet. Wortlos schlurft sie zur Couch zurück, zieht den Laptop auf ihre Knie und schaut ihre Serie weiter. Meine plötzliche Rückkehr scheint sie weder zu freuen noch zu verwundern. Sie weist lediglich auf den durchfeuchteten Pizzakarton, der neben ihr auf dem Boden liegt. »Nimm dir, wenn du Hunger hast«, sagt sie und stopft sich wieder ihre Kopfhörer in die Ohren.

Und während ich an einem von einer weißen Schicht erkalteten Fetts überzogenen Stück Pizza Hawaii lutsche, weiß ich, dass jetzt der Zeitpunkt gekommen ist, wo ich keine andere Wahl habe, als mein Leben zu ändern. Aber wie ändert man sein Leben, wenn man über dreißig ist? Die Frage, ob man das überhaupt darf oder sollte, stelle ich mir aus Gründen der Energieersparnis nicht.

In den folgenden Wochen und Monaten starte ich verschiedene Versuche:

Versuch A: Internetrecherche.

Eindeutig nicht zu empfehlen. Zwar stößt man auf jede Menge inspirierender Geschichten von Männern und Frauen, die Familien und sichere Jobs hinter sich gelassen haben, um erstaunliche Dinge zu tun, die sie nie bereut haben. Und weil sie es »nie bereut« und »nicht zurückgeblickt« haben und es trotz all der oft überwältigenden Herausforderungen »jedes Mal wieder so machen würden«, können sie danach zu nachdenklichen Schlüssen kommen, wie: »Es war, als hätte ich mein bisheriges Leben im Halbschlaf verbracht. Jetzt bin ich endlich aufgewacht.« Nachdem man Stunden damit zugebracht hat, wahllos Adressen und Telefonnummern in Dateien zu kopieren, wälzt man sich schlaflos im Bett, mit panikrasendem Herzen, und sagt sich, dass einen niemand zwingen kann aufzuwachen. Weil es das gute Recht eines jeden ist, sein Leben im Halb- oder Tiefschlaf zu verbringen.

Versuch B: Man geht zur Agentur für Arbeit.

Eine Idee, auf die ich bezeichnenderweise während meines gesamten Erwachsenenlebens nicht ein einziges Mal gekommen bin. Aber jetzt ist es so weit. Ich bin bereit, meinen Lebenslauf und meine Fähigkeiten in die Waagschale zu werfen und mir von einem Fremden sagen zu lassen, was ich bin und was nicht. Ich will, dass mir jemand erklärt, wie sich meine verstreuten Fähigkeiten zu einem sinnvollen Lebensentwurf zusammenfügen lassen.

Das klingt vernünftig, ist jedoch nur ein Teil der Wahrheit. Denn wonach ich mich vor allem sehne, ist eine Frau mit Gleitsichtbrille und Hochsteckfrisur, die sich mit gefurchter Stirn über meinen Lebenslauf beugt und, nachdem sie eine halbe Stunde lang in stummer, erschütterter Missbilligung den Kopf geschüttelt hat, ihr Urteil über mich fällt, dem ich mich dann bedingungslos beugen werde. Und wenn sich herausstellen sollte, dass Steuerfachangestellte oder Reinigungsfachkraft meine einzigen Optionen sind, dann werde ich das akzeptieren.

Im Grunde käme mir diese Drastik sogar entgegen. Für fließende Übergänge ist es zu spät. Ich will, dass eine Person, die ich respektiere, mir sagt, dass es Zeit ist, aufzuhören zu träumen und sich den Tatsachen zu stellen. Deswegen ist die hübsche junge Frau mit den Grübchenwangen und den großen Kulleraugen, die vor mir sitzt, eine einzige Enttäuschung. Dass sie jung, hübsch und freundlich ist, könnte ich ihr vielleicht gerade noch durchgehen lassen, wenn mein Lebenslauf sie nur ein wenig mehr entsetzen würde.

»Das klingt aber spannend«, sagt sie und schaut mich an, als hoffe sie, dass wir, wenn dieser leidige Teil erst einmal überstanden ist, beste Freundinnen werden können. »Wirklich spannend.«

»Ja«, sage ich und versuche, durchklingen zu lassen, dass »spannend« das genaue Gegenteil dessen ist, was ich mir für meine Zukunft vorstelle. »Trotzdem wollte ich sehen, ob es für mich nicht ein paar berufliche Alternativen gibt. Eine Weiterbildung vielleicht, oder?«

Das Wort Umschulung bringe ich im Moment noch nicht über die Lippen, nehme mir jedoch vor, daran zu arbeiten.

»Nun«, sagt Frau Kraus, denn so heißt meine junge, dynamische Sachbearbeiterin, und rutscht an den äußersten Rand ihrer Stuhlkante. »Warum bleiben Sie denn nicht Journalistin?«

»Weil ich das nicht mehr kann.«

»Warum denn nicht?«

Ich hatte gedacht, dass meine bloße Anwesenheit mir ersparen würde, das Offensichtliche auszusprechen, doch Frau Kraus sieht mich mit so unerschütterlicher Großäugigkeit an, dass ich gezwungen bin, ihr die Kurzfassung zu geben:

»Ich kriege nicht genug Aufträge. Ich kenne nicht die richtigen Leute. Meine Kontakte sind eingeschlafen. Und übrigens, nur nebenbei, wenn ich noch ein einziges Mal über ein Honorar verhandeln muss, springe ich aus dem Fenster. Und sollte ich beim ersten Mal wider Erwarten nicht tot sein, schleppe ich meine gebrochenen Gliedmaßen noch einmal die Stufen hoch – wie in diesem Polanski-Film, haben Sie den gesehen? – und springe noch einmal.«

»Warum suchen Sie sich nicht eine feste Stelle?« Frau Kraus strahlt mich an, als hätte sie endlich die Lösung all meiner Probleme gefunden. »In einer Redaktion. Bei einer Zeitung oder Zeitschrift.«

Ich frage mich, ob sie das zu allen arbeitslosen Journalisten in der Arbeitsagentur sagt und wann sie das letzte Mal mit einem Messer angegriffen wurde.

Versuch C: Man fragt den Mann, mit dem man zuletzt geschlafen hat.

In meinem Fall einen heimatlosen Iren mit gebrochenem Herzen. Wir telefonieren jede Nacht zwischen drei und vier Uhr, nicht aus Originalitätssucht, sondern weil wir festgestellt haben, dass unsere Schlaflosigkeitsphasen merkwürdigerweise zeitgleich liegen. Bei unseren ersten Telefonaten ging es noch viel um Lars und Sheila und unsere Gefühle. Mittlerweile sind die beiden eher eine Randnotiz. (Sheila ist Daniels Bruder auf der Straße begegnet und hat ihn gebeten, Daniel schöne Grüße zu bestellen. Schöne Grüße, das muss man sich mal vorstellen. Lars hat mir auf meine Bitte hin per Post meine Geburtsurkunde zugeschickt. Ohne beiliegende Karte, versteht sich.) Ab und zu schlägt Daniel vor, mich zu besuchen, was ich für keine gute Idee halte, da ich gerade versuche, mein Leben zu ändern.

»Ich könnte dir dabei helfen.«

»Vielen Dank«, sage ich. »Das ist wirklich sehr nett von dir. Aber das kriege ich schon allein hin.«

»Aber eine Frau mit gebrochenem Herzen braucht einen Hafen.«

»Hast du eigentlich deine gesammelten Liebesweisheiten aus Bruce-Springsteen-Platten?«

»Der Boss hat alles gesagt, was es über die Liebe zu sagen gibt.«

Tatsächlich kommen wir in unseren Gesprächen oft an den Springsteen-Punkt. Als ich ihm von meinem Besuch bei der Arbeitsagentur erzähle, erwarte ich, dass sich Daniel zusammen mit mir empört: »Stell dir vor, und dann hat sie gesagt, ich soll mir eine feste Stelle suchen.«

»Das ist doch eine gute Idee.«

»Das ist ein Witz. Ich sage ihr, dass ich keinen Job habe, und sie sagt mir, ich soll mir einen Job suchen. Es gibt keine Jobs für mich.«

»Gibt es wohl.«

»Wo denn zum Beispiel?«

»Hier in der Lokalredaktion ist eine Stelle frei.«

»Bei welcher denn?«

»Beim *Wildecker Landboten.*«

»Der Jägerzeitung?«

»Sie wollen ihr Themenspektrum erweitern.«

»Soll ich über Leute berichten, die die größte Bierdeckelsammlung der Welt in ihrem Hobbykeller stehen haben? Über Spielplatzeröffnungen und Kegelturniere? Das habe ich zuletzt mit fünfzehn gemacht.«

»Und hast du es gern gemacht?«, fragt er.

»Ja. Ich habe es geliebt. Weil ich fünfzehn war!«

»Du musst das Potential einer Sache sehen. Außerdem – was ist mit uns? Wir können nicht ewig eine Fernbeziehung führen, oder?«

»Punkt eins, es gibt kein ›uns‹. Und wir führen keine Fernbeziehung, wir führen überhaupt keine Beziehung.« Mir ist bewusst, dass ich klinge wie Michael Douglas in *Eine verhängnisvolle Affäre*, aber tut das nicht jeder, der versucht, einen ehemaligen Sexpartner abzuwimmeln? »Du bist ein toller Mann, soweit ich das beurteilen kann, und reparierst alles, was dir in die Finger kommt. Aber ich kenne dich nicht.«

»Eine Frau mit gebrochenem Herzen braucht einen Hafen.«

Zusammenfassend: Nein, es ist nicht hilfreich, mit dem Mann zu sprechen, mit dem man zuletzt geschlafen hat.

Versuch D: Einen Exfreund fragen.

Die Vorsilbe ist hier von entscheidender Bedeutung, denn anders als Freunde und Sexpartner haben Exfreunde in der Regel kein Interesse daran, einen an ihren Heimatort zu locken. Außerdem haben sie keinen Grund mehr zu lügen. Und da ich Lars nie wieder anrufen werde, beschließe ich stattdessen, mein Schicksal in die Hände eines französischen Weinbauern zu legen.

Durchdringendes Babygeschrei schrillt mir entgegen, als endlich jemand den Hörer abnimmt; im Hintergrund hört man eine hohe, klagende Frauenstimme.

»Entschuldige«, sagt Peter, noch bevor er mich richtig begrüßt hat, »das ist meine Schwiegermutter. Sie spinnt.« Er brüllt etwas in holprigem Oberstufen-Französisch.

»Ihr wohnt alle zusammen?«

»Ja, natürlich wohnen wir alle zusammen. Das ist ein Gutshof auf einem Weinberg – Herrgott, Mia. Was hast du denn für Vorstellungen?«

Bemerkenswerterweise ist Peter nicht überrascht, dass ich in einer Phase beruflicher Neuorientierung ausgerechnet seinen Rat suche.

»Hm«, sagt er. »Lass mich nachdenken. Du willst also wissen, worin du gut bist.«

Es folgt eine deprimierend lange Phase des Schweigens.

»Du hattest doch mal diesen Job am Waffelstand.«

»Du meinst diesen Nebenjob, den ich mit siebzehn hatte?« Ich bin kurz vorm Auflegen. »Das ist nicht dein Ernst, oder?«

»Nein, nein. So habe ich das nicht gemeint. Auch wenn ich nicht weiß, wo dein Problem liegt. Ich baue Wein an, warum sollst du keine Waffeln – dazu gehört eine Menge – und ich würde nie – nur weil das Abitur – und meinem eigenen Sohn – wenn Handwerk endlich wieder – keine überfluteten Hörsäle – « (Die Striche zeigen an, wo ich aufgehört habe zuzuhören.)

»Schon gut«, sage ich. »Worauf willst du hinaus?«

»Erinnerst du dich noch an die Waffeln? Es gab sie mit allem Drum und Dran. Vanilleeis, Sahne, Kirschen, Schokostreuseln. Um das alles unterzubringen, musste man die Waffeln zu einer Art Tasche falten. Dazu durften die Waffeln nicht zu heiß sein, sonst klebten sie aneinander, aber auch nicht zu kalt, sonst wurden sie hart und brachen leicht. Es gab eine bestimmte Art, wie der Besitzer des Cafés es machte. Und er hat ständig an dir herumgemäkelt, weil du es nicht richtig hingekriegt hast. Er saß dir ständig im Nacken. Du hättest am liebsten gekündigt.«

»Willst du sagen, dass ich sogar zu blöd für einen Waffelstand war?«

»Nein, nein, du hast es ja am Ende hingekriegt. Du hast

einfach dein eigenes Faltsystem entwickelt. Und es war wirklich gut. Du hast viel mehr Waffeln in einer Stunde gebacken als der Besitzer. Was ich sagen will, ist: Du hast es auf deine Art gemacht. Anders hättest du es nicht gekonnt. Du bist einfach nicht gut darin, Regeln zu befolgen. Wahrscheinlich, weil du sie nicht kapierst. Du musst immer dein eigenes System entwickeln. Keine Ahnung, ob dir das weiterhilft. Aber das ist alles, was ich über dich weiß.«

In meiner Erinnerung mache ich an dieser Stelle einen Schnitt. Ich möchte, dass dies das Ende meines Gesprächs mit Peter Flasse ist, meiner ersten großen Liebe, weil es ein würdiger Abschluss für unsere Beziehung wäre. Natürlich folgt darauf das Übliche: das Plaudern vom eigenen Glück und komplette Ignorieren meiner Gefühle. Aber darauf kommt es nicht an. Denn in meiner Erinnerung endet das Gespräch genau hier.

Versuch E: Man fragt seine Schwestern.

Man schreibt *Große Zukunft* in die Betreffzeile und hofft, dass das genügen wird, um ihre Neugier zu wecken.

Paula:

Okay. Du fragst dich, worin du gut bist und was du mit deiner Zukunft anstellen sollst. Nun, zu deinen Stärken: Du scheinst sehr gut darin zu sein, Leben zu ruinieren. Weitere Skills: Lügen, Geheimnisse, Intrigen. Ich bin mir sicher, dass es da draußen eine Reihe Tätigkeiten gibt, die genau auf deine Fähigkeiten zugeschnitten sind.

Lucy:

Wie gesagt – die Assistentinnenstelle ist noch zu vergeben. Bei Interesse kontaktiere bitte meine Sekretärin, und wir vereinbaren einen Telefontermin.

Sophie:
☹

Versuch F: Mit einem Vier-Euro-Milchschaum-Espresso-Gemisch in seinem Lieblingscafé herumsitzen, vorzugsweise während der Regen gegen die Scheiben platscht, und ein Notizbuch vollkritzeln.

Hier ist es wichtig, auf Qualität zu achten. Moleskine oder irgendein dreimal gechlortes Edel-Recycling-Papier bietet sich an. Und schon kann das Clustern beginnen. In der Ellipse in der Mitte steht das Wort *Zukunft*. Davon abstrahlend Striche, an deren Ende leere Blasen hängen. Ich schreibe *PR* in eine der Blasen. Im nächsten Moment rempelt eine mit zahllosen tropfenden Plastiktüten beladene Schwangere gegen meine Stuhllehne. Der Kaffeemilchschaum schwappt aus meinem Becher und auf mein Notizbuch, und ich drehe mich zu der hektisch losstammelnden Frau um: Es ist Cora.

»Mia, mein Gott.«

Schnell decke ich meine Notizen mit der Hand zu. »Du bist schwanger«, sage ich.

»Ja«, sagt sie und strahlt, als müsste dies der glücklichste Tag in unser beider Leben sein. In dem Moment klingelt das Türglöckchen am Eingang, und Lars betritt das Café. Er hat Stoppeln am Kinn, und sogar sein Hemd sieht ein bisschen zerkrumpelt aus.

»In welchem Monat bist du?«, frage ich, während ich ungeniert Coras Bauch anstarre.

»Wir haben erst miteinander geschlafen, als ihr schon getrennt wart«, sagt sie und lächelt mich an, als wäre dies Teil eines ganz normalen höflichen Smalltalks. Lars nickt.

Lars und ich haben in der Zwischenzeit schon ein paarmal

miteinander gesprochen. Dabei ging es nicht um tränenreiche Aussprachen, sondern um praktische Notwendigkeiten. Es gab Sachen, die geklärt werden mussten und bei denen unsere Gefühle keine Rolle spielten. Es gab Wertgegenstände auszutauschen und Telefonverträge aufzulösen, Dinge, die ich unbedingt brauchte. So ähnlich hatte ich mir früher immer das Erwachsensein vorgestellt – prallvoll mit toxischen, alles Lebendige erstickenden Notwendigkeiten. Grauenhaft. Tatsächlich stellte es sich als überraschend befriedigend heraus, sich zur Abwechslung mal auf Probleme konzentrieren zu dürfen, die sich auch lösen ließen. Und alles in allem hatten Lars und ich das ganz gut hingekriegt, fand ich.

»Das ist mein Lieblingscafé«, sage ich zu Lars.

»Es ist auch mein Lieblingscafé.« Der Regen rinnt von den Plastiktüten in Lars' Hand und tropft auf seine Schuhe.

Einen Moment lang starren wir uns in stummer Wut an.

»Aber es ist doch für uns alle Platz«, sagt Cora, die Augen glänzend vor süßer Hormonseligkeit. »Es ist Platz für Lars, Mia und den kleinen Joshua.«

»Das ist mein Name!«, sage ich. »Diesen Namen wollten wir unserem Baby geben.«

Lars stöhnt. »Wenn wir innerhalb von acht Jahren Beziehung dazu gekommen wären, Nachwuchs zu produzieren, dann hätten wir das vielleicht auch getan.«

Coras Unterlippe beginnt zu zittern. »Es tut mir leid. Joshua war schon immer mein Lieblingsname.«

»Was für ein wunder-wunder-schöner Zufall.« Ein paar Leute im Café drehen die Köpfe, offensichtlich verunsichert. In diesem Viertel ist das Anschreien von Hochschwangeren kein Kavaliersdelikt. »Ganz im Ernst, was willst du mir noch alles wegnehmen? Erst meinen Freund, mein Lieblingscafé und jetzt auch noch den Namen meines Erstgeborenen. Werde ich irgendwann aufwachen, und meine Sozialversicherungsnummer läuft auf dich?«

»Sei nicht albern«, sagt Lars. »Es ist doch nicht ihre Schuld.«

Das weiß ich natürlich, aber es ist mir egal. Inzwischen laufen Cora die Tränen über die Wangen.

»Ich wusste nicht, dass du das so siehst.« Sie schluchzt. »Weißt du noch, damals, als wir uns auf der Straße getroffen haben? Ihr kamt vom Einkaufen, Hand in Hand. Ich hab dich angesehen und gedacht, dass du alles hast, was ich mir wünsche. Aber du schienst überhaupt nicht glücklich zu sein.«

»Jetzt bin ich natürlich viel glücklicher.«

Das ist sarkastisch gemeint, doch gerade als ich Luft hole, um Cora und Lars zu erklären, wie sie mein Leben ruiniert haben, wird mir bewusst, dass das nicht stimmt. Natürlich bin ich nicht glücklich. Die Empfindungen, die ich Tag für Tag durchlebe, als Glück zu bezeichnen, wäre lächerlich. Die meiste Zeit über fühle ich mich ärgerlich, erschöpft, überschwänglich, sentimental, hellwach, frustriert, traurig, wildromantisch und schuldig – das sind mehr Gefühle als in den letzten zwei Jahren. Auf einmal weiß ich, was die Leute im Internet meinen, wenn sie schreiben, sie hätten ihr Leben im Halbschlaf verbracht. Es ist nicht das angenehme, etwas fade Dösen der Gewohnheit, von dem sie sprechen, sondern ein Zustand, der einen von allem abschottet, was man liebt. Ich weiß nicht, ob ich glücklich bin oder nicht. Aber meine Zehen fühlen sich nicht mehr taub an.

»Es ist okay«, sage ich schließlich. »Es ist okay.«

Schließlich hört Cora auf zu weinen, Lars gibt sich einen Ruck, und ein paar Minuten lang unterhalten wir uns wie Erwachsene. Wir beklagen uns über steigende Mietpreise, laute Baustellen und katastrophale Familienpolitik; und für drei

Menschen, die das Leben des anderen auf so dramatische Art durcheinandergewirbelt haben, haben wir einander erschreckend wenig zu sagen. Draußen nieselt es sanft vor sich hin, immer wieder geht die Tür auf, und ein Stoß schwülwarmer Luft weht herein. Es riecht nach Abgasen, Regen und Frühling.

»Wir müssen los«, sagt Lars schließlich. Seine Augen tränen ein wenig. Anscheinend hat der Regen noch nicht alle Pollen aus der Luft gespült.

Cora umarmt mich zum Abschied und küsst mich auf beide Wangen. »Ich mag deine Kette«, sagt sie, weil sie mir unbedingt etwas Nettes sagen will. Unwillkürlich taste ich nach Lucys zweireihiger Perlenkette. »Ich hab die gleiche«, sagt Cora. »Normalerweise trage ich keinen Modeschmuck, aber diese Linie gefällt mir. Sieht unglaublich echt aus, nicht wahr?«

Cora ist gerade im Begriff, mich zu fragen, ob ich nicht Joshuas Patentante werden möchte, als Lars sie wegzerrt.

Kapitel achtzehn

Lucy stirbt schreibe ich in die Betreffzeile der E-Mail, die ich an meine Schwestern schicke. Da ich nicht ignoriert werden will, ist eine gewisse Drastik unumgänglich. Danach lehne ich mich zurück und starre auf den Bildschirm, und tatsächlich, wenige Minuten später antwortet Paula:

Ist das ein Trick?

Dann eine halbe Stunde später, eine Frist, die sie sich vermutlich selbst auferlegt hat, schreibt Sophie:

Ich würde ja glauben, dass du dir das ausgedacht hast. Aber dafür reicht deine Phantasie nicht aus.

Und wenig später bin ich gezwungen, mich daran zu erinnern, wie eine Dreierschaltung funktioniert. Wie sich herausstellt, ist der technische Aspekt eine Kleinigkeit im Vergleich zu der Herausforderung, ein normales Gespräch mit meinen Schwestern zu führen.

Sophie kocht vor Wut, seit Paula uns unsere Spielsachen zurückgeschickt hat. Auch für mich war es ein Schock, als plötzlich der Pappkarton mit dem gelben Kaninchen vor Geraldines Wohnungstür stand. Aber Sophie ist ehrlich empört und meint, jetzt sei ein guter Moment, das zu klären: »Was soll ich mit meinem Spielzeug? Dir ist schon bewusst, dass du in einem Haus wohnst und ich in einer Zwanzig-Quadratmeter-Wohnung ohne Keller und Dachboden?«

»Ich habe es satt, euer Gedächtnis zu sein«, sagt Paula. »Ab jetzt könnt ihr eure Erinnerungen selbst verwalten. Werft das Zeug weg, behaltet es. Es kümmert mich nicht.«

»Wir wollten über Lucy sprechen«, sage ich.

Paula schnaubt. »Das ist doch nur ein Trick, damit ich wieder mit euch rede.«

»Ob du's glaubst oder nicht«, sagt Sophie. »Unser Leben dreht sich nicht nur um dich und deine beschissene Ehe.«

In Paulas Leitung knistert es. Vermutlich isst sie Cornflakes direkt aus der Packung. Das tut sie häufig in Situationen, die sie aufwühlen. »Verstehe. Es interessiert euch also nicht, ob Matthias und ich noch zusammen sind?«

Sie kann einen leichten Anflug von Gekränktheit nicht verbergen. Nur zu verständlich. Alles, was wir zu Weihnachten getan haben, zielte mehr oder weniger darauf ab, sie oder ihren Ehemann zu manipulieren. Nach dieser Art von Aufmerksamkeit kann man süchtig werden.

»Ich habe mehrfach deinen Anrufbeantworter abgehört«, sage ich. »›Matthias, Per und Paula sind leider nicht da. Bitte hinterlassen Sie eine Nachricht.‹«

Paula schnaubt: »Vielleicht war ich ja zu sehr mit meiner Scheidung beschäftigt, um meinen Anrufbeantworterspruch zu ändern. Und jetzt sag endlich, was du weißt, Mia, sonst lege ich auf.«

Miriams Kontaktdaten aufzutreiben war nicht schwer. Immerhin hatte ein kalifornischer Verein lesbischer Unternehmerinnen sie zur Frau des Jahres gekürt. Eigentlich ist es ein Wunder, dass ich nicht schon bei meiner Internetrecherche nach Menschen, die ihr Leben komplett umgekrempelt haben, auf sie gestoßen bin. Miriams Biographie ist eine Erfolgsgeschichte, die über all jene Zutaten verfügt, die Amerikaner lieben. Eine unglückliche lesbische Jugend im tiefen Süden. Religiöse Eltern, nagende Selbstzweifel. Eine von Schamgefühlen belastete Ehe samt Vorstadtleben und zahllosen gescheiterten Diäten. Und schließlich die Flucht nach L.A. und ins Unternehmertum.

Mit einem einzigen, liebevoll eingerichteten Cookie-Shop fing es an. Ihre zucker-, fett- und kohlenhydratfreien Cookies waren in L. A. von Beginn an ein Renner, mittlerweile hat sie mehrere Filialen eröffnet. Trotzdem hat sie meinen Anruf sofort entgegengenommen, denn in einem Punkt hat Lucy nicht gelogen: Miriam liebt meine große Schwester. Auch wenn die Lucy, mit der sie sich befreundet glaubt, eindeutig nicht meine Schwester ist. Eine Lucy, die unglaublich witzig ist, warmherzig, großzügig und für jeden – ich zitiere – ein Lächeln übrig hat.

Zum Abschluss des Gesprächs nimmt Miriam mir das Versprechen ab, meine Schwester ganz fest zu umarmen und ihr all die Liebe zu schenken, die ich in meinem Herzen trage. Eine durchaus faire Arbeitsteilung, denn Miriam verspricht mir im Gegenzug, für sie zu beten.

»Beten?«, fragt Paula, und zum ersten Mal in diesem Gespräch ist ihr eine gewisse Beklommenheit anzumerken. »Warum will sie denn für Lucy beten?«

»Miriam sagt, Lucy sei so gut wie pleite. Sie habe all ihre Wertsachen versetzt und lebe schon seit einem Jahr nicht mehr in L. A.«

»Na und«, sagt Sophie. »Dann ist sie eben pleite. Was geht uns das an?«

»Das ist noch nicht alles«, sage ich. »Miriam hat sich um Lucy gekümmert. Sie hat ihre Wäsche gewaschen, ihren Haushalt organisiert, sogar Arzttermine für sie vereinbart. Dabei hat sie immer ihre eigene Handynummer angegeben. Irgendwann rief die Frauenärztin sie wegen eines Untersuchungstermins an, den Lucy verpasst hatte. Die Frauenärztin hielt Miriam für Lucy und riet ihr dringend, den Knoten in ihrer Brust abklären zu lassen.«

In der Leitung wird es still. Dann hört man, wie Sophie schluckt. »Und hat sie es getan?«

»Das weiß Miriam nicht. Sie hat immer wieder auf Lucy eingeredet. Aber Lucy hat behauptet, das wäre alles schon längst geklärt. Irgendwann war sie dann einfach weg. Sie hat einen Zettel auf dem Küchentisch liegen lassen mit einer Adresse, an die Miriam ihre Post schicken soll.«

»Ein Knoten in der Brust«, sagt Sophie. Es klingt, als wollte sie weitersprechen. Doch sie tut es nicht.

»Das muss nichts Schlimmes sein«, sagt Paula schließlich. »Und selbst wenn. Die Medizin hat unglaubliche Fortschritte in diesem Bereich gemacht seit Mamas Diagnose. Ich meine, denkt nur an Angelina Jolie.«

Wir schweigen.

Wie im Katastrophenfilm weht eine Zeitung über den Asphalt. Ein schwülwarmer Wind fegt über den leeren Supermarktparkplatz und zerwühlt uns die Haare. Paula schaut erst mich an, dann Sophie. Keine von uns erwidert ihren Blick. Vermutlich würden wir alle gern umkehren, doch keine von uns möchte diejenige sein, die es ausspricht.

Sternengrill steht in rosa Leuchtschrift über dem Imbiss, und als wir eintreten, hüllt uns eine dichte Wolke aus süßem Fettgeruch und bitterem Kaffeedunst ein. In der Auslage liegen Brötchen mit gewellten Käsescheiben, und auf dem Tresen reihen sich ausgequetschte Ketchup-Tuben. Ein sanft aussehender Mann, um dessen Halbglatze sich zarte sandfarbene Löckchen ringeln, lächelt uns an.

»Wir suchen unsere Schwester«, sagt Paula schnell, um Missverständnissen vorzubeugen. »Sie heißt Lucy.«

»Ich kenn keine Lucy«, sagt er und sieht sich demonstrativ im Raum um. Nichts als leere Resopaltische und akkurat arrangierte Salzstreuer.

»Da haben wir etwas anderes gehört«, sagt Paula.

»Tut mir leid, dass ich Ihnen nicht helfen kann.«

Ich habe das Gefühl, dass er allmählich Gefallen an seiner Rolle findet. Er ist der schmierige Zeuge im Fernsehkrimi; man muss sich schon ein bisschen mehr ins Zeug legen, um die Wahrheit aus ihm rauszukitzeln.

Paula beginnt in ihrer Handtasche zu kramen.

»Was machst du da?«, zischt Sophie ihr zu. Seit sie Christian gekündigt hat oder er ihr oder sie sich gegenseitig – angesichts des komplexen Hierarchiegefüges zwischen ihnen lässt sich das schwer sagen –, ist sie noch gereizter als sonst.

Paula schiebt einen Zwanzig-Euro-Schein über den Tresen. »Fällt Ihnen jetzt etwas ein?«, fragt sie, und ich spüre, wie ich an ihrer Stelle rot werde.

In diesem Moment tritt eine hagere Frau in Uniform aus der Küche. Sie trägt flache Sandalen und hat die Haare zu einem nachlässigen Pferdeschwanz zusammengerafft. Es ist meine Mutter. Zumindest für einen kurzen, gespenstischen Moment.

»Was ist los, Henning?«, fragt Lucy. Dann erst sieht sie uns, doch auch das scheint sie nicht besonders zu beeindrucken. »Was wollt ihr denn hier?«

Keiner von uns bringt ein Wort über die Lippen. Selbst wenn Lucy uns als Nächstes mitteilen sollte, dass sie nur noch drei Monate zu leben hat, könnte uns das nicht mehr erschüttern als der Anblick dieser ganz normalen Frau, die in einer Imbissbude in einer Kreisstadt kellnert, nur einen Steinwurf von unserem Heimatort entfernt.

Paula räuspert sich und wendet sich dann an Henning. »Können Sie meine Schwester ein paar Minuten freistellen? Wir haben etwas zu besprechen. Eine Familienangelegenheit.«

Henning wirft Lucy einen anklagenden Blick zu. »Du hast mir erzählt, du bist Einzelkind.«

Es dauert eine Weile, bis sich der Schock bei uns gelegt hat. Falls er sich überhaupt legt. Henning bringt uns Kaffee in geriffelten braunen Plastikbechern und eine Schale klammer Butterkekse an den Tisch, woraufhin sich Lucy überschwänglich bei ihm bedankt, bevor sie sich wieder uns zuwendet: »Also, sagt schon. Was habt ihr auf dem Herzen?«

Wir lernen es wohl nie. Entschuldigungen, Ausflüchte oder verlegenes Gestammel werden wir aus Lucys Mund nie hören. Es ist unmöglich, meine große Schwester in Verlegenheit zu bringen, weil alles, was sie tut, goldrichtig ist. Und wenn sie beschließt, inkognito in einer Imbissbude zu kellnern, dann hat das sicher einen guten Grund. Lucy wendet sich an Paula. »Geht es um deine Ehe? Seid ihr noch zusammen?«

Einen Augenblick presst Paula die Lippen fest zusammen, und es sieht aus, als wolle sie nicht antworten. Doch irgendetwas an der fahrigen Art, wie Lucy an ihrem Zuckertütchen herumnestelt – und seien wir ehrlich, wohl auch die Aussicht ihres baldigen Ablebens –, lässt sie einlenken. »Ja, aber das ist nicht euer Verdienst.«

Doch das reicht Lucy nicht. »Also liebst du ihn jetzt wieder?«

»Ob du's glaubst oder nicht, Liebe war nie das Problem.«

»Was war dann das Problem?« Lucy runzelt die Stirn, angestrengt, aber dennoch entschlossen, den Dingen auf den Grund zu gehen.

»Mein Gott.« Paula lacht kurz und bitter. »Wie alt bist du? Zwölf? Du fragst mich, was das Problem ist? Zwei erwachsene Menschen in einem Haus sind das Problem. Ein Kind. Ein Garten. Zwei Jobs. Alltag, Alltag, Alltag. Kleine Dinge. Dinge, die deswegen so unerträglich sind, weil man weiß, dass sie jeden Tag von neuem auf einen zukommen. Rechnungen, die bezahlt werden müssen. Berufsverkehr. Ein Junge, der sich eine halbe Stunde lang im Schrank einsperrt, wenn man ihn in den Kindergarten bringen will. Wasser im Keller. Matschige Spaghetti. Abendessen, bei denen man so müde ist, dass einem auf der weiten Welt kein Gesprächsthema einfällt, das man mit seinem Ehemann besprechen möchte. Tage, an denen einem auffällt, dass man eine Woche lang keine Nachrichten gesehen hat. Nächte, in denen man sein Bett mit niemandem teilen möchte, nicht einmal und schon gar nicht mit seinem Ehemann. Jetzt hör mir verdammt noch mal wenigstens zu!«

Paula schlägt mit der Faust auf den Tisch, Lucys Kaffeebecher kippt um; woraufhin wir alle aufspringen und mit großem Getue und tausend Taschentüchern das bräunlich schaumige Gemisch auftupfen, das über die Resopaltischplatte läuft. Ich könnte für immer so weitermachen, weil es sich einfach zu erleichternd anfühlt, endlich etwas Sinnvolles zu tun. Schließlich läuft Sophie zu Henning und holt Lucy einen neuen Kaffee. Nach diesem Ausbruch wirkt Paula ruhiger, wenn auch ernüchtert.

»Ihr glaubt immer, es käme darauf an, bei den großen Tragödien zur Stelle zu sein. Aber das ist Quatsch. Es sind die restlichen dreihundertvierundsechzig Tage im Jahr, auf die es ankommt. Wir sind eine Familie. Wir können nicht einfach nur auftauchen, wenn die Welt untergeht, eine Ehe zerbricht oder jemand Krebs hat.«

»Wer hat Krebs?«, fragt Lucy.

Paula verstummt, und Lucy ist anscheinend nicht bereit nachzuhaken.

»Miriam hat uns alles erzählt«, sage ich. »Du bist pleite.«

Lucy zuckt die Achseln. »Das ist die Wall Street. Man gewinnt ein Vermögen, man verliert es. Keine große Sache.«

»Und du hast einen Knoten in der Brust«, sagt Sophie.

»Ja«, sagt Lucy, die offensichtlich nicht die Absicht hat, uns weitere biographische Einblicke zu gewähren.

»Warum hast du nichts gesagt?«, fragt Paula.

Lucy nippt an ihrem Kaffee. »Damals wusste ich ja noch gar nicht, was es ist. Die Ärztin sagte, ich hätte irgendein Ding in meiner linken Brust.«

»Und was ist es?«, frage ich.

»Keine Ahnung. Ich habe es nicht abklären lassen.«

»Du läufst mit einem nicht abgeklärten Knoten in der Brust herum?«

Paula saugt scharf die Luft ein. »Lass mich das mal zusammenfassen: Du bist pleite und hast vielleicht Krebs, kannst dich aber nicht darum kümmern, weil du meine Eheprobleme lösen musst. Das ist doch nicht dein Ernst.«

Lucy presst die Lippen aufeinander; und dann verstehe ich es. Nicht nur den Teil, der leicht zu verstehen ist, die Tatsache, dass die Probleme anderer Menschen manchmal die einzige zu erlangende Form der Erlösung sind. Ich verstehe vor allem, dass das, was Lucy getan hat, ein aufrichtiger, vollkommen unzynischer Versuch war, etwas Gutes für eine ihrer Schwestern zu tun. Vielleicht zum ersten Mal in ihrem Leben.

Lucy starrt aus dem Fenster. Es ist ein wenig beschlagen. Da draußen, mitten im Asphalt, ist ein kleines Beet angelegt worden, in dem Narzissen blühen. Die Blumen stehen dicht gedrängt, einige sind miteinander verwachsen und nehmen sich gegenseitig die Sonne weg.

»Na ja, ich dachte, entweder ist es schlimm – dann lässt sich eh nichts ändern. Oder es ist nicht schlimm – dann spielen ein paar Wochen oder Monate auch keine Rolle.«

Paula steht auf. »Du kommst sofort mit uns ins Krankenhaus. Wir haben schon einen Termin vereinbart. Du musst nichts machen, nur mitkommen.«

Lucy schüttelt den Kopf. »Nein, danke.«

»Ich habe dir keinen Keks angeboten, sondern die Möglichkeit, dein Leben zu retten.«

»Sag mir lieber, ob deine Ehe wieder in Ordnung ist.«

Paula stöhnt auf. »Mein Gott. Ja, sie ist besser. Wir reden mehr. Wir reden über unsere Gedanken und Gefühle, wir reden uns den Mund fusselig. Wenn Matthias eine Minute später als sonst von der Arbeit heimkommt, ruft er mich an. Manchmal bringt er mir Blumen mit, und ich frage ihn nach seinen Träumen. Auch der Sex ist besser, vor allem dauert er länger, und danach fragen wir uns, wie es war und was wir empfinden. Was dazu führt, dass ich verdammt wenig Schlaf kriege und morgens absolut gerädert bin. Aber ja, es ist besser, anstrengender und besser. Aber das hätten wir auch mit einer Paartherapie haben können.«

Lucy nickt. »Also willst du dich nicht mehr umbringen.«

»Warum sollte ich mich umbringen wollen?« Einen Augenblick sieht sie uns fragend an, dann wird sie rot. »Wegen dieser alten Geschichte mit Tom? Seid ihr deswegen so durchgedreht? Weil ihr dachtet, ich bringe mich um, wenn ich erfahre, dass Matthias fremdgeht?«

Das ist etwas vereinfacht formuliert, aber im Großen und Ganzen trifft sie damit den Nagel auf den Kopf.

»Das war doch nicht ernst gemeint«, sagt sie. Unser Schweigen zwingt sie weiterzusprechen. »Ich habe damals nicht wirklich versucht, mich umzubringen. Es war … Ich meine … Ich habe nicht so viele Schlaftabletten genommen. Und ich wusste, dass meine Nachbarin Frau Kramer mich mit Argusaugen beobachtet. Sie hatte sich in den Wochen vorher jeden Tag bei mir beschwert. Entweder war ihr meine Musik zu laut. Oder sie haben die Kochdünste gestört. Einmal hat sie sich sogar beklagt, dass ich zu laut weine. Ich wusste also, dass sie den Rauch riechen würde.«

»Du hast das inszeniert?«, frage ich. Ich bin schockiert, empfinde aber auch ein wenig Ehrfurcht. Einen solchen Akt emotionaler Manipulation hätte ich Paula nicht zugetraut.

»Damals habe ich einfach nur an mich gedacht. Ich habe mir das Drama vorgestellt. Das zuckende Blaulicht und das Heulen des Krankenwagens. Ich habe mir vorgestellt, wie Tom an meinem Bett steht und anfängt zu weinen, weil er endlich erkennt, wie sehr er mich liebt.« Paula schüttelt den Kopf, verwundert, aber auch beeindruckt von ihrer Fähigkeit, die Realität zu verleugnen. »Dabei wusste ich doch, dass Tom ein Arschloch ist. Am Ende hat er mir eine Gute-Besserung-SMS mit sieben Tippfehlern geschickt.«

»Ich kann es nicht glauben«, sage ich, »dass du uns so etwas angetan hast.«

Meine Schwester ist mittlerweile tiefrot geworden und zwirbelt ständig ihre Haarsträhnen, wirkt aber eher wehmütig als reuevoll. »Ich weiß ja, und es tut mir leid. Aber irgendwie war es auch schön. Ich war sonst immer die Vernünftige in der Familie. Die, um die man sich keine Sorgen machen musste. Und ich dachte, das sei meine Rolle, für euch alle da zu sein. Aber damals, als Mama im Sterben lag, hat sie zu mir etwas gesagt, was ich nie vergessen habe: ›Du bist nicht auf der Welt, um zu funktionieren.‹ Das war eine echte Offenbarung für mich.«

Einen Moment lang erfüllt mich ein selbstsüchtiger Groll, dass meine Mutter sich nicht einmal die Mühe gemacht hat, sich für jede von uns einen Lebensratschlag einfallen zu lassen, der auf unsere individuellen Bedürfnisse zugeschnitten war. Immerhin hatte sie eine gute Entschuldigung: Sie lag im Sterben.

Auch Lucy sieht ziemlich grimmig aus, während sie mit ihrem Plastikstäbchen in ihrem Kaffee herumrührt. Kein Wunder. Es muss frustrierend sein, wenn man sich schon einmal aufrafft, ein Leben zu retten, am Ende herauszufinden, dass es gar keines zu retten gab.

»Ihr seid alle zum Kotzen.« Sophie zittert am ganzen Körper. »Ihr seid so unglaublich egozentrisch. Alles dreht sich nur um euch. Damals, als Mama krank wurde, habt ihr euch kein Stück um sie gekümmert. Sie hatte nur mich.«

»Wir wussten doch nicht, dass sie krank war«, sagt Paula. »Du hast uns ja nichts gesagt.«

Sophie ist inzwischen von ihrem Stuhl aufgesprungen. »Ihr hättet es merken müssen. Ich musste ihr versprechen, euch nichts zu sagen. Aber im Grunde wollte sie, dass ihr es herausfindet. Warum hat sie euch sonst ständig angerufen und euch gefragt, was aus euren alten Sachen werden soll? Sie hat euch die Chance gegeben, euch der Sache zu stellen und endlich erwachsen zu werden. Wenn ihr nur einmal nachgefragt hättet.

Aber euch war nur wichtig, was aus euren verdammten Playmobilfiguren wird.«

Paula sieht mich an, und Lucy starrt auf ihr Plastikstäbchen. Natürlich hätten wir nachfragen können. Doch die frühen Zwanziger sind nun einmal nicht die ideale Zeit, um subtile Botschaften an seine Kinder zu senden. Wenn man sich wirklich Gehör verschaffen will, nimmt man am besten eine Leuchtpistole zur Hand.

Paula streckt die Hand nach Sophies Arm aus, doch noch bevor sie ihn berührt, wirbelt Sophie herum und wirft ihr einen mörderischen Blick zu: »Wisst ihr, was Mama *mir* auf dem Sterbebett gesagt hat? Dass ich nicht auf der Welt bin, um zu funktionieren. Wenn das ihr Vermächtnis an uns sein soll, dann kann man ihr nur gratulieren. Ich würde sagen, das hat sie großartig hingekriegt, oder?« Mit einem Ruck reißt sie ihre Handtasche von der Stuhllehne und stürmt aus der Tür.

Lucy schüttelt langsam den Kopf. »Ganz schön kränkend, mit euch allen in einen Topf geworfen zu werden.« Ihre Stimme klingt verwaschen. »Dann könnt ihr ja jetzt nach Hause gehen.«

»Das werden wir«, sagt Paula. »Sobald du deinen Kaffee ausgetrunken hast.«

Lucy kichert. »Warum habt ihr das nicht eher gesagt? Wenn ich gewusst hätte, dass es so leicht ist, euch loszuwerden, hätte ich das doch schon längst getan.« Sie wirft einen angeekelten Blick auf das bräunliche Gemisch in ihrem Plastikbecher, der noch zu drei Vierteln gefüllt ist. Dann fasst sie sich ein Herz, kippt es in einem Zug herunter. »Das ist wirklich der beschissenste Kaffee aller Zeiten.«

»Komm mit uns ins Krankenhaus«, sagt Paula. »Bitte.«

Lucy stützt den Kopf auf die Hände, als wäre er ihr plötzlich zu schwer geworden. Einen Moment lang schließt sie die Augen. »Ich bin müde und habe Krebs. Könnt ihr mich nicht jetzt wenigstens einmal in Ruhe lassen?«

»Wir sind deine Schwestern«, sagt Paula. »Wir werden dich niemals in Ruhe lassen.«

Ein nur allzu nachvollziehbarer Ausdruck des Grauens breitet sich auf Lucys Gesicht aus, direkt bevor ihr Kopf auf die Tischplatte knallt.

Henning eilt herbei. »Was habt ihr mit ihr gemacht?«

»Keine Sorge«, sagt Paula, während sie sich Lucys rechten Arm um die Schulter legt und sie von ihrem Stuhl hochzerrt. »Das ist nur das Tramalat.«

Ich lächele Henning beschwichtigend zu: »Hat mir mein Zahnarzt verschrieben. Wir bringen meine Schwester ins Krankenhaus.« Aus mir selbst nicht ganz nachvollziehbaren Gründen zwinkere ich ihm zu.

»Was ist denn mit ihren Zähnen?«, fragt Henning. Eine Weile steht er mit hängenden Armen da, unschlüssig, ob er die Polizei rufen oder uns helfen soll. Er entscheidet sich für einen Kompromiss und hält uns immerhin die Tür auf.

Mit vereinten Kräften schleifen und zerren wir unsere bewusstlose Schwester auf den Bürgersteig. Dort wartet Sophie bereits mit laufendem Motor. Die Zeitung trudelt noch immer wie von einem bösen Geist besessen über den Asphalt.

Henning blinzelt. »Ich kann euch doch vertrauen, oder?«, sagt er.

Paula öffnet die Autotür. »Ab-so-lut nicht.«

Kapitel neunzehn

»Gehen Sie oft auf die Rotwildjagd?«

Mein potentieller neuer Chef beugt sich vor und lächelt, um anzudeuten, dass meine Antwort für ihn nicht die Bedeutung hat, die sie tatsächlich besitzt.

»Nicht so oft, wie ich möchte.«

Ein süßlicher Dunst hängt in der Luft, eine Mischung aus Kräuterschnaps und Kölnisch Wasser. Die Jalousien sind heruntergelassen gegen das einströmende Sommerlicht. Ich komme mir lächerlich vor, mit meinem übertrieben adretten Bewerbungskostümchen und meiner eifrigen Alpha-Mädchen-Miene, die ich irgendwie aus den nuller Jahren herübergerettet habe.

»Wie sieht es mit der Fasanenjagd aus?«

Das muss man ihm lassen, er ist ehrlich entschlossen, mir eine Chance zu geben.

»Ich lebe in Berlin«, sage ich und hoffe, dass das als Antwort genügt.

Doch der Chefredakteur runzelt lediglich die Stirn und lacht, wie um eine peinliche Situation zu überspielen. »Natürlich«, sagt er.

Ich verfluche Daniel. Nur seinetwegen muss ich hier sitzen und mich vor einem violettgesichtigen Mann im Trachtenjanker rechtfertigen, der mir einen Job geben könnte, den ich eigentlich gar nicht will.

»Sind Sie denn wenigstens mal Treiberin gewesen?«

»Ich habe keinen Jagdschein.«

Die Worte hängen eine Weile lang glänzend und skandalös in der Luft in dem kleinen Büroraum mit dem sirrenden Computerbildschirm und den seit Jahrzehnten nicht entstaubten Bücherregalen. Zwei Hirschköpfe an der Wand gegenüber starren in glasäugiger Verachtung auf mich herab.

»Wie, glauben Sie, könnte der *Wildecker Landbote* von Ihnen als Redakteurin profitieren?«

»Das ist eine wirklich gute Frage«, sage ich, weil das eine wirklich gute Frage ist. Ich runzele die Stirn und beiße mir auf die Unterlippe, um meine Bereitschaft zu zeigen, ernsthaft darüber nachzudenken.

Von Daniel weiß ich, dass der *Wildecker Landbote* ohne die Subvention eines millionenschweren Gutshofbesitzers mit Jagdleidenschaft längst pleite wäre. Daniel hat mir versichert, dass man mich mit Kusshand nehmen wird, dass ich frischen Wind in die Redaktion bringen werde und allen möglichen anderen manipulativen Blödsinn. Der Chefredakteur fängt vorsorglich an, Papiere zu sortieren, und schaut in Drei-Sekunden-Abständen auf seine klobige Armbanduhr, um schon einmal Abschiedsstimmung aufkommen zu lassen.

»Sie haben hier ein Premiumprodukt«, sage ich. Und der Klang meiner eigenen Stimme lässt mich zusammenzucken. »Es gibt Leser, die der *Wildecker Landbote* schon ihr ganzes Leben begleitet. Um die müssen wir uns nicht kümmern, dafür haben Sie hier Ihre Leute. Aber wenn wir uns die Auflagenzahlen ansehen, sind die doch eher rückläufig.« Das ist seit den fünfziger Jahren der Fall, scheint bisher jedoch niemanden gestört zu haben. »Sie und Ihre Redakteure sind Experten auf Ihrem Gebiet. Aber vielleicht gelingt es uns gemeinsam, auch das Nicht-Jäger-Publikum als Zielgruppe zu erschließen.«

Es gibt Sätze, von denen man nie glaubt, dass man sie eines Tages sagen wird.

Doch der Chefredakteur horcht auf. Er zieht die Schultern hoch, als spüre er bereits den eisigen Wind der Globalisierung im Nacken. Dann nickt er langsam und feierlich. »Sie meinen – Frauen?«

»Ich meine jeden, der kein Gewehr an seiner Wohnzimmerwand hängen hat«, sage ich großspurig.

»Frauen.« Er nickt noch einmal, als wäre das eine neue Entwicklung, mit der man sich wohl oder übel abfinden muss. »Trinken Sie einen?«, fragt er und zieht ein Fläschchen aus seiner Schublade.

»Es ist elf Uhr.«

Er schaut mich fragend an. Wortlos halte ich ihm mein fleckiges Wasserglas hin, während er den Verschluss der Kräuterschnapsflasche aufdreht, und aus irgendeinem Grund – es muss weibliche Intuition sein – weiß ich, dass ich den Job habe. Allerdings bin ich mir noch nicht sicher, ob das gut oder schlecht ist.

Daniel ist natürlich begeistert. Und das hat nur am Rande damit zu tun, dass ich nun fürs Erste bei ihm einziehe. Vor allem denkt er an die Berge von Fleisch, die ich während der Jagdsaison nach Hause bringen werde.

»Ich kann unglaubliche Dinge mit Fleisch anstellen«, sagt er, und ein träumerischer Glanz tritt in seine Augen. »Du hast ja keine Ahnung.«

»Hier geht es immerhin um meine Zukunft.«

»Wir stellen uns einen Außengrill in den Garten.«

Keine Ahnung, wo das Problem liegt. Ich wollte, dass mein Leben sich ändert, und genau das ist geschehen. Doch die Frage ist, ob ich zu meinem geänderten Leben überhaupt noch passe. Oder ob nicht irgendwo anders eine Frau herumläuft, die viel geeigneter wäre, es an meiner Stelle zu führen. Manchmal hocke ich stundenlang vor dem Panoramafenster und starre auf die Ligusterhecke, genauer gesagt auf die Schnittstelle zwischen Blättergrün und Himmelblau, während Daniel in der Küche mit Geschirr klappert. Ein schönes Haus, ein toller Mann, eine beschauliche Kleinstadt, Geschirrgeklapper.

Meiner Erfahrung nach fangen so Horrorfilme an.

»Du machst dir viel zu viele Sorgen«, sagt Paula, während sie ein Stück ihres selbstgebackenen Pflaumenkuchens, das sie extra für mich aufbewahrt hat, in Alufolie wickelt. Das ist ein weiterer Pluspunkt in meinem neuen Leben. Ich wohne jetzt neben meiner Schwester. Manchmal leihen wir uns gegenseitig Mehl oder ein paar Eier, was streng genommen nicht nötig ist, denn wir haben ein Lebensmittelgeschäft direkt um die Ecke, aber wir müssen das Ganze ein wenig zelebrieren. Diese Unsere-Kinder-werden-gemeinsam-aufwachsen-Romantik, die einem je nach Stimmungslage entweder das Herz wärmt oder einen in Panik versetzt.

»Muss ich jetzt Kinder haben?«

»Probier doch erst mal den Kuchen. Wenn du willst, kann ich dir das Rezept geben.«

»Ich meine es ernst. Ich möchte nicht in irgendetwas hineinschlittern. Du weißt ja, wie das ist. Man nimmt einen Job an, um eine Pause zu haben von dem ganzen Freiberuflerwahnsinn. Und zufällig ist man gut darin, und er macht einem Spaß, also beschließt man, ein wenig länger zu bleiben. Und dann ist da noch der tolle Mann, mit dem man zusammenwohnt und der alles repariert, was ihm in die Hände fällt. Und bevor man sich versieht, verbringt man die nächsten vierzig Jahre zwischen gehäuteten Kaninchen, die von der Decke baumeln, in eine Grillrauchwolke gehüllt.«

Paula seufzt. »Lass es doch einfach mal auf dich zukommen. Du hast einen tollen Freund. Einen Job, der dir Spaß macht. Du bist glücklich. Kannst du dich nicht einfach damit abfinden?«

Die Antwort lautet nein, das kann ich nicht. Mit Unglück kann ich mich abfinden. Schließlich habe ich unzählige Stunden damit verbracht, es zu studieren, Tag und Nacht, in klammen Schlafzimmern, versifften Toilettenkabinen oder überfüllten Redaktionsbüros. Ich weiß, wie es sich anfühlt, das Brennen im Magen, das Gefühl, nicht schlucken zu können, zu Tode erschöpft und zugleich furchtbar aufgedreht zu sein. Auf mein Unglücklichsein konnte ich mich immer verlassen. Aber Glück – im Sinne eines nicht alkohol- oder drogeninduzierten Zustandes – macht mir Angst.

Lucy sitzt im Garten, eine Decke über die Knie gebreitet, und kritzelt in ihren Schreibblock. Eine zierliche, geblümte Tasse mit Kamillentee steht neben ihr im Gras. Instinktiv deckt sie sie mit der Hand zu, als ich mich neben sie ins Gras setze. Ich glaube, sie hat uns mehr oder weniger verziehen, aber das heißt nicht, dass sie in unserer Gegenwart gern Heißgetränke zu sich nimmt.

»Ich habe Angst, einen Fehler zu machen«, sage ich. »Was ist, wenn es schiefgeht? Wie bei Mama und Papa. Wie bei einer Million anderer Leute.«

»Du sitzt mir in der Sonne«, sagt Lucy. Im nächsten Moment erinnert sie sich wieder an ihr neues, sanftmütiges Selbst, das

Miriam und sie sich für ihre Autobiographie ausgedacht haben, und fügt mit steviasüßer Stimme hinzu: »Daniel ist doch ein toller Mann.«

Es stimmt. Daniel ist ein Pluspunkt. In jeder Hinsicht. Zu den Dingen, die er in den letzten Wochen für mich repariert hat, gehören: mein Epiliergerät (mit Haaren verstopft), mein Handy (auf den Boden gefallen und in tausend Teile zerbrochen), der Reißverschluss meiner Lieblingsjeans (klemmt, seit ich zugenommen habe), mein Rollkoffer (gut, eigentlich hat er die Rollen nur geölt) und meine Schulter (ausgerenkt bei einem Außentermin, bei dem ich über ein Kinderfußballturnier berichten sollte).

Andererseits ist Daniel nicht perfekt. Inzwischen kenne ich ihn gut genug, um erste Fehler an ihm festzustellen. Zum Beispiel isst er im Bett; und ich rede nicht von Sonntagscroissants. Er isst Pizza und Würstchen und Spaghetti mit Tomatensauce zwischen den Decken, in denen wir schlafen. Außerdem ist er der eitelste Mann, den ich kenne. Er fotografiert sich immer und überall. Am liebsten nackt. Ich habe mehr Fotos von seinem Penis auf meinem Handy als von meiner gesamten Grundschulzeit.

»Sei doch froh, wenn ihm sein Schwanz gefällt«, meint Lucy. »Männer, die ihren Penis nicht leiden können, treiben einen in den Wahnsinn.« Sie gähnt und nippt an ihrer Teetasse. Offensichtlich stimmt irgendetwas nicht mit ihrem Tee, denn sie runzelt die Stirn. Kurz ringt sie mit sich, ob sie Paula rufen soll oder nicht, entscheidet sich aber in einem Anfall von Märtyrertum dagegen. »Ich überlege, dass ich vielleicht so eine – wie nennt man das, was Angelina Jolie hat machen lassen?«

Seit ihrer Operation redet Lucy ständig von Angelina Jolie.

Sie hat sich entschieden, in ihrer Autobiographie den Fokus weniger auf ihren Aufstieg in der Finanzwelt zu legen als vielmehr auf den Kampf um ihre Gesundheit. Das war Miriams Idee.

»Zum tausendsten Mal. Du musst dir nicht beide Brüste entfernen lassen. Weil du keinen Brustkrebs hast.«

»Der Arzt hat einen Tumor in der Größe einer Tomate aus meiner linken Brust entfernt«, sagt Lucy. Das erzählt sie jedem. Dem Postboten, dem Bäcker, dem Nachbarn, der seinen Hund ausführt. Mit exakt diesen Worten.

»Es war ein gutartiger Tumor, und der Arzt hat ihn rausgenommen.«

»Na und? Miriam meint, es käme nicht darauf an, dass der Krebs real war, sondern auf die Erfahrung des Krankseins.«

Es ist schwer zu erklären, aber über den Tumor haben Miriam und Lucy wieder zusammengefunden. Miriam hat versprochen, das Marketing für ihr Buch zu übernehmen – weil Lucys Geschichte angeblich exemplarisch für eine ganze Frauengeneration ist. Seit Monaten fliegen sie jedenfalls hin und her, mieten sich in Häusern an abgelegenen Seen ein, um dem nachzuspüren, was Miriam DIE ERFAHRUNG nennt.

»Außerdem hat mir Miriam dazu geraten, dieser Lesben-besiegen-den-Brustkrebs-Selbsthilfegruppe beizutreten.«

»Du bist weder lesbisch, noch hast du den Brustkrebs besiegt.«

Lucy setzt ihre Sonnenbrille auf und kritzelt weiter in ihren Schreibblock auf eine Art, die keinen Zweifel daran lässt, dass ich mich gerade um eine lobende Erwähnung in ihrer Autobiographie gebracht habe.

Es gibt nicht viele Leute in Berlin, die mein Verschwinden überhaupt bemerkt haben. Nur Ronny spricht mir regelmäßig auf die Mailbox. Mit jeder Nachricht klingt sein Tonfall verletzter. Er kann es nicht glauben, dass ich schon wieder meine Termine habe sausen lassen.

»Ihr Mädchen«, sagt er, »brecht mir das Herz.« Dann schluckt er tapfer, um aus der Tiefe seines unendlich verzeihenden Herzens hinzuzufügen: »Wenn du wieder arbeiten willst, ruf mich an.«

Ich habe nicht den Mut, ihn zurückzurufen. Vielleicht will ich mir auch nur einen Ausweg offenhalten.

Mein Zahnarzt meldet sich erst, nachdem ich ihm ein Foto von mir an seine Praxisadresse geschickt habe. Auf dem Bild hocke ich im Garten vor einem Brombeerstrauch, ein Glas Rotwein in der Hand, und starre in die sich rosa verfärbenden Wolken. Ich wusste, dass ich dick auftragen muss, um ihn aus der Reserve zu locken.

»Was soll der Blödsinn?«, knurrt er ins Telefon, als er mich eine Woche später anruft.

»Ein Dankeschön dafür, dass Sie mich geheilt haben.«

»Warum sollte mich das interessieren?«

Ich war vier Monate nicht bei ihm. So viel Zeit habe ich noch nie zwischen zwei Terminen verstreichen lassen. »Ich dachte, es interessiert Sie vielleicht, dass es mir gutgeht. Ich habe keine Schmerzen mehr.«

»Die kommen wieder.«

»Haben Sie schon mal vom Placebo-Effekt gehört? Es gibt auch den Nocebo-Effekt.«

Er schnaubt. »Sie wollen meinen Segen, aber den kriegen Sie nicht. Ich schwöre Ihnen, in spätestens drei Monaten stehen Sie wieder bei mir auf der Matte. Sie sind der Kiefergelenkschmerztyp. Das werden Sie immer sein. Was Sie gerade erleben, ist ein vorübergehendes schmerzfreies Intervall.«

»Ich glaube, ich bin glücklich«, sage ich und kann ihm nicht verdenken, dass er den Hörer auf die Gabel knallt.

In der Nacht kann ich nicht schlafen. Es kribbelt in meinen Beinen, als würden elektrische Stöße durch meine Glieder fließen. Daniel und ich sind zusammen. Aber niemand weiß, ob wir überhaupt Talent dafür haben. Ich wünschte, es gäbe einen Test, der uns unsere Liebes- und Bindungsfähigkeit attestiert. Wir könnten wochenlang dafür büffeln, und wie auch immer das Ergebnis ausfällt, wir hätten zumindest Gewissheit.

Wir wissen nichts. Auf dem Tiefpunkt der Angst, um 3:45 Uhr, greife ich nach meinem Handy und schreibe Sophie. Sophie macht gerade eine Entschleunigungskur in den Alpen. Laptops und Handys der Teilnehmer werden konfisziert und für die Dauer des Aufenthalts weggeschlossen.

Innerhalb von Sekunden schreibt sie mir zurück:

Deine Beziehungsangst ist nur eine Form von Egozentrik. Wenn du keine Probleme hast, schaffst du dir welche. Liebe, Schmerz und Versagen gehören für dich zusammen, weil sie dir erlauben, die Hauptrolle in deinem eigenen Drama zu spielen. Deswegen hält es kein Mensch mit dir aus.

Ich werfe mein Handy auf den Nachttisch.

»Wer hat dir geschrieben?«, murmelt Daniel, erwartet jedoch offenbar keine Antwort. Stattdessen zieht er mich in seine Arme und schmiegt sein Gesicht in meine Schulterkuhle. Das ist seine Lieblingsschlafposition. Er kann die ganze Nacht so liegen, ohne sich ein einziges Mal zu rühren, reagiert aber äußerst ungehalten, wenn ich zwischendurch mein eingeschlafenes Bein wegziehe oder meine schmerzende Schulter bewege.

Schon ist er wieder eingeschlafen, sein Mund steht leicht offen, und an seiner Wange kleben noch Krümel von den Paprikachips, die er vorm Einschlafen gegessen hat. Einen Augenblick bin ich von mir selbst gerührt, wie ich meinem Freund gerührt beim Schlafen zusehe, im nächsten Moment überfällt mich Panik: Was, wenn er verrückt ist? Wie kann er hier seelenruhig neben mir schlafen, nachdem er jahrelang neben einer völlig anderen Frau gelegen hat, die, wie meine mit schlechtem Gewissen durchgeführte Internetrecherche ergeben hat, nicht die geringste Ähnlichkeit mit mir hat?

Sheila ist klein und zierlich, hat einen schneeweißen Teint und wirkt bei aller Elfenhaftigkeit, als würde sie Seniorinnen hochriskante Vermögensanlagen am Telefon aufschwatzen. Wenn Daniel oder ich abgebrühter wären, dann gäbe es zumindest eine gewisse Wahrscheinlichkeit, dass sich einer von uns einen Plan zurechtgelegt hat für den Fall, dass die Sache mit uns schiefgeht. Wie schaffen es Menschen, die nicht Lauren Bacall oder Humphrey Bogart sind, ihre Liebesgeschichten mit einem Mindestmaß an Würde abzuwickeln?

Daniel zieht mich noch näher an sich. Er schlingt die Arme jetzt so fest um mich, als wäre ich sein Lieblingsstoffbär. Aus purer Panik ramme ich ihm meinen Ellbogen in den Bauch. »Was ist mit Sheila?«

»Hä?« Daniel öffnet nicht einmal die Augen.

»Was ist mit Sheila?«

»Was soll mit ihr sein? Sie lebt in Dublin. – Ist alles okay?«

Was für eine Frage. Ich arbeite für eine Jägerzeitung. Neulich habe ich einen Zehntausend-Zeichen-Artikel über Muffelwidder geschrieben, und obwohl ich Fotos gesehen habe, bin ich mir immer noch nicht sicher, ob sie wirklich existieren. Meine engste Nachbarin ist meine Schwester, und am Fußende meines

Betts liegen ein rosa Strickkaninchen und ein Mops. Weil jetzt, wo ich in einem Haus wohne, Paula es erst recht nicht einsieht, meine Spielsachen für mich aufzubewahren. Und da Daniel keinen Dachboden besitzt, haben wir die Kuscheltiere vorerst im Schlafzimmer zwischengelagert. In jedem Fall klingt das doch alles ziemlich lächerlich für eine Frau über dreißig.

»Ja, alles okay.«

Wie soll ich ihm erklären, dass ich mein Leben lang mit religiöser Inbrunst auf das eine, alles umstoßende Ereignis gewartet habe – eine Karriere, die Apokalypse oder die Liebe, völlig egal –, irgendetwas, das alles Gewesene hinwegfegen und mich davon befreien würde, je wieder eine zukunftsweisende Entscheidung treffen zu müssen. Doch statt die meditative Klarheit des Nullpunkts zu erreichen, muss ich mich wohl damit abfinden, für immer dem Chaos in mir ausgeliefert zu sein.

Ich lausche auf Daniels Atemzüge, die schon wieder tief und gleichmäßig geworden sind. Natürlich hat meine Mutter recht, dass es nicht darauf ankommt, wie etwas klingt, solange es sich richtig anfühlt.

Das Problem ist: Ich weiß nicht, was ich fühle.

Es ist verrückt. Noch vor wenigen Monaten fand ich, dass jeder, der diesen Satz ausspricht, gesteinigt gehört, und jetzt möchte ich am liebsten meine Zimmerwände damit plakatieren. Ich muss an die tausend Lebensläufe denken, die ich geschrieben habe, vor zwei Jahren, als meine berufliche Situation mir allmählich wirklich bedenklich erschien (ein Eishockeyfan hatte einen prall mit Eiswürfeln gefüllten Colapappbecher nach mir geworfen, weil ich seine Jacke nicht schnell genug fand). Jedenfalls bewarb ich mich danach überall, bei Werbeagenturen, Verlagen, Imbissketten. Weil mir alles ungefähr gleich absurd vorkam, schloss ich nichts aus. Und auch wenn ich reihenweise

Absagen bekam, fand ich allmählich Gefallen am Lebenslaufschreiben selbst. Es machte mir Spaß, über Frauen zu schreiben, die meine biographischen Eckdaten teilten, doch im Gegensatz zu mir zielstrebig ihren Weg gingen, mit Trotz und Leidenschaft. Ich weiß noch, wie ich mich bei einer Vermittlungsagentur für Kleinkünstler bewarb und unter der Rubrik *Besondere Fähigkeiten* im Bewerbungsformular *Voltigieren* schrieb. Und wenn ich die Augen schloss, konnte ich es tatsächlich vor mir sehen. Den Sand, der unter den Hufen des Pferdes aufstob, die jubelnde Menge in der Arena, und ich spürte, wie mir das Blut in den Kopf schoss, während ich mich auf dem schwankenden Pferderücken in den Handstand stemmte.

Vielleicht ist es ja gar nicht so lächerlich, mit über dreißig in einem mit Stofftieren vollgestopften Schlafzimmer neben einem fast Fremden zu liegen, für eine Jägerzeitung zu schreiben und zu hoffen, dass alles gut ausgeht. Vielleicht ist es ja *mutig*.

Und zwar nicht auf die Weise, wie Geraldine es meinte, als ich ihr von meinen Plänen erzählte: »Oh«, sagte sie, »das ist mutig«, und schlurfte dann in die Küche und begann die Fünf-Euro-Scheine aus dem Toaster zu klauben. Ich meine, auf ganz und gar unironische Weise mutig.

Anscheinend bin ich ein paar Zentimeter aus der Ideallage gerutscht, denn Daniel zieht mich energisch zurück in seine Arme, und im nächsten Moment spüre ich seinen warmen Atem im Nacken.

»Morgen gibt's Hirschgulasch«, flüstert er mir ins Ohr, und ich bin mir nicht sicher, ob er wach ist oder träumt.

»Ich esse kein Hirschgulasch.«

»Unsinn. Du isst alles. Ich hab gesehen, wie du Knete isst.«

Dank

Ich danke meiner Lektorin Stefanie Werk, meiner Agentin Lisbeth Körbelin, Norbert Lange, meinem Mann. Und natürlich meiner Familie.

Leseprobe

MICHEL BUSSI

Das Mädchen mit den blauen Augen

Aus dem Französischen von
Olaf Matthias Roth

atb aufbau taschenbuch

23. Dezember 1980, 0 Uhr 33

Ganz plötzlich verlor der Airbus 5403 auf dem Weg von Istanbul nach Paris an Höhe. Fast tausend Meter in weniger als zehn Sekunden, beinah senkrecht stürzte die Maschine nach unten, ehe es dem Piloten gelang, sie wieder zu stabilisieren. Die meisten Passagiere wurden aus dem Schlaf gerissen und hatten das ungute Gefühl, auf einem dahinwirbelnden Karussell durch die Luft zu fliegen.

Es waren die Schreie, die Izel aus ihrem leichten Schlaf hochfahren ließen, die Sprünge des Flugzeugs machten ihr nichts aus. An heftige Böen und Luftlöcher war sie gewöhnt, denn seit drei Jahren flog sie nun mit Turkish Airlines rund um die Welt. Sie hatte gerade Pause. Zwanzig Minuten hatte sie geschlummert, und als sie jetzt die Augen aufschlug, starrte sie auf das pralle Dekolleté ihrer diensthabenden, schon etwas älteren Kollegin Meliha, die sich zu ihr herabbeugte.

»Izel? Izel? Schnell! Hier ist ganz schön was los. Da draußen tobt anscheinend ein Sturm. Sicht gleich null, sagt der Käpt'n. Checkst du deinen Gang?«

Izel setzte den gelassenen Blick der erfahrenen Stewardess auf, die sich durch derartige Kleinigkeiten nicht aus der Ruhe bringen lässt. Sie erhob sich, straffte ihr Kostüm und schritt lächelnd die Reihen ab.

Das Flugzeug schaukelte immer noch bedenklich hin und her. Izel redete beruhigend auf die Passagiere ein.

»Alles in Ordnung. Keine Sorge. Wir sind gerade in einem Schneesturm über dem Jura. In weniger als einer Stunde sind wir in Paris.«

Izels Lächeln war nicht gespielt. In Gedanken spazierte sie bereits durch die Straßen von Paris. Drei Tage, bis Weihnachten, würde sie diesmal in der französischen Hauptstadt bleiben.

Sie strich einem zehnjährigen Jungen über den Kopf, der sich an die Hand seiner Großmutter klammerte, dann scherzte sie mit einem jungen Mann in zerknittertem Hemd, dem sie gerne am nächsten Tag auf den Champs-Élysées begegnet wäre, beschwichtigte eine Türkin, die ihren Schleier zurechtrückte, der ihr infolge des unsanften Erwachens halb über die Augen gerutscht war, und schließlich einen zusammengekauerten alten Mann, der seine Knie umklammerte und der Stewardess einen flehentlichen Blick zuwarf.

»Alles in Ordnung«, sagte Izel sanft. »Machen Sie sich keine Sorgen.«

Ruhig schritt sie weiter den Gang entlang, als der Airbus sich erneut bedrohlich zu einer Seite neigte. Inmitten der Entsetzensschreie einiger anderer Passagiere bemühte sich ein junger Typ mit Walkman besonders locker zu bleiben und rief in die Runde:

»He, wann schlagen wir einen Looping?«

Schüchternes Gelächter erhob sich, das augenblicklich vom Plärren eines Babys übertönt wurde. Der Säugling lag, ein paar Reihen von Izel entfernt, in einem Babysitz. Das Neugeborene, laut Passagierliste ein kleines Mädchen, war erst ein paar Monate alt, es trug ein weißes Kleid mit Orangenblüten, das unter einem Wollpulli hervorlugte. Die Mutter war gerade dabei, ihren Gurt zu lösen, um das Kind aus seinem Sitz zu nehmen.

»Nein, Madame!«, rief Izel alarmiert. »Sie müssen bitte unbedingt angeschnallt bleiben! Sonst …«

Die Mutter schien Izels Einwände nicht zu beachten und beugte sich über ihr schreiendes Baby. Mit eiligen Schritten näherte sich Izel der jungen Frau, als die Maschine erneut einen Satz nach unten machte. Drei Sekunden, an die tausend Meter.

Izel kippte zur Seite. Als sie sich wieder aufrichtete, machte die Mutter Anstalten, ihr Kind auf den Arm zu heben.

»Nein, Madame!«, rief Izel nun ein wenig strenger. Ihre drei Tage in Paris hatte sie sich wirklich redlich verdient! »Sie dürfen nicht …«

Dann ging alles sehr schnell. Ein anderes Baby begann zu schreien, wie ein Echo. Der alte Türke hatte den einen Arm um die Schulter der verschleierten Frau gelegt und streckte den anderen flehentlich Izel entgegen. Die Mutter drückte ihr Baby fest an sich.

Das waren die letzten Bilder vor dem Zusammenstoß des Flugzeugs mit dem Bergmassiv.

Bei dem Aufprall wurde Izel zehn Meter durch das Flugzeug geschleudert, sie war auf der Stelle tot. So gesehen hatte sie am meisten Glück von allen.

Sie bekam nicht mehr mit, wie die Lichter verloschen. Auch nicht, wie das Flugzeug, als wäre es ein Strohhalm, zusammenknickte, während sich ihm ein ganzer Wald entgegenstemmte. Und als das Flugzeug endlich zum Stillstand kam, roch sie nicht mehr das Kerosin, das sich überall ausbreitete.

Sie spürte keine Schmerzen, als die Explosion alles um sie herum zerfetzte, und sie schrie auch nicht, als Feuer in der Kabine ausbrach und die hundertfünfundvierzig Überlebenden in einer Flammenhölle einschloss.

Achtzehn Jahre später

I

29. September 1998, 23 Uhr 40

Jetzt wissen Sie alles.

Crédule Grand-Duc legte den Stift beiseite, und sein Blick verlor sich im klaren Wasser des riesigen Vivariums, das an der gegenüberliegenden Wand stand. Ein paar Sekunden verfolgte er den verzweifelten Flug der Harlekin-Libelle, die er sich vor weniger als drei Wochen für 1500 Francs gekauft hatte. Eine seltene Art, eine der größten weltweit, eine genaue Replik ihres prähistorischen Vorfahren. Das langgestreckte Insekt schwirrte von einer Scheibe zur anderen, mitten in einem Schwarm hektischer Artgenossen. Lauter Gefangene, die in der Falle saßen.

Alle wussten, dass sie bald sterben würden.

Nervös griff Crédule Grand-Duc wieder nach dem Stift.

Ich habe in diesem Heft alle Indizien zusammengetragen, alle Spuren, alle Hypothesen. Achtzehn Jahre Nachforschungen. Diese etwa hundert Seiten enthalten alles. Wenn Sie sie aufmerksam gelesen haben, wissen Sie so viel wie ich heute. Vielleicht fällt Ihnen ja etwas auf, das mir entgangen ist? Vielleicht finden Sie den Schlüssel, wenn es denn einen gibt? Vielleicht …

Warum nicht?
Ich jedoch habe abgeschlossen.

Crédule Grand-Duc löste den Stift vom Papier und hielt ihn zitternd wenige Millimeter vor sich in der Luft. Erneut ließ er den Blick aus seinen blauen Augen zu den Glasscheiben des Vivariums wandern und dann zum Kamin hin schweifen, in dem lodernde Flammen einen Packen Zeitungen, Papiere und Aktenmappen verzehrten. Entschlossen setzte Grand-Duc einen letzten Satz auf den Papierbogen.

Es wäre falsch zu behaupten, ich hätte keine Gewissensbisse, aber ich habe getan, was ich tun konnte.

Lange Zeit starrte Crédule Grand-Duc auf diese finale Zeile, dann klappte er das mattgrüne Heft langsam zu.

Ich habe getan, was ich konnte, wiederholte er für sich, endlich überzeugt von seiner Schlusssentenz.

23 Uhr 43

Grand-Duc steckte den Stift in einen runden Behälter vor ihm, riss ein Post-it von einem Blöckchen ab und klebte es auf die Vorderseite des Heftes. Mit einem Marker schrieb er groß und deutlich *Für Lylie* auf das Post-it. Dann schob er das Heft von sich und stand auf.

Sein Blick verharrte einige Augenblicke auf dem kupferfarbenen Schild, das auf dem Schreibtisch lag: CRÉDULE GRAND-DUC, PRIVATDETEKTIV. Er lächelte bitter. Seit langem nannten ihn alle Grand-Duc, es verwendete niemand mehr seinen lächerlichen Vornamen. Niemand, abgesehen von Emilie und Marc Vitral. Aber das lag ja eine Ewigkeit zurück, damals waren sie noch Kinder gewesen.

Grand-Duc ging zur Küche hinüber. Er warf einen letzten Blick auf die Spüle aus Edelstahl, die achteckigen weißen Fliesen, die Wandschränke aus hellem Holz. Alles war aufgeräumt, lag ordentlich an seinem Platz, jeder Hinweis auf ein vorheriges Leben war säuberlich getilgt worden, als handelte es sich um eine Wohnungsübergabe. Grand-Duc war penibel, bis ganz zum Schluss. Er wusste es. Das erklärte einiges. Alles, um genau zu sein.

Er drehte sich um und trat an den Kamin, bis er die Hitze förmlich greifen konnte. Dann beugte er sich vor und warf zwei Kartons mit Archivmaterial ins Feuer. Er wich zurück, um den aufstiebenden Funken auszuweichen.

Eine Sackgasse.

Tausende Stunden hatte er verbracht, um auch das unbedeutendste Detail dieser Geschichte auszuloten … All diese Indizien, Notizen, Nachforschungen lösten sich nun in Rauch auf. Die Spuren dieser jahrelangen Untersuchung verschwanden binnen weniger Stunden.

Achtzehn Jahre Arbeit – umsonst.

Was für eine Ironie des Schicksals: Sein ganzes Leben schrumpfte auf diesen Scheiterhaufen zusammen, den nur er auflodern sah.

23 Uhr 49

In elf Minuten würde Lylie volljährig sein, zumindest offiziell. Wer war sie? Noch immer gab es darüber keine Gewissheit. Es stand fünfzig zu fünfzig, wie am ersten Tag. Kopf oder Zahl.

Lyse-Rose oder Emilie?

Er hatte versagt. Mathilde de Carville hatte ein Vermögen ausgegeben, achtzehn Jahre lang hatte sie ihm ein Gehalt gezahlt, für nichts und wieder nichts.

Grand-Duc goss sich ein weiteres Glas Vin Jaune ein. Fünfzehn Jahre alt, Réserve spéciale von Monique Genevez, womöglich die einzige gute Erinnerung an diesen Auftrag. Er lächelte, als er das Glas an die Lippen setzte. Von dem Klischee des Schnüfflers, der dem Alkohol verfallen ist, war er weit entfernt, er trank nur zu besonderen Anlässen. Lylies Geburtstag war ein solcher Anlass. Ebenso wie die letzten Minuten seines Lebens.

Der Detektiv leerte das Glas Vin Jaune in einem Zug.

Augenblicke wie diese würde er vermissen, den unvergleichlichen Geschmack des Vin Jaune auf seinen Lippen, der so süß in der Kehle brannte und ihn für eine Sekunde seine Obsession vergessen ließ, dieses Rätsel ohne Lösung, dem er sein Leben gewidmet hatte.

Grand-Duc stellte das Glas auf dem Schreibtisch ab und nahm das mattgrüne Heft noch einmal zur Hand, unschlüssig, ob er es öffnen sollte oder nicht. Er starrte auf das Postit, *Für Lylie.*

Dieses Heft war alles, was blieb, diese Seiten, die er in den letzten Tagen noch einmal überarbeitet hatte – für Lylie, für Marc, für Mathilde de Carville, für Nicole Vitral, für die Polizei, die Anwälte, für alle, die sich in diesen ständig um sich selbst kreisenden Strudel stürzen wollten.

Eine fesselnde Lektüre, kein Zweifel. Ein wahres Meisterwerk, ein Detektivroman, der einem den Atem raubte. Alle nötigen Zutaten waren vorhanden.

Nur das Ende fehlte …

Er hatte einen Krimi geschrieben, dessen letzte Seite jemand herausgerissen hatte. Ein Schwindel!

Ohne Zweifel würden sich künftige Leser, die klüger waren als er, in den Fall verbeißen. Sie würden fest daran glauben, die Lösung zu finden.

Auch er hatte das ja einst geglaubt. Insgeheim war er immer überzeugt davon gewesen, dass es einen Beweis geben musste, dass die Gleichung aufging, dass er etwas übersehen hatte. Und nur diese Illusion hatte ihn bei der Stange gehalten – es wäre schrecklich gewesen, hätte er all die Jahre gewusst, dass er mit einem Rätsel beschäftigt war, das einfach nicht zu knacken war. Doch nun musste er sich sein Scheitern eingestehen, heute, am Abend vor Lylies achtzehntem Geburtstag.

Ich habe getan, was ich tun konnte, las der Detektiv erneut. Der Rest ging ihn jetzt nichts mehr an.

Grand-Duc ließ seinen Blick durchs Zimmer streifen. Er konnte sich nur mit Mühe zurückhalten, die leere Flasche und das gebrauchte Glas aufzuräumen. Er lächelte unwillkürlich: Die Gerichtsmediziner würden, wenn sie sich später über seine Leiche beugten, sicher andere Sorgen haben als ein ungespültes Glas. Auch wenn sein Tod wahrscheinlich nicht sofort bemerkt werden würde – wer sollte ihn schon vermissen? –, würde der Verwesungsgeruch schließlich doch die Aufmerksamkeit der Nachbarn erregen.

Er beugte sich vor und warf ein kleines Stück Pappe in den Kamin, das außerhalb der Reichweite der Flammen lag.

Dann näherte er sich bedächtig dem Mahagoni-Sekretär in der gegenüberliegenden Ecke. Er zog die mittlere Schublade auf, entnahm ihr ein Lederetui mit einem Revolver, einem Mateba, der noch ganz neu wirkte und im Feuerschein glänzte. Die Hand des Detektivs verschwand noch tiefer in der Schublade und förderte schließlich drei 38er Patronen zutage.

Grand-Duc lächelte. Mit einer routinierten Handbewegung ließ er die Trommel aufschnappen und füllte sie mit Patronen.

Eine einzige genügte, auch wenn er angetrunken war und vielleicht zitterte oder sogar zauderte. Doch es würde ihm gelingen, den Lauf an die Schläfe zu setzen, ganz fest, und abzudrücken.

Es würde ihm gelingen, auch mit einer ganzen Flasche Wein im Blut.

Er legte den Revolver auf den Schreibtisch und holte aus einer anderen Schublade eine Zeitung hervor, eine bereits vergilbte Ausgabe des *Est républicain.* Seit Monaten plante er diese makabre Szene, dieses symbolische Ritual, das ihm helfen würde, den Schlussstrich zu ziehen und für immer aus diesem Labyrinth zu entfliehen.

23 Uhr 54

Die letzten Blätter kräuselten sich im Würgegriff der Flammen. Matt brummten die Libellen in ihrem Vivarium. Seit einer halben Stunde war der Strom abgestellt. Ohne Sauerstoff, ohne Nahrung würden die Libellen nicht einmal eine Woche überleben. Dabei hatte er Unsummen aufgebracht, um die seltensten Exemplare zu erstehen, die ältesten bekannten Arten. Stunden hatte er damit zugebracht, das Vivarium in Schuss zu halten, hatte die Libellen mit allen möglichen winzigen Insekten gefüttert, damit sie stark und kräftig wurden, sich paarten. Er war sogar so weit gegangen, eine Spezialfirma mit der Libellenpflege zu beauftragen, wenn er dienstlich unterwegs war.

Und nun ließ er sie einfach so sterben. Gemeinsam mit ihm.

Eigentlich ist es doch ganz angenehm, dachte Grand-Duc, über Leben und Tod entscheiden zu können. Erst päppelt man jemanden auf, macht ihm Hoffnung, dann stößt man ihn in den Abgrund. Man spielt mit dem Schicksal, als wäre man ein listiger, unberechenbarer Gott. Und war er letztlich nicht selbst Opfer eines ebensolchen sadistischen Gottes geworden?

Crédule Grand-Duc setzte sich an den Schreibtisch, schob unwillkürlich das grüne Heft noch näher an den Rand der Tischplatte, als habe er Angst, es könnte Blut darauf spritzen.

Er breitete den *Est républicain* vor sich aus. Es war die Ausgabe vom 23. Dezember 1980. Sein Blick blieb an der Schlagzeile der Titelseite haften: »Wundersame Rettung am Mont Terrible«.

Die Schlagzeile lief über die gesamte Breite der Zeitung. Gleich darunter sah man das unscharfe Foto eines Flugzeugwracks, entwurzelte Bäume, die Fußstapfen der Rettungsmannschaften im Schnee. Mit wenigen Zeilen unter dem Foto wurde die Katastrophe zusammengefasst:

»In der Nacht vom 22. auf den 23. Dezember prallte der Airbus 5403 auf der Strecke zwischen Istanbul und Paris gegen einen Hang des Mont Terrible an der französisch-schweizerischen Grenze. Hundertachtundsechzig der insgesamt hundertneunundsechzig Passagiere und Crewmitglieder fanden den Tod, sie starben entweder gleich bei der Kollision oder verbrannten, als das Wrack in Flammen aufging. Wie durch ein Wunder überlebte ein drei Monate altes Mädchen, das bei dem Zusammenprall aus dem Flugzeug geschleudert wurde, bevor das Feuer ausbrach.«

Grand-Duc hob den Blick. Wenn er sich die Kugel in den Schädel jagte, würde er vornüber auf die Zeitung kippen. Sein Blut würde das Foto der Katastrophe vor achtzehn Jahren rot färben und sich mit dem der hundertachtundsechzig Opfer vermischen. In ein paar Tagen würde man ihn so finden. Niemand würde seinen Tod bedauern, schon gar nicht die Carvilles. Die Vitrals wären vielleicht ein wenig traurig. Emilie, Marc. Und vor allem Nicole.

Man würde ihn finden und dann Lylie das Heft überreichen, das Buch ihres kurzen Lebens. Sein Testament.

Grand-Duc betrachtete sein Spiegelbild in dem Messingschild, beinahe stolz. Eigentlich war das doch ein schönes Ende, viel besser als alles Übrige.

Er hatte seine Chance gehabt, es war nicht zu leugnen: achtzehn Jahre andauernde Ermittlungen.

23 Uhr 57

Es war so weit.

Sorgfältig legte er die Ausgabe des *Est républicain* vor sich zurecht, rückte den Stuhl etwas näher an die Tischkante heran und ergriff den Kolben des Revolvers mit der feuchten rechten Hand.

Langsam hob er den Arm.

Als das kalte Metall seine Schläfe berührte, begann er wider Willen zu zittern. Doch er war bereit. Der Alkohol würde ihm dabei helfen.

Er versuchte, an nichts zu denken, vor allem nicht an die Kugel, die ihm gleich in den Schädel dringen würde. Starrte einfach ins Leere.

Sein Zeigefinger berührte den Abzug. Er musste nur noch abdrücken, dann wäre alles vorbei.

Sollte er die Augen schließen oder öffnen?

Ein Schweißtropfen rann ihm über die Stirn und tropfte auf die Zeitung. Er blickte ein letztes Mal auf das Foto des ausgebrannten Flugzeugwracks, dann auf das daneben, welches den Feuerwehrmann vor dem Krankenhaus in Montbéliard zeigte, in seinen Armen dieser völlig verfrorene kleine Körper. Das gerettete Baby.

Der Zeigefinger drückte fester auf den Abzug.